響きあう東西文化

マラルメの光芒、フェノロサの反影

宗像衣子
Kinuko Munakata

思文閣出版

まえがき

本書は、拙著『マラルメの詩学――抒情と抽象をめぐる近現代の芸術家たち――』（勁草書房、一九九九）と『ことばとイマージュの交歓――フランスと日本の詩情――』（人文書院、二〇〇五）を引き継ぐものである。一貫した著者の関心により、一九世紀象徴派詩人ステファヌ・マラルメの詩と思索に導かれ、芸術諸ジャンルの相互関連と東西文化の相関性の探究へと視野を広げながら試みた書物である。

大学の学部生時代から学んだマラルメの文芸思想において、いわゆる文学のみならず美術や音楽への深い洞察、それらと文学との本質的繋がりに対する探究を見出した。それは、文学を言語による芸術と捉え、いわゆる美術を視覚芸術・空間芸術、音楽を聴覚芸術・時間芸術と考えて統合的に位置づけた芸術諸ジャンルに対して、その相互の関連性を考察する意識に基づくものであった。さらに、そうした芸術諸ジャンルにおける思索や実践が、それらを生んだ文化に深く根差していること、そしてとりわけ創造の核心に「無」「空白」の認識が据えられていること、そのうちに創造主体・人間・自然への省察が認められること、そこに東洋の文化、とりわけ日本の文化への探索が見られることに惹きつけられた。

こうしたマラルメの認識の広遠さを前にして、自国の文化・芸術に対する自身の見識のなさに反省するところが多かった。それは、パリ留学によって日々痛感するものでもあった。しかし、日本の大学で、日本文学ではなく外国文学を専攻し、否応なく自国から他の広い世界に投げ出され、それによって翻って自らの拠って立つ足元を振り返る機会を得たことにむしろ幸運を感じたものである。以来、こうした事柄への関心から、手探りに考察してきたこと、それらの真価を求めてきた過程が、著者の学びであり、常なる迷いであり、しかしながら何より、多様な自省をともなった喜びであった。

このたび、そのような過程において、名前を聞き知るばかりで遠く無縁のものと思っていたアーネスト・フェノロサ、日本近代の幕開けである明治期において日本の伝統美術・伝統文化の発掘者そして世界へ向けてのその紹介者として名を馳せた〝お雇い外国人〟フェノロサに、新たに自らの関わりとして出会った。その繋がりにおいて関係した実に多岐にわたる人々、芸術諸ジャンルの多彩な創造と交流、文化と歴史の相関について、学びを進めそれをまとめたのが本書である。

個々にあまりに大きい領域にまたがるものを研究対象にすることとなり、多くの関係学会で研究状況を探りつつ学んだが、それは断片的な一貫性ともいうべき一筋の道を探し求めるにほかならない学びであり、その提示となった。このようにしてできあがった本書は、マラルメの射出す光の追求、そしてフェノロサの文学的価値の探求として、近代から現代において両者の間に連綿と継起し浮かび上がったまさに多様な芸術家、その思索と表現の検討をするものになったが、こうした模索が、東西文化の交流における諸芸術の相関性、日本の芸術と文化の価値の研究に関して多少なりとも寄与するものがあればありがたいと考えた。以下、本書の構成を追って、章ごとの内容を概括的に紹介しておきたい。

第一部では、文芸に見られる東西の自然観について考察した。まず第一章で、マラルメの詩と思索において、創造主体のあり方、〝創造的無〟の認識について検討した。彼の自然観に人工の自然の把握を確認し、そこから日本美術の時空間にうかがえる主体のあり方と自然の表現との相違性を推察した。これを手掛かりに第二章で、ことばとイマージュに関わる主体のありかを求めて、俳句の仏訳およびフランス・ハイカイの吟味によって浮上する〝主体〟の様相と自然の表現について検討した。ここで、自然と芸術と人間に関わる文化の相違を照らし出し、「無」「空無」の思索を振り返ることになった。これらを総合する形で第三章において、創造主体の言語表現の晦渋に由来するマラルメの詩想の難解さとそれに対するイマージュ表現の必然性、そして日本の詩、とりわけ絵とことばの融合に妙味がある画人俳人の与謝蕪村の俳句の表現について考察した。そこからマラルメの日常・非日常における表現対象、そこに隠された非分析的主体の曖昧な表現と、日本美術におけるそれらに関連する表現対象・主体表現とを、両者の自然観のうちに再確認し、それぞれに異なった経緯と思想を経つつ、ことばと絵が繋がることに対する各々の必然性を、「主体」の文化的相違と照らし合せながら推論した。ここに創造における「無」の認識が検証でき、生と芸術における「遊び」の感覚が浮かび上がった。そして最後に第四章で、こうしたことに意識的であった日本文化論・記号論のロラン・バルトによる思考、「ことばの不透明性」「無」の思索、俳句と日本文化の「遊戯性」、そして彼が「マラルメの部屋」と見做す「象徴」の問題について検討した。以上第一部を、常にマラルメの詩的実践と思索を各々の場での角度から顧みながら考察した。

第二部では、第一部で根本的な問題として浮上した、創造における「無」「空白」とそれに関わる〝逆説性〟について探究した。第一章で、まず創造の中枢としての芸術における音楽性に関して逆説性を考察することになった。マラルメを師と仰ぐクロード・ドビュッシー、そしてウラジミール・ジャンケレヴィッチ、ピエール・ブレーズの音楽ないし諸芸術に対する見解について検討し、次いで、ブレーズに導かれ、音楽に深く関わる画家パウル・クレー、同様の画家ジョルジュ・ブラックにおいて音楽思想を考察した。ブラック解釈の手立てとなったジャン・ポーランから東洋の思念に差し向けられ、そこで、東洋・日本側から、日本とフランスに生きた九鬼周造、その芸術諸ジャンルに関わる時間論、並びに東洋に生きた西洋人フェノロサの自然観ないし文化観に見受けられるジャポニスムを瞥見した。次に第二章では、こうした、常に逆説的というべき創造の思索を生み育んだ土壌の確認として、西洋と東洋の一九世紀後半から末にかけての歴史的状況を総括的に概観し、そこに散見されるジャポニスムを通して、時代の逆説性と芸術の本来的逆説性を再確認することによって、近代・世紀末の芸術文化を歴史的に明るみに出した。その上で第三章において、そのような世紀末文化に生き、社会と芸術の間で逆説的行為を実践し、その自然観と創造主体の問題において日本と深く関わった芸術家、社会と創造の逆説性を具現したひとりの芸術家を取り上げることになった。すなわち、これまでと領域を変えて三次元の立体芸術のうちに、しかし同様の問題意識を通して、近代から現代へと、時代と芸術を展開させた彫刻家オーギュスト・ロダンを考察した。そこに日本の自然観に繋がる「花子」の動態性への関心を見出した。また、高村光太郎のロダンへの心酔も確認した。上記第二部のここかしこで、やはりマラルメの思索、「空白」「無」、さらに抽象の意識に触れることになった。

続いて第三部で、そうした芸術表現の近代から現代への進展を、具体的にやはりことばと絵、そして関連して浮上した「書」、また現代日本画家の意思において探究した。まず第一章で、これまでの問題の中枢となるマラルメの思索を、常に参照してきた詩画作品「骰子一擲」の〝幾何学的空白〟において吟味し直し、芸術諸ジャンルにおける各々の可能性と不可能性および芸術の総合性、そして主体に関わる「余白」「無」および「線」「抽象」の核心的意味について本書の流れから再検討し、これを本部の出発点とした。そこで確認した諸芸術の相関性を現代へと進め、第二章でエドゥアール・マネからアンリ・マチスの創造性、「空白」「無」の意想について学んだ。まず、現代抽象画家マチスが手掛けた『マラルメ詩集』の線描挿画、そしてことばと絵に対する彼の思索を検討して、そこに〝主体〟と照らしあう「余白」の意識を見出した。それは同時に、ジャポニスムに、また葛飾北斎への留意に繋がっており、その経緯から、アンリ・フォションを考察することへと結ばれた。それはさらに文化史家ロジェ・カイヨワと書家森田子龍の共同制作の検討へと導かれ、そこに、「線」と「空白」の意識を見、また、子龍のマチスへの深い共感を確認して、ジャンルと国境を越える探究となった。カイヨワの「遊び」、子龍の「無」の思索は、同時に第二部の九鬼周造の再確認ともなった。引き続いて第三章で、字と絵の間にある「線」としての「書」について検討した。日本の書、世界の抽象芸術に繋がる書、その間の書の歴史、芸術観・文化観の歴史的考察となった。詩と絵、そして書においても、「余白・空無」を創造の核として確認した。ここに、岡倉天心、フェノロサの日本文芸観が関わってくる。これは翻ってまた、フランスの詩人マラルメ、ギヨーム・アポリネールから、スイスの図形詩の詩人でありマラルメの「骰子一擲」を自らの思索の出発点にしたオイゲン・ゴムリンガー、さらにゴムリンガーとマラルメを詩作の起点とした日本の向井周太郎のコンクリート・ポエトリーおよびビジュアルアートに繋がった。こうして現代へと、西洋と東洋をまたぎながら論を進展させた。そして第四章で、西洋に学び東洋に生き、現代文化を世界に示した、日本画家東山魁夷について吟味した。現代的というべき静謐端正なデザイン性をもつ、自然を対象とするその画布に、日本本来の自然観と文化の意識かつ図案的抽象的な創造性、そして創造主体ひいては自然と人間との繋がりのあり方を見た。それは、絵とことばによって現代社会への思いを伝えるものでもあった。

第四部では、第三部における具体的な芸術創造の現代への展開を受けて、その現代性について根拠から将来を省察するために、まず第一章で理論的に、時間と文芸を考察した九鬼周造の文芸理論、および日本文化と外国文化との相照について検討した。その比較芸術——芸術諸ジャンルに対する時間的分析に、線のリズム、沈黙の音楽等、総合的表現性ないしは日本芸術の「無限」の解明を認め、同時にそこにフランス象徴主義との共鳴また齟齬をも見た。次に第二章で、九鬼が精神の父と見做す岡倉天心と共に、近代日本において日本の伝統文化を広く世界に示したフェノロサについて、自然に基づく総合芸術観・仏教観において、文芸文学の本質、〝内在的諸関係の調和〟としての音楽性の重視、ないし無限と流動の思考を探索することになった。そこにマラルメとの、これまで明らかにされることのなかった繋がりを見た。それを具体的に探究するために、第三章で、従来、美術・宗教・文化の領域に位置づけられるフェノロサの思索について検討した。それは、文学をも含み、否、むしろ文学・文芸を出発点とし常に芸術諸ジャンルを照らし合わせながら文化の総体を眺めていたフェノロサの思索の発掘として、具体的にその文学観を遺作『漢字考』「能楽論」において考察するものである。そこで、アメリカ人イマジストのエズラ・パウンドとアイルランドの劇詩人ウィリアム・バトラー・イェイツのフェノロサ継承によって世界の文学に通じる虚構・虚無・空白・象徴性の様相を明るみに出し、それが美術界での運動や思索と歩みを共にし、文化観に繋がること、そこには西洋人ながらアメリカ人としての特異な側面があること、しかしながらマラルメと共鳴する芸術の逆説性、自然観、主体の問題、〝無〟の意識、象徴主義の問題が文化史的に考察されていることを指摘した。これは、パウンド、イェイツ、さらにマラルメによってポール・クローデル、そして第一部以来たびたび参照してきたバルトに繋がるものであり、それによって、従来、美術の領域、文化・宗教の領域で研究されていたものの、必ずしも全面的には価値が評価されていなかったと考えられる急逝の文化史家フェノロサの功績に対して、文学関係の考察を取り込んで統合的に価値づけることとなったと思われる。それは同時に、芸術諸ジャンル、東西の文芸文化の交流における、共鳴と齟齬を総体的に明らかにするものでもあったと考えられる。ここに、響きあう東西文化、すなわちその共鳴と齟齬を改めて発見することになった。それは、より豊かに現代世界の芸術と文化を育むものになるのではないかと思われた。こうして、ことば・文学、絵・美術、音楽といった芸術諸ジャンル、さらに西洋と東洋の国々、そして、近代から現代に向けて試みた学びの視点の意味を表明しえたかと思う。マラルメの価値のより広い認識のための一助となるだろうか。また、フェノロサに対して新たに文学的価値を付加し統合することで、より広範な価値の発掘にいくらかでも貢献しうるだろうか。また、マチス、ロダン、そして「書」、魁夷を、マラルメの光が照らし出す象徴主義の風土から、自然と無と逆説の観点における繋がりとして、個々にいくらか新たな価値を付与できるだろうか。

以上を構成する章は、単独に学会誌や大学紀要等で自らの探究の道筋に導かれて書かれたものであり、当初はそれら書きためた論考を概ねそのまま配置して編成するつもりであったが、そのプロセスにおいて、むしろ薄暗がりの紆余曲折のなかで一貫した自らの思索を改めて確認することになった。それゆえ、ひとつの書物となるよう手を加えた。もとよりずいぶん以前、また折々の必要に応じてまとめられた論文に対して内容を部分的に大きく修正することはできず、互いに重複する部分を個々の論文において十分に整えて過不足なく他と切り離すこともできず、完全に一本化された書物にするのは極めて困難だったが、可能な限り、自らの思索の一本の道を明らかにしたいと考えた。実にこの作業が時間的に予想以上に手間取り、当初の予定を遥かに長引かせた。いちいちの文献を見直し、思いがけない誤りを十分に修正する余力もなく、精神的にも苦渋を味わわせるものとなったが、結果的には、長年の自身を振り返り反省し断念する機会となり感慨深かった。ご叱正を賜わりたい。

領域をまたぎ、時間を隔て、時々の執筆事情があり、その意味で章ごとにレベルに高低もあり、いずれに対しても自信をもてるものではないが、手探りで、すべてマラルメを近く遠くに置き、世界の歴史と文化、諸芸術の間に在る「関係の糸」をたどりながら進めてきたものである。そして、それはとりもなおさず、私自身の、形を成さなかった若い頃からの断片的な関心と物思いに応じ、少なくともそれをいくらか明確にするものでもあった。日本の文芸、その自然観、そして自然に融和する創造主体、人間、生と芸術の連続と融合としての「遊び」、そこにある逆説性と必然的な「無」の意識、それらを射出すいわば「抒情と抽象」言い換えれば象徴性を、ひとりの日本人のアイデンティティーとして、外国文芸と照らし合わせ確認するプロセスでもあった。

このようにして、マラルメの詩と思索のファセットが静かに長く照らし出す多様な芸術世界、そしてそれによってたどり着いた、マラルメとは一見異質のフェノロサの美術運動、これまで結びつけられることが恐らくなかったその思索とマラルメ世界との照応を、まさに東洋文化・日本文芸・ジャポニスムを通して、探索するものとなった。

ここに、自分なりに考えあぐねた道筋のなかで見届けたささやかな「マラルメの光芒」と「フェノロサの反影」、それらの間に見出すことになった実に多様な、人間と創造と文化の断片たち、ひとつの視点からの一貫した断片群を描き出そうと試みた本書が、陽の目を見ることになったこと、その間に多くの方々から賜ったもの、自ら吸収できず消失させたものを思い起こし、今はただ、感謝の念にたえない思いがする。

宗像衣子

目次

Ⅲ　芸術表現の交流

凡　例

1. 本書で引用した文献の標題は、単行本、定期刊行物は『　』で、個々の文学作品および定期刊行物に掲載された文学作品等は「　」で表した。
2. 美術作品と音楽作品等の標題は「　」で示した。
3. 注等における文献および作品等について、欧文の場合は、単行本、定期刊行物の標題はイタリック体で、定期刊行物に掲載されたものは《　》で表した。
4. 注において、以下の書名を *OC.* と略記した。Stéphane Mallarmé, *Œuvres complètes*, texte établi et annoté par Henri Mondor et G. Jean-Aubry, Bibliothèque de la Pléiade, Gallimard, 1945. なお、これに関しては、Stéphane Mallarmé, *Œuvres complètes*, édition présentée, établie et annotée par Bertrand Marchal, I（1998）, II（2003）, Bibliothèque de la Pléiade, Gallimard. 等を重ねて参照した。

この小著を　亡き　恩師　ミッシェル・デコーダン先生、父　中村二柄　そして母　淳子　に捧げる

I　文芸に見る自然観

一　マラルメの〝無〟

はじめに

ことばの表現のうちに、思想ひいては文化の反映が見られるように、絵の表現にも思想や文化のあり方が見受けられるだろう。ここでは、ジャポニスムが風靡する時代に生きた一九世紀フランス象徴派詩人ステファヌ・マラルメ（一八四二―九八）のことば、すなわち詩と詩的思考における表現と、日本美術が示すいくらかの表現上の特質との関連について考察したい。マラルメの思想の中心に窺われる非西洋的思考と、日本美術に垣間見られる時間や空間の感覚、自然観、創造主体の意識、そうした事柄との共通性や差異性を明らかにすることによって、さらには、そのような観点にかかわる他の芸術ジャンルの創造者たちの思考における多様な東西文芸の響きあいを瞥見することによって、ことばと絵を同等の芸術創造のレヴェルから考えることができる様子を確認したいと思う。そこに、こうした考察が思想や文化の探究において価値をもつ有様が見られることになるだろう。

1　人工的自然と創造的無

本論のテーマに即して、マラルメの詩と詩的思考において自然のモチーフとしての花がどのように見られるか[1]、それに関連して、詩における〝無〟の意識や空白の感覚がどのように捉えられるか、そしてそれらを描出する語彙や語法から、創造主体ないし主体としての人間のあり方とそれにまつわる表現にどのような難解さが窺えるかについて検討したい。

ⅰ　詩二篇

以下は、一八八七年『独立評論』誌に初出、そして同年、『マラルメ詩集』に収録された詩篇群であるが、常に三篇一体として扱われているもののうちの二篇である。ここで取り上げない第一詩篇では、詩人の夕暮れの部屋、花卓子のみがとり残された部屋の光景がうたわれている。次に挙げる二篇のうちの前者、第二詩篇は、夜半、花瓶の花が欠けている様子を、そして後者、第三詩篇は、夜明け、かすかな期待を孕みながらも、何も生まれなかった様子を描く詩篇であり、これら三詩篇は、詩人の部屋における〝詩〟の不在を浮き彫りにする一連の詩群と言えるだろう。第二・第三詩篇から、関連モチーフを示す部分を掲げたい。

第二詩篇「壺の腹から　一跳びに躍り出た……」(2)の第一詩節と第四詩節

かりそめの脆いガラスの壺の腹から
一跳びに躍り出た　頸、
苦悩の夜のよすがらを　花で飾る術もなく、
口は　かけこぼたれて　知るよしもない。

一輪の薔薇の花を　暗闇に予告しながら、
ひたすらに唯　悶え苦しみ、しかも
何物をも　吐き出すことを肯じない。

この詩では、あるべきはずの一輪の薔薇の花が存在していない様が表されている。夜もすがら、花瓶に飾られることのない花。花瓶の首や口は、〝無い花〟を露わにする。後にその一端を見るマラルメ独自の語法と語彙に照らせば、〝詩〟が生み出されないことを如実に語っていると言えるだろう。冒頭第一詩節から、成就しなかった花瓶と花との合体、それをめぐる夢想、孤立といった風に、空虚な状況ばかりが、表現として積み重ねられている。無いということが、〝無い花〟の表象として描かれている。ところで、この〝無い花〟は、さらに自然との関係において、どのようなものだろうか。花瓶に飾られるべく切り取られてあるはずの花であり、たとえ存在したとしても、それは、自然の中に息づき、咲き薫る花であったわけではない。自然から切り離されて飾られる、いわば人工的な花と言えるだろう。この点に注目しておきたい。

第三詩篇「ダンテル編みの窓掛は自づと……(3)」の第二詩節と第三詩節

絡み合う唐草飾り花飾りの　白と白との
一面に縺れに縺れたこの真白さが、蒼白い
窓玻璃にあたって消えて、屍衣で覆ふ

白さにまさり　翩翻とひるがえっている。

けれども　夢で金色に彩られる人の心には、
音楽的な空洞の虚無を　たたえて
悲しそうに　マンドールが眠っている、

この詩では、明け方、〝無〟をたたえた寝床に揺れるカーテンの姿が現れている。カーテンの模様、すなわち、縺れ合いフーガのようにめくるめくそれ自身を追いかけてゆく白と白の唐草模様、自らに自らを重ね追ってゆくような花模様が、天空へと連なってゆく。詩人の楽器の腹部から、〝詩〟の誕生は、やはり見られない。白の中で、無限に繰り返される花飾り模様が、連鎖し立ち上ってゆくだけの夜明けである。

生まれなかった詩人の音楽が、流れ去りゆく花のモチーフとともにある。この花は、しかしここでも、揺れるカーテンの中でいわばデザイン化された花であり、自然の風景に生きて咲く花ではない。人間の視覚で形成された花である。そして花は、模様として宇宙へと繋がる。

自然から切り取られた花が、視覚の中で拡大されたような花飾りの植物模様となって、浮上してゆく。それは、自然に繋がるというよりは、窓枠を越え、天空へと立ち上り、宇宙に繋がっている。カーテンの模様と宇宙との大小関係の非写実性も浮かび上がる。そしてこれらの全体を包むのは、やはり現実の〝無〟である。

このように自然の中の植物である花のモチーフが見られるが、それは自然の風景の中の花としてあるのではない。人間の意思が切り取った人工のものとしてあり、抽象化されている。そして、それにまつわり〝無〟の存在が見られたが、それはどのようなものだろうか。そもそもマラルメの〝無〟の意識とは、詩作と思索、芸術創造の意識において、どのようなものであったのか、それを探らなければならない。花との関わりを指標に、次に検討しよう。

ii 詩的思考

〝無〟から〝無〟への創造

次項との関連から、テキスト自体において、端的にかつ創造のニュアンスを求めながら、マラルメの〝無〟の意識を追跡したい。詩論集『ディヴァガシオン』（一八九七）所収の「重大雑報」の中の「魔術」において、詩句について、「書く行為」の局面から、マラルメは語った。

ことさらに翳りのなかで、黙された対象を、暗示的で、決して直接的でなく、それと等しい量の沈黙に自らを還すことばで喚起するということは、創造に近い試みを含んでいる――〔……〕詩句とは、魔術的な線だ！――そして、韻が絶えず閉じ、開く円環に、妖精あるいは魔術師が、草のあいだに、作る円との一種の相似は否めまい。(4)

また、同じく『ディヴァガシオン』所収の「文芸における神秘」において、詩句について、「読む行為」の観点から、次のように詩人は定義した。

頁に従って、あまりに声高に語るかもしれない表題さえ忘れるような自分自身の純粋さを、頁の端緒になる空白によりかからせること。一語一語征服された偶然が、散らばった極めて小さな裂け目に並んだとき、根拠のなかった空白が確かなものとして、彼方には何も無いこと［無があること］を結論づけ、沈黙を正当化するために、変わることなく戻ってくる(5)。

そもそもマラルメにとって、芸術創造とは、〃無〃から〃無〃への、有るか無きかのリズミカルな行為であり、ひとえに、〃無〃が、〃意味ある無〃として確認されるようなものであった、と言えるだろう。

抽象と主体

そうした創造は、次のように思索されるものであった。文芸の時代を画する意識を担った、代表的詩論「詩の危機」において、詩の状態について、マラルメは述べる。

ひとつの創作に属するモチーフ群は、振動しつつ、隔たりをもち、互いに均衡を保ってゆくだろう。それは、ロマン派的な作品構成に見られる一貫性のない崇高でもなく、また書物においてひとまとめにして計測された、かつてのあの人工的な統一でもない。すべてが宙づりの状態となり、それは交錯や対立を伴うひとつの断片的な配置であるが、その交錯や対立は全体的律動に協力しているのである。その全体的律動とは、沈黙の詩篇、余白行間における詩篇であろうか、あるひとつの方式で、すなわち［穹窿の存在を暗示するような］ひとつひとつの三角面によって、翻訳されるだけであろう(6)。

詩の内部において語たちが均衡を計り合ってゆく運動、語たちの相互作用の運動のうちに生まれる〝詩〟の動的状態は、無いものを示すことに向かうにほかならなかった。また、詩論「祝祭」において、〝詩〟の完成・成就の様子が、描き出される。

表徴！　無が独占的に全体に属するという、精神的な不可能性の中心の深淵にあるもの、それは我らの神格化の神的なる［分数の］分子であり、何らかの至高の鋳型にほかならなく、現実に存在するいかなる物の鋳型としても存在してはいないものである。しかしそれは、ひとつの印璽をそこに活性化するために、散乱し、人に知られず、漂っているすべての鉱脈を、何らかの豊かさに応じて借り、そしてそれらを鍛えるのである。(7)

そして、無いことを示す、いわば抽象的運動における詩の完成においては、以下のように創造の主体は消滅させられていなければならないものとなる。前掲「詩の危機」に言う。

純粋な著作は、詩人の語りながらの消滅を含む。詩人はその不等性の衝突によって動的状態にある語たちに主導権を譲る。語たちは、宝石のうえの一条の虚像的な火の連なりのように、相互間の反映によって点火されている。古来の抒情詩の息づかいにおけるはっきり認知できるような呼吸に、あるいはまた文章の熱狂的な個人的導きにとってかわりながら。(8)

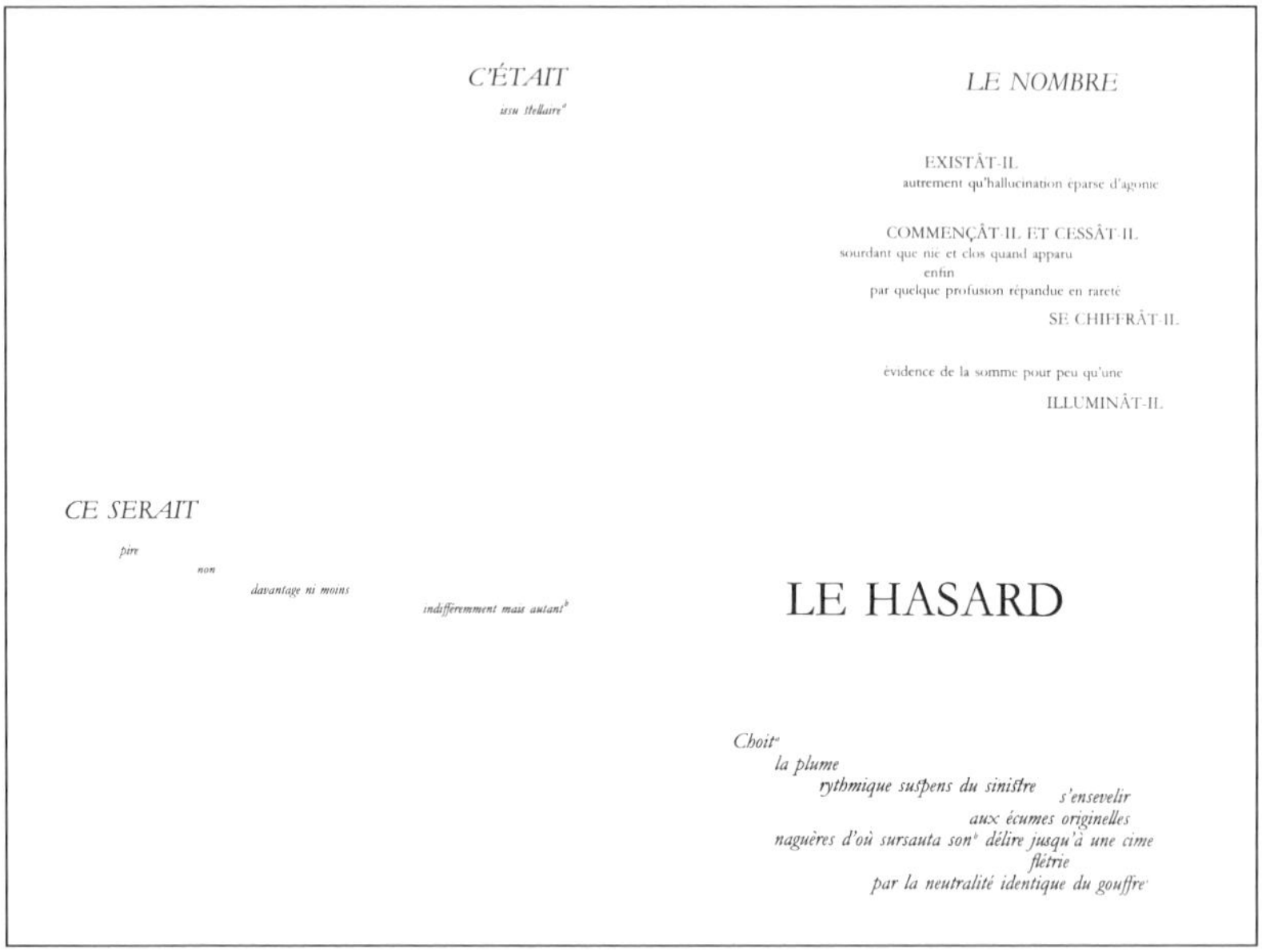
C'ÉTAIT
issu stellaire[a]
LE NOMBRE
EXISTÂT-IL
autrement qu'hallucination éparse d'agonie
COMMENÇÂT-IL ET CESSÂT-IL
sourdant que nié et clos quand apparu
enfin
par quelque profusion répandue en rareté
SE CHIFFRÂT-IL
évidence de la somme pour peu qu'une
ILLUMINÂT-IL
CE SERAIT
pire
non
davantage ni moins
indifféremment mais autant[b]
LE HASARD
Choit
la plume
rythmique suspens du sinistre
s'ensevelir
aux écumes originelles
naguères d'où sursauta son délire jusqu'à une cime
flétrie
par la neutralité identique du gouffre

図１　マラルメ「骰子一擲」（第９面）

ここには、芸術要素の自律性に対する意識が見られる。このような、空白と無の意味、いわば抽象的感覚、そしてそれを形成する数式的感覚、いわば抽象的感覚は、主体の消滅と共に、マラルメの最晩年の画期的作品である「骰子一擲」〔図１〕においても、彼自身の手になる序文の中で、相互作用的に計りあう語たちの動的状態のうちで「取り囲む沈黙のような余白が重要性を担う」、などとして確認されているものである。(9)

iii　難解な表現

ではこうした思索は、語彙として、語法として、どのような特色をもって表現されていただろうか。このように重要な空白や無は、「白（い）」という語によって、また、「何らかの」という不定形容詞によって、極めて難解に、抽象的かつ複雑な表現によって、語られていた。一端を再確認しよう。

「白（い）」blanc

〝白〟は、マラルメが詩と詩論の随所にちりばめる、顕著な思考を担った語である。純粋、欠如、不毛、不可能性、無、そしてかつ、全的可能性、無限、また余白、意味ある余白の意識も、この語によって表現されている。本論に即して端的と思われる例を加えれば、たとえば次のようである。すなわち、詩の創造にまつわる夢想において、「いたるところにいてどこにもいない」「何らかの白い蝶[10]」（quelque papillon blanc）が、「書物」の白い（blanc）紙（papier）が振動する（palpiter）ように、ひらひらと舞う、「その間にも鋭い無垢の無は通り過ぎ、また通り過ぎる」、と彼は記したのであった。

「何らかの」quelque

先にも現れた、「何らかの」という語彙も、「何らかの場所、何らかの人、何らかのもの[11]」として、マラルメの中心的思想の核となる語に付される不定形容詞であり、顕著に彼の思考を示すと思われる。現実的個別性をもちながら、かつ普遍的意味を担う語と言えるだろう。本論のモチーフ、花に即して一例を挙げよう。

　私が、花！と言う。すると、その声がいかなる輪郭をもそこへ追放する忘却の向こうに、既知のどの萼《うてな》とも別の何らかのもの（quelque chose d'autre que les calices sus）として、あらゆる花束に不在の花、甘美なイデーそのものが、音楽的に立ち昇るのである[12]。

何かしらひとつのゆれる花。音楽性を含みもち、香りたつイデアの花。ここには、どこにでもあり、どこにもない、という普遍性の意識が示されている。そしてこれにまつわって、やはり〝無〟の意識が見届けられる。

以上のように、マラルメにあって、詩想に関わる貴重なモチーフとして花があった。しかし、それは人間の手で切り取られた後の花であり、時にデザイン感覚をもち、自然というよりは天空・宇宙に繋がるものとしてあった。

そしてこのような花を表徴として描く〝詩〟の成就こそが〝無〟であり、それが詩的生成において重要な機軸の意味をもっていた。マラルメの象徴性とは、そのような創造の姿を見せるものであり、詩の理念の表象として、意識され、表現されていたと言えるだろう。

しかしそうした思索の表現においては、それを表徴する語として、白であり、余白であり、空無である〝blanc〟が見られ、あるいは「何らかの」という語、不定形容詞が要となっている。具体性が幾分希薄であり、かつ抽象性を帯びた表現として、また主客が明確に規定されるほかない言語の語法ゆえの難解な文章表現によって、それは現れるほかなく、そこに主体の抹消の行為と共に、〝無〟が難解に描き出されていると言えるだろう。

2　日本美術における時空間の一特質

次に、日本美術において特徴的な、自然のモチーフ、花のあらわれを見て、そこに認められる花の表現と共存する空白、余白、無、すなわち、いわば脈絡の無さと主体のあり方について吟味したい。同時に、脈絡という観点から、逆に、いわゆる脈絡が感じ取られるような場合、すなわち、やはり日本美術に顕著とされる多視覚的な絵図や、絵巻などに見られる浮遊する如く連綿と継続する絵図における、主体の曖昧さについて、西洋の人文主義的文化における、人間のひとつの視点からのパースペクティヴによる画面構成の表現と対比的に、考察したい。日本美術にもいろいろ特色があり、一括りにはできないだろう。ここでは概して一般に検討されていること、その上で、今回の話題に関係して意味深く捉えうることについて、考察を試みたい[13]。

i　自然のモチーフと写実性

花や草木は、日本の絵図において、自然のモチーフとして好まれ描かれている。とりわけ草花図は多い。たとえば酒井抱一の「夏秋草図屏風」〔図2〕や尾形光琳の「燕子花図屏風」〔図3〕は名高い。そこには、自然の花が、花自体として、主たるモチーフとして、描かれている。西洋画の場合によく見られるように、人物等の背景を成す自然の景色の一部というわけではない。あるいはまたそれは、同様に西洋の画布によく認められるように花瓶に華麗に整えられ飾られた花ではなく、自然の中にあるがままに描かれてある[14]。

そして、その表現・描写は、花に限らず人にも事物にも一般的に感じられることであろうが、極めて写実的に描写されている、と言えるだろう。それ自体においてリアルである、あるいは、リアリティーを十分湛えている、と思われる。しかしその写実性は、さらに眺めると、どのような特質をもつと考えられるだろうか。

ii　余白と無

それら全体に際立つ特徴として、描かれた対象を囲む、対象同様にリズミカルな余白に気づかないわけにはゆかない。何かの背景として描かれたのではない草花は、それ自体、草花に限らず人物や事物の場合にも、実にリアルに描かれながら、その背景をもたない。背景のリアリティーを欠く。一般的に、西洋画の埋め尽くされた背

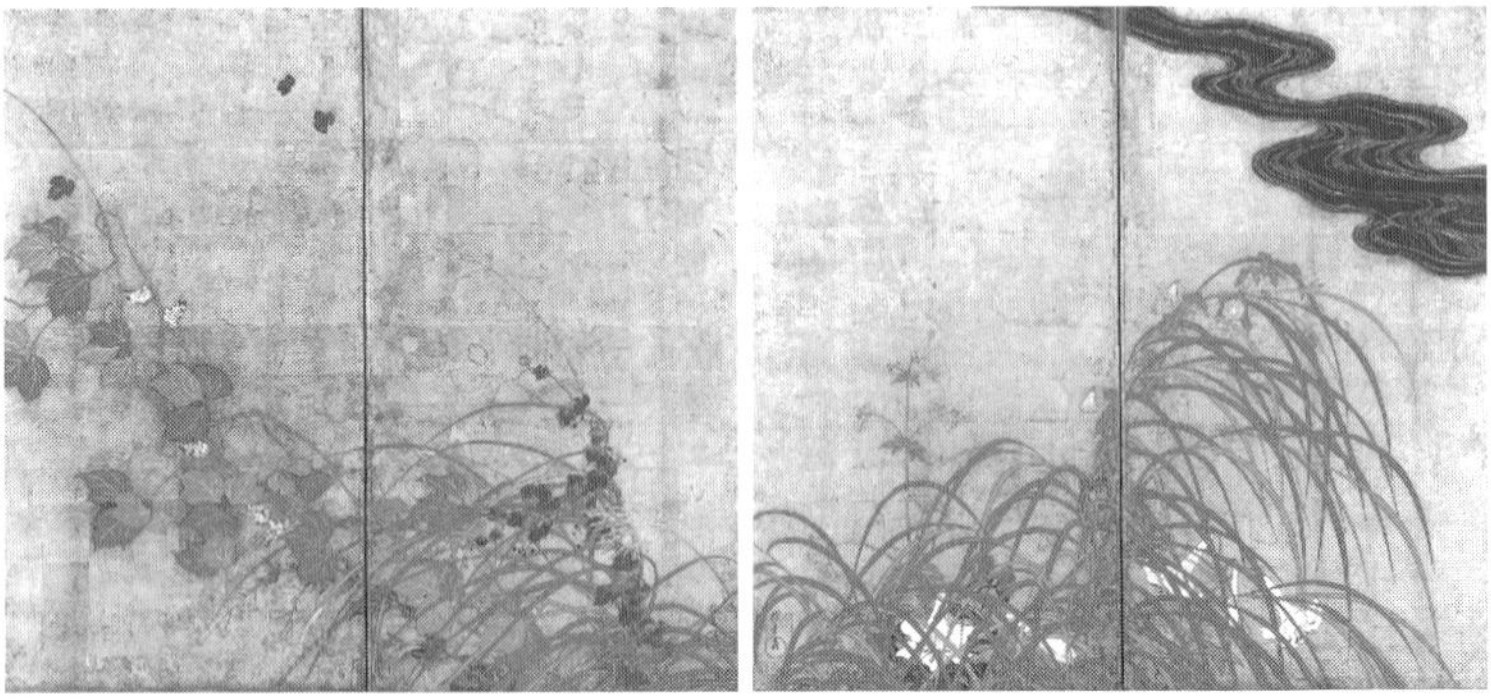

図２　抱一「夏秋草図屛風」1821-22 東京国立博物館

図３　光琳「燕子花図」（右隻）江戸時代18世紀 根津美術館

景に比して、事物の描写が背景をもたないが、それは、いわば脈絡から切り離されている、と捉えられるだろう(15)。

こうした事物自体への焦点の絞り込み、事物自体をそれとして見る見方、ここには、一種の抽象化の側面があると言えないだろうか。その時、事物以外の余白や、事物を取り巻く余白は、無用の空間ではなく、事物を生かす空間として、意味をもっていると思われる。余白は、空白として、描かれたもののために意味をもっていると言えるだろう。そこには、事物と事物外の、いわば有と無の等価値化があると推論できないだろうか。

余白と余白外は、相補的な関係

として、構成の意味をもっている。そこにはデザインの感覚があると考えられるだろう。現実の脈絡や前後関係の具象性を簡略的に捨象した、その意味で、具体的対象への視点をもつ創造的主体を欠いているにもかかわらず、創作者の意識というべきものによるほかないような抽象化が見られると言えるだろう。

ⅲ　脈絡の有無をめぐって

前記の脈絡の無さを確認した上で、さらに問わねばならないことは、それは脈絡を本当に欠いているのだろうか、ということである。むしろ脈絡のあり方に特殊性があるのではないだろうか。この点からさらに、絵の別様の二つのあり方について考察したい。脈絡に関して異なるそれらから、逆に照らし出されるものがあるだろう。

前項のような絵のあり方の一方で、いわゆる余白をあまりもたない感じの絵図がある。たとえば、「洛中洛外図屏風」〔図4〕や「四条河原遊楽図屏風」〔図5〕を見よう。ほぼ全面を尽くして、人物たちやその住まい、町の様子が、リアルに描かれている。しかし、その写実的描写性は、よく見ると、画面全体から言えば、いわゆる、ルネッサンス以来の人文主義的な西洋絵画の一般的追究のうちにあるような、人間のひとつの視点からの透視画法によって構成された全体をもつ写実性とは見えない。複数の視点の角度から描き出され、それらが組み合わされている、その上での写実性と言えるだろう。[16] また、そこここに雲や木や川で、空白に類する部分が曖昧な境界、時間と空間の境界を作っていることにも留意したい。この点で、こうした絵図には、極めて写実的でリアルでありながら、多視覚的な、いわば非現実性があると言えるだろう。それは、曖昧な主体による夢想の視覚とも言えるようなものではないだろうか。同時に、構成としては、いわゆる画布としての抽象的構築性に通じるものがあると考えられるだろう。

図５　「四条河原遊楽図屛風」（部分）
江戸時代17世紀　静嘉堂文庫美術館

図４　「洛中洛外図屛風」舟木本（部分）
江戸時代17世紀　東京国立博物館

図６　「鳥獣人物戯画」甲巻（部分）平安時代12世紀　高山寺

また他方、「源氏物語絵巻」や「鳥獣人物戯画」〔図6〕、その他多くの旅の絵巻、日本美術に特徴的な絵巻物の時空間にも注目したい。それらの多くはことばと共に、時間と場面を追って事物を描きながら、それでいて、必ずしも明確な場面の区切りをもたず、流れるように続いている。折々、雲や水の流れなどによる空白に類するものが、曖昧な繋ぎの役を負っているように見える。人間が画定する時間と空間による画布の枠、そのいわば人工の枠組設定をもたず、言うなればより大きな自然の時空によって曖昧に繋がっているように思われる。一人の人間の主体が統一的に描いているものではない。こうした連続的構図や流動的構図には、人間の視点による明確な場面の画定とその継続を具える西洋画の展開的画布とは、性質を異にするものがあると言えないだろうか[17]。

すなわち、前記両者、いわゆる脈絡を欠いていないようなもの、脈絡が有るようなもの、および有るような無いようなもの、においても、一人の人間、すなわち創造主体としての人間の眼による脈絡が欠けている、と考えられるのではないだろうか。

ⅳ　主体のあり方

余白や脈絡の有無に関して、これらを総合すれば、問題はその有無ではなく、創造主体のあり方であることがわかる。

余白に囲まれ、脈絡を欠き、孤立した事物は、しかし、完全に孤立していただろうか。その孤立そのものにおいて、繋がっているところはなかっただろうか。わかりやすい例では、植物の描写に多いと思われるが、それらは、たとえば現実の四季の区切りをもちながら、いつしか連綿と続いていたりもする、ということは、人間の視覚が捉えた画布というよりは、自然そのものの光景として、連関している、脈絡をもっている、といった直観的意識や感覚を示さないだろうか。そこには自然に曖昧に融合してしまっている主体がないだろうか。そして、完全に余白に囲まれて、いわゆる季節の流れもないような画布には、主体の融け込んだ、自然の一瞬の映像が見られるのではないだろうか。

　とりわけ近現代以前、西洋キリスト教文化においては、神を頂点とする、人文主義的な価値のヒエラルキーがあった。動物・植物・自然は、人間の理性から切り離すべき、価値の低いものであった。それ自体が絵のモチーフとして選ばれることはなかったという。ところが、日本において、動物や植物は、自然のなかで、人間と同等に価値をもち、光景のなかで、時間と空間の流れを含み、繋がって生きている。孤立したものたちは、現実の脈絡から切り離されながらも、自然全体の関係のなかでは繋がっていたと言えないだろうか。

　全面を覆い尽くす風俗絵図も、流れゆく絵巻物も、創造主体の曖昧不確定な、多視覚性や区切りの無さをもって、不思議に全体を髣髴させる画布となっている。区切りなく繋がっている。とりわけ旅の繋がり、人の生の繋がりは、いわば自然の中の時空間との不可分な融合の流れとして、自然と人間が明確な区別なく融け合っている様を思わせないだろうか。

　余白において繋がる、すなわち、余白とは〝途切れ〟であり、同時に、〝途切れのうちの繋がり〟を示している。確たる余白のない、脈絡があるような描写にも、曖昧に流れる雲や水、いわば見えない余白があり、それらが脈絡を繋いでいる。つまり、余白は、余白外と等価値であり、有と無の全体を含んでいるようなものとしてある、と言えるだろう。それは主体の無さ、あるいはその曖昧なあり方に呼応するものと思われる。そしてそれは、自然と人間との関わりあい方に由来するものとも考えられないだろうか。

3 自然の描写に関わる相違性

それでは、マラルメに認められた意識と日本美術に推察される特質、この両者、洋の東西とジャンルにまたがりながら、その共通性と差異性について、問題意識のまとめへと進むべく振り返ろう。

i 自然のモチーフと象徴性

マラルメの詩やことばに自然のモチーフとしての花が見られた。しかしその花は、自然に生きるリアルな花を想定したものではなかった。〝無〟に関わるものではあるが、理念を担った象徴性をもつ花と言えるだろう。また、花の図柄が、抽象的デザインのようになる、その変貌は、抽象性の面で現代芸術の動向にも関わる貴重な意味を喚起する。しかしあくまでその向かうところは、自然ではなく、高みの宇宙、その理念との照応であった。

一方、日本美術に多く見られた、自然の花は、それ自体として、リアルに描かれ、そして、自然な孤立の中で余白と共にあった。それは、リアルな抒情性の只中で、いわば抽象化され、象徴性をもっていた。そして、なお、有るか無きかの自然の間に生きていた。その象徴性はどこにも向かわず、それ自体において、自然との同化のうちにあった。

ii 無・空白と主体

余白・空白の意識は、その創造的重要性の価値の点で、極めて貴重な〝無〟の意識を思わせるものとして、マラルメの詩やことばにうかがえた。しかし、それは、あくまで論理的言述あるいは抽象的言い回しによって難解に浮き彫りにされるほかない思想としてあった。またあるいは不定形容詞を付されて、いわば明確な不明確さとして、表現されねばならなかった。そしてそのとき、モチーフの花は、自然に生きるリアルな描写としてあることはなく、いわば抽象化されたものとしてあった。

そしてそこでは、創造主体や人間の視覚、つまり人間の存在は、懸命に消滅させねばならない明確な対象であった。固定・画定していた人間の視点が、取り出され、変化させられ、抹消される。これは、主語・述語、主体・客体関係の明晰な西洋の言語表現にあって、当然の事態であり、またその主体の抹殺は表現しがたいものであっただろう。図像的にその思索が表現されるとしたら、たとえばそれは「骰子一擲」のように、ことばを配置・構成した思索の図、しばしば考えられるように表層のイマージュの象りの図化ではなく、やはり難解な思索の絵図となっただろう。

他方、日本美術の側から見れば、そこでは、ごく自然な風に、空白・余白・無の空間、またその感覚が随所にあった。事物に焦点が当てられ、脈絡から切り離され、描写される情景は、リアルな描写のままに、事物に象徴的意味が浸透し浮上する、という感触へと繋がるだろう。ことばによる事物の描写としてはともかく、イマージュによる表現において、余白を置き、余白を描くということは、曖昧さを、すなわち具体のうちにある種の普遍性を浮かびあがらせる仕方として、実は曖昧不分明かつ非合理でありながら、それでいてごく自然な感じを与えてしまう描出になりえただろう。それは、曖昧に時間と空間を隔てる、と同時に繋ぐものとしてあった。空白が無いことも有ることも、共に、明確な創造主体が無いという点で、同様であった。

自然の時間の流れの中にそれとして生きる花や風景、そして人も動物も、それ自体孤立して、あるいはまた多視覚的に捉えられ、描かれる。そこでは、創造主体は曖昧である。断続と継続が自在に置かれる。その中で、あくまで具体的事物が、それとして、かつそれ自体が普遍性を帯びて、描かれている。人間の視点が固定化の枠から解放され、流動し、たゆたっている。ここには、対象も主体も、区別や対立なく、曖昧に自然に融合する世界が見られると言えるだろう。そしてそれは、主客の曖昧さを許容する日本語の言語的性質を髣髴させる。すなわちそこでは、創造主体すなわち人間は、わざわざ抹消される必要はない。もともと曖昧な主体があるだけであり、それは曖昧なまま、リアルな夢想を実現させている、と言えないだろうか。消す必要のない主体が、いつしか自然と共に融通無碍に流動変貌し、自然に融け込んでいる。こうした主体の問題が、ことばと絵の表現に明確に現れているのではないだろうか。

4　〝主体〟をめぐる文芸の照らしあい

言語としてイマージュとして、諸芸術はその構成要素のあり方ないし創造者個人の資質によって、多様な響きあいを、文化の流れの中で見せるだろう。その例として、固有の共鳴を示す芸術諸ジャンルにおける〝無〟の意識を、画家ブラック、音楽家ドビュッシー、言語・文化記号論者バルトに瞥見しよう。

i　ジョルジュ・ブラック

東洋に深い関心を抱き、典雅な画布を生んだキュビスムの画家、東洋的静謐を湛えると言われる現代抽象画家ブラック（一八八二―一九六三）、彼の芸術意識はどうだろうか。彼も鳥や花のモチーフを多用する。彼が詩文にも音楽にもよく共感したことは知られているが、そこに現れる〝詩〟と〝無〟の意識は、今の問題の観点から特筆すべきものだろう。詩画集『昼と夜』から、彼の芸術意識を表すアフォリズムを取り出そう。[18]

・画家は形と色で考える。対象とは詩である。
・わたしには変形する必要がない。つまり無形のものから出発して造形するのだ。
・現実は、詩の光に照らされて初めてその姿を現す。わたしたちの周りではすべてが眠っている。
・詩はモノたちに状況に応じた生命を授ける。
・壺は空虚に、音楽は沈黙に形を与える。
・太鼓、瞑想の楽器。
・太鼓の音を聞く者は静寂を聞く。
・こだまはこだまにこだまする。あらゆるものはこだまする。
・モノを忘れ、関係のみを熟慮しよう。

ここには、主体が消えながら生きる抽象の世界があると言えないだろうか。文学から触発されて創造することの多かったブラックは、詩に特権的位置を与え、また、メロディーをもたない、いわば極めて抽象化された音の構成としての音楽にも導かれるのであった。そして、そこに、創造における核となるような〝無〟の意識を感じているように思われる。

ⅱ　クロード・ドビュッシー

次に、音楽の領域を見よう。ドイツロマン派音楽の巨匠であるリヒャルト・ワーグナーからのフランス的展開、そして、現代音楽を導出したと考えられるドビュッシー（一八六二―一九一八）は、やはり詩人たちの作品に多く関わったが、とりわけ深くマラルメに心酔し、彼の詩の音楽化を試みた。ドビュッシーが、西洋の音楽に対置して記した自然観は、作品「海」の表紙に葛飾北斎を選んだ意識と共に、特筆すべきものである。リズムのみで奏でる打楽器・太鼓・ガムランについて彼は記す。

文明がもたらす混乱にかかわらず、呼吸するのと同じぐらい簡単に音楽を学ぶ魅力的な小民族が、かつていたし今もいる。彼らのコンセルヴァトワールは海の永遠のリズム、葉むらの風、［……］注意深く耳を澄ますと聞こえてくる無数の小さな音である。［……］ヨーロッパ人としての偏見なしに彼らの打楽器の魅力に耳を傾ければ、われわれの音楽が旅まわりのサーカスの野蛮な騒音にすぎないことを認めないわけにはゆかない。(19)

そして、ドビュッシーが、マラルメの扇の詩、空気の振動と詩の生成を描いた詩に曲をつけた、それに対して、ウラジミール・ジャンケレヴィッチ（一九〇三―八五）が、「沈黙の底から浮かび上がる突然の気まぐれ、つかの間の思いが、空無を通して、震えるエーテルを再構成する(20)」と批評したことを取り上げておきたい。ここには、〝無〟・〝自然〟から生まれ、いつしか、〝無〟・〝自然〟に消えてゆくような音楽への意識が見られると言えないだろうか。

iii　ロラン・バルト

最後に、ことばの領域から、文化記号論者バルト（一九一五―八〇）が、マラルメの〝無〟の意識に共感しながら、日本の文化のあり方を捉える批評も忘れがたい。とりわけそこで、俳句について語る内容と表現には、言語と文化の表徴として示唆深いものがあると思われる。核心を瞥見しておこう。彼は、俳句の言語の象徴性を捉え、次のように語る(21)。

・［……］俳句の総体は宝石の網であり、そのなかでひとつひとつの宝石はあらゆる自分以外の宝石を反射し、そのようにして無限に至るが、最初の発光の核である中心は決して捉えられないと言えるだろう。

・俳句は何ものにも似ず、あらゆるものに似る。

・俳句は音楽の音符の純粋さ、球状、空虚そのものをもっている。

・［……］その特殊性はすぐ消える。優雅な巻き毛のように俳句はみずからのうえに自分自身を巻く。跡づけられたかに見えた記号のあとは消される。何も手に入らない。言葉の宝石は無のために投げられたのだ。意味の波も流れもない。

・表徴の帝国？ そのとおり。しかしこの表徴は空虚であり、儀式は神をもたない。表徴の部屋（マラルメの住み処）をごらんなさい。

このように締めくくるバルトの見る日本文化の特質に注目したい。そこには、具体性のうちにある抽象性・普遍性の輝き・反射反映の価値への指摘がある(22)。日本の曖昧なことばが可能にする世界がある。また彼自身は、描く人でもあった。画布には、簡略な抽象のイマージュのなかに、世界の広がりが見られる。

以上、三者にうかがえる音楽的な〝関係〟の世界に、東洋文化と共に抽象芸術の世界が垣間見えることを付記しておきたい。

おわりに

ジャンルを超え、国を越えたところで、芸術家たちの響きあう創造性が見える。そこに、文化とその響きあいが表れているように思われる。ジャンルの交流は、抽象芸術の創始者、ワシリー・カンディンスキーの語るように、根源に音楽性をもち、その深みにおいてよりよくなされるだろう。同様に、文化の交流もまた、その深みにおいて実り多くなされると言えるだろう。(23) 比較芸術と比較文化の探究において留意したいところである。

芸術意識や芸術創造が交流しあうとき、微妙な差異や感覚の違い、微妙なニュアンスの違いが、主に文化史的違和感となって現れることになるが、こうした違和感は、その違いが明らかになることによって、より大きな意味で豊かさへと導かれ、より深い文化の交流の可能性を示すものとならないだろうか。(24)

とりわけ、ジャンルをまたがる諸芸術の関連を、その芸術要素の観点から学び、探究することに、芸術と文化の考察における充実した価値があると言えるだろう。それはやはり、個々の芸術の解釈と個々の文化の把握を、より広遠な道へ誘うものであると思われる。(25)

（1）花のモチーフについては、宗像衣子『マラルメの詩学――抒情と抽象をめぐる近現代の芸術家たち――』（勁草書房、一九九九）において、詳細に論究した。以下、特にマラルメの詩と思考の詳細説明については、本論の問題設定と紙面の関係上、多くを省かざるをえなかった。それに関しては、同書第一部第三章を参照されたい。

（2）Stéphane Mallarmé, «Surgi de la croupe et du bond ...», *OC.*, p.74.（初出は *La Revue indépendante*, 1887.）訳詩は鈴木信太郎訳を参照し使用したが、記述上の変更を加えさせていただいた。（以下同様）

（3）«Une dentelle s'abolit ...», *Ibid.*

（4）«Magie», *Ibid.*, p.400.（*Divagations*, 1897. に収録）以下、マラルメの散文の邦訳については、筑摩書房版『マラルメ全集』（全五巻、一九八九―二〇一〇）を参照し使用したが、本論での脈絡と文体の点から、変更を加えたところがある。

（5）«Le Mystère dans les lettres», *Ibid.*, p.387.

（6）«Crise de vers», *Ibid.*, pp.366–367.

（7）«Solennité», *Ibid.*, p.333.

（8）«Crise de vers», *Ibid.*, p.366.

（9）«Un coup de dés», *Ibid.*, pp.455–456. この作品については、本書二二七頁注（1）参照。

（10）«Le Liver, instrument spirituel», *Ibid.*, p.382.

（11）«Crise de vers», *Ibid.*, p.366.

（12）«Crise de vers», *Ibid.*, p.368.

（13）日本美術の特質について、主に、矢代幸雄『日本美術の再検討』（ぺりかん社、一九八七）、高階秀爾『日本美術を見る眼』（岩波書店、一九九一）および『西洋の眼 日本の眼』（青土社、二〇〇一）に学んだ。

（14）高階前掲『日本美術を見る眼』一一七―一二〇頁、『西洋の眼 日本の眼』四〇―四一頁参照。光琳について、矢代前掲『日本美術の再検討』二六六―三〇〇頁参照。水墨画に関しても本書から多くを学び得た。

（15）高階前掲『日本美術を見る眼』一〇四―一二〇頁、『西洋の眼 日本の眼』四〇―四七頁参照。

（16）高階前掲『日本美術を見る眼』一四―一五頁参照。絵巻物について、矢代前掲『日本美術の再検討』一四二―一八二頁参照。風俗画について、同書二二四―二六六頁参照。

（17）高階前掲『日本美術を見る眼』一八―二三頁参照。

（18）　Georges Braque, *Le jour et la nuit : Cahier de Georges Braque 1917–1952*, Gallimard, 1952. 訳文は、藤田博史訳（『昼と夜――ジョルジュ・ブラックの手帖――』、青土社、一九九三）を参照し使用したが、本論での脈絡上、一部変更を加えた。ブラックの芸術思想については、宗像衣子『ことばとイマージュの交歓――フランスと日本の詩情――』（人文書院、二〇〇五）の第三部第三章参照。

（19）　Claude Debussy, *Monsieur Croche et autres écris*, Gallimard, 1971, p.229. 訳文については、杉本秀太郎訳（『音楽のために――ドビュッシー評論集――』、白水社、一九七七）を参照し使用した。これについては、前掲拙著『マラルメの詩学』の第四部第二章参照。

（20）　Vladimir Jankélévitch, *La vie et la mort dans la musique de Debussy*, A la Baconnière, 1968, p.112.（『ドビュッシー――生と死の音楽――』船山隆・松橋麻利訳、青土社、一九八七）、前掲拙著『マラルメの詩学』第四部第二章参照。

（21）　Roland Barthes, *L'Empire des Signes*, Albert Skira, 1970, pp.102–114, p.148.（『表徴の帝国』宗左近訳、新潮社、一九七四）、前掲拙著『ことばとイマージュの交歓』第三部第三章参照。

（22）　特に北斎について、Henri Focillon, *Vie des Formes, suivi de l'éloge de la main*, P.U.F., 1955, pp.115–116. 参照。

（23）　Wassily Kandinsky, *Du spirituel dans l'art et dans la peinture en particulier*, Denoël, 1989. 前掲拙著『マラルメの詩学』第四部第一章参照。

（24）　抽象芸術や書について、以下を参照。Marcel Brion, *L'art abstrait*, Albin Michel, 1956. Michel Ragon, *La peinture actuelle*, Fayard, 1959.

（25）　本論は前掲拙著『ことばとイマージュの交歓』の補足ないし展開としての意味をもつものである。関連内容について、同書を参照されたい。

二　俳句とハイカイ

はじめに

前章でマラルメの詩と日本の絵において〝無〟〝空白〟に関わる自然と人間のあり方の相違性について考察したが、本章では、絵に近い詩としての俳句とその仏訳を比較対照して、日仏の言語の違いによる主体の表現に対して各々の特性を明るみに出したい。これは次章、主体表現におけるイマージュの必然性の問題に繋がり、ことばと文化の密接な関連の考察を進めることになる。世界にも類を見ない短詩型詩歌である日本の俳句は諸外国で多く翻訳され、今や世界に流布して、いろいろな国々でそれぞれなりの創作が試みられている。その翻訳の実際を見ると、言語上の難しさや原作の句からの様々なずれを感じさせられるだろうし、また創作された外国の俳句・ハイカイにも感覚の違いを覚えることだろう。さらにはことばの力がもつイマージュとリズムについても考えさせられるだろう。今、日本とフランスの間でのこうした事柄について検討したい。

フランスにおいては、俳句は、ポール＝ルイ・クシュー（一八七九―一九五九）の翻訳によって広く紹介され、フランス・ハイカイを生んでゆく。その後、シュールレアリスムの詩人たちに影響を与えながら、いくらかの現代の詩人たちにも深い影響力を及ぼしてきた。クシューの俳句仏訳の考察ののち、現代詩人ルイ・カラフェルト（一九二八―九四）とフィリップ・ジャコテ（一九二五―）について、その俳句的詩について検討したい。

俳句のテーマには、花や植物、鳥や動物、日常の生活風景と自然や天体宇宙等があるが、それぞれについて検討しよう。ことばの問題の一端を、こうした翻訳の角度から考察したい。句に現れる名詞のあり方、それが構成する主語のあり方、また文の種類や調子などを表す句読点の記号について吟味できるだろう。そこで、とりわけ物が主体であるときの句の成り立ち、名詞の生む時間性といった視野も問題になるだろう。検討されることばの表現力のあり方から、ことばと文化の繋がりについての考察のプロセスとなすことができないだろうか。

1　俳句の仏訳が示す主体表現の異同

松尾芭蕉・与謝蕪村らの句に対するクシューによる仏訳を取り上げたい。日仏の言語的相違に由来する事柄、すなわち主語・主体のあり方、擬人化、名詞の単数複数の問題、句読点・感嘆符・疑問符などの記号、名詞が示す時間性、文化の下敷きなどの観点から、〝不動〟の花や植物、〝動〟の鳥や動物、そして生活・風俗と自然、という三つのテーマ分類において、それらを瞥見しよう。(1) 問題にされがちな切れ字や季語、音数の問題に関して考察できる手がかりが見いだせるかもしれない。〝無〟の意識、呼応する〝全〟の意識、主体の消滅の思考、それと引き換えの自然との融合の感覚、自然と生活との融合の感覚が、どのようにか見られないだろうか。そしてこうした吟味から、俳句の絵画性・音楽性・写実性・具体と抽象、並びに、日本語とフランス語のあり方、喚体の意味、論理性と感覚といった、ひろく芸術と文化に及ぶ問題について検討してゆけないだろうか。以下、巧みに翻訳されているが、その上で、なお現れる思考の違いや言語の違いに由来する違和感について検討を試みることになる。

i　花や植物

愁ひつゝ岡にのぼれば花いばら　　蕪村

Plein de souvenirs,
Je suis monté dans les ruines :
Eglantines en fleurs !　　BUSON

仏訳においては、〝私〟という人物の主語がある。原詩の場合、人物は花の陰に隠れているような光景と思われるが、訳詩の場合は、当然であるが、人間の主体が明確に表現される。まるで花が主体であるかのような句の雰囲気は訳詩では出てきようがない。名詞の花は複数（églantines）であるが、訳詩を見て初めて、複数だったのかもしれないと思う。日本語の場合、数については一つとも数個とも、人によって捉え方がいろいろではないだろうか。訳詩では数が規定されざるをえず、句の曖昧さが消えてしまう。

訳詩の句は、まず読点で区切られ、次の句読点で同時性が強調される。そして最後の感嘆符で感嘆の思いが露わにされるが、どうだろうか。必ずしも上5あるいは7でいささかも区切られず、流れて詠みたいときもないだろうか。続く7と最後の5の間では、同時性はその通りであろうが、単一全面的にそれで限定されてしまうと、曖昧な様子のふくらみが消えてしまわないだろうか。つまり時がとどまるようでいてとどまらない。とどまりつまり同時ではあるが、流れて続きでもある様子を切り捨ててしまわないだろうか。

感嘆は感嘆符として外に表記されれば、それだけのものとなる。内に含まれ表面に現れないものを、こちらが主体的に読み取る場合にこそ、みずみずしい感嘆を生まないだろうか。くまなき明らかさによって読み手の空間が狭められてしまうといえないだろうか。名詞止めではあるが、感嘆符が意味を規定し、本来の名詞止めとしての価値が減少しないだろうか。文化の下敷きは伝わるだろうか。いずれにせよ訳文では出しようがない。

しら梅のかれ木に戻る月夜哉　　蕪村

Pruniers fleuris,
Vous redevenez des arbres morts
Au pâle clair de lune !　　BUSON

今度は梅の花（pruniers fleuris）が主語になり、擬人的にその行為や状態として表現されている。主体は梅だが、人に匹敵するような主体的行為の主体としての梅でもないだろうと思うと、雰囲気がくいちがう。このように主体が表現されると、梅と月に主体のレヴェル、物のレヴェルの差が生まれ、月が背景に追いやられ、むしろ句として、月も同じほど主体であるようなこの詩の意味が生きない。梅は擬人として行為するというよりは、月同様、自然の光景であり、この詩に行為主体はないというべきだろう。自然の摂理の光景であることが、表現として出てこない。

また梅の色の表現がないため、梅の白さがここからは必ずしも見えない。文化の知識としても無理だろう。したがって、月の白さに紛れる梅のおもしろさが必ずしも感じとれなくないだろうか。また梅の名詞も複数で表現され、それを見て初めてそうだったのかもしれないと思う。あるいは、梅が梅の花であり梅の木でもあることを思うと、イマージュがずれるかもしれない。原文からは単数とも複数ともわからない。気にしない、どちらでもよく、どちらでもありうる。前句同様、曖昧さが豊かさを含んでいる。

梅に対して、呼びかけを表す句読点は、はっきり擬人化を示してしまい、擬人的主体を露わにしすぎる。背景と化した月に感嘆符がついても、意味上、梅の行為の強調としかならない。梅と月の見紛う映像、その一瞬の同時性、いわば主体なき情景の同時性が、喚体的でない表現からは出ようもない。梅の白さが雪の白さなど様々に紛れるといった文化の背景は知られる由もない。消えゆく香りも浮かばない。

草臥《くたびれ》て宿かる比《ころ》や藤の花　　芭蕉

J'arrive fatigué
A la recherche d'une auberge :
Ah ! ces fleurs de glycines !　　BASHŌ

主語を〝私〟とする叙述の文となっていて、主体はこの〝私〟に集約され、〝私〟が前面に出てしまい、藤の花が薄れる。藤の花の強調が感嘆符によって、かえって薄っぺらなものとなる。藤の花が複数（ces fleurs de glycines）であることも、書かれてはじめて思うことである。当たらない感もある。同時性を示す句読点については、前句の場合と同様である。

感嘆の語についても、それによって強意がかえって軽く感じられる。感嘆の語と感嘆符、この連続がさらにまた軽すぎる感を与え、感嘆をむしろ弱めないだろうか。人の〝主体〟が消えた時その場に、花の香りがいっぱいに広がるのではないだろう。

夏草や兵共《つわもの》がゆめの跡　　芭蕉

Les herbes de l'été !
De tous ces guerriers morts,
Voilà ce qui reste de leurs rêves !　　BASHŌ

これも主体は微妙である。「ほらここに〜が在る」（voilà ce qui…）という提示の文は、行為の主体を確かに消すが、提示としてあからさまにならざるを得ない。「兵」は単に死んだ兵士とはイメージが異ならないだろうか。兵士は複数（guerriers）だろう。しかし彼らの夢（rêves）は複数だろうか。個々に具体的なものだろうか。それだけだろうか。どのようにも詠みたい。ひとりひとりの夢の残りや夢の残骸でもあり、消えない夢そのものの幻影でもあるのではないだろうか。それは訳詩の言語でどこまで表現できるのだろう。

ここでも二つの感嘆符は、これまで同様、感嘆の意を明らかに表しすぎて、表層的でかえって調子が軽くなる。含まれる深い思いが表現されにくい。夏草と夢の重なりの同時性が出にくいが、これ以外に表現のしようもないように思われる。夏草が運ぶ懐かしい香りも表し難い。

梅一輪一輪ほどのあたたかさ　　嵐雪

A chaque fleur de prunier

Qui éclôt près d'une autre,
La tiédeur augmente.
RANSETU

あたたかさ（la tiédeur augmente）が主語となり、行為の主体になっていて、梅の開花ごとの名詞が表すあたたかさが表現されにくい。ここでは名詞は形容詞が意味をもつとはいえ単数である。そのため一輪一輪、次つぎ続く複数の花のイメージが出にくいように思われる。かといってそれは複数でも表現しにくいだろう。梅とあたたかさの量的呼応の感覚が名詞の同時性として表しにくい。梅があたたかさの到来を象徴するような文化的背景は詠みようがない。梅のほのかな香りが静かに、しかし確実に着々と空間を満たしてゆく様は出しにくい。一輪ずつのあたたかさという、小さな花と大きな自然の呼応のおもしろさが浮上してこない。

落花枝に帰ると見れば胡蝶かな　荒木田守武

Un pétale tombé
Remonte à sa branche :
Ah ! c'est un papillon !
ARAKIDA MORITAKE

この花びらの擬人化も強すぎて、明確すぎないだろうか。花と蝶の同等性が消されてしまいそうである。主体は行為者とも自然ともわからぬところがおもしろいのではないか。名詞は単数である。さすがに一匹の蝶であろうが、しかし一枚の花びら（un pétale）だろうか。実際は二枚かもしれない。この微妙さも表現しにくいだろう。自分自身の（単数の）枝という表現の気持ちはわかるが、ここでは現実の感じより文法の正確さがやむなく生きているように思われる。ちょっとした擬人化のちぐはぐがないだろうか。

句読点が示す同時性は、次の感嘆符のために消される感がある。感嘆符が二つ続き、感嘆の語がある、それが前の句読点に続くことによって、句の簡潔性・瞬間性があからさまになり、かえって薄っぺらく感じられてしまう。詩のほのかさを消してしまう。花びらと蝶の同時性は、この主体的文からは出にくいだろう。ひらひらと目に映ずる蝶の夢幻も表現し難い。

ii 鳥や動物

一行の雁や端山に月を印《お》す　蕪村

Une ligne d'oies sauvages
Se détachant sur le pic isolé
A la clarté de la lune.　BUSON

主語となる主体と動詞が際立つが、無論必ずしも単に動作の詩ではないだろう。ここでは動作が生む静的な情景を表現することの難しさが感じられる。動的行為の表現によって絵画的映像の表現が難しくなるのだろうか。見事な輪郭がどうしても見えにくい。つまり、当然であるが、動的主体の場合、主体の行為とも情景ともいうべきものの両方が出ない。山はひとつだろうか。複数でもわずらわしいが、やはりその曖昧さは出しようがない。月は背景としてしか表現されていないが、原句からはもっと前景に出てほしい気がする。雁、山、月の、静動融合の光景は表現しにくいだろう。雁が印す落款の妙味、自然と生活の融け合う趣きも表し難い。

小鼠のちゝよと啼《な》くや夜半の秋　　蕪村

Les petites souris
Crient après leur père
Dans la nuit profonde.　　BUSON

擬人のおもしろさがいまひとつ出てこない。動物を主語・主体とする平板な句となってしまっていないだろうか。秋の季節を表す語が欠けているが、深まりゆく秋の夜のさびしさの感じとしてあってほしい。小さな生きものの生活への慈しみという、芭蕉とは違う味も表しようがない。直説話法のおもしろさも表現しにくいのだろうか。結局これでは何の変哲もない叙述文になってしまいそうに思われる。生活が自然と共にある愉快さが出てこない。

初しぐれ猿も小蓑《こみの》をほしげ也《なり》　　芭蕉

Première pluie d'hiver.
Les singes ont envie
Des manteaux de paille.　　BASHŌ

猿の擬人化となっているが、原文では人間が同一レヴェルとして想定含意されてないだろうか。単なる擬人化とは異なる。猿は、だから複数では必ずしもないだろう。「猿も」の「も」が表現されてないということだろうか。生きもの皆同じ、人間も同じ、といった、自然のなかの生きとし生けるものの切ない願いが出ない。「しぐれ」の感覚は表現が困難だろう。季語のもつ同時性の表現も、したがって困難となる。ここでも、自然の中の生活、その人と動物への愛おしさが表れにくい。

古池や蛙飛《かはづとび》こむ水のをと　　芭蕉
Une vieille mare,
Et, quand une grenouille plonge,
Le bruit que fait l'eau...　　BASHŌ

従属節の使用によって、極限の簡潔さが表現されて来ないようだ。「そして」(et) の語が、論理的結合や時間的推移を示してしまって、原句と調子がくいちがうように思える。水が成す音と水の音とは微妙に異なるだろう。常に主体の主語と述語動詞を必要とする分析的な表現が、ここでは窮屈に感じられる。最後の句読点が、余韻を示すようであるが、記号で示してしまうと、やはりかえってわずらわしく、表されない余韻が表現できない。自然と生活のひとこまが絵と音でくっきり切り取られる、その〝主体〟なき余情が表せない。

iii　生活・風俗、自然

宿かさぬ灯《ほ》影《かげ》や雪の家つゞき　　蕪村

Personne n'ouvre sa porte
A la lanterne qui va par la neige,
Tout le long de la rue.　　BUSON

〝旅籠屋さがし〟とその拒絶の詩になってしまっている。人の姿が否定的ではあるがやはり主語となり、行為の主体となってどうしても露わに見えてしまう。主語が必要だからやむをえないとはいえ、情趣が異なるように感じられる。道に沿って（tout le long de la rue）、だろうか。雪によって道が見えない、その曖昧さが消える。これによって雪と家が離れてしまう。灯りの擬人化は、情景をよく表現していると思われるが、自然に同化する生活の景色は表し難い。

春雨やものがたりゆく蓑と傘　　蕪村

Pluie un jour de printemps.
Cheminent en bavardant
Un manteau et un parapluie.　　BUSON

詩人画家のもつおもしろい筆致が映像的にさほど現れていないと思われる。頭の説明が重く、蓑と傘に焦点がなめらかに絞られてこない。蓑と傘が、名詞になっていて、擬人化のようだが、これも微妙である。蓑の中と傘の下の、いるともいないとも言えるような人の見え方の曖昧さが消されてしまう。春雨は、ただ春の日の雨だろうか。季語の感覚の表現は難しい。のどかに互いに語り合っているとも言えるような様子が、よくは見えない。自然と共にめぐりひと息つく、生活のくつろぎが出にくい。道の感じが強く出てしまい、行く先のかすみのような曖昧さの映像が表現できていない。

露の世は露の世ながらさりながら　　一茶

Ce "monde de rosée"
N'est, certes, qu'un monde de rosée !
Mais tout de même...　　ISSA

絶妙な厭世観の表現が困難である。句読点が多く、かえって簡潔性が削がれる。「しかし」(mais) で終わると、フランス語としてはいかにも意味不明だろう。「露」の文化的背景が見えなければ、これまた意味不明にとどまるかもしれない。余韻の出し方が難しい。自然と人生との連なりは表現しにくいだろう。

総じて見ると、行為者・主体の名詞と静動の問題だろうか。原作の俳句においては、主語としての名詞のあり方に主体の無さが独自に表現されていたことがわかる。また名詞の単数複数の不明確さに独自の曖昧さ、写実と象徴が通じ合うような曖昧さが表現されていたように感じられる。句読点・感嘆符などの記号の無さは、読みの多層性と曖昧さを生むだろう。曖昧さの中で、自然は香りながら生活や主体と融合しえた。

一方仏訳では、喚体の効果が表現されがたいために、自然と人間の融和、行為や状態の同時性が表されにくくなっていると思われる。動くものが主語主体である場合、特に違和感やくいちがいが大きい。自然の背景と行為の前景に分断されやすい。日常的感覚が普遍的思索へと達してゆかない。結局、絵画的な空間性や時間性が生きてこないことになる。論理性や主張に還元されると、その内容はいかにも薄っぺらいものでしかない。論理で表されえない瞬間的・直感的理解が表現しにくいと言えるだろう。その妙趣こそ俳句ではなかったか。

時間的同時性は、〝無〟と〝全〟の意識に呼応しうるものだろう。写実を象徴として、具体を抽象・普遍として表しえた日本語の表現を比較して改めて確認できないだろうか。そこに、句読点の有無が大きく関わるように思われる。マラルメやアポリネールが、句読点のない詩、いわば言語の時間性に挑戦した詩を試みた行為が想起される。

2　ハイカイとシュールレアリスム、断片と組合せ

次にクシューのハイカイ、そして俳句に影響を受けていると思われるカラフェルトやジャコテの短詩型詩歌について、前記の俳句の性質の観点から考察したい。まず、クシューの句集『水の流れに沿って』から取り上げよう(2)。

Dans le soir brûlant

Nous cherchons une auberge.
O ces capucines !
燃えるような夕べ
宿をさがす
おお　ノウゼンハレンよ

Dans la nuit silencieuse
Le fleuve épuisé et la vieille tour
Se rapellent leur vaillance.
静かな夜
疲れた河と古い塔が
雄々しさを思い出す

前者は、既出の芭蕉の句のパロディーであろうが、やはり人を主体とする主語と述語による文であり、時を示す名詞は副詞となり、同時性の感覚がやや削がれる。句読点や感嘆符・感嘆語も、感嘆を明らかに記号で表現してしまい、かえって感嘆の感覚を薄めてしまわないだろうか。

後者については、擬人的に河と塔が姿を現す。自然と建物の融和が見られるが、自然と人との融合まではどうだろうか。自然との全体的融合や同時性の出し方は難しい。〝呼びあう〟〝思い出す〟という動詞を使わず、その意味が出せないだろうか。そこに〝無〟や〝全〟の表現の可能性がないだろうか。自然が生活や主体と融合できないだろうか。両者とも、瞬間の日常生活の光景ではある。短詩のおもしろさは十分に出ているが、これらから見ると、その後の詩人である次の詩人たちの工夫の展開には、確かに見るべきものがあると言うべきではないだろうか。

カラフェルトの『庭の俳諧』[3]から見よう。

Verticale éblouie
du plein été
まばゆい垂直線
真夏の

Au loin
le chant menu d'un oiseau
Chaleur
遠くを
鳥のほそい声
猛暑

Griffure rapide
de l'hirondelle
dans le ciel pur
すばやく空をひっかきながら
つばめが
澄み切った空へ

前二者は、「真夏かな」「猛暑かな」と訳したくなるような、切れ字に近い効果を発揮していて、俳句のスタイルを自らのものにしている、また三番目については、動的な瞬間のイメージが明確に捉えられていてフランスのハイクそのものである、との適格な批評が見られる[4]。すべて名詞に集約されていること、句読点がないこと、動物の主体が主語として表現されていないこと、したがって擬人的でもないこと、等の点が際立つ。一瞬の自然の景色に人間の感興が感じられる。二番目は、名詞の重ねが同時性を表出していることに気づく。すべて自然の光景が明確であり、季節感が十分味わえる。

次に、ジャコテ『エール』[5]のなかの句を見てみよう。

Sérénité
L'ombre qui est dans la lumière
pareille à une fumée bleue

澄みわたる天地
ひとすじの青い煙のごと
光のなかにただよう影

Pommes éparses
sur l'aire du pommier
Vite !
Que la peau s'empourpre
avant l'hiver
林檎の樹一本のひろごりに
点じられた林檎の実
さあ　はやく
冬の来ぬうちに
その肌が紅く染まらなければ

これらについて、「切り込みの鋭い」短詩であり、南フランスの詩人の世界、詩人の精神と感覚が、「一刻一刻の時空のうつろいとともに伝わってくる」、と見事に評価され訳出されている。(6) 名詞に集約され、名詞が厚みをもって生きている。このとき、物の擬人化はなく、主体のしかるべき曖昧さが、詩の豊かな曖昧さを生み出していると言えるだろう。瞬間の自然と人間の意識の共鳴がある。後者のこのような場合の句読点はやむをえないのだろう。

全体として、喚体表現の斬新さのために、自然と人間との融和や同時性が見られ、日常的感覚が普遍的思索に及んでいると言えるだろう。俳句のように〝香り〟はさほどないが、絵画性の価値が生きている。そこに、具象と抽象の融合、写生と夢想の融和が見られるだろう。自己消滅のなかで宇宙に融けてゆくような静謐さがある。論理の饒舌ではなく、感覚の一瞬、全的一瞬の簡略さがある。

3　ことばによる絵、自然に融合する主体

取り上げた現代の詩人たちにあって、主体のあからさまな表出が、文体・句読点や名詞の表現の仕方によって、確かに消えていっている。名詞のあり方の曖昧さが、写実を象徴の域に侵入させて、〝無〟と〝全〟の表現に迫っている。自然と人間、その生活の融合が、名詞をめぐる表現によって実現している。ここに写実が象徴に、と同時に、具象が抽象や普遍に通じる表現が見られる。彼らの思索がこうした思考に見合っていることから考えれば、思索と意識がことばの表現を独自に生み出していると言えるだろう。名詞の使い方の独自の工夫が、句読点をも越えて、表現力を発揮している点、めざましい展開と言えないだろうか。(7)

喚体の効果、名詞の価値が生きてゆく様子をたどることができるだろう。その表現に、自然と人間との融合が見られ、日常の描写に、普遍的意味が表出される。論理による説明ではなく、感覚による喚起と象徴の生み出す思考があると言えるだろう。ことばが空間的絵画となり、時間性は瞬時の象徴性を備えるものとなる。行為の動詞の無さ、少なさが叙述を回避させ、主語の無さが叙述の主体性を消し、詩の普遍的世界を成立させているのだ

ろう。

こうした思索が、まさに、クシュー、そしてさらにますますカラフェルトやジャコテにおいて進展しているものであれば、ここに、ことばの理解が思索と文化の理解に至って、両者が響きあっている様子を見受けることができるだろう。主体による多視覚的芸術というよりは、むしろ、有るか無きかの主体による、人生の機微の一瞬の表出、瞬間のイマージュというべきだろう。構成なしの自動筆記というよりは、意識・無意識を越えた、ことばによる、瞬間の巧みな構成・構築というべきではないか。キュビスムやシュールレアリスムとは異なるものが、主に主体のあり方すなわち文化の違いの点から、見受けられるように思われる。前章に見たバルトの述べるように、中心のない、収束しない、うずまくだけの空虚のなかに、浮かびそして消える跡がある。沈黙の豊かさがある。自然の観照に形而上学があると思われる。

おわりに

俳句の表現は、詩の短さのなかの名詞のあり方によって、具体と抽象、写実と夢想が表現しやすいのではないかと思わせられる。絵画性が写実と抽象であること、〝主体の無さ〟に自然との同化があること、動植物との共存の思いにこの世に生きるもの皆と自然との融合があること、〝無〟の感覚がここかしこに潜んでいること、こうしたことが表出しやすいわけであったが、これは日本語の特色でもあるだろう。それは絵画性・イマージュ、そして単純な音楽性・リズムによるデザインに繋がっていると言えないだろうか。ここに日本文化の文化としての特質があると言えないだろうか。ここには筆致としてことばと絵に境界がない。共に大きく象徴性として生きている。それを簡潔で的確な音楽性が支えている。両者の簡略なエスキスとしてのあり方によって、表現は、具象であると同時に、本質が把握され描かれた、いわばデザインとしてあるだろう。単純な音楽がデザインと思想を形成し、それは思考のデッサンとなる。(8) そうしたデッサンの見事さはまさに、たとえばフランスの印象派や象徴派の画家たちが日本の絵、北斎や広重の筆致に感嘆した点でもあった。(9) そしてそれこそはおそらく日本の芸術のひとつの本質的特色であり、さらに日本の文化の本質的一面そのものだったのではないだろうか。ことばが芸術と文化の国民性の特色を生み、またそれがことばを支えている、という一例をここに認められるように思われる。それは、ことばと絵の相関性の研究を保証するだろう。

(1) 以下、原作の俳句の特定等については、ポール＝ルイ・クシュー訳書『明治日本の詩と戦争——アジアの賢人と詩人——』(金子美都子・柴田依子訳、みすず書房、一九九九)、Paul-Louis Couchoud, *Sages et poètes d'Asie*, Calmann-Lévy, 1916, *Au fil de l'eau*, Editions Mille et une nuits, 2011, また山田孝雄『俳諧文法概論』(宝文館、一九五六)、山本健吉『俳句とは何か』(角川書店、二〇〇〇、初版一九五八) を参照。

(2) ハイカイおよび俳句に影響を受けていると思われる詩人たちの思索については、宗像衣子『ことばとイマージュの交歓——フランスと日本の詩情——』(人文書院、二〇〇五) 第四部第三章および以下を参照。Yves Bonnefoy, *Poésie, peinture, musique* : actes du colloque de Strasbourg réunis par M. Finck, Presses Universitaires de Strasbourg, 1995, *Entretiens sur la poésie (1972–1990)*, Mercure de France, 1990. Julien Vocance, *Le livre des Haï-kaï*, Société française d'éditions littéraires et téchniques, 1937.

(3) 以下の二篇の日本語訳は、原子朗氏のもの (ジャン＝ジャック・オリガス　原子朗「フランスの場合——フランス現代詩に見られる俳句の影響を中心に——」日本文体論学会編『俳句とハイク』、花神社、一九九四、一一二—一一三頁)。

芳賀徹氏の訳書（『ひびきあう詩心』、ＴＢＳブリタニカ、二〇〇二、一五五―一五六頁）を参考に記しておきたい。

遠くで／一羽の鳥のほそい声／暑さ

真夏の／目もくらんだままの鉛直線

澄みきった空／つばくらの爪の／速書きの一線

（4）原同前書、一一五頁。

（5）以下は芳賀徹氏の日本語訳（前掲『ひびきあう詩心』一三二―一三四頁）である。また、以下を参照。Philippe Jaccottet, *Airs*, poèmes 1961–1964, Gallimard, 1967, *A la lumière d'hiver suivi de Pensées sous les nuages*, Gallimard, 1977, «L'Orient limpide», *Une Transaction secrète*, Gallimard, 1987, *Haiku*, présentés et transcrits par Philippe Jaccottet ; dessins d'Anne-Marie, Fata Morgana, 1996, *Carnets 1995–1998* (La Semaison III), Gallimard, 2001,『冬の光に（フィリップ・ジャコテ詩集）』（後藤信幸訳、国文社、二〇〇四）。

（6）前掲『ひびきあう詩心』一三四頁。

（7）別の論考（前掲拙著第四部第三章）で、彼らの思索について考察した。

（8）前掲『俳句とハイク』所収の大岡信論考（一五―四二頁）に、５・７・５のリズムが思考を作ることについて述べられている。

（9）宗像衣子『マラルメの詩学――抒情と抽象をめぐる近現代の芸術家たち――』（勁草書房、一九九九）二一四頁。

三　〝主体〟の表現

はじめに

前章における俳句とその仏訳、そしてハイカイの展開の考察は、主に主体表現の問題によって、ことばと絵の表現の問題に繋がり、創造上の意味ある姿を見せてくれたように思われる。その繋がりは、とりわけ近現代における、東西文芸文化の交流のなかで貴重な価値を示すことになるだろう。それは、創造の主体・対象・表現の点で、東西文芸文化における交流と相反の様子を覗かせ、そして、現代芸術への展開に光を当ててくれるのではないだろうか。

ここでは、詩人マラルメの詩と思索を別の角度――主体表現とイマージュ、日常と非日常、生と芸術の角度から見直し、それに関わる点で日本の文芸文化に愛着を抱いたポール＝ルイ・クシュー、特にその関心に留まった与謝蕪村における生活の詩情と主体表現について吟味したい。俳人であるとともに画人であった蕪村の考察から、日本の芸術表現の特性、その自然観の重要性を改めて概観し、さらにその関連から日本的特性の顕著な表れとしての浮世絵、それを核とするジャポニスムが西欧の芸術文化にどのような影響を与えたのかを眺めながら、マラルメの思考や詩画作を振り返りたい。こうした手順によって右記の問題の考察を試みたいと思う。

このようにことばと絵の繋がりの意味、それに基づく東西文芸文化の交流の意味を探索する過程で、マラルメのことばの思索と実践の価値の広がりを照らし出し、文化の視野において位置づけることができればと願う。なお、本章における蕪村の句の検討については、前章の考察を併せ見られたい。

1　マラルメの抽象的イマージュ、日常と非日常、創造と遊び

i　創造主体の表現・イマージュの価値

第一章で指摘した、マラルメにおける中枢の思索を、本章ではその主旨に即して、主体のイマージュ表現の面から見直さねばならない。マラルメの詩学の価値のひとつとして、主体の消滅という思考があった。それは近現代の文学の流れにおいても記号論的にも重要な意味をもつものであった[1]。この思考を端的に表す、よく知られた一節を改めて記そう。詩論集『ディヴァガシオン』（一八九七。以下、同書）所収の「詩の危機」におけるマラルメの表現を思い出したい。

純粋な著作は、詩人の語りながらの消滅を含む。詩人はその不等性の衝突によって動的状態にある語たちに主導権を譲る。語たちは、宝石のうえの一条の虚像的な火の連なりのように、相互間の反映によって点火されている。語たちは、古来の抒情詩の息づかいにおけるはっきり認知できるような呼吸に、あるいはまた文章の熱狂的な個人的導きにとってかわりながら[2]。

ここに示されているのは、詩の創造における主導権が詩人から、ことば、すなわち芸術の構成要素に移されるという思考であるが、それがイマージュによって表現されていることに留意しなければならない。ここでは、動

態的な幻影のイマージュが主体を表現している。同時に、創造のうちで主導権をもつのは、創造主体の詩人ではなく、芸術の構成要素としての語であると見做されている。ではそのような語たち・モチーフ群は、作品の全体においてどのように働くのか。以下もマラルメの思考を表すものの中ではよく知られた箇所である。同書所収「詩の危機」を再確認する。

ひとつの創作に属するモチーフ群は、振動しつつ、隔たりをもち、互いに均衡を保ってゆくだろう。それは、ロマン派的な作品構成に見られる一貫性のない崇高でもなく、また書物においてひとまとめにして測られた、かつてのあの人工的な統一でもない。すべてが宙づりの状態となり、それは交錯や対立を伴うひとつの断片的な配置であるが、その交錯や対立は全体的律動に協力しているのである。その全体的律動とは、沈黙の詩篇、余白行間における詩篇であろうか、あるひとつの方式で、すなわち［穹窿の存在を暗示するような］ひとつひとつの三角面によって、翻訳されるだけであろう(3)。

創造の中心、全体的律動を成すものとして、余白としての詩、何かしらの〝無〟が表現されているが、やはり留意すべきはここでも計量的ともいえるようなイマージュが〝無〟の思考を表現しているということである。別のマラルメのことばからそれについて検証しよう。同書所収の詩論「祝祭」においても、詩の完成・成就の様子として〝無〟の意識が同様に描き出されている。

表徴！　無が独占的に全体に属するという、精神的な不可能性の中心の深淵にあるもの、それは我らの神格化の神的なる〔分数の〕分子であり、何らかの至高の鋳型にほかならなく、現実に存在するいかなる物の鋳型としても存在してはいないものである。しかしそれは、ひとつの印璽をそこに活性化するために、散乱し、人に知られず、漂っているすべての鉱脈を、何らかの豊かさに応じて借り、そしてそれらを鍛えるのである。(4)

やはり数式的に際立つようなイマージュによって〝詩〟の生成の思考が示されているが、全体を支配するような無や余白・空白の意識は、マラルメの書き物に絶えず現れ、読むこと・書くことのプロセスからも表現されている思索であった。イマージュ表現の視点から振り返ろう。同書所収の「文芸における神秘」においては、詩句について、〝読む行為〟の局面から、次のように詩人は語っていた。

頁に従って、あまりに声高に語るかもしれない表題さえ忘れるような自分自身の純粋さを、頁の端緒になる空白によりかからせること。一語一語征服された偶然が、散らばった極めて小さな裂け目に並んだとき、根拠のなかった空白が確かなものとして、彼方には何も無いこと〔無があること〕を結論づけ、沈黙を正当化するために、変わることなく戻ってくる。(5)

空白・無がやはり独特の幾何学的なイマージュによって確認される行為が示されている。また、同様に同書所収の「重大雑報」の中の「魔術」においては、詩句について、〝書く行為〟の局面から、マラルメはまたイマージュをもって示していた。

ことさらに翳りのなかで、黙された対象を、暗示的で、決して直接的でなく、それと等しい量の沈黙に自らを還すことばで喚起するということは、創造に近い試みを含んでいる――〔……〕詩句とは、魔術的な線だ！――そして、韻が絶えず閉じ、開く円環に、妖精あるいは魔術師が、草のあいだに、作る円との一種の相似は否めまい。(6)

ここでも〝詩〟の生成を明かす独自のイマージュの作用が際立つ。詩は、無から無へのリズミカルな行為、呪術的な魔法として語られている。この漠とした有様、主導権を語に譲り渡した主体、抹消される主体、しかし当然ながら最低限隠れて在るしかない主体は、秘められた主体として、書き物の特殊な意味やあり方と共にあるだろう。イマージュとして示されるその主体のあり方は、あたかも抽象芸術を思わせる。そこでは主体と共に対象・客体も捨象され、何かが全体的構成、いわばデザインとしてある。創造そのものは、それでも何らかの隠れた主体を前提としないわけにはゆかない。そうでなければデザインの構成者はなく、創造も存在しない。ここに抽象芸術の多様なあり方が存在する所以があったと思われる。(7)こうした思考が常に彼特有のイマージュとして示されている。この観点から見ればマラルメの主体、ひいては詩想とはどのような特性をもつのだろうか。次に、対象の側面から見よう。

ⅱ　対象の性質・日常と非日常

こうした隠れた主体、すなわちイマージュによってかろうじて捉えられた主体によって描かれる創造、その対象とはどのようなものか、本論に即した視点から考えてみたい。前項に見た意識から推察されるように、それは常に創造そのものへの視線を含む、批評的精神をもつものとなると思われる。作品には、対象のモチーフ自体が難解なものもあり、また平明なものもある。難解なモチーフやその組み合わせには、日常的なものもあれば、非日常的なものもある。平明なモチーフやその組み合わせにも、日常的なものや非日常的なものがあるだろう。それらに含まれる思想は、どのようなあり方をしているのだろうか。その吟味によって、主体の意味が判然とし、同時にイマージュによるその表現の必然性が恒常的な人間観・自然観と共に浮上するのではないだろうか。

対象が非日常的なものであれ日常的なものであれ、含まれる思想にさほど差異はないように思われる。マラルメの詩では、非日常も日常も対象にされるが、常に〝詩〟に関わる同様の批評的精神から離れることはなかったと見受けられる。平易な日常的題材のものに、難解な批評的精神が常に含まれるとすれば、おそらくそこには難解とも感じられうる象徴性があるということだろう。非日常的な題材は、一見平易に見えるものでも、やはり難解な象徴的思考を含むだろう。非日常的なものなら当然のこと、たとえ日常的なものであれ、はっきり難解に見えるモチーフは、やはり難解だろう。興味深いのは、とりわけ非日常的で難解なものと、日常的で平易なものとにおける共通性である。

たとえば、詩人最晩年作の図形詩「骰子一擲」（10頁図1参照）を挙げれば、この題材の非日常性は言うまでもない。意味内容や表現上の難解さも、語るまでもないだろう。そしてこの詩画的作品には、彼自身の序文から推測できるように、詩にまつわる〝無〟・〝空白〟の意識が明瞭に認められ、詩の思索が図像的に描かれている。批評的詩、思索のイマージュが見られる。(8)

では、日常的な題材で平易に見えるものはどうだろう。たとえば、扇の詩には、やや平明に思考が描かれているように思われる。唯一のマラルメの詩集に詩人自ら収録したものとして、「マラルメ嬢の扇」「マラルメ夫人の扇」〔図1・2〕が見られる。ところで、この両者が元々扇面に図像の意識をもって、すなわち文字の配置の意識をもって書かれた図形詩であることに注目しておきたい[9]。

わざわざ扇の詩を挙げたのには理由がある。すなわち、日常的で平易なものとしては、日々折々にしたためた詩篇がまとめられた『折ふしの詩句』が興味深いが、ここにたくさんの扇の詩篇があるのである。先に取り上げたように、唯一の『マラルメ詩集』に収録された扇の詩たちもあれば、『折ふしの詩句』に収められることになった扇の詩篇群もある。このことは詩人の詩と生活の関係の繋がりの点で注目に値すると思われる。そしてこれら日常折々の扇の詩篇〔図3〕は、やはり多く扇に書かれたものであり、扇型の図像性が文字配置との関連において多様に顧慮されていることに、ここでも留意しておきたい。

ちなみに、同じような日常性・生活感覚を帯び、かつ平易な書き物として、郵便物の封筒の宛名を四行詩で書いた膨大な数のことば遊びがある[10]〔図4〕。マラルメにとって、これらは、遊びであり、かつ芸術だったのではないだろうか。芸術と遊びまたは生活との連続性が感じられる。そしてこの郵便宛名書きにも、真剣なことば遊びとともに、四角い封筒に四行詩を配置するという、やはり図像への志向がうかがわれる。

批評的側面をもつ詩において、その思想が難解であれば、対象が日常的・非日常的にかかわらず、難解にも平明にも思われるものがあるが、その難解さ・平明さの違いは、表現のわかりにくさ、象徴性の種類や程度の違いに関わると言えないだろうか。テーマの難解さ自体は、創造の意識にさほど差異があるわけではない。日常・非日常が、常に、批評的創造意識を備えてしまっているという意味では、同等、かつ連続的であると言えるだろう。それが絶対孤高の詩人と呼ばれるマラルメを〝部屋の詩人〟ともさせた理由のひとつではないだろうか。ことさら、現実に、非日常を求める必然性はなかった。非日常も日常も等しく芸術であり、現実の外にも特別に彷徨い

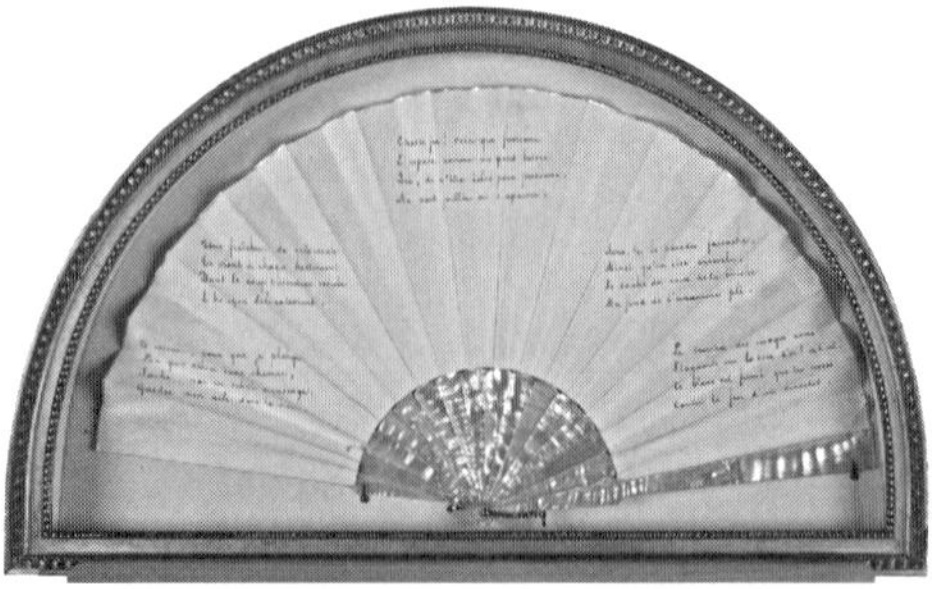

図1　マラルメ「マラルメ嬢の扇」1884頃

図2　同「マラルメ夫人の扇」1891

Palpite,
　　Aile,
　　　　mais n'arrête
Sa voix que pour brillamment
La ramener sur la tête
Et le sein
　　　en diamant.

図3　同「グラヴォレ夫人への扇」とその詩 1895
（『折ふしの詩句』）

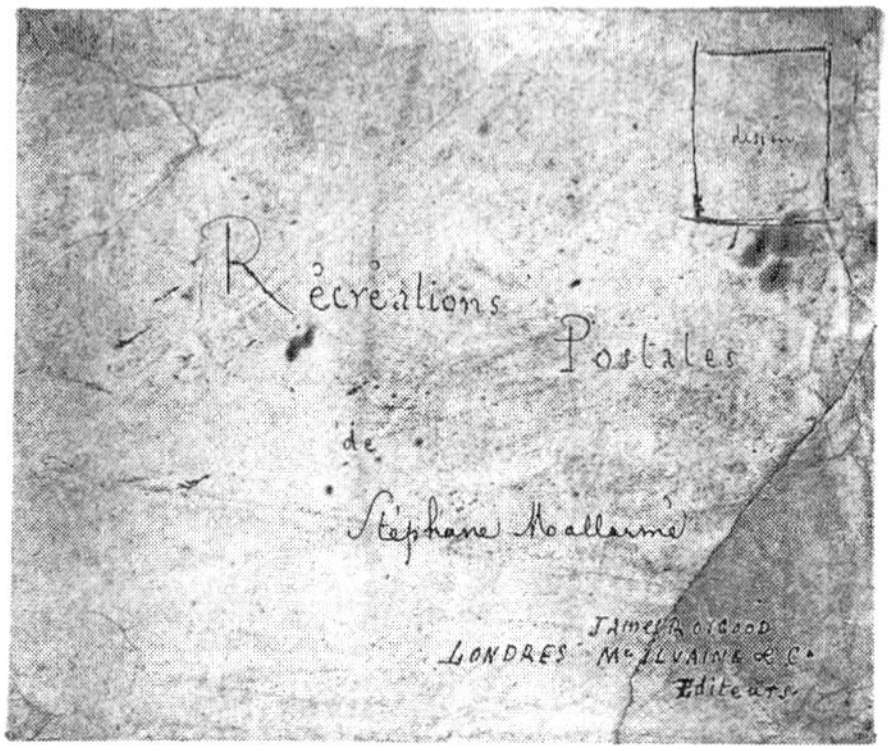

図4　同「郵便つれづれ」(表紙草案) 1893

出る必要はなかった。あるいは現実の外に出たとしても、常に、どこにいても、〝生〟が芸術、生活が芸術かつ遊びだったのではないだろうか〔図5・6〕。

では、こうした世界の連続的感覚に、こうした日常性に、本論に即した探索として、たとえば〝主体〟やそれに関わる自然観はどのようなものとしてどう結びついているだろうか。自然の一様態、たとえばマラルメの詩的思考を深く担うモチーフとして重要な意味をもつ花は、第一章で見たように詩や詩論に頻出したものであった。[11]芸術創造の思索と深く関わったその花は、しかし、自然との関わりにおいて、どのようなものだっただろう。どのような自然とどのように関わっていただろうか。それは〝主体〟のあり方とどう繋がってゆくのだろうか。ここで改めて注意を喚起しておきたいのは、マラルメの花のモチーフは、自然に生息する花の姿というよりは、人工的に切り取られたようなものであったことである。背景をもたず、それ自体として、高貴に咲き誇り香っている。ここに、文化に根ざした意識が見られることになった。[12]この点については後に比較対照のなかでさらに吟味しよう。

図5　旧マラルメコレクション
扇型の青い灰皿（有線七宝）

図6　同 団扇

こうした面をも具える非日常と日常の等価値化が、同じく常なる批評精神の点でも、結果的に見られることになる。どこから見てもどちらから見ても〝詩〟への志向があり、いわばメタ詩的である。その深さと固さが多様にある。表現され象徴される思考は概して難解である。しかしそこで今最も注目せねばならないことは、図像、イマージュへの志向、その必然性が見られる点である。マラルメの詩における言語表現とイマージュ表現、内に含まれたイマージュ表現から推察すると、それは、思考に直結する言語表現自体が困難さを含むということなのだろうか。

ⅲ　言語表現の困難・イマージュの必然性

こうした批評性に貫かれた表現はどうなるか。思考の難解さ、表現自体の難解さとはどのようなものか。日常的なものに、時に難解さが少なく見えるのは、思考が平明だからというより、対象、いわば象徴性がそうだからだった。非日常的なものが難解なのも、思考の難解さによるというよりは、むしろ対象によるだろう。表現が常にある一定の難解さ、対象に応じた難解さをもつのであれば、簡略な象徴的表現も深長な暗示性を秘めることになる。平明簡略さに秘められる暗示性・象徴性は強度でもあるだろう。

マラルメの思考が、言語表現上おそらく難解な、〝無〟ないし空白の意識というようなものを必要としたことを思い出したい。そこには、図像を必要とするような難解さがあるのだろうか。とすれば、言語ではなく図像を必要とする思考とは、では、さらにどのようなものだろう。

マラルメの語の簡略さ、卓越した暗示力は、日本の文芸文化に関心を示したクシューが注目したものであった。マラルメへの共感を、日本の俳句、ひいては美術さらには文化への共感との関連のなかで、クシューは思索したと思われる。[13] すなわち彼は、言語の芸術をイマージュの世界で関連的に感得したと言えるのではないだろうか。その思想と表現において、両者はどのような類似と相違をもつのだろう。その点こそが、文化の広がりへと視界を拡げてくれるものとなるように思われる。

言語の分析性における困難、いわば非合理が、イマージュによってある種の合理として、求められているのだろうか。言語表現の困難とイマージュ表現について、日本語に関係して、それをいくらか検討できないだろうか。前章に見た俳句の仏訳と問題の展開からその片鱗を見ることができるのではないだろうか。日本の詩にもいろいろあるが、イマージュとの関連でクシューの目に留まった詩的表現として、ここではイマージュおよび日常性の視点から俳句を見直そう。クシューは、日本語そのものは難しいが、俳句の香りを味わうことはできると述べ、絵に見紛う筆触に感服し、松尾芭蕉よりも、絵画的表現に長けた蕪村に注目した、というより、彼が蕪村に注目したのは、蕪村が絵画的表現に長けていたからではないか。

さて、蕪村は俳諧師であるとともに、元来絵師であった。そこからも、また一般的にも、蕪村の詩の絵画性は認めうるだろう。[14] そのような蕪村が実際に絵画的表現に秀でていると感じられているなら、もしくは実際上は、そうした句に関心が抱かれているなら、たとえその仏訳が十分成功しなかったとしても、クシューの見る目の高さに評価できる点があると言うべきだろう。

したがって、改めて日常・非日常の視界におけることばとイマージュの観点からクシューが取り上げた蕪村に焦点を絞ろう。クシューが訳出しようとしてかなわなかったもの、そして蕪村が日本の絵とことばに生きてきた故に直覚的に成しえた主体のイマージュ表現とはどのようなものであったのだろうか。そこに日常と非日常を繋ぐもの、すなわち生と芸術への意識ひいては人間観は、自然との関係でどうであったか、この角度から蕪村の価値を見直したい。

2　画人俳人・蕪村が描くことばとイマージュ

さて、日本の文芸文化においては、日常と非日常の区別は、前節と呼応させた諸問題の考察からどのようなものとして浮上してくるだろうか。その時、創造主体や人間のあり方は、客体・対象との関係においてイマージュとしてどうだろう。対象はどのようなものだろう。主体の表現がイマージュの必然性との関係において見られないだろうか[15]。やはり、俳句における主たるモチーフとして、自然・草花・動物・鳥類・人・生活情景の点から眺めてみることによって、総体的に芸術と生活、すなわち、日常と自然、創造と人間の関わりの様子や思考が、イマージュに包摂されて見えてこないだろうか[16]。本章では重ねて生の流れを念頭において、俳句の機軸、自然の季節に沿って、主体の表現に繋がる象徴性、空白、余白、無はどのようにイマージュとして姿を現すだろうか、味わいたい。

i　イマージュに見える主体

言語表現においては、とりわけ仏語において必須の主語、すなわち主体は、日本語ではどのようであったか。原句と翻訳との違いから前章において浮彫になった主体のあり方を、イマージュ表現との関連から吟味すべく、前章の考察を展開させよう。自然における時間——日常生活の節目としてあった季節を軸に、俳句におけるモチーフとして、ここでは自然の一形態、草花に焦点を合わせてこの面から吟味したい。まず、春と夏である。

しら梅のかれ木に戻る月夜哉　　蕪村

Pruniers fleuris,
Vous redevenez des arbres morts
Au pâle clair de lune !　　BUSON

相互に照らし合い、ぼかしあい、梅も月も主体であるのがこの句の本意であった。句の主体すなわち自然の摂理の妙はイマージュが表現していた。月の白さに紛れる梅の光景、その主体表現のイマージュとしてのおもしろさが原句にある。梅の花であり木でもある表現の曖昧さ、豊かさを含んでいたことが、訳詩から逆に際立った。梅と月の照り返す一瞬のイマージュ、自然が成す情景の同時性のイマージュすなわち主体表現が喚体によって現前している。言語化されずイマージュとして現れた主体が、大胆な省略、地上と宙空の間を結ぶ一筆の簡略的・暗示的描出によって実現している。歴史の深さ、象徴の豊かさが、ほのかな香りの包む文化と自然、芸術と日常の生活との連続性のうちにある。光の明暗の逆転、平面的描写の照り映えも鮮やかである。こうしたイマージュが翻訳のことばでは表現し難かった。

愁ひつゝ岡にのぼれば花いばら　　蕪村

Plein de souvenirs,
Je suis monté dans les ruines :
Eglantines en fleur !　　BUSON

花も人と同じくらい主体でもあり、その雰囲気、すなわち茨の花の格別強い芳香に誘われる、ひとしおの憂愁の香が原句にある。それは訳詩のことばでは出しようがなかった。密生する花茨はたしかに複数ではあろうが、むしろその野生の小さな白い花たちの圧倒的な香り、原詩の語が一体として放つ香りが、イマージュとしてある。とどまりつまり同時ではあるが、流れてひと続きでもある句構成が花の、現時を超え、時を包み込む思いを含む様子を暗示する。句の切れのもつ沈黙・空白が、区切りと繋ぎの両方を含み、〝時〟のイマージュを描いている。端的な名詞止めが余情を広げる。自然と共にある主体、自然に吸収されるような人間主体が、香りと〝時〟のイマージュのうちに融合的自然としてある。自然全体と曖昧に融合する主体、日常の生活風景において自然と一体化した曖昧な主体を、原句はイマージュとして表現している。

ii　季節と共にめぐる日常的対象

いわば大きな自然と一体化した個々の自然の光景や人の光景にまつわって、今度は、モチーフを鳥や動物に確認しよう。これらも自然と共にある姿だろうか。そこでは日常性をもつイマージュとして主体はどのように表現されていただろうか。秋の句ふたつである。

一行の雁や端山に月を印す　　蕪村

Une ligne d'oies sauvages
Se détachant sur le pic isolé
A la clarté de la lune.　　BUSON

切れ字による雁と、一体化して鮮明な絵となる自然との重なりが句に際立つ。雁は擬人化されて行為の主体となると浮かび上がりすぎ、自然と融合しない。主語の動作が生む静的な情景表現が原句において巧みである。訳詩に見るような動的行為の表出によって絵画的イマージュの表現が阻まれてはいない。一列に飛ぶ雁に山の端の月、一行書に丸い落款印という見立て、日常と非日常が照らし合うその胸が空《す》くような文化のおもしろさが原句にある。雁の見事な輪郭が残像する。雁・山・月の、静動合体の光景が、まさに句の主体としてイマージュによって表現されている。それは、単純鮮明な線描の斬新な切り込み、非対称的でアンバランスな画面構成のイマージュとして、一瞬の簡略な描写の鋭さによって、自然と溶けあい照り交わすような存在である。日常生活に取り込まれ溶けあう鳥の姿が示すものである。そしてそれはまさに、翻訳のことばが成し難いものであった。

小鼠のちゝよと啼くや夜半の秋　　蕪村

Les petites souris
Crient après leur père
Dans la nuit profonde.　　BUSON

訳詩のように擬人と読めないほどになると、単なる平板な動物の生態描写に感じてしまう。擬人のおもしろさが消えるほどの内容しか、内容的にはないとも言える。ただ深まりゆく秋の夜の侘しさに重ねられた小さきものの営み、人のそれにも言わずと繋がる日々の生活への慈しみであろう。鼠は一匹でなく、複数なのか、いずれにせよその啼く声、その音が示す情感が原句に生きている。自然の営みの中で、動物も人も同じ、という感覚が表現されている。人・動物・自然のほどよい日常的一体感、その中でのひとこまの浮き彫りという単純化、そのイマージュが原句にある。人間の一定の視点に限定された主体表現に止まらないイマージュがある。

ⅲ　イマージュ形成の表現

一行書の鮮やかさと多視覚的な曖昧さ・豊かさ、その写生と象徴の様子を、次に、自然・人・生活を主たるモチーフとした句について、イマージュ表現の点から考察し直してみよう。冬と春の句である。

宿かさぬ灯影や雪の家つゞき　　蕪村

Personne n'ouvre sa porte
A la lanterne qui va par la neige.
Tout le long de la rue.　　BUSON

自然に溶け込む生活の情景、俯瞰的状景がある。訳詩に見るような人を主語とした単なる叙述、〝旅籠屋さがし〟ではない。雪と家が融けあう光景の中で、誰も戸を開けない、というよりは、そのような家が続いている、という感ではないだろうか。イマージュが意味の重層性を表す。ことばが捉え難かったものをイマージュが描き出す。俯瞰的眺望の中の並列や全面描写の筆触がイマージュを成就させている。一面の雪、押し並べて物を包み消す白、一面のひとつひとつの家が、照らし出されてゆくような、並列的に並べられてゆくような、流動するイマージュが原詩に感じられる。手さげ提灯だろうか、家々の灯りだろうか。人や家の姿は細密に、しかし、いわば一視点に基づく遠近法を離れて、流動的に次々と組み合わされてあるように見える。つまり、俯瞰的というより、鳥瞰的に、まさに鳥が飛びながら眺め、それを写す、流動的な視覚が感じられる。一定のひとつの人間の視覚が捉えたものではないような情景がある。そしてそこに、人と家、生活と自然の融合のイマージュがある。そのような写生と心情こそが翻訳では表しにくかった句の〝主体〟であろう。

春雨やものがたりゆく蓑と傘　　蕪村

Pluie un jour de printemps.
Cheminent en bavardant
Un manteau et un parapluie.　　BUSON

詩人画家の筆致の妙味がイマージュとして表現されている。ゆるやかにいつしか焦点が絞られた蓑と傘、それは映像的には必ずしも順次の一方向性ではなく、双方向的な流動性、ひいては一体感の動きの世界のようなものではないだろうか。細かい春の雨の中、のどかに仲良く語り合っているふたつの飄逸のイマージュが原句に鮮やかである。行く先の霞が包む曖昧なイマージュが、象徴、部分のクローズアップ、その拡大と消失の様子を生んでいる。自然と人と物の一体感が見事だ。部分拡大した捉え方によって、こぬか雨、煙る空気の中で、蓑と傘だけが浮かび上がる。同時に、絞り込まれた部分が、空気の中に遠のいてゆく。生活が自然へと消えて溶け込んでゆく。春雨の中で、動いているような、動いてもいないような遅さ。ひと刷毛で、空白に浮かび上がるものたちが、いつしか空白に同化する、そうした感覚を映すイマージュが心憎い。

以上、主体・対象・表現の点から見て、翻訳では自然との関係における曖昧さ、重層性が出しにくそうであった。主体は出るか出ないか、対象は背景と主題の区別が明確かあるいは単なる厚みのない写実か、表現上は人と自然と生活の融合のイマージュを描出することが困難であり、人が主体か物が主体かとなり、その意味の重層性の表現は難しかった。それら三者、主体・対象・表現は、別個に分析的に論じられるというよりは、重なり合い一体化しているのであった。

すなわち、行為者・主体とそれにまつわる静動、時間と空間の問題だろうか。原作の俳句においては、主語としての名詞のあり方に主体の無さ、あるいはその特殊性が独自に表現されていたことがわかる。また名詞の単数複数の不明確さにおいて、独自の、写実と象徴が通じあうような曖昧さがイマージュとして表現されていたように感じられる。句読点・感嘆符などの記号の無さは、読み・時間の重層性と曖昧さを生むだろう。そこで、自然は生活や主体と連なり融合しえたのである。

主体がどこの誰とも分かたず、かつ焦点が一点に絞り込まれ、あるいはいくつかの並列的・俯瞰的情景が自然や他の一切と一体化して、描かれている。緻密な具体的・写実的描写と、意味の遠近感・透視法に必ずしも即さないような非写実性がある。叙述の脈絡を欠き大胆に切り取られた部分、斬新な省略の構図が見られる。一定不変の明確な主体の視点の無さは、自然との関係や融合的あり方と連動している。そこに、人のみならず、並列的に、草花や動物があり、そしてそれら芸術対象は生活描写の日常のうちに端的なイマージュとして描かれてある。日常と非日常が、ここでは確かに繋がっている〔図7〜9参照〕。

句の構成は、叙述的ではなく、喚体的、概して名詞の並列による。これは時間的展開、分析的言語の線条的表現に適するというより、一挙の空間的表現としての絵の表現に合致している。しかも簡略に象徴的である、その

図７　蕪村「夜色楼台図」

図９　同「鳶鴉図」（左幅）
北村美術館

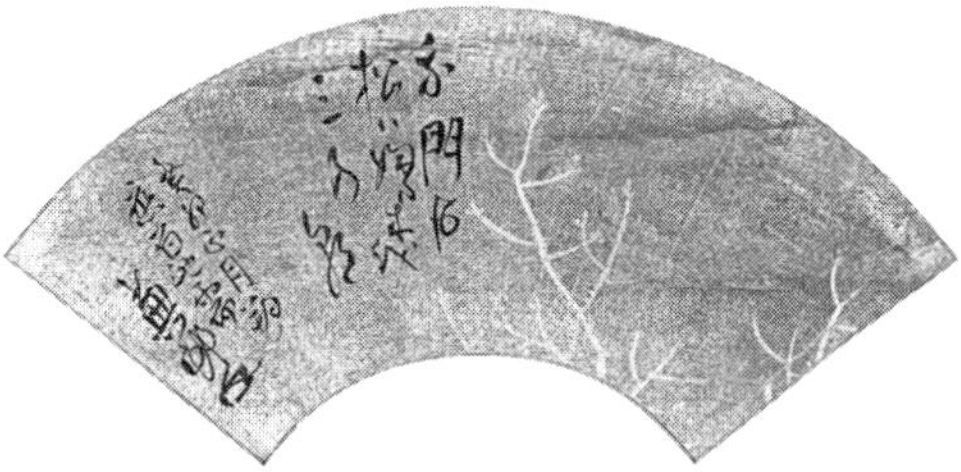

図８　同「我門や」自画賛 1783

ような詩であり、絵である。日常的感覚が普遍的本質の思索へと重層的に達してゆく。論理性や主張に還元されると、その内容はいかにも浅薄でしかない。論理で表現されえない瞬間的・直観的認識が、翻訳におけることばでは表現されにくかったのだと言えないだろうか。

時間的同時性は、無と全、空白の意識に呼応しうるものだろう。写実を象徴として、具体を抽象・普遍として鮮やかに表しえた日本語の表現が再確認できないだろうか。そこに句読点の有無も大きく関わっていたように思われる。マラルメやアポリネールが、句読点のない詩、おそらく言語の時間性に挑戦した詩を試みた行為がここに改めて甦る。象徴性、句読点の無さは、読みを空間化し、図像化と呼応する。曖昧と重層性は、図像化が可能にする。句読点の代わりの空白は、〝隔て〟であると同時に〝繋ぎ〟である。時間と空間の融合、読むことと見ることとの分かちがたい融合、主体の曖昧さ、自然との関係に基づく曖昧さが、曖昧な日本語、言語的に曖昧な日本の詩において簡略なイマージュとして全体的に成就していると言えないだろうか。絵のような詩がある。それが人と自然との融合という文化に関わるなら、日本の絵においてこうした特性はどのように現れるだろうか。

日常・空白・動植物、その強い暗示性、その簡略的・象徴的なイマージュ表現、これらが、クシューの注目したところだったと思われる。それは浮世絵やジャポニスムへの関心から来るものだろうが、彼はそれにとどまらず、日本文化の特性をそこに見ていた。では、日本文化の特性と密接に関連する日本美術の特性、そしてその一部としての浮世絵の特性にも関わってゆく特性を次に瞥見しよう。そのとき、ジャポニスムの価値が、単に浮世絵等に限定されず、より広く深く文化に関わるものとして浮上するのではないか。それによって、ジャポニスムが、絵画表現の現実としては、実に多様に西欧絵画に影響を与えた、その意味が感得され、つまり日本美術としてのひとつの価値が垣間見え、さらに日本文化としての一特性が推察できるだろう。文化に深く根ざした西欧近代美術の大きな展開とともに、それは見えるのではないだろうか。

したがって次に眺望したいのは、日本美術の特質の一面、文化との関わり、そしてジャポニスムの中心としての浮世絵の影響の多様性とその意味、そこに確認できる日本文化の影響力としての特性である。(17)

3 日本の絵、イマージュが現前させる非分析的〝主体〟

では、日本の詩に見られたこうしたイマージュとしての主体表現の特性は、日本の美術、主に絵やイマージュに、どのように見られるか、この局面から振り返りたい。第一章を、第二章・本章の展開を経てイマージュと主体の点から見直すことになる。ことば、色と形、互いの芸術要素の相違を超えて、共通して検討できること、さらに文化の視野へと開かれるようなことはないだろうか。やはり区分を判然とはできないだろうが、事柄の性質に応じて順序を変え、この節と次節では、対象の面・表現の面・創造主体の面から検討しよう。そしておそらく全体的に浮上してくる、人の日常生活と自然との関わり、自然観の視点から考察したい。(18)

i 対象の面

第一章にも見たように、日本の美術に特徴的なものとして身近な自然を描くものは多い。そのうち、対象、および対象の特性として、ここで検討に値するものはどのようなものだろうか。対象について、一般的に、かつ、ここでは本論に即して、後に検討する表現や主体の観点から意味をもつものを取り上げよう。

草花図

草花が対象になった絵は伝統的に多いと言えるだろう。西欧絵画との比較からその特徴として際立つのは、まず草花が何かの背景として描かれているのではなく、それ自体がモチーフとして描かれているということだと一般的に言われるのであった。尾形光琳の「燕子花図」（14頁図3）や「紅白梅図屏風」、酒井抱一の「夏秋草図屏風」（14頁図2）に見るように、草花はそれ自体として独立した価値をもっていた。また同時に言えることは、言い換えれば、植物・動物・人物・事物に限らないが、それのみに焦点が絞られ、その背景が省略されていることであり、その意味でいわゆる写実的視点によって把握された対象ではないと考えられた。現実の状況・脈絡から離れているという点では非写実的と言えるだろう。このようにいわば客観的写実の世界から切り離されたものが、対象として伝統的に見られると言えるのであった。

さらにしかしながら、よく見れば、その対象自体は描写として多くリアルに描かれていた。自然に息づき、咲き香るままのような具体性を具えているようであった。背景をもたないという点では決して写実的とは言えないが、それ自体の描写としては写実的である。

すなわち、対象の描写自体は写実的・具象的だが、背景をもたず、対象はクローズアップされたものとして、扱われているということである。自然の事物が、自然のものとしてありながら、自然から切り離されもして、大胆に誇張され暗示的に扱われている、そのようなものが、特徴ある対象として考えられると言えないだろうか。

事物混交の全面図

以上のように、背景から孤立した自然を対象とした絵もあるが、同時に対極的に、どれが主たる対象ともわからず全面に多様なモチーフが描き尽くされたようなものも、また日本的特性を示す画布の対象としてあるようであった。そこでは人も物も草木も花も動物も同じように細密に描かれていた。たとえば、「四条河原遊楽図屏風」や「洛中洛外図屏風」（以上、16頁図4・5参照）など風俗画が挙げられるだろう。町の日常や人々の生活がひとつひとつ細密な写実の対象としてある。しかしそれら全体は、一定したひとつの視点からの透視画法によって描かれた対象ではない。その意味で、非写実的であり、俯瞰的であり、さらに鳥瞰的である。つまり、いわゆる客観的に固定されたようなひとつの人間主体による視点から描かれているのではなく、視点は流動している。吹抜屋台描法も、人間の眼の写実が客観的に描写可能とするものではない。

様々な角度から見られ切り取られた対象が並列的に、あるいは順次、描かれている。その間に、個々を繋ぐものあるいは隔てるものとして、すなわち、時間的空白、空間的余白として、水の流れや雲の棚引きなど、自然の流動的なモチーフが置かれているところに、ここでは特に注目したい。曖昧に変化する視覚、曖昧に途切れかつ曖昧に繋がれ流れる視覚によって捉えられた対象であると考えられないだろうか。ひとつひとつが細密に描写されている点では写実的だが、その組み合わせとしては非合理的・非写実的、そのように捉えられた対象たちと言えるのではないだろうか。

絵巻物

まさに物理的に、時間を追って繰り広げられる絵巻物も、日本の美術、美的感覚として特徴的なものと考えられている。「源氏物語絵巻」「鳥獣人物戯画」「信貴山縁起絵巻」、とモチーフは多様であった。人も動物も、生活も虚構も、聖も俗も、芸術も自然も、同じように対象となり、芸術、生活の芸術、宗教の芸術と分かたれることのない人間の〝生〟の全体が描かれていた。そこでは物語の時間が絵の展開と一体化している。その意味である種の写実性はある、がしかし、やはり絵として、明確に時間的に設定され隔絶された展開を示すものとしてあるわけではなかった。西欧絵画の視覚・画面に一般的に見られるような、一定の人間の意識・視点によって明確に区切られた部分が判然と組み合わされて並置される、そのような写実的対象としてあるわけではなかった。本来空間芸術である絵が、ことばと共に、文学のもつ時間芸術としての特質を、物理的に取り込んでいる。その間でのいわば非合理や困難を、やはり、雲や水や木々の茂み、流れる自然が、区切り、同時に繋いでいる。絵をことばが導き、あるいは、不明瞭で表しがたいことばや認識が絵を導いている。そうした対象があるように見える。

したがって、孤立した対象と全面の対象、これら対極的と思われるものも、一定不変の創造の主体を欠くものによる対象という観点からすれば、同じようなものと言えるだろう。連続的な対象も同様である。自然、不可視の部分をも含む大きな自然との連続性の想定、あるいは自然との連続性そのものの意識の中で描かれているのではないだろうか。ここでは日常も非日常も大差ない。孤立もカオスも、空間も時間も、ある種の同じ視覚に導かれた対象と言えないだろうか。通常、空間芸術と言われる視覚芸術としての絵が、通常、時間芸術と考えられることばの芸術としての文芸の時間性を、ある種の自然の感覚の中で、取り込んでいると言えるだろうか。そこに、描かれた余白があり、描かれた自然があり、描かれない自然があり、描かれない余白がある。そここに余白としての自然、と共に余白外としての自然がある。そうした点を、描写表現の角度から捉え返してみよう。

ⅱ　表現の面

表現の特性としてはどうだろうか。写実のあり方が問題だろう。どのような写実であり、写実でないのか。それは西欧でルネッサンス以来追究され探究されてきた写実性ではない。すなわち、人間の一定不変の目、一点の固定された視点が想定され、それに基づく、遠近法・肉付け法・明暗法による写実性という点では、日本の絵は非合理的な様相を呈していると言えるだろう。一元的世界観に基づくものではないだろう。

表現上の特性として挙げられるのは、細部の写実性、細密な写生、さらに、しかるに、その部分のクローズアップにより客観的脈絡が省略され捨象されているといういわば非写実性、そうしたものが顕著であるということだろう。それが、大胆な構図による、暗示性豊かな（非）写実性、誇張を生んでいると言えるだろう。それは同時に、逆から見れば、単純化、切捨てによる捨象、具象性の切捨てであり、それが、豊かな余情に満ちた空白・余白を生んでいると考えられるだろう。ここに余白・空白の意味ある配置、意味ある余白・空白の価値がある。描写において意味があるのは、描かれていないということでもあるだろう。

そうした特性は、水墨画の表現、その象徴性にも繋がるだろう。孤立した対象の絵は大胆に空白・余白に取り囲まれ、対象と余白、対象と対象外、余白外と余白、その両者で構図を形成している。多視覚的な全面描写の絵も、流動的な視覚による絵も、ところどころに雲や水などを配して、区切りであると同時に繋ぎでもある、空白・余白があったことも思い起こせる。ここでも対象の孤立とカオスは、同様の美意識から来るものと確認できれば、描かれていることも、描かれていないことも、対極的でありながら、同じ美的感覚に由来するものと捉えられるだろう。この視角から敷衍すれば、絢爛豪華な多色彩色の絵も、対極的な白黒の単純さや墨の線描も、同じ象徴性の美的感性から生まれている面をもつと考えられるのではないだろうか。

そしてまた、部分的な、すなわち非完結性をもつ絵、たとえば部分的でアンバランスな視角の折枝図のような絵の描写的特長についても、同じく切取り・切捨てでありながら、その実、自然とのより大きな連続性、芸術の枠組みと自然や生活の枠組みとの連続性をもつとも言えるだろう。完結性の無さは、独立した芸術空間という観点からはそう言えることであるが、見方を変え、芸術空間が生活空間や自然空間と元々別物ではないという視点から見れば、別様に解釈できる。それは、芸術・生活・人間や動植物との全体的融合感が為しえるところと言えるのではないだろうか。

それが、俯瞰図や多視覚的な吹抜屋台描法をも、ある種の合理的感覚として理解させるものであり、そこにはいわば、主体の非一定性・不確定性が認められると言えるだろう。この非写実性は、西欧の世界観から見れば、写実的には不合理であるが、主体の違いから考えれば、別の合理がある。鳥瞰図の流動的構図による流動的視覚も、主体の流動性・不確定性による非写実性がもたらすものであり、ある種の非合理性と同時に、ある種の合理性に由来する。そしてそれらは、ある種の主体によるにほかならないものが産出させる、装飾性・デザイン性を可能とするものでもあるだろう。

すなわち表現の特性とは、対象の扱い、その表現としての、切捨てと抑制の美意識による、大胆な象徴性に基づく写実性・非写実性と言えるだろう。それは余白、意味ある余白、現代芸術に直結するような意味ある余白、余白と余白外が等価値であるような余白を含む。こうした表現からうかがえるのは、創造主体のあり方の特殊性と思われる。空白・余白が、有るのも無いのも同じであるような、すなわち、描かれる対象も描かれていない対象外も同じであるような、そのような表現を可能とする創造の主体とは、ではどのようなものだろうか。〝余白〟との関係から改めて確認してゆこう。

iii　イマージュとしての〝主体〟

空白・余白、それに類するものは、〝繋ぎ〟であると同時に〝隔て〟であった。その意味で、創造全体としては、対象であり対象でないものと言える。ではその全体とは何か。芸術空間と自然や生活空間との途切れなく流れる時間であり、区切りなく広がる空間と言えないだろうか。それは自然そのものではないだろうか。言い換えれば自然がそのように捉えられているのではないか。さらに言い換えればそう捉える主体がある、ひいては、知らずか知ってか、自然に融合する主体があるということではないだろうか。

つまり、そこには、曖昧に自然に融合する主体があり、植物・動物・事物も自然の一部として同じ地平に置かれているような自然との融合がある。そこではまた、したがって当然日常と非日常の区別はなく、芸術と生活、芸術と遊びの区別もない。こうした主体のあり方は、曖昧な主客融合として、深く文化に根差す自然観との関係として捉えられるのではないだろうか。それはまさに、前述の蕪村の詩における主体のイマージュ表現と呼応するものではないだろうか。ことばが捉え難かった、イマージュによる主体の表現だったのではないだろうか。

字も絵も同じ筆で描かれ、また、あるいはだから、同じように描かれるところにも、それは表れるように思われる。字でも絵でも書ける、字と絵が近い、日本の字は絵に元々近く、絵も字に近くある、そのようなことがごく自然である文化のうちで、主体は捉えられるのではないだろうか。そしてこうした主体は、分析的であるとともに、非分析的であり、曖昧であり、合理と心情を行き交いし、とりもなおさず、固有の自然観に密着しているだろう。最後にそれを再確認しておきたい。

このような主体や人間に対する意識は何に由来するのだろうか。すべてにおいて、自然との関係に関わって注目すべき点があった。自然と共にある生活の時空間は、すなわち共に流れる時空間は、自然に、外界に対する根深い日本人の心性そのものではないだろうか。それが曖昧な描写を作り、曖昧なことばを作り、それらは曖昧さゆえに互いに近さをもつ。写生は極めて心情的・情感的で哀切を含みながら、極めて大胆な現実捨象をもち、抽象化され深遠な叡智を感じさせる。空気に抱かれ、花とともに生き、小さな息吹にすべてを見通し、和やかに消え入るような人の姿がある。

不合理が一種の合理となる世界がある。一瞬の悟性が見られる。曖昧に融合する主体・自然があり、当然そこでは、人・物・植物・動物は、わざわざ擬人化する必要もなく、主体抹殺の必要も元来なく、同じ融合の地平で捉えられる。

このように、様々な日本の詩や芸術と文化の特性、ことばとイマージュの近さを見てきたが、そうしたものが、では、西欧の美術史上の流れとどう響きあったのだろうか。一時期西欧に最も密接に影響を与えた文化史的・美術史的動向として、ジャポニスムに焦点を定めて、それを、多様な特性の多様な影響、そしてその核となるものにおいて確認してゆこう。瞥見してきたような特性は、東西美術交流の中でどのように生きていただろうか(19)。近代西欧絵画の流れの中で、ひとつの触発要因としての意味をもったと考えられているジャポニスム、その中心的存在としての浮世絵や美術工芸品、その影響に焦点を絞ろう。それは、ジャポニスムの時代に生きたマラルメの意識と実践を現代芸術の流れにおいて位置づけ、価値づける手立てとなるだろう。自然に融合するイマージュとしての主体を、俳句の考察においてその翻訳との差異によって、また日本の美術において確認したが、次章で主体表現に関わる芸術の取り組みの様子が、やはりその共鳴と齟齬から見られないだろうか。

4　ジャポニスムにおけるマラルメの位置

一般にジャポニスムは、近代絵画の流れにおいてひとつの展開要因となったと考えられている。表現対象の点で、表現自体の点で、文化・思想の点で、それは、様々な芸術家同士の創造上の響きあいの中で多様な影響を与え、芸術創造上の重要な問題意識に多様に関わったと言えるだろう。そして西欧美術史の動向の中で、近代から現代への画期的な革新の潮流に取り込まれることになったと言えるだろう[20]。

文学と諸芸術との相互作用の面で豊かな世紀末を生きた詩人マラルメが、時代の風潮であるジャポニスムの息吹を享受しながら実に多様な画家と交流しえたのも、その多様な響きあいの可能性に対する証左となるかもしれない[21]。

さて、西欧ルネッサンス以来の透視画法による伝統的な写実的絵画の発展の流れの中で、日常生活風景を映す複製芸術である浮世絵版画をはじめ生活を楽しむ美術工芸品が衝撃的に注目され影響を与えたのは、概略どのような点だったのだろうか。本論に即して、貴重と思われるものを中心に検討したい。

i　対象の点

異国趣味の段階、異国的なモチーフを扱うという風潮の最初期はさておき、自然を対象とする、しかもそれ自体を、また全面的にそれ自体を対象とする、という点では、睡蓮の絵を、円形の壁一面に並べ、ただそれだけの光と影の戯れを示して抽象絵画への道筋をつけたとされるクロード・モネ（一八四〇―一九二六）が挙げられるだろう。西欧人文主義的社会、すなわちキリスト教的世界観の中では、人間の似姿である神、そして人間を頂点とし、動物・植物・自然は、芸術の表現対象としても下位のヒエラルキーに属するものであったという。モネにおける日本の自然感への深い傾倒、その様々な表れは特筆すべきだろう[22]。

モネと並んで、熱狂的に日本の国、日本人、日本文化そのものに心酔し、やはりその自然観から、そして具体的に浮世絵から大きな感化を受け、自然のモチーフや色や造形性を自らのものとして取り込んだフィンセント・

ファン・ゴッホ（一八五三―一九〇）も看過できない〔図10・11〕。

また、日常の市民生活を表現の対象とする点は、宗教画や歴史画など従来の伝統的な絵画ではなく、さしたる価値を認められていなかった市民生活のなかでの美的でありうるものを芸術の対象として取り込む点で意味があった。いわゆる大芸術から、それまでは芸術と見做されていなかったようなものに美的意識を伸展させ、広く工芸・装飾など、日常の生活と密接につながった芸術への展開を導き、その領域を広げたことが、西欧芸術の流れの中で、貴重な事柄だったと考えられる。アール・ヌーヴォー全体がそのようなものとして、その後の芸術の動向に大きく寄与しながらその価値を示すものと言えるだろう。

また、浮世絵版画は、市民社会の需要に合致する複製芸術の流れに呼応するものであるとともに、印刷技術や文芸誌の普及と相俟って、文字と絵の繋がりの意識としても多様に生かされてゆく。マネは、鴉の頭部の図などを、マラルメによるポーの訳詩『大鴉』に、筆の筆触で描き添えた〔図14・15〕。また自ら浮世絵風の絵との共存を予告したマラルメの詩『半獣神の午後』に、マネは蓮の絵などの線描画を描き添えたが、その蓮の草花は、北斎の『北斎漫画』の絵図を下敷きにしたものであった[23]〔図16～18〕。動物も植物も、下絵のようでありながら完成している簡略な線描も、芸術の価値として、その対象として、文学とともに生きていた。生活と芸術、人間と動植物との関係のなかで、こうした対象は、新しい感覚を育てる契機となっただろう。では、それらの表現についてはどうだろうか。

ii　表現の点

その取り込まれた表現としての特性はどのようなものだっただろうか。表現の生彩に富む、躍動的な象徴性、静謐ながら人の生活と共にある自然、簡略な線描など、その特性とされるものは、どのように、個々に取り込まれただろうか。言うまでもないが、フランスにおける印象派画家たちのジャポニスムの吸収は顕著である。しかし注目すべきは、エルネスト・シェノーが論じるように、様々な特性が、印象派のみならずその周辺の画家たちに各々の個性に応じて取り込まれたということだろう(24)。

ジャポニスム的な斬新な構図、構図の切取り、非対称性、俯瞰性、余白の妙と生彩かつ精確なデッサンが、エドガー・ドガの画布に大きな影響として見て取れる〔図12〕。また豊かな象徴性は、色彩がもつ感情として、激越にゴッホの画布に見られるだろう。ゴッホが、日本人の生活・自然観・文化にまで熱狂的に愛着を示したことは前述の通りである。同様の意味で、内容は異なるが、前出のモネにおける植物・色彩・自然観が挙げられるだろう。平面性・装飾性の影響は、ポール・ゴーギャンに、そしてナビ派に見られる。明るい色彩は、印象派全般に顕著なものであった。

フランスとイギリスを活躍の舞台として、フランスの画家たちそして何よりマラルメと親交した、アメリカ人画家ジェイムズ・マックニール・ホイッスラーにも、モチーフと線、曖昧さ、簡略さ、詩情の象徴性の点でジャポニスムの影響が認められている。同じくイギリスでは、文学との共同作業の面から、絢爛さと単純さ、白黒の明晰さ、洗練された直線と曲線が、オスカー・ワイルドの『サロメ』の挿絵を代表とするオーブリー・ビアズリーの特質として、同様に影響関係において注目できるだろう〔図13〕。それらは、アール・ヌーヴォーの線描性、自然観、アーツ・アンド・クラフツ運動の工芸にも関係してゆく。そしてそうした工芸性は、描写の細密さ、細部への執着といったものとして、グスタフ・クリムトら、オーストリアやドイツのアール・ヌーヴォーに繋がるだろう。ここに、芸術と自然、芸術と生活の繋がりが見えてくる。これは、芸術観そのものに深く関わるものだろう。

図11　広重「亀戸梅屋舗」1857
東京国立博物館

図10　ゴッホ「日本趣味・梅の花」（広重模写）1887
ファン・ゴッホ美術館

図13　ビアズリー オスカー・ワイルド『サロメ』挿絵 1894

図12　ドガ「ファランドール」1879頃

図15　同 マラルメ『大鴉』(ポスター) 1875

図14　マネ マラルメ『大鴉』の口絵の試作 1875

図18-1　北斎『北斎漫画』1814

図17-1　同『半獣神の午後』(ポスター) 1876

図16　マネ マラルメ『半獣神の午後』の挿絵 1876

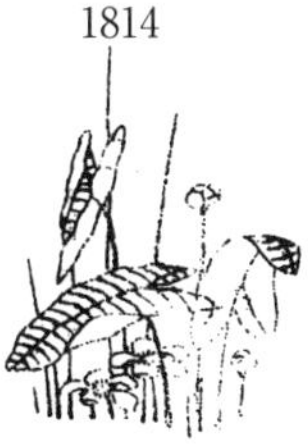

図18-2　同 部分拡大 (右中)

図17-2　同 部分拡大 (中央)

そして、そこに全体的な表現的特性として確認できるのは、まさに、象徴性、それに関わる抑制と言えるのではないか。感情的でありながら、捨象されている。ジュール・ド・ゴンクールによっても、すばやい一筆で生気に富む日本美術の線描が評価された。捨象は、空白・余白を生み、デザインとなり、抽象化される。一方で象徴性が生む余情は、豊かな心情・繊細な感性をもたらすだろう。ここに、極めて心情的でありながら理知的である創造のあり方が見られるだろう。ではそこで、創造の主体はどのような姿をもっているのだろうか。

ⅲ　イマージュから〝主体〟、そして現代へ

そこには、主体を捨象しながら、芸術要素である色と形の造形性を追究し、つまり芸術そのものを探究してゆく、近代芸術のひとつの流れとの呼応が見られないだろうか。そうした流れのひとつとして、デザイン化が見られるだろう。同時に、心情を豊かに含む象徴性も貴重であった。つまり抒情性と抽象性、この二極的なあり方が、二極的な、ひいては多様なそのバランスにおいて多面的な、多くの影響を近代芸術に与えたと言えないだろうか。

そこにおいて、主体は微妙な位置を占める。色と形の芸術要素に委ね託された抽象化・デザイン化のうちの主体、それは象徴派からアール・ヌーヴォーの装飾性へと繋がる。さらに造形性の追究から抽象性の流れに及ぶ。いわば主体の消失の道程がある。しかしながら、そこには、とりわけ、心情的な抽象性、抑制された心情というべきものがあるだろう。それは乾いた抽象ではない。芸術史的に概略すれば、こうした主体は、アール・ヌーヴォーから抽象へ、また、セザンヌから形の革命、ピカソのキュビスムへ、セザンヌから色の革命、マチスのフォーヴィスムへ、それらから現代芸術にまで繋がる流れをもつだろう。

それはまた、文字という抽象化への道と、絵という具象化への道、相反的なこれらを自然に統合している

〝書〟の世界にも及んだだろう。そして、まさに〝書〟は、それ自身多様な枝葉をもつ展開を含みながら、前衛芸術として、世界の現代芸術のひとつの位置を占めているのであった。ジャポニスムは、芸術の日常性と種々の自然観を含みながら多様に個性に応じた影響、つまり個々の流れに、また近代から現代への美術史上の流れに、吸収されたと言えるだろう。

こうした流れの中で浮上する重要な機軸のひとつは、主体に関する変容の意識ではなかったか。主体の滅却、消失の思想ではないだろうか。主体の〝無〟は、絵の方が判別しにくい場合がある。しかし、そこには主体に関わる意識の変化が底にあるのではないか。これらが多様な表現を生み、多様な交流を生じさせていた。曖昧主体の表現として絵・余白に可能性があった。それは、それぞれの仕方でそれぞれの歴史を作っていったと言えないだろうか。

こうして見ると、マラルメが絵画における視覚に注目した意味もまた深く評価できると思われる。マラルメは、すでに一八七六年、ロンドンの月刊美術雑誌『アート・マンスリー・ルヴュー』収録の「印象派の画家たちとエドゥアール・マネ」において、マネの海の風景の作品、その画布の独自の構成に対して、人工的で古典的な遠近法ではなく日本から学ぶ〝芸術的遠近法〟、自然な遠近法に鑑みて、長く無視されていた真実に出会い歓喜を覚える、と記した。マラルメは、非西欧的視覚に優るような別の視角を見て、日本美術の画法に言及していたのだった。(25) 西欧の透視画法と異なる視角・視覚の絵の価値に注目したわけであるが、それはまさに〝主体〟のあり方と深く関わるものではなかったか。

ジャポニスムに関心を示したマラルメが、多様な画家へのその影響に共感しながら、マネに、墨の筆触で鴉の頭部のクローズアップを描かせ、浮世絵風にという思いで『半獣神の午後』に木版の草木や線描のスケッチを描かせたことは既述の通りであるが[26]、また彼自身も、一八七一年・七二年のロンドン国際博覧会探訪記事として、日本の精緻な美術工芸品、動物や魚類の絵付け、金銀の細い線、厳密に装飾的なモチーフ、水・葦・水鳥の精妙な線描模様、ゆったりと軽やかな図柄、大きな花の茎や飛翔する鳥や遊泳する鳥によって結ばれた空や湖など、自然の表出に自ら心奪われ感嘆した様子を紹介している[27]。自室に扇や団扇を掲げ、詩を歌い、日本の部屋をしつらえて夢想した、それらのイマージュから感じ取ったことも、主体の意識の違い、主体のありかの興味深さ、自らの意識との遠いような近いような関わりに繋がるのではないだろうか。

そしてそれは字と絵、言語とイマージュの問題に結ばれるだろう。マラルメが、明確な主体をもたざるを得ない分析的なことばの領域で苦悩しながらイマージュに求めたものは、たとえば日本では、ことばやイマージュの世界で、文化の感覚として自然に、伝統的な自然観から不合理感なく、またことばのあり方から（逆に文化がそういうことばを作ったというべきだろうが）非合理感もなく、もともと自然にあったものと深く関わるのではないか。文化や自然観に由来したこうした交流におもしろさがある。マラルメを振り返りつつ、まとめてゆこう。

ⅳ　余白・主体、マラルメの価値へ

マラルメは、やはりジャポニスム、に自らの芸術観におけるひとつの貴重な創造的触発要因として接したのではないだろうか。彼は、とりわけことばと絵の詩において、ことさらに、〝余白〟が大事だと語り、そう感じていた。字と図の合体は、主として思想的レヴェルであっただろう。「骰子一擲」においても余白が大事であるとその序文に書いた。海の中の絵として書いたのは、もちろん偶然ではなく多様な必然を含むだろうが、背景を海、限りない自然とした点にも意味があったのではないか。文字の余白はまた、動く水の全体であった。書かれてい

ない余白は、描かれる必要なくすでに存在していた海であった。白地に黒を書くこと、天空の星におけるその逆転についてマラルメはかつて語った。〝無〟に字（無）を書いたが、無は単に無ではなく、海に融合した〝字〟であったとも言えないだろうか。海が主体か文字が主体か。マラルメにとっては、両者ともが問題であったのではないか。彼は、書かれたものは書かれないものと同じく重要だ、とも言った。ここから見ても、書かれたものは書かれない場に融合しているのではないか。

マラルメにおいて、日常的な題材も非日常的な題材も、同じように批評的詩であり、共に図像への志向が感じられた。難解さは、題材等によってその程度・種類を異にしたが、共に批評的である点で、そして言語的分析性を超える点で、同様に、語ることのできない難解さをもっていただろう。それが多く図像・空間的配置への追究に繋がったのではないだろうか。そこには、したがって、芸術性を求めながら、別途の芸術に近づいたというよりは、生活全体、〝生〟全体と常に重なる芸術の感覚が見られると言えないだろうか。そこに日常と非日常の意識の連続性が感じられる。苦悩の軌跡が見られることでは、日本の詩とは異なるだろう。遊び心もあるが、それは状況詩としてやや傍らに置かれたものであった。日本文芸におけるように遊びと真摯の融合というわけにはゆかなかった。それには文化の歩みの経路の違いがあるだろう。

ここに、自然観の違いも関わってくる。西欧の自然観において、マラルメの花は、必ずしも自然に生息するような、自然と連続的なものではなかった。しかし、マネに鴉の頭部を、また蓮のスケッチを、共に自らの主要作品に載せさせたということには、連続的な自然観の意識の取り込みも感じさせる。それが異国趣味に留まらないのは、主体の意識の意識化からも見てとれるだろう。意識的に努力して抹殺するほかなかった主体は、自然の取り込みと呼応するのではないだろうか。ここからは、意識の共鳴と文化の不協和音が聞こえる。こうした違和感をも含む交流が、しかし現代のインターナショナルな文化を生み出してゆく推進力となってゆくのではないだろうか。

このような言語の分析性の限界が求めたイマージュであれば、それは写実的ではありえないというべきか、写実性がその評価の尺度にはなりえない。表層のことば遊びではない。言語化および言語的表現の困難が求めた図像であり、そこでは余白が大事であり、その空白は、図像が描きうる空白であった。マラルメの図像において重要なのは、描かれた対象ではなく〝余白〟、その両者の関係であった。それは、彼自身の言語上の問題と同じである。書かれた詩が問題ではなく、書かれない〝余白の詩〟が問題であった。必然的に両者の関係が問題であった。余白の表現の仕方が、言語と図像では異なった。図像においてそれはやや鮮明に表現できた。地と図の逆転を含み、デザインの問題に繋がる。このとき、主体は、芸術要素の活躍を促す隠れた導き手としてある。こうした意識は、ことばや絵の違いを越えるだろう。まさにその対照のなかで明らかにされることであったのではないだろうか。

ここから、マラルメの「骰子一擲」にもひとつの価値を見出せるだろう。それは単に物の形を型取ったという図形詩の斬新さの問題ではない。したがって、物の形をより完全に型取ったものより、型取りの未完成度においてそのレヴェルが低いといったような深浅の問題でもない。まさに抽象と具象の微妙なバランス、均衡のなかで立っているという点において、ひとつの価値と位置を担うものと思われる。ことばと絵の合体関係は、美術史上の流れのなかで、かつことばと絵のそれぞれの歴史のなかで、また日本と西欧の文化のなかで、十分に検討されるべきものだろう。それは、芸術要素の違い、言語の違い、写実の違い、対象の違い、表現の違い、視点の違い、文化の違い、したがって創造主体の違い、主体としての人間の違い、それらの歴史を担い交錯するその様相として、考察されるべきだろう。

おわりに

ことばと絵の対照は、対象の日常性・非日常性を問わず創造の深層に迫り、文化の対照をも見せてくれる。創造においては、何が表現されたかと同時に、何がどのように表現されたかという点に意味があるということから考えれば、絵においては表現から、より多く、ことばにおいては意味から、より多く、探究が可能なように思われる。だとすれば、その逆、ことばにおいては表現から、絵においては意味から、探究される点をしかるべく交錯させたときに、より価値ある探究ともなりうるのではないか。こうしたことは、文学のみならず芸術全般の創造性の中で、芸術素材に視点を据えたときによく見られる。そして、その場合、詩および詩的思考は、ことばのこの面での探究として適切であるように思われる。また絵の諸側面の意味に繋がる文化の対照を見る点からは、ジャポニスムの影響を見ることはひとつの指標となるように思われる。浮上するものは、文化における人間の創造性、すなわち文化の諸様相だろう。

こうした視野から、マラルメの関連思考に焦点を絞り、日本の詩、その翻訳に比した特質と呼応し、日本の絵の本流と呼応し、ジャポニスムに呼応するものを多様な角度から考察してきた。マラルメの図形詩は現実のイマージュの型取りではなく、別のレヴェルにおいて価値が見られる。単に文学の流れの側から、型取りの点で革新性の程度を見るなら、それはこうした深層の呼応の意味の斟酌を欠く見方と言えるだろう。他領域の取り込みの意味を見る場合、その他領域の流れ、そしてより広く深い次元での文化の流れと対照を視界に取り込んだ見方が必要だろう。マラルメにおいては、その意味ではいわゆる事物の型取りでない点にこそ、むしろ多くその価値が求められねばならないのではないだろうか。

そしてそれは、マラルメの根源的な思索である主体の意識に関わる。マラルメの詩の余白および主体の表現と、日本の詩や美術作品における余白および主体の表現は、相似たところをもつものと思われるが、そのよってきたる経路は異なる。結果の相似に経路の相違が含まれる。その微妙な局面が、おそらく微妙な感覚の違和感となって、そこここに感じられてゆくのではないか。

以上のように、ことばとイマージュは、その相同性・相似性・相違性から、互いを照らし合うところがあった。そこに芸術創造の意味と可能性を探ることができるだろう。そして、その契機のひとつとして、近代の東西文芸文化の交流における共鳴と不協和が、探究すべき問題としてあったと思われる。取り込んで流れゆくような西欧文化と、並列して進むような日本文化、共に螺旋のように進む文化であっても、その流れには文化的必然としての違いがあるだろう。

分析的なことばが、非分析的でありやすい絵が、非分析的な言語と絵に触れて、創造の日常性・非日常性および自然と生活の観点においてひとつの芸術的展開を成した。芸術の非分析性に関わる展開として、抜本的な価値をもつと言えるが、それはいわば芸術の両義性を垣間見せるものであり、同時に文芸研究の両義性を示すものでもあるように思われる。

（1）　以下、本章の注は、紙幅の都合上、拙著や拙論の（注等の）参照を要する省略的なものであることをおことわりしたい。本文の以下マラルメの詩的思考に関して、本論の主旨に沿った抜書き的引用であるが、詳細については宗像衣子『マラルメの詩学——抒情と抽象をめぐる近現代の芸術家たち——』（勁草書房、一九九九）主に第一部参照。

（2）Stéphane Mallarmé, «Crise de vers», *OC.*, p.366.（*Divagations* に収録）以下、マラルメの散文の邦訳については、筑摩書房版『マラルメ全集』（全五巻、一九八九―二〇一〇）を参照したが、本論での脈絡上、一部変更を加えた。なお、マラルメ作品の初出・異文等について同書別冊参照。

（3）«Crise de vers», *Ibid.*, pp.366-367.

（4）«Solennité», *Ibid.*, p.333.

（5）«Le Mystère dans les lettres», *Ibid.*, p.387.

（6）«Magie», *Ibid.*, p.400.

（7）この間の詳細な研究については前掲拙著参照。

（8）宗像衣子「宙空のアナグラム・宙空のアラベスク――『骰子一擲』序論」（『トランスフォーメーションの記号論』日本記号学会編、東海大学出版会、一九九〇）参照。

（9）これらの詩に関して、詳細は前掲拙著、主に第一部第四章参照。

（10）Stéphane Mallarmé, «Les Loisirs de la poste, Recréations postales», *Œuvres complètes* I, édition présentée, établie et annotée par Betrand Marchal, Gallimard, 1998, pp.241-272（Cf. «Œufs de Pâques», *Ibid.*, pp.304-305）. 安藤元雄「折りふしの詩句」（『無限』第三九号、特集マラルメ、一九七六、一一五―一一九頁）、高階秀爾「マラルメと造形美術」（同書五三―六一頁）参照。

（11）前掲拙著第一部第三章参照。

（12）本書第一部第一章に関連研究がある。

（13）宗像衣子『ことばとイマージュの交歓――フランスと日本の詩情――』（人文書院、二〇〇五）主に第四部第一章参照。

（14）蕪村の詩と絵および研究書について、前掲拙著『ことばとイマージュの交歓』の主に第四部第二章、クシューについては、同書第一部参照。
(15) ただし、前章における文芸とりわけ詩の翻訳の双方向性に関しては、まだ十分に筆者の学習や研究がなされていないこと、考察は本論全体の主旨の観点からのみであることをおことわりしたい。訳詩に関して、音韻の問題は省かれている。
(16) 以下、蕪村についての参考書目に関しても前掲拙著『ことばとイマージュの交歓』前掲所参照。
(17) ちなみに前掲拙著『マラルメの詩学』において、西欧美術や文芸への浮世絵等ジャポニスムの多様な影響として、マラルメと様々な画家との関連を見たが、本論ではいわば逆方向からの手短な確認の意味をもつ。
(18) この節、日本美術の特性等に関する参考書目については本書第一部第一章参照。
(19) この点は、芸術と文化の接触交流として、近代日本に生まれた西洋画、そして同時に生まれたというべき日本画、両者の多様な相互作用に対しても意味をもつだろう。
(20) ジャポニスムおよびそれに関する研究書については前掲拙著『マラルメの詩学』参照。日本の近代から現代への流れと文化史的にも豊かに交錯する点を持ちながら、その交流は興味深い多様な側面を見せたと言えるだろう。
(21) 前掲拙著『マラルメの詩学』において検討した。
(22) マラルメとの関係においては同前書、第二部第二章参照。
(23) 同前書、第二部第一章参照。
(24) シェノーについて同前書、主に第二部第一章参照。
(25) 前掲高階論文参照。前掲拙著『マラルメの詩学』一〇〇―一〇一頁参照。
(26) 同前書、第二部第一章参照。
(27) 主に同前書、八八・二三一頁参照。

四　バルト再考

はじめに

そもそもことばの生み出す空間や時間とは何だったのか。この点から、ことばのどのようなありようが造形芸術や音楽芸術と関わり、文化の様子と関わっているのかについて考察できるだろう。そしてそうした関わりはどのような力や意味をもちうるのか。こうした問題を、ここでは俳句やマラルメに注目したフランスの文芸思想家ロラン・バルトの思索を手がかりに、〝バルト再考〟として、日本文化との繋がりの角度ないしマラルメの思考との関連において検討したい。これまでの章を別の地平からまとめながら確認し展開してゆくことになる。

まず、記号論『零度のエクリチュール』から、本論の問題に関わる事柄を探索したい。ここで詩人マラルメをめぐる思考に出会う。それについて吟味したい。次に、バルトの興味深い日本文化論である『表徴の帝国』について考察しよう。ここにも関連箇所にマラルメの存在が見られる。それに注目したい。そしてそこから導き出される、諸芸術のあり方とそれらの関連の可能性について、主にマラルメの思索に基づきながら、推論したい。同時に、同じく描き出される日本の文芸・文化について考究することになる。続いて、映像や写真のジャンルにつながるバルトの意識について検討したい。そして、以上から見出されるバルトの俳句に対する強い関心に基づき、俳句に関して日本のその流れを概観することで、問題の所在を探りたい。最後に、それらに現れることばと文化

の共鳴と齟齬、そしてその価値について吟味し直したい。こうした手順によって、前記の問題を検討したいと思う。(1)

以上により、バルトとマラルメを軸にして、ことばの生み出す価値、その空間と時間の意味、それらのあり方の意味について、そして諸文化の共通性と相違性について、さらにはそこから見晴らせる展望について考察したい。

1『零度のエクリチュール』、ことばの透明性

i　執筆状況

『零度のエクリチュール』(一九五三)の執筆動機を考える上で、ジャン＝ポール・サルトルとの関係は看過できない。一九四七年に世に問われたサルトルの『文学とは何か』におけるアンガージュマンの思想に対抗するかのように、バルトは、言語・エクリチュールの問題を提起することになる。文学と社会との、文学と歴史との繋がりへの思考に対して、文学の価値に対して、根源的問いかけをなそうとするものである。そこにはバルトの本質的な問題意識が表れていると考えられる。それは、書かれたものの内容の重視から、書くことの媒体・形態、すなわち言語、そのあり方の重視への意識にまつわる創造性の問題といえるだろう。したがってそれはあらゆる表現形式を対象として文化事象を扱い、記号論・記号学の確立を導くことになるのであった。では、〝エクリチュール〟の「零度」として展開されるその思索の様子はどのようなものか、瞥見したい。

ⅱ　詩的エクリチュール

バルトが詩について論じたのは意外にも稀であり、その例として本書が挙げられる。この書におけるその扱いは、一般的概論の地平をさほど越えないものとはいえ、バルトの中心的で基底的な本質的関心事と捉えられる。彼の思考を確認しよう。

古典時代では、散文と詩との違いは、本質的な事柄ではなく、もっぱら量に関わる問題であったという。詩とは概して散文に装飾的なものが付け加えられたものにほかならない、という考えが示される。そこにはいずれにせよ、完結した思考がそれを表現することばを生む、という思索が根底にあるのである。ところが近代詩になってからは、事情が変わるという。ことばは、思考をも含み、それ以外の他の何ものかに還元できるものではない。ことば自体が実質としてある。ことば・語が思考を生むのであると考えられる。そしてこうした近代はシャルル・ボードレールから始まるのではなく、アルチュール・ランボーから始まるとする。(2)

文学や言語芸術を成立させているものをエクリチュールのうちに見て、現在その「零度」について考えねばならないのだと思索する。そうしてオブジェとしての現代詩が規定されることになる。(3) ここに造形芸術との繋がりを検討する手掛かりが得られるだろう。オブジェとしての言語、それは不透明な言語にほかならない。(4)

ⅲ　沈黙とマラルメ

この書でバルトは、肝要なこととして、詩的言語における、言語の死の必然性について論じる。詩的言語においては、語はあらゆる文脈から自由になり、その無響性が孤独を、したがって無垢を保障するという。詩的言語はそうした無限の自由によって輝くのであるという。無響性が無垢に、そして自由に繋がる、という思索に、マラルメ独自の否定意識との関連を認めることができるだろう。マラルメにとって、否定による〝無〟あるいは〝無い〟ことは、〝全〟あるいは〝全き〟ことでもあり、それが詩にとっての重要な要件であった。詩的言語・無垢のエクリチュールに関して、バルトは、マラルメの詩作と思索をこれ以降も参照し注目し続けているように思われる。マラルメの無垢のエクリチュールは、その不透明性がことばをオブジェとして設定しているのだといえう。

こうした意識は、折々それ自体として指摘され、かつ特にバルトにあって俳句におけることばのあり方、その無響性の思考に及び、次節の『表徴の帝国』でそれは中心的に展開されることになる。俳句に関わる思索は、バルトにとって日本文化の諸側面そして全貌を包む全面的意識となるように見受けられるのである(5)。

この過程で示されるところの、いわば肯定からでなく否定から意味を得るという思考の点で、一点、マラルメのいわゆる「YXのソネ(6)」を挙げてその表れについて言及しておきたい。この詩は、主人のいない部屋で、ただ部屋の鏡の中の息絶え絶えのフェニックスが、特異な音韻の共鳴によって浮かぶ、そもそもモチーフ有りや無しや、という音響空間・映像空間を生み出している詩である。響きあいながら、何もないような時空、そこにまさにマラルメにとって宇宙の音の交感がある。バルトの無響性とマラルメのことばの思索はどのように関わってゆくのだろうか。

以上、ここではこの書物以降、マラルメの詩的思考がバルトの導き手のひとつとなっているように思われることを書き留めておきたい。

2 『表徴の帝国』、俳句の無響性と「マラルメの住み処」

i 執筆事情

バルトは、一九六七年から六八年の間に三度も来日している。もともと日本に深い関心を抱いていたバルトが、日本の日常生活を観察して執筆した書物が、一九七〇年出版の『表徴の帝国』である。話題は、料理、地理、包装、文具、パチンコ、俳句、禅、書、文字、文楽、顔など多岐に及び、そのそれぞれの選択に驚かされるようなものであるが、それらに対して、日本文化の特異性の視野から独特の斬新な解釈を与えている。これら対象のあり方、それへの人々の対し方から、バルトは純粋なエクリチュールとしての表徴の水脈をそこここに掘り当てようとする。それは西欧の一元的で実体主義的な世界観を相対化するものでもあった。彼自身語るところの、新たな空想の国「ガラバーニュ国」の設立と言えるようなものであった。

ことばの問題が本書の思索の根底にあるわけだが、ここでは彼自身の知らないことばである日本語に対峙して、主語の不在、他動詞の孤立、人間・動物・植物の同列化などを探索する。そしてそこに、「認識する主体ももたず、認識される客体ももたない認識行為」を見出し、西洋の理解・想像力を超えることばのあり方を見届けるのである。(7) あたかも主体は宇宙全体に包み込まれて在るかのような認識を探り当てることになる。それは主客合一の意識へ、そしてそこから禅の思考への関心に導かれるのであろう。こうした感覚に、マラルメが想起されるが、ここには同時にマラルメからポール・クローデル、あるいはポール・ヴァレリーへと繋がる意識の流れも認められないだろうか。(8) マラルメやヴァレリーを通じて、作者の死、主体の否定へと推論される。すなわち自律したことばによる作品がそこに認められる。そこでは論理的・分析的に西欧の言語思想の枠組みを超える意識・思考が確認できるだろう[9]。また並行してそれは、ことばの意味の重層性・多義性の問題にも繋がるはずだ。そしてさらにそれは用途を超えたことばの遊戯性の問題に運ばれるだろう。マラルメがまたしても想起される。そこに在るのは、脱中心化の思想であり、虚無の思考でもある。そうした意識を、バルトは俳句に見ようとするのである。それについて眺めよう。

ⅱ　俳句

バルトは俳句を理想的なエクリチュールとして注目する。バルトにとって俳句は羨望を起こさせるものであり、その簡潔さが完璧さの保障に、その単純さが深遠さの証拠になる、と彼は考える。また俳句は近寄りやすいが、しかし何も語らない、とする[10]。西洋の文学なら、修辞的苦心が要請されるべきところに、数語のことば、ひとつのイマージュがあるだけだという。俳句に禅の文学的な現れを見て、いわばことばの停止を認める。それは、短い形式に還元された豊かな思念というのではなく、見切りをつけられたことばによる短い終焉のようなものだという。そしてこの俳句の的確さには何か音楽的なものがある。〝音の音楽〟ではなく、〝意味の音楽〟がある、と推論している[11]。

西洋の芸術は〝印象〟を描写に変形するが、俳句は描写しない。俳句という芸術では、描写は幻影の原質に変質されるのであり、その意味で反描写であるという。俳句の時間は主語をもたない。その総体は、宝石の網であり、網目の宝石のひとつひとつはそれ自身以外のすべての宝石の輝きを反射し、無限に至る。中心、最初の核は把握できない、発光源のない反射である、とする[12]。俳句は何にも似ず、すべてに似ている。そこには意味の宙づり状態が見られる。俳句には描写と規定がなく、それは単なる指示となるのである。俳句の閃光は、丹念に撮られた写真の閃光のようであり、指示のしぐさの復元である、ともいう。美しい巻き毛のように、俳句は自分自身の上に自らを巻く。ことばの宝石は〝無〟のために投げられているのだ、と締めくくられる。[13] バルトを惹きつけたことばの特異なあり方が、このように検証されている。バルトは、この書において論じるだけでなく、晩年に至るまでも俳句に対する関心を深めているようである。そのことばのあり方は、主観を排した客観的写生として、西欧文化における主体や個人の思想、個人の感情の表現といった思考の対極にある、とバルトは考える。バルト一流の対し方が認められる。俳句において意味が無化されることが禅と重ねて思惟されている。そうした俳句が、日本文化の核において、さらに言語の本来的問題として思考されるのである。意味を免れ、そこに見出される〝無〟に、ある言語の極限的なあり方が思索されることになる。「これはこれである」、といった禅の公案にそれはなぞらえられる。言語による悟りは、論理を突き崩すのであり、自己矛盾的あり方である。ここにいわばことばの宙づり、空白がある。マラルメの思考を意識して、無化する言語に、新たな言語の可能性を追求したと言えるだろう。俳句のことばのあり方に、こうして理想的言語のあり方をバルトは見たのであろう。

また、俳句の断章性や断片的形態にも留意される。そして俳句には〝主体〟がないとバルトは考える。そこに、ことばたちの無限の反射、宝石の網目を見るのであるが、[14] これはまさにマラルメが捉える詩の内部の状態、作者の死と引き換えとしてあることばたちの反射反映に対する思念を髣髴させる。一神教のなす中心主義や実体主義に代わる、多元的で相対的な、関係的世界観が見られる。そしてそこには確かに動作の主体としての人間はない。

さらに、やはりここにマラルメも考える〝意味の音楽〟とでもいうべきものに出会うことができるだろう。繰り返される音の重なりは、フランスの詩よりはるかに単純であり、それゆえ音のひとつひとつが重く深い価値をもつ。単純さ・短さのもつ意味と音の、ゆるやかな重みがある。それは進まず停まり、それ自身の価値を開き示すだろう(15)。こうしたマラルメとの繋がりは最後に端的に示されることになる。「俳句について私がいうことは、日本と呼ばれるこの国を旅する時に起こる一切のことについてもいえるであろう」とのことばは、俳句のことばのこうしたあり方に、日本文化の本質を見ようとする点で意味深い(16)。

ⅲ　無と文化

この書の最後に、「表徴の部屋」があり、それは「マラルメの住み処」である、と端的に書かれたのである(17)。日本文化の核とマラルメへの収束が顕著に一言で示される。空無の理論は、マラルメに収斂し、そしてそれは同時に、フェルディナン・ド・ソシュール以降の記号論的相対性・関係性の理論と関わり、俳句、そして禅に、ひいては東洋の文化と照らしあうのであった。それがこの書物の閉じられる地点である。では、このようにも強く広くバルトの関心を惹いた俳句とは、バルトの俳句とは、日本では何であったのか。どのような歴史をもち、変遷を遂げ、どのような問題を抱えるのか、日本の俳句の側から検討する必要があるだろう。その検討の前に、マラルメの思索との重ね合わせをもさらに求めて、バルトのいう俳句の瞬間性の点でそれらと深い繋がりをもつと考えられる、他の芸術領域におけるバルトの意識を手短に見ておこう。

3　芸術諸領域に通底する無目的性・遊戯性

ⅰ　映像・写真・俳句

『第三の意味』（一九七〇）と『明るい部屋』（一九八〇）において考察対象として見られる映像・写真について

検討したい。そこに「瞬間」の思考が認められるが[18]、それは静と動の観念に結びつくだろう。そして写真についての覚書において、バルトは俳句に言及している[19]。あまり詩について語らなかったバルトが、俳句に対しては強く関心を抱いてしばしば触れていることから考えても、そうした俳句との繋がりを見ようとする点で写真論は一考に値する。写真論として、写真のメッセージ、報道記事の分析、写真特有の無意味が記される。そこに写真のもつ現実的な非現実性が見出され、その反響しない様が論述される。その点が俳句と共有する場だろうか[20]。

ii　デッサン

バルトの死後、二〇〇三年一一月―一二月に東京大学美術博物館で、二〇〇四年一月―二月に京都大学総合博物館で、「色の音楽・手の幸福――ロラン・バルトのデッサン展」と題された展覧会が開かれた。あまり知られていなかったバルトのデッサンが展示され、彼の造形芸術への関心が思索面であるのみならずその実践者としてもある、そのような彼の姿が公開された。それは、クローデルと並んで日本と緊密な関係をもった人物としての、デッサン＝〝エクリチュールとしてのデッサン〟であった。すなわち「西欧文化の限界を越えて書き、描き、弾こうとしたバルト」[21]の展覧会といわれ、広範な芸術的関心と思索家・実作者バルト、そして日本文化への傾倒者としてのバルトが確認されたことになる。そこでも、俳句と同じように写真は展開不可能なもの、写真は静また死という解釈が見られ[22]、そして写真を映画より優位に置くバルトの見解が指摘されている[23]。エクリチュールの展開不可能性や瞬間性が、ジャンルを超えて共通したバルトの重要な視点と考えられるだろう。

ここではそのデッサンたちに見られる遊びの感覚に注目したい。無造作な遊びのように描かれたそのデッサン群は、無目的性・無意味性に対する嗜好を如実に示す。そしてそれらは日常折々の身辺の紙の切れ端に、すばやく書き留められていたり、冗談のように無邪気に描き出されていたりする。その点でその創作行為はまた断片性への志向にも繋がる。さらに書く意識と描く意識の近さが見られる。同じく書く人であり描く人であったアンリ・ミショーも関心を抱いたように、東洋という表意文字の文明世界においては、デッサンはエクリチュールと絵画の間に在りうる。(24)とすれば、東洋文化へのバルトの強い興味がここでもうなずける。一方、その描くことと書くことのエクリチュールが〝無〟を志向し、〝無〟のために企てられたものであるとすれば、東洋の世界における無の意識への繋がりも再び浮上し、バルトと芸術諸ジャンルのあり方と東洋の世界が、ここに結び合うことになるだろう。

このように連鎖する〝無〟の観念、〝無〟のための行為、すなわち〝遊び〟の意識に繋がるもの、それは、芸術の位置と価値に関わる。これは同様の核心的問題として、マラルメの思索を改めて思い出させる。次にそれを再確認しておかねばならない。

ⅲ　マラルメ

芸術行為・創作行為に対する遊びの意識は、マラルメの語るところであった。瞥見しよう。文芸の意味とあり方についての断章において、文芸が何の役に立つのか、と自問し、遊びに役立つ、と自答している。(25)また「文学的シンフォニー」においても、「明晰さ」のために、詩的営為は「戯れの組み合わせ」によって営まれるとされる。(26)

こうした遊び（jeu：遊び、演奏、賭け）の意識は、行為の無目的性として、それ自体の価値の表象へと向かう。芸術創造の無目的性も、しばしば明示されたマラルメの思考である。詩論における「全体的律動とは沈黙の詩篇、余白行間における詩篇である」といった思索や、リヒャルト・ワーグナーの楽劇の意識に対抗したワーグナー評論にも見られるように、重要なのは、「視覚の虚焦点における精神的事実」として現前する「何ものでもない姿」であった。「何らかの至高の鋳型」とも表現されるこれらが詩の成就、詩のあり方として示されたものであった。(27)(28)そしてそこでは行為の主体は必ずしも必要ではない。創造自体への注視のために、むしろ主体の抹殺の思考が展開されることになる。マラルメのよく知られた一節がこうした脈絡において蘇るだろう。改めて記そう。

純粋な作品は、詩人の語りながらの消滅を含む。詩人はその不等性の衝突によって動的状態にある語たちに主導権を譲る。語たちは、宝石の上の一条の火の連なりのように、相互間の反映によって点火されている。古来の抒情詩の息づかいにおけるはっきり認知できるような呼吸に、あるいはまた文章の熱狂的な個人的導きにとってかわりながら。(29)

ここには、主体の消滅と引き換えに働きあうことばたちが光を交わしあう様子が見えた。同時に詩人の主体としての消滅が主張されていた。このような主体の欠如は、〝遊び〟や〝無〟の観念の中枢に直結するものであり、今、本論の文脈で価値づけられるだろう。そしてそれは、確かに、系譜として現代芸術に繫がる。さらに、そこに、日本の芸術や生活感覚と触れあうものがあったといえるのではなかっただろうか。

では一体日本文化においてそうした意識や感覚にはどのような意味が認められるのだろうか。これまで本章で日本文化のひとつの表徴のようにバルトによって指摘されてきた俳句、今や世界に流布する俳句を、まずは日本の文芸の側面から歴史的に概観してみよう。

4　日本における俳句の展開

ⅰ　日本での流れ

俳句は、今や世界の文学のなかで最短の詩型として評価が高く、世界で多様に解釈し実践されている。もともと日本の俳句は、バルトに理解されているようなものと考えられているのだろうか。日本における俳句の側から、突きあわせたい。一口に俳句と言っても、もちろん歴史がある。ここで概観したい(30)。

江戸時代において、俳句は遊戯性をもつ庶民的な文芸活動であったといえるだろう。それに対して、芸術として価値を高めるべく改革を成したのが松尾芭蕉である。芭蕉は、世俗化した俳句の実情を刷新して、俳句を哲学的・思想的な〝生〟の意識の表現にまで築き上げた。それは弟子たちに引き継がれ、結集し、成功したと考えられる。

明治期になって近代日本の幕開けのなかで、文学や芸術は欧米の波に洗われ、俳句の価値もまた変容を被ることになる。正岡子規による俳句の近代化というべきものが見られる。写実的思想が重んじられる中で、写生の観念が意識化されていく。子規はこの脈絡において、与謝蕪村を発掘することになる。

さらに事態は展開し、仏文学者桑原武夫が、俳句に対して、第二芸術にすぎないとの批判を加えることになる(31)。個人性をもたないという理由で、大衆芸術にほかならないとの低い芸術的価値が俳句に付与される。近代化の行き過ぎとも言えるだろうが、時代の思想と社会の実情の必然的流れでもある。個人と文学の関係にまつわる問題、ないし文芸における主体の問題と考えられるだろう。

そして現代において、やはり社会のありようや変遷と結びついた文学のその後の多様な流れのなかで、俳句は世界的な文芸として広く一般に親しまれている。(32) もちろんその一般化の得失は慎重に問われなければならないだろう。

ⅱ　俳句の定義とその展開、主体のあり処

それでは次に、元来の俳句の定義の側面から、こうした流れにおいて何が問題であるのかを見てゆく必要がある。俳句の言語表現として次の三点が要と考えられるだろう。

ことばの組み立てのなかで、確かな季題を具え、それが時間と空間の広がりあるいは範囲を作っていること。そして、語の繋がりには、切れがあり、それは、まとまったり、間を置いたりしながら、リズムと共に全体性を構築する骨組を形成することになる。最後に、対象に対しては、客観描写が基本であり、写生を旨とし、私情の介入は控えられる。すなわちいわゆる個性・個人性・主体性というものは排除されていることになる。

こうした意味で、総じて俳句は、自然の季節の風景のなかで、ことばがそのものとして最大限に生かされ、ことばの突き合わせとその反映が、隠れた作者・主体をもって、ひとつの世界を生み出していると言えないだろうか。この点で、俳句の歴史は、日本の近代化と概ねその逆行として緊密に関わり、文学の根本問題として考察されることになる。そしてそれは日本の文化の根底的側面に繋がっていた。

季語が問題であるなら、まず何も設定していないわけではない。切れが問題であるなら、全体性やその基軸をもたないわけではない。写生であれば具体的・客観的なはずである。それでも、どこの誰ともわからない主体によって、どこの何ともわからない事柄が表出され、どのような意味であるかも曖昧であるのはなぜか。句の短さは大きな問題だろう。極端な短さでも成立する日本語は、主体表現を必ずしも必要としない。時制は現在、とい

うべきか、必ずしもまた明確ではない。そして、感情表現は、本来、日本文化における個人のあり方から考えて、必ずしも明解に主張される必要はない。こうした文化と言語のありようが、核心的な問題を成していると考えられるだろう。

ⅲ　世界の俳句へ

そういうあり方に対して、近代化と連動した展開や変遷を見たのは当然の経路であり経過といえるだろう。仲間内の遊戯性や庶民性に対して、桑原は個人の主体性の欠如、そして文学性の低さを見た。それ以前に、写実性・個人性に対して子規は疑義を呈していた。つまりそれらは日本文化の近代化・西欧化のなかでの主体の問題をめぐる展開であったのではないだろうか。(33)

それに対して、それ以前、あるいは本来の俳句のあり方がバルトに評価されるという流れを見ることになるのだろうか。しかしその評価は的を射ているのか、微妙なずれがないだろうか。むしろ個人性の有無が問題化されたとき、個人性のあり方自体が文化の問題として考察されねばならないのではないだろうか。

また季語が必ずしも重要視されない俳句とは、すなわち現在、西欧等で流布している世界の俳句ではないだろうか。そこに日本固有の自然観はどう関係してくるのだろうか。関連してそこに認められる〝無〟の意識はどうだろうか。

5　言語と文化における自然

ⅰ　言葉と文化の齟齬

簡略に問題を整理してゆきたい。収束しないもの・反射反映するもの、中心の不在という思索が〝無〟に関わるとされる。しかし俳句において、表象はむしろ無限である。西欧文化においても先に見た〝無〟はすなわち無限でもあるというなら、俳句の〝無〟は無限そのものというべきか。[34] その〝無〟は〝有〟をも含む。では、この〝無〟が〝有〟でもあるという思想は、どこから来るのだろうか。

関わる宗教の違いや自然観の違いはどこに見られるだろうか。共鳴しあう点はどこだろうか。また不協和に食い違う点はどこか。〝無〟の意識は、おそらく文化の基底につながる問題である。

言語的に主体を必要としないものが示す〝無〟と、本来存在する主体が抹殺された場合の〝無〟とに違いはないだろうか。すなわち無響性の違いとは何だろうか。それは〝有を含む無〟と〝有を否定してある無〟の違いだろう。これは確かに言語と文化の問題になるだろう。

このようにたどって見てくると、多くはことばのあり方の違いに由来する様々な文化的事象のありよう、その解釈の相違に気づかされる。ことば・言語が先か文化が先か難しい事柄ではある。あくまで相互作用的なものだろう。

これに関しては、東西の意識・文化に関わる主体のあり方、外界・世界・自然に対する、人間の心のありようが問題であった。主体の無さは、いわゆるコミュニケーションの必然性を少なくする。そのとき、コミュニケーションの道具としてのことばは、必ずしも明確な指示機能を必要としない。それ自身として在る可能性をもつ。これは、バルトの記号の思考に適合するものだったろう。

そして確かにそのような思考の側面はバルトにある。しかしそれは、すぐさま〝無〟に直結しない。否、バルトの〝無〟を意味しない。そうしたことばで表現された俳句は、何も意味しないと同時に、無限の歴史的意味を内に含む。いかようにも人は読める。響かないどころか、無限に響く。これは芸術の本来的あり方ではないだろうか。

さらにこうした主体の無さ、いわば有無の曖昧なあり方は、外界・世界と個人との関係に関わるとともに、それは、当然ひいては人間と自然との関係に関わる。それは、他者や外界と自己の間に明確な区別がないというさまを示すだろう。そしてそれらは共に、自然を制覇するような存在ではない。大いなる自然から見れば、互いの距離は大きくない、同類という感覚だろうか。皆、自然の中にひと時住まう存在という感覚や思考が考えられる。そのとき、もちろん人間も動物も同列に置かれる。存在に軽重はない。したがって、人のみならず、動物も植物も、主体として主語になる必要は必ずしもなく、しかしながらそれ自体として流動的・弾力的な主体をもつ。それらはわざわざ擬人化されることなく、ごく自然にあるがままのこととして、描かれ語られる主題となる。何より問題は、こうした意識を、土壌に根付いた流れとしてもつことと、意識的転換としてもつことの違いだろう。しかし、ここにある曖昧さも、それと引き換えに多義性としての豊かさを保障することになるだろう。

ⅱ 可能性

こうした食い違い自体が、意味をもつのではないだろうか。差異こそが、相互の文化を相対化し、明るみに出し、それぞれのより豊かな可能性の道を開く可能性をもつ。たとえば主体について、その有無のありよう、その変遷には、それぞれの曲折・得失があるだろう。そうした自覚の中で、解釈の豊かさも生まれてゆく。

それに関わってたとえば〝無〟も、消されねばならない有・無と、元々無のなかにある無、いわば無のなかにある有・無、響きあう無、そのそれぞれの意味がもたらす文化のあり方、その解釈の理解を促すだろう。そして文化、その相違を汲み上げることで、対立や浅薄さから脱し、有意味な協働の進展をもたらすことにならないだろうか。

そうしたことを考えるのに、ことば、芸術、芸術としてのことば、指示機能に収束しない〝シニフィエなきシニフィアン〟の追究は、価値があったのである。それは直接間接に、意識的・無意識的に、文化の様相に深く関わるものであった。

おわりに

以上の考察によって、バルトとマラルメを手掛かりに、それらの日本文化との関わりを眺めることで、ことばのもつ力の振幅と多層の意味について、その時間・空間について、これまでの章を振り返りながらひとつの見解を示せたかと思う。ことばのあり方は、芸術諸ジャンル・諸領域の他のあり方、ないしそれらとの繋がりの様子を浮上させる。そしてことばが根付くと同時にまたことばが世界を生み出す文化のありようをも示す。したがってこうしたことばの探究は、文化を豊かに推進する手立てとなるだろう。

ことばとイマージュ・文化との関わりについて、さらに詳細に、かつ他国の場合を視野に入れて、研究を進めねばならない。そこではまた同時に、諸芸術の多様なあり方の実態と展開が問題となってくると考えられる。それらについて分析してゆきたい。そうして、文芸表現における自然観を土台にして、総合的な芸術と文化や人間の営みの価値・位置づけ、およびそれらの展望について考察してゆきたいと思う。

（1）　特に本章では日本の研究者たちの解釈や思索を参照しながら吟味したいと思う。〝バルト再考〟としたのは、宗像衣子『ことばとイマージュの交歓――フランスと日本の詩情――』（人文書院、二〇〇五）第三部第三章においてバルトを考察しており、それに続き補うという意味による。Roland Barthes, *Œuvres complètes* 3, Editions du Seuil, 1995. ロラン・バルト『ロラン・バルト著作集一（文学のユートピア一九四二―一九四五）』（みすず書房、二〇〇四）。鈴村和成『バルト　テクストの快楽』（講談社、一九九六）。渡辺諒『バルト　距離への情熱』（白水社、二〇〇七）。

（2）Roland Barthes, *Le Degré zéro de l'écriture*, Seuli, 1953, p.13, 34.（『零度のエクリチュール』渡辺淳・沢村昂一訳、みすず書房、一九七一、一四・四二頁、以下括弧内の数字は訳書頁を示す）

（3）*Ibid*., p.38, 39.（四八）

（4）なおこれに関して、シュールレアリスムの言語錯乱はまた異なるものであるという花輪光氏の思考を特記しておきたい（『ロラン・バルト　その言語圏とイメージ圏』みすず書房、一九八五、一五〇頁）。

（5）花輪前掲書、一四二―一四四頁参照。宗像衣子『マラルメの詩学――抒情と抽象をめぐる近現代の芸術家たち――』（勁草書房、一九九九）三〇九―三一四頁参照。

（6）Stéphane Mallarmé, *Œuvres complètes* I, édition présentée, établie et annotée par Bertrand Marchal, Gallimard, Bibliothèque de la Pléiade, 1998, p.131. 荒木亨『鎖国の日本語』（木魂社、一九八九）一三一―一三三頁参照。

（7）Roland Barthes, *L'Empire des signes*, Albelt Skira, 1970, p.16.（『表徴の帝国』宗左近訳、新潮社、一九七四、一六頁）そこに禅の起源に関わる想像力をバルトは見る。

（8）大久保喬樹『見出された「日本」　ロチからレヴィ＝ストロースまで』（平凡社、二〇〇一）一七一―一七二頁参照。ヴァレリーやクローデルとの繋がりについても参照。

（9）同前書、一七二頁参照。同書は西田幾多郎、中村元の哲学との照応を見る。前掲拙著『マラルメの詩学』第四部第三章参照。

（10） Roland Barthes, *op.cit.*, pp.91–92.（八九—九〇）

（11） *Ibid.*, p.101.（九九）

（12） *Ibid.*, p.106.（一〇三）

（13） *Ibid.*, pp.112–114.（一一二—一一四）

（14） *Ibid.*, p.106.（一〇三）　俳句に対するこうした思索は極めて興味深い。

（15） 大久保前掲書（二一〇頁）にマラルメとバルトの緊密な関係の提示がある。関連して日本の音楽、その和音の無さに関する論及も意味深い。

（16） 荒木亨『ロラン・バルト／日本』（木魂社、一九八九）の俳句に関する論究（二一〇—二一二頁）参照。関連して花輪前掲書、二九〇—二九一頁参照。

（17） Roland Barthes, *L'Empire des signes*, p.148.（一四六）「マラルメの住み処」との結末は多様な意味で特筆すべき推論と考えられる。

（18） Roland Barthes, *La Chambre claire : note sur la photographie*, Gallimard, 1980, pp.80–81.（六三）および Roland Barthes, *L'Obvie et l'obtus*, Seuil, 1982.

（19） Roland Barthes, *La Chambre claire*, pp.81–82.（六三—六四）　篠田浩一郎『ロラン・バルト　世界の解読』（岩波書店、一九八九）二三六—二五五頁参照。

（20） 荒木前掲書、二〇五・二一三頁参照。

（21）『色の音楽・手の幸福——ロラン・バルトのデッサン展』東京日仏学院・関西日仏学館、二〇〇三（小林康夫「色の音楽・手の幸福——ロラン・バルトのデッサン展に寄せて」）八頁参照。『第三の意味　映像と演劇と音楽と』（沢崎浩平訳、みすず書房、一九八四）。

(22) 荒木前掲書、二〇三―二〇五頁参照。
(23) 前掲『色の音楽・手の幸福』（松島征「ロラン・バルトの想い出（断章風に）」）一二頁参照。
(24) アンリ・ミショーについて、前掲拙著『ことばとイマージュの交歓』第一部第三章参照。
(25) Stéphane Mallarmé, «Crayonné au théatre», *OC.*, p.296.
(26) «Symphonie littéraire», *op.cit.*, p.262.
(27) «Crise de vers», *op.cit.*, pp.366-367.
(28) «Richard Wagner, rêverie d'un poète français», *op.cit.*, p.545.
(29) «Crise de vers», *op.cit.*, p.366.
(30) 俳句の歴史に関して、山本健吉『俳句とは何か』（角川書店、二〇〇〇）等参照。前掲拙著『ことばとイマージュの交歓』第四部第三章参照。
(31) 桑原武夫『第二芸術』講談社、一九七六（初出は『世界』一一月号、一九四六）。
(32) 俳句世界について、星野恒彦『俳句とハイクの世界』（早稲田大学出版部、二〇〇二）、佐藤和夫『海を越えた俳句』（丸善、一九九一）等参照。前掲拙著『ことばとイマージュの交歓』同所参照。
(33) 桑原の思索および俳句の歴史展開について、前掲拙著『ことばとイマージュの交歓』同所参照。
(34) 西洋と東洋の無に関して、前掲拙著『ことばとイマージュの交歓』同所参照。

Ⅱ

創造における逆説性

一　中枢としての音楽

はじめに

理論家としても貴重な役割を果たした詩人マラルメが、時代の文芸状況において画期的であり爾後の芸術世界にも広範な影響を及ぼした図形詩、これまでも触れてきた「骰子一擲」を世に示したのは、一八九七年五月、『コスモポリス』誌においてであった。その時作品に付せられた彼の序文、それは後の決定版単行本には収録されなかったものであるが、この序文は、「骰子一擲」の主旨を端的に示していた。

彼は、そこで詩における音楽性の重要性を語り、その表現としての図像性・空間性について明らかにしている。最終的には、それは、詩本来の本質であるとしているが、本章では、とりわけ音楽性そしてそれに繋がる視覚芸術性が、相互にどのように関わりあって意味をもち、またどのように補完しながら、結局〝詩〟への収束の観念を、詩人マラルメにもたらすのかについて検討したい。それによって、音楽性の角度から芸術諸ジャンルの相互性の価値、そしてその限界ないし逆説的あり方、いわば非浸透領域を明らかにできるのではないだろうか。

この検討から導かれるものとして、マラルメを崇拝しジャポニスムからも深い影響を受けた音楽家クロード・ドビュッシーの作品と思索に関して、思想家ウラジミール・ジャンケレヴィッチの評言、音楽家ないし思想家ピエール・ブレーズ（一九二五―）の思想を吟味したい。ドビュッシーに端を発し、特に〝無〟の意識や芸術観をめぐって、東洋の文化に触れられるだろう。

そこから、やはり音楽に親しんで自身の題材としても扱っていた画家、さらには文を書き音楽を奏でた現代抽象画家ジョルジュ・ブラック、そしてやはり音楽と美術の間で自らの道として後者を選択したパウル・クレーの思索と実践を考察したい。クレーを論じるブレーズからも、ブラック解釈の手立てとなるジャン・ポーラン（一八八四―一九六八）からも、再び東洋の文化への強い意識が認められることになる。

そして最後に、東洋の文化と諸芸術に深く関わった人物として、西欧に学んだ九鬼周造と、混乱の明治期に日本美術を救い出したフェノロサを取り上げ、彼らにおける東西文化と芸術諸ジャンルの思索について触れておきたい。哲学者九鬼は詩人でもあり、彼の最晩年の研究対象は、形而上学としての詩学であった。また九鬼の精神的父というべき岡倉天心、この天心と共に歩んだフェノロサも、日本の伝統美術を世界的な位置に立ち上げたのみならず、極めて広範な文化論をものすると同時に詩・文学の人でもあった。ここで彼らを瞥見することで、実作と思想から、本論の問題を検討できるだろう。

以上から、ジャポニスムに関心を抱いたマラルメを出発点として、芸術諸ジャンルの総合性・東西文化の相互性のうちに、文化の交流とともに、現代の芸術文化に至る、ひとつの価値を見出せないだろうか。またその意味と限界および逆説性について、音楽に関わる思索と実作において、検討を試みることができればと思う。このとき、ジャポニスムの中心ともいうべき葛飾北斎、すなわちマラルメら文学者たちも世紀末の画家たちも、そして音楽家ドビュッシーも、それぞれ自らの芸術性において深く関わった北斎、一方でフェノロサがその過度の評価に対して異議を唱えた北斎に対して、その位置と意味についても言及できるのではないだろうか。

1　マラルメの「骰子一擲」における〝沈黙の楽譜〟

マラルメは、一八九七年「骰子一擲《とうしいってき》」を世に示した。大小様々な活字で、主文（骰子の一擲は決して偶然を廃棄しないだろう）と状況文が連なっている画期的なこの図形詩に付された、読者の理解のための序文には、作品の主旨のみならず、彼の創造の枢軸となる〝詩〟そのもののあり方、そして芸術のあり方の思索が示されていると思われる。たびたび触れてきたこの作品に対し、本論の趣旨に沿って音楽性の観点から注目したい要点は、以下のとおりである(1)。

・この作品の新奇な点は読みの空間化・間取りであり、重要なのは余白・取り囲む沈黙である。
・「精神的演出」による「イデーの再分割、その現出の持続」が問題である。
・「頁」の同時的ヴィジョンに従って、思考の中での語群の分離の写しが動性を加速・減速する。標題の導く主文の周囲で架構が浮上・消滅する。
・全体は仮設であり物語は退けられ、思考とそのデッサンから楽譜が生じる。優劣を示す印刷活字の相異は、発声の重要性に呼応する。
・問題は「音楽」であるが、元来「文芸」に属する手段を「音楽」から取り戻す。それは「ポエジー」の領域にある、純粋かつ複雑な想像力・知性の主題を扱っている。

この詩には、思考の図がデザイン化され、かつ動態性があり、持続展開する。すなわち視覚性・空間性と時間性が表現されていた。外観は、思考の軽重関係とそれに伴った発声方法を示す。それは思考のデッサンの〝楽譜〟としてあるが、文芸本来のあり方を示すものであり、文芸の領域にある主題を扱っているという。物語性は排除されているが、仮設としての物語は、難破船の上の老水夫の姿、海と空の間の人間の営みと歴史を表していると言えるだろう。意味の図が、視覚と聴覚、空間性と音楽性の力を借りながら、しかし本来の詩の姿として言葉に沿って頁を繰りながら完成される。聴覚に届くものが実際の音楽でないように、さらに必ずしも現実の音ではないように、この視覚は何かしら現物の象りではないだろう。思考の展開図であり思考の音連鎖というべきものだろう。大海原の難破、海の上、星辰の輝く天空という舞台に生起する人間の〝生〟と芸術創造のあり方を象徴する図である。

このように視覚的に意味の構図・統辞が一望でき、そしてそれは展開・継続・持続したが、そこでは個々の生起・継続のリズムが見え、頁を繰りながら全体として意味が、その枢軸と派生が見え、語りを示す〝楽譜〟となっていたのである。

ここで最も注目したいのは、問題とされる〝間取り〟である。すなわち、書かれた部分とそれを取り囲む空白、音と沈黙・無音、描かれた部分と余白・空白、が問題であるとしていることである。つまりこの〝間取り〟は、デザインとして、全体の図としてあったが、この文芸の図・〝楽譜〟は、いわば〝無〟から出でて、〝無〟に統治され、〝無〟と同等のものとしてあった。

こうした思索は他でも言及されているマラルメの根本的な思想と思われる。マラルメにおける芸術のあり方、諸芸術のあり方、そして詩のあり方、それらにおける逆説性また、それに関わる彼の根本的思索を如実に示しているだろう。それを作品が表し、序文が照らし出していたのである。

この作品にまつわる視覚芸術としては、出版にまで至らなかったが、マラルメの精神的知友、オディロン・ルドンによるものがある。日の目を見た視覚性との共同作業の成果としては、『大鴉』と『半獣神の午後』があった。共にエドゥアール・マネの挿絵により出版されたものである。それらは、当時の風潮としてのジャポニスムを背景としていた。マネによって、墨の筆触による鴉の頭部をモチーフとして発表されたこの『大鴉』は、フランス象徴主義の師というべきアメリカ詩人エドガー・アラン・ポーの詩論の詩、音楽性を主張の核とし同時にそれ自体音楽性を実現しようとしているポーの詩「大鴉」に対する、マラルメによる翻訳である。

一方、『半獣神の午後』は、同様にマネによって、浮世絵風というマラルメの意向をも担って、北斎を下敷きに、主に植物の線描の挿絵を施されて出版されたが、(2)それに対して、マラルメを師と仰ぐドビュッシーが、「牧神の午後への前奏曲」として、フルートのかすかに現れ消えゆくような音色で曲の創作を試みた。(3)これへの返礼としてマラルメがドビュッシーに贈ったドビュッシーを讃える四行詩に対して、ブレーズは、現代音楽、ひいては現代芸術の端緒をなすものとして耳を傾けたいとしたのである。マネとマラルメの共同制作がこれだけでなかったように、マラルメを敬愛するドビュッシーもまた、マラルメの詩に曲をつけたのはこれだけではない。単発的な実験ではなく、共に寄り添ってゆく何らかの芸術意思の共鳴があったのだろう。これらマラルメの生む世界では、視覚性は音楽に結ばれていた。

ドビュッシーは「マラルメの三つの詩篇」と題してマラルメの詩作品に曲をつけた。既述のようにマラルメやマネが時代のジャポニスムの風潮に生きたこと、ドビュッシーもまた日本、東洋の音楽・芸術に深い関心を寄せたことは周知のことである。(4)

したがって次に、ドビュッシーの芸術意識がどのようなものかを瞥見した上で、彼の音楽に注目するジャンケレヴィッチやブレーズの芸術の思索が何に根ざすのかを、芸術の総合性と文化・思想の背景から検討したいと思う。

2　ドビュッシー〝美しい嘘〟と東洋への眼差し

印象派とも象徴派とも呼ばれるドビュッシー（一八六二―一九一八）は、マラルメを深く敬愛した。その音楽観はマラルメの詩学から強い影響を受けていると言われる。[5] ほとんど相似の論とまでされるそれらが、ジャンルを跨いで、制作の上でどういう様相を示すのかに留目したい。

ドビュッシーがマラルメの『半獣神の午後』に対して「牧神の午後への前奏曲」[6]を制作したのは、前奏曲でなく詩篇自体への曲が可能ではなかったためであった。詩篇に見合う曲を作ることはできないとドビュッシーは語った。[7] 演奏に招待されたマラルメは、賞賛の短詩を添えて、マネの挿絵入りの『半獣神の午後』をドビュッシーに贈った。その音楽的賞賛に対して、ブレーズが、現代性の観点から芸術全般に対する射程をもつものとしたのであった。マラルメとポール・セザンヌとドビュッシーが現代芸術の三つの根幹を成す、とブレーズはそこで語ったのである。[8] まずそのようなドビュッシーをめぐる思索について、本論との関連で意味ある事柄を確認しておきたい。[9]

・『ムジカ』創刊号、シャルル・ジョリによる「明日の音楽の予想」のアンケートに答えて、ドビュッシーは音楽の方向性について、幻想性というものが忘れられている、芸術とは嘘のうちで最も美しい嘘だという。芸術の場でも、人生を日常のありふれた背景とごちゃまぜにせず、ひとつの嘘に留まっていることが望ましい、とドビュッシーは語る。

・当時フランスをも席巻したワーグナーに対して、その音楽は曙光と間違えられた落日であるとし、ドイツ的な冗漫と鈍重からフランス的な明快と優美に戻らなければいけないという。音楽の書法が重視されすぎて、無数の自然のざわめきに耳を傾けようともされない。多様な自然の音楽、聞く気さえあればたっぷり自然が与えてくれる音楽が我々を包み込んでくれるのに、それに我々は今まで気がつかないでいた。そこに新しい方法があり、ようやく自分は聞き分けた、と彼［ドビュッシー］は述べる。

・宇宙の小さなざわめきに耳を傾けているというジャワの音楽を賞賛したい。西洋の音楽は、それに比すれば野蛮な騒音にすぎない、とドビュッシーは述懐する。

・詩と音楽の繋がりについて言えば、申し分のない詩に音楽などつけられない。本当の詩は固有のリズムを備えているので、音楽には邪魔となる、と彼［ドビュッシー］は考える。(10)

「芸術とは美しい嘘」であり、それは「自然」に同調しているという。そのような芸術の諸ジャンルの関係について彼は考えた。詩も音楽も固有のリズムをもっているとすれば、あからさまな協働は邪魔になりあうだけであり、いわばその前の場で儚き音でかろうじて誘導する、あるいは、冗漫と鈍重以外の場、自然に溶け入るような場で、虚実のあわいの幻影の如くかろうじて相互に生きることが可能である、という。そのように思索するドビュッシーがマラルメの三つの詩篇に曲を付しているが、そのうちの「扇」の詩篇とそれへの曲に対して、ジャンケレヴィッチが、ドビュッシーの音楽を、〝無〟から〝無〟への動きとして語っている。マラルメの「扇」の詩は、まさに空気の動きだけを示す、有るか無きかのような詩である。それに対して、同じように有るか無きかの音をつけることが可能だったのだろう。ジャンケレヴィッチの思索のうち、その点で興味深いものを以下に示したい(11)。

・ドビュッシーの音楽は静けさに満ちている。隙間に沈黙が入る。沈黙は大洋の中心で、和音たちが一息つくところである。

・ドビュッシーは無定形に溶解するものの詩人。無定形とは無数の形への可能性を意味する。

・マラルメの「扇」の詩と音において、つかの間の気まぐれが、沈黙の底から沸き起こり、震える霊気を再構成している。

・合目的性のない「海」は、ざわめきのなかから沸き起こる音楽の誕生を固有の言葉で物語っているといえよう。

・「牧神の午後への前奏曲」では、瞬間について考えさせられる。瞬間とは単に消滅ではなく出現でもある。消滅が消滅になるのは、出現がまばたく一瞬。現れつつ消えるのが出現。瞬間のきらめきはひらめきと消滅の両方である。

・生前の静けさと死の静けさの間で、非在という海に囲まれた響き渡る島のように音楽が浮上する。存在は不在によって詩化される。

・彼の音楽の本領は物語ることではなく、喚起することである。

ここには沈黙が支配する音楽つまり音無き音楽のありさまが示され、沈黙・無形のもつ無限の可能性へと問題が進められている。自然・宇宙に融合する音楽、喚起・暗示に留まる芸術の意識が明らかにされている。こうした思考は、まさにドビュッシーを、そしてマラルメをそのまま呼び戻すものであり、それは、先のブレーズのことばにも触れ合うところがあるだろう。ドビュッシーをめぐり展開される現代芸術のあり方の思索、それと関わる東洋の文化について、次にブレーズの思索を瞥見しておきたい。[12]

マラルメがドビュッシーに『半獣神の午後』に添えて贈った、ドビュッシー賞賛の詩に対して、ドビュッシーとマラルメ、そしてセザンヌについて、現代芸術の三つの根幹を成すものとしたが、それは、具象写実の思考に対する転換として思索されている。同時にそれはシュールレアリスムを凌ぐ光輝であるともブレーズは語った。[13]その点でアルチュール・ランボーよりマラルメ、フランツ・カフカよりジェイムズ・ジョイスだとブレーズはしかるべく指摘する。また日本・東洋の芸術と文化における、芸術と自然との繋がりとその表現について参照する。[14]そこで象徴の意味について思考している。ヨーロッパの思考と非ヨーロッパの思考について、特殊性を失わない普遍について、ブレーズは模索する。また他方、他領域への置き換えが単純な翻訳変換でないことに留意するが、音とことばの領域を比較して、音楽領域の遅れについて語っているのは、音楽理論家としての述懐だろうか、それとも音楽の本来的特質に由来するものだろうか。このことをも特記しておきたい。

以上に見られるのは、芸術諸ジャンルの相互性と総合性のあり方・可能性と、〝無〟の意識、すなわち逆説性、それに緊密に繋がる自然観や文化、とりわけ日本・東洋の思想や文化であろう。この両者はどのように関わるのだろうか。そこに見られる意味は何だろうか。

また特にブレーズが述べる芸術相互の関連の問題、また音楽領域の遅れについて注目しなければならない。最も抽象性をもつがゆえに上位にある芸術と考えられてきた音楽が遅れを取るというのは、意味の領域の不分明さゆえなのだろうか。視覚芸術の側はどのようにそれを捉えるのだろうか。

ここで次に音楽に深く関心をもつ画家、かつ東洋性が指摘される現代画家、ブラックについて改めて本論の脈絡から検討したい。彼が、画業とともに文を書き綴ったことに、どのような意味があったのだろうか。沈黙・無音・無・空白はそこにどのように現れるだろうか。ブラックに対するポーランの解釈も一考に値する。文学批評家であり美術批評家でもあるポーランは、ブラックに東洋的静謐を見たが、彼自身、作家・詩人として、俳句に関心を抱き実践した人物である[15]。他方、音楽と美術の両方に魅《ひ》かれながら美術の実作を本業としたクレー[16]の思索も、諸ジャンル、諸文化の関連の考察として言及しておきたいものである。クレーは、本章のブレーズが深く関心をもち、諸ジャンルの問題意識から評論を試みた画家でもある。

3　ブラックとクレーに共鳴する音楽、〝事物の諸関係〟と東洋的無

典雅な魅力をもつ現代抽象画家ブラックは、音楽のモチーフを好んだが、彼自らもヴァイオリンを演奏するなど音楽への関心は深く、実践的でもあった。ブラックの画業は、第一次世界大戦での負傷・記憶喪失からの回復の後、一九一七年から五二年、三五歳から七〇歳までに記した詩画集『夜と昼』に示される。そこで彼は、文を書くことと絵を描くことと共にあった。彼の文は、詩的なるものを中心に置きながら、芸術諸ジャンルの相関性と創作の思索に向けられた。後期には空そして空を飛ぶ鳥のモチーフに赴くが、そのようなブラックのことばのうち、本論において意義のあるものを改めて取り出したいと思う[17]。

・画家は形と色で考える。対象は詩である。

・壺は空虚に、音楽は沈黙に形を与える。
・著述は叙述ではなく、描出は描写ではない。
・限られた手段が新しい形を生み、創作へと誘い、独自の様式を作り出す。
・こだまはこだまにこだまする。あらゆるものはこだまする。
・セザンヌは打ち立てたのであって、構築したのではない。構築とは空間を埋めることを前提としている。
・太鼓、瞑想の楽器。太鼓の音を聴く者は、静寂を聞く。
・変形する必要はない。無形から出発して造形するのだから。
・物を忘れ関係のみを熟慮しよう。

以上に、音楽への執心と芸術の相関性への強い意識が見られるだろう。そしてそれぞれの原点あるいは交点にあるのは、芸術諸ジャンルに通じる無の感覚と言えるのではないだろうか。物ではなく物たちの関係を捉える創意ではないだろうか。まさにそれは抽象絵画、デザインの領域の事柄である。このようなブラックに対するポーランのことばも意味深い。彼は『ブラック――様式と独創――』において、ブラックの芸術性を明るみに出そうとする。以下に要点を挙げよう(18)。

・調和と虚無は遠くない。
・完成された作品は完全で単純である。
・モネを真近に見ながら育ち、セザンヌの「描く」レスタックに赴くブラックにあるのは、形態の単純化である。

・絵画とは神秘な暗示であり、画家は目に映る世界を変える。
・ブラックは具体物の諸関係の巨匠、目に見えない諸関係の巨匠である。

ここに認められるのは、芸術諸ジャンルの相互性の意識と〝無〟への思い、単純化への志向と言えないだろうか。文学批評・美術批評を手掛けたポーランは、ＮＲＦ誌の編集長の任にも就き、二〇世紀の作家たちを育てた人物であった。ポール・エリュアールらシュールレアリスムの詩人たちとともに、日本の俳句に興味を示し、その喚起力・暗示性に関心を抱き、小説を書くとともに自ら詩作も試みている。そこには批評家であるとともに実作者として捉え得た、象徴的単純化や、抽象に通じる簡略化への思念そして東洋性への傾きが見られるだろう。

同じく明快で詩的幻想力の豊かな抽象画家、数学的建築的でもあったバウハウスの教師、さらにやはり音楽の才能と美術の才能をもち、その間で後者を選んだクレー（一八七九―一九四〇）について瞥見したい。クレーは、音楽を画布のモチーフにもしたが、より抽象的なレベルで音楽性を画布に取り込んだと言えるだろう。必ずしも具体的にモチーフとなすレベルにならなかったのは、かえって彼が十分かつ具体的に実際上音楽の才能をもち、芸術性の表現への表れ方、芸術諸ジャンルの相互性のあり方、その限界について認識するところがあったからだろうか。先のブレーズはクレーの作品「豊饒な国の境界に立つ記念碑」と「豊饒な国の記念碑」（共に一九二九年）に触発されて、音楽と画布のあり方について思想を展開する。クレーの思索について、ブレーズの評論を手がかりにして、以下の主要点から考察しよう。(19)

・スコア［楽譜］と共にあったクレー、彼における音楽と美術の繋がりは、ある技法から別の技法への置き換え、翻訳的変換ではない。それは交感、相互浸透のようなものである。
・等価性が問題である。ポリフォニーには遠近法が関係する。
・構造が詩学によって想像力に結ばれる。象徴が重要である。

ここに見られるのは、ブレーズの芸術諸ジャンルの関係についての思索である。ブレーズは諸ジャンルの相互浸透の領域を見定めようとしている。具体的レベルでの照応ではなく、構造、すなわち詩学のレベルでの交感を問題としていると言えるだろう。諸領域間の技法から技法への置き換えを問題にはしていない。「遠近法的な観点から正確にデッサンすることはそれ自体では価値をもたない」とするクレーは、その可能性を展開させ、構成原理を作り出そうとするのだ、とブレーズはその重要性について推論する。そしてその原理について、音楽に等価物を見出すことができると語る。

こうした思索から、ドビュッシーの作品に対しても、その音楽的現実・音楽的対象が、音楽的遠近法によって把握されるという。クレーに導かれ遠近法をポリフォニーに拡大適用するなど、音楽的知識だけへの執着からでは十分に見えなかったものをクレーは見せてくれた、とブレーズはいう。フーガ（遁走曲）についても、美術領域での等価性について述べる。クレーは自然を見て、その構造・メカニズムを理解しようとするとブレーズは考え、クレーが造形領域で成し遂げたことを音楽領域で生み出したい、とする。構造化が想像力を詩学へ導き「豊饒な国」に入ることを、「豊饒な国の境界に立つ記念碑」と「豊饒な国の記念碑」の二枚の画布のうちにブレーズは見る。クレーの作品はひとつの絵画・象徴であるとする。ブレーズに認めうるこうした自然観、それに伴う非西欧的思考を振り返ると、この交感の領域に、東洋の思想や文化が関わることを想起できるだろう。ちなみに東洋の書に触れる画家であり詩人であるアンリ・ミショーが、クレーの線について、その静謐さについて賞賛していることも付記しておきたい。ミショーもクレーの音楽性に注目し、そこに〝無〟の感覚を見ているのであった[20]。

音楽は芸術諸領域から憧憬され求められながらも、問題は生の音ではなく、音楽性として価値をもつ。これは、まさにマラルメが語ったことであった。現実の生の声や音が直接の繋がりをもつわけではない。同じように、画布の音楽のモチーフが音楽性を含む証しにはならない。そして他方、文・ことばは意味として、描く人にも奏でる人にも、それ自体としてまた思索の手立てとして貴重であった。とりわけ、創作に意識的に向かう芸術家たちや理論派たちにとってそうなのだろう。しかしこれらの関わりは、どのような可能性と限界また逆説性をもつのだろうか。この検討には芸術諸ジャンルの差異についての理論的考察が前提となるだろう。

こうした点に厳密な思索・理論として、形而上学的問題において追求した人物、西欧近代の思想と芸術に学び、日本の芸術と文化を省みた九鬼周造を取り上げよう。またこれに対して、明治期、日本の伝統美術を時代の波から救い出したフェノロサの芸術思想を突き合わせることにしたい。第四部で考察する彼らについて、ここではアウトラインを示すに留まる。

4　九鬼周造とフェノロサ、西欧近代と日本文化における自然

九鬼周造（一八八八―一九四一）は、一九二八年、ヨーロッパで学びフランスに滞在したが、その帰国の直前にパリ郊外ポンティニーにおいて、「時間の観念と東洋における時間の反復」「日本芸術における「無限」の表現」

と題した二回の講演を試みている。両者ともに日本の芸術と文化に寄せるものである[21]。帰国後、京都帝国大学に奉職し、哲学と文学の講義をおこなうが、京都市左京区南禅寺から山科に移りその翌年の死に至るまで、日本詩の押韻について思索を重ねた。つまり九鬼は詩学を形而上学として探究している[22]。

ヴァレリーの「双子の微笑」の思考に拠って押韻の意味を示し、そこに時間と偶然性の問題を見ているが、それは彼の根本思想に関わるものであった。それはまた、時間と空間を機軸に理論構築した、文学・美術・音楽の芸術諸ジャンルの関係に対する思索に繋がる。そこで、時間と空間の重層の観点から、文学とりわけ詩を芸術の最高位に置いている。彼は具体レベルでは音楽より美術に、より深い関心を見せている。音楽は、より普遍的・根本的に文学・詩に関係している点で、主に論理的展開の要素となっているように思われる。また時間の観念から、東洋の回帰的時間について推論する。すなわち日本の芸術・詩に特別の意味を見出しているようである。特に九鬼が挙げる思想のうちで注目したい思考を挙げよう[23]。

・詩歌と音楽が一体となって現実を超越してゆく。
・創作者と鑑賞者において、二度現実の超越がある。
・時間の重層が文学の本質であり、ことばにより現実の時間を超えた観念的・想像的時間が広がる。
・最も深い人間的芸術として詩がある。詩において韻は、現在を繰り返す。必然と偶然の戯れの世界がそこに認められる。
・日本の芸術は東洋の思想を凝縮し、時間と空間からの解脱をなしている。そこで人は通常の時間の秩序から解放される。

九鬼は、文部省官僚九鬼隆一男爵を父とするが、他方、精神の父ともいえる岡倉天心に示唆を受けるところが多大であり、[24]天心の東洋論を思索の土台として引き合いに出している。それは、天心が日本美術の救出に対して共に貢献を為したフェノロサの思索へと導くものでもある。美術史家として名高いフェノロサは、しかしまた文学の人でもあった。自ら詩を書き、文学論や詩集『東と西』の著作を試みた。また彼の論じた「詩の媒体としての漢字考」も文学の人としての視点の確かさを思わせる。[25]そこでフェノロサは自然へと繋がる〝漢字〟の価値を説いている。〝漢字〟こそ真の詩であるとする。常に彼には、東洋の文化への意識があった。彼にとっての文学・詩とは、さらに日本とは、どのように示唆的なものであったか、留目に値する。[26]彼は、文学論として、非写実・暗示・象徴・詩的なるものの価値を特記する。

フェノロサは、フランス人ジャポニザンのルイ・ゴンスがジャポニスムの流れの中で日本美術のうち浮世絵だけを、特に北斎をその代表のように取り上げることを批判し、また実際ヨーロッパのジャポニスムの中で北斎だけが大きく価値づけられることに[27]疑義を挟んだ。日本美術史の全貌を見ようとした観点からの彼の北斎論は、注目すべきものである。要点を取り上げよう。

・北斎は、壮麗さ・東洋的深遠さをもたない。そこに宗教的同化はない。
・雪舟におけるような、自然に対する深奥な洞察はない。北斎が示す日本は真の日本ではない。
・しかし〝俗〟の北斎に絶望することはない。それは彼の罪ではなく時代の罪というべきだ。

日本に生き、その自然に接したフェノロサは、文化に根ざす文芸・芸術の評価を示し、北斎の才能は認めながらも、それが庶民的な域を出ないものだとした。しかし、文学論における意識と見解に照らせば、フェノロサ自身の思索が、写実と実証が根付かざるをえなかったアメリカの歴史と文化の土壌の中で醸成された文学観に位置するものと思われる。〝俗〟が同時に〝聖〟であり、〝個〟が同時に〝普遍〟であるような視角は、ここでは期待できなかっただろうか。それこそが、深遠な両義的感覚や無の意識すなわち逆説性に関わるだろう。

フェノロサは、ヨーロッパ人の日本芸術の取り込みに対して西洋独自の脈絡を見たように思われる。がしかし、それもまた単にいわば現実主義的アメリカ人としての取り込み・解釈によるものではないのではないだろうか。同時にそこには、西洋の文化のあり方への対抗的な姿勢も見える。アメリカ人としてのフェノロサの日本文化・東洋文化の評価があるように思われる[28]。フランスにおけるジャポニスムとの違い、それへの対決の仕方が興味深い。

あくまで自国の文化と歴史に執心する西洋が取り込む日本文化と、新大陸アメリカがむしろ西洋との対抗のなかで評価しようとする日本文化があるだろう。北斎に対するフェノロサの研究には、自国の流れに取り込もうとする西洋文化に対決する意識が見えないだろうか。その意味で日本の美術史の流れにおけるフェノロサの視点は、公正かつ貴重でありうるだろう。

こうした美術・文化の問題が、絵画・視覚芸術の領域だけではなく、ことば・思想の領域とその背景から救い出せるものであることを、九鬼とフェノロサは明らかにしているといえないだろうか。一方、九鬼においてもフェノロサにおいても、音楽はあまり深く関心に触れていないように思われる。九鬼はせいぜいドビュッシーに言及するだけである。それは具体的・分析的また全体的ではない。フェノロサの音楽論も総括的な言及以外に顕著には見られないようである。音楽が最も言語で表現しにくいものだからだろうか。その点でブレーズの見解と意識が想起できる。芸術理論にとって、音楽は、その抽象的性格から、芸術上枢軸となる領域でありながら、否、そうであるゆえに、言語的論評に取り込みにくいものなのではないだろうか。それが、音楽の理論家にとっては、遅れの感覚を抱かせるのではないだろうか。

音楽の位置は、芸術のなかで最も本質的であるが、現実レベルではことばを失う。失わねばならない。それは深層の核である。元来芸術諸ジャンルは、深層において交流しうるものだろう。表面上の呼応関係はあまり意味をなさない。

同時に文化の交流も深層の意識において真正になされるのではないか。表層の取り込みは異国趣味にとどまり、かえって違和感を感じさせる(29)。ちょうど一九世紀後半以降の万国博覧会が、いかに文化の交流に貢献したといっても、現実の様相としては、日本人の眼から見て、しばしば奇妙な違和感を覚えさせるものであることと事態は似ているだろう。しかし表層における伝達はそれとして必要である。目に見えるものから深層の意識を洞察することが、交流の必然的仕方と言えるだろう。

その点で、フェノロサの北斎観は、ジャポニスムの評価を疑問視するという意味ではなく、また北斎賛美が行き過ぎていることを否定するという意味でもなく(30)、文化の土壌と展開に結ばれた芸術のあり方の問題を提起する意味で、価値をもつ。北斎は高邁さを欠く、とフェノロサはひとたび言った。しかし高邁さは、北斎の深層にもやはりあったのではないだろうか(31)。とりわけそれが日本の文化の本来的特質なのではないだろうか。文化の交流は、その土地の文化と歴史において在って、深浅の往復のなかで反照的になされるものだろう(32)。

芸術諸ジャンルの相関においてしばしば拠り所とされた〝詩〟には確かに重要な意味がある。日本文化にも他に換えがたい意味がある。ただし、〝詩〟は、他のジャンルとの照応において、芸術全体の中でしかるべきものを取り込み、しかるべき位置をもつ点において価値がある。同様にまた、日本文化は、個々の国の文化がしかるべきものを受容するという限りにおいて、高い価値があるというべきだろう。その点で、諸芸術も文化も逆説性を内包する。

こうした脈絡のなかで、〝無〟の価値は、芸術の総合性において、また文化の交流において、意味を担っていた。それは、根源性を成し、無限に多様な顕現を可能にするものとしてあったといえないだろうか。それは、常に具体と抽象の危うい境界線の上に立つものでもあるだろう。そしてそこには逆説が介在する。

おわりに

以上のように、音楽の中枢性を基盤にして芸術諸ジャンルは互いに浸透を求める。しかしそれぞれのジャンルの、もつものともたざるものとの間で、それ固有のあり方を目指すほかない。文化もまた、東西の文化は、歴史的必然として、とりわけ近代社会を通して惹かれ合う。しかしその受容には文化の土壌の相違による齟齬があり、相互に歩み寄るときの変質なしには交流はなしえない。しかし逆にその歩み寄りのあり方こそは、それぞれの文化の性質を明らかにするものとなるだろう。芸術の比較も文化の比較も、表層には見えず現れない土壌の深みに根ざすものであり、そこを検証するものでなければならないだろう。

したがって、個々の芸術家、個々の時代の思想家は、それぞれの時間と空間に根ざした実作と思索を展開したが、それらの意味と位置は、芸術と文化の慎重な比較のなかで、十全に明らかにされる可能性があるだろう。そのとき、芸術と文化の流れの要所を担うような実作と思索を試みた人々は、一見繋がりは希薄であろうと、その深みにおいて意味ある鉱脈を形成していたのではないだろうか。そうした人々を、文化の総合的探究の具体的機縁にしてゆきたいと思う。そこに芸術・文化の逆説に関わるどのような共通性が見られるだろうか。

（1）「骰子一擲」の分析解釈については、宗像衣子『マラルメの詩学――抒情と抽象をめぐる近現代の芸術家たち――』（勁草書房、一九九八）第一部第一章参照。この作品に関しては本書二二七頁注（1）参照。

（2）同前書、第二部第一章参照。

（3）同前書、第三部第一章参照。既述のように、通常、詩に対しては「半獣神」と音楽に対しては「牧神」の訳語を使う。

（4）同前。

（5）ドビュッシーの詳細な研究として、平島正朗「マラルメとドビュッシー――無想から羽ばたきあらわれる心象、歌――」（『ユリイカ』一九七九年一一月号、青土社、一八四―二〇三頁）参照。また Stefan Jarociński, *Debussy, Impressionnisme et Symbolisme*, Ed. du Seuil, 1970.（『ドビュッシー――印象主義と象徴主義――』平島正朗訳、音楽之友社、一九八六）参照。

（6）マラルメの作品タイトルの和訳としては「半獣神の午後」、ドビュッシーの前奏曲のタイトルの和訳としては「牧神の午後（への前奏曲）」と呼ばれるのが通例である。

（7）詩に音楽を合わせるのは困難で息切れする、と彼は語った。Claude Debussy, *Monsieur Croche et autres ecrits*, Gallimard, 1971.（『音楽のために　ドビュッシー評論集』杉本秀太郎訳、白水社、一九九三）、前掲拙著第二部第一章参照。

（8）同前書参照。

（9）「文学の嘘・虚妄」はマラルメの語る思想である。前掲拙著第一部第一章参照。

（10）先駆者との関連の思索において、音とことばを引き比べて、誰もが使う同じことばが魅力を帯びるのはその配置によって、音楽は音の配置によって魅力が生まれる、と彼は考える。前掲『音楽のために　ドビュッシー評論集』参照。

（11）Vladimir Jankélévitch, *La vie et la mort dans la musique de Debussy*, Baconnière, 1968.（『ドビュッシー　生と死の音楽』船山隆・松橋麻利訳、青土社、一九八七）に、ドビュッシーのこの性質が全面的に論じられている。

（12）ジョン・ケージもまた同様の思考を示している。John Cage, *Pour les oiseaux, entretiens avec Daniel Charles*, Belfond, 1976.（『小鳥たちのために』青山マミ訳、青土社、一九八二）参照。

（13）Pierre Boulez, *Relevés d'apprenti*, Editions du Seuil, 1966, partie 1.（『ブーレーズ音楽論　徒弟の覚書』船山隆・笠羽映子訳、晶文社、一九八二）参照。

（14）Pierre Boulez, *Points de repère*, Edition du Seuil, 1981, partie 3.（『参照点』笠羽映子・野平一郎訳、風の薔薇、一九八九）参照。

（15）宗像衣子『ことばとイマージュの交歓――フランスと日本の詩情――』（人文書院、二〇〇五）第四部第三章参照。

（16）同前書、第一部第三章参照。

（17）ブラックについて、同前書第三部第三章および Georges Braque, *Le jour et la nuit : Cahier 1917-1952*, Gallimard, 1952.（『昼と夜　ジョルジュ・ブラックの手帖』藤田博史訳、青土社、一九九三）参照。

（18）Jean Paulhan, *Braque, le patron*, Gallimard, 1952.（『ブラック　様式と独創』宗左近・柴田道子訳、美術公論社、一九八〇）（なお、この訳書において、宗左近は「鳥と魚と天体と――解説にかえて」と題して、「鳥と空の画布には、東洋の禅に見られるような単純化がある」「ブラックは自由闊達でユーモアに満ちている。宇宙の原音の凝縮と展開を聞く。鳥の運動する空は、空《くう》である」と記している。）Jean Paulhan, *Clef de la poésie*, Gallimard, 1962.（『詩の鍵』高橋隆訳、国文社、一九八六）参照。ポーランは『詩の鍵』において、「神秘」をキーワードとして両義性について論述する。彼は禅・悟りについては鈴木大拙から学んでいる。フィリップ・ジャコテ、エドガー・アラン・ポー、ポール・ヴァレリーに関心を抱き、間接的にであるが、両義的存在に関してマラルメを取り上げている。また「詩句が実体を生み出す力」などについて、注においてマラルメらに言及している。彼は中国の禅や道教に関心をもち、中国語を学んでいた。文学論・詩論・言語論のみならず美術論・政治論・小説など多岐にわたる彼の活動は意義深い。

(19) Pierre Boulez, *Le pays fertile : Paul Klee*, Gallimard, 1944.（『クレーの絵と音楽』笠羽映子訳、筑摩書房、一九四四）はこの問題をテーマとしている。フーガをめぐって、造形芸術との関連を思索していることも特筆すべきである。自然と芸術との関連について、クレーは、自然、たとえば植物の発芽や一枚の葉の観察が、自然を再現するためではなく、その構造やメカニズムを理解するためである、とブレーズは語る。彼は「詩学を伴わない構造化」への危険を指摘し、構造化があまりに強力で詩学を無力にすれば、「豊饒な国」の境界の、その不毛の側に位置するが、逆に、構造が想像力を新たな詩学へと導くなら「豊饒な国」の内に入る、とブレーズは結論づける。

(20) ミショーについて、前掲拙著『ことばとイマージュの交歓』第一部第三章参照。

(21) 本書第四部第一章および九鬼周造『九鬼周造全集』第一巻（岩波書店、一九八一）、坂部恵・藤田正勝・鷲田清一編『九鬼周造の世界』（ミネルヴァ書房、二〇〇二）参照。

(22) 田中久文編『九鬼周造エッセンス』（こぶし書房、二〇〇一）第二章・四章参照。

(23) 本書第四部第一章参照。

(24) 同前。

(25) フェノロサの『詩の媒体としての漢字考』はエズラ・パウンドによって示された示唆深い詩学である。パウンド、T・E・ヒューム、T・S・エリオットとの繋がりも興味深い。略画の感覚の指摘や、表音文字でなく漢字の表意性を貴重と考える点が一考に価するだろう。漢字が意味の光輪を発散させるという、絵画的手法の点で中国語は世界の理想的言語であるとし、自然との親和について述べている。また中国詩を分析し、西洋東洋の表意表音の問題に及んでいる。本書第四部第二章・三章および以下を参照。高田美一訳著「フェノロサ・パウンド芸術詩論」（『詩の媒体としての漢字考』、東京美術、一九八二）、馬渕明子『ジャポニスム——幻想の日本』（ブリュッケ、一九九七）、村形明子編『アーネスト・F・フェノロサ資料』一〜三（ミュージアム出版、一九八二—八七）、有賀長雄訳『東亜美術史綱』上下（創元社、一九

四七［一九二二］）、森東吾訳『東洋美術史綱』上下（東京美術、一九七八―八一）、山口静一編『フェノロサ美術論集』（中央公論美術出版、一九六三）。

（26）羽田美也子『ジャポニズム小説の世界　アメリカ編』（彩流社、二〇〇五）は、ヨーロッパとアメリカの日本文化受容の相違を思わせる。これについては別稿にて考察したい。

（27）前掲拙著『マラルメの詩学』第二部第一章および以下を参照。Louis Gonse, *L'Art japonais*, Ganesha Publishing, Edition Synapse, vol.1, 2, 2003.『葛飾北斎』（北斎館、一九九六）。『北斎特別展図録　北斎館開館三〇周年記念』（北斎館、二〇〇六）。一九九八年に長野県小布施で開催された国際北斎会議の記録『第三回国際北斎会議報告書』（小布施町、一九九八）は、欧米各国の研究者による北斎のしかるべき重要な評価を示していて貴重である。

（28）この点については仔細な検討が必要である。山口静一「ルイ・ゴンス批判と最初の浮世絵論」（『フェノロサ：日本文化の宣揚に捧げた一生』上、三省堂、一九八二、二六七―二七五頁）等参照。

（29）フェノロサの妻メアリー・フェノロサの小説に対する早川雪洲の映画化も、この点で興味深い。二〇〇六年度日本フェノロサ学会での板倉史明氏の発表および同「メアリー・フェノロサの小説 *The Dragon Painter* の映画化」（『ロータス』第二七号、日本フェノロサ学会、二〇〇七）参照。

（30）前掲拙著『マラルメの詩学』および『ことばとイマージュの交歓』参照。注（28）参照。

（31）二〇〇七年一〇月二〇日、東京藝術大学で開催された日本フェノロサ学会での講演は貴重であり、この点についても極めて示唆深いものであった。また、フェノロサの浮世絵観について、山口静一訳『フェノロサ　浮世絵の巨匠たち』（二〇一五）参照。

（32）バルトの思索もこの点で意味が大きい。

二　世紀末芸術の錯綜

はじめに

一九世紀後半から末にかけての西欧の芸術ないし文化は、その意義を現代芸術および文化のひとつの源としてどのように考察できるだろうか。ここで、前章に見た状況を生み出した文化・歴史の土壌を概観しておきたい。西欧近代において社会は大きく変貌した。それに応じて文化そして芸術も変革を迫られた。その中で、日本の芸術や文化がどのように関わってきたのかは注目すべき事柄として位置づけておかねばならない。本論ではそうした実態を総合的概括的に捉え、そこに見られる芸術のひとつのあり方、いわば逆説的あり方を、本書の基底として明らかにしておきたい。

手順として、一九世紀後半に、まず西洋・欧米、さらに日本において社会がどのように変貌したかを、本論において必要な範囲で概観する。次にそうした社会で、文化や芸術が西欧国家それぞれにおいて、どのように新たに生まれ成長したかを、しかるべき程度をもって具体的に吟味しよう。そしてそこに関わる日本の芸術や文化を、日本の当時の社会のありようとの関係において確認してみよう。このように巨視的に捉えられた全体的動向の中で、現代の日本および世界の芸術と文化のあり方の意味を俯瞰することができるだろう。これによって、一九世紀末文化・芸術の現代における位置づけを浮上させ、その根源的価値がどこにどのようにあったのかを眺めるのが、本論の主旨である。

1　西欧近代、社会の波乱と生成

一九世紀後半とは、西欧においてまた日本においてどのような時代だったのだろうか。概してヨーロッパの諸国が国民国家・近代国家としておのおの成立していく時期と言えるであろう。本論の必要に応じて、ここでは、交錯し合い、市民文化から現代文化への主流を形成する八つの国々に限定して、その様子を瞥見したい。

フランスでは、まず一七八九年勃発のフランス革命を端緒として、自由な市民による近代国家の成立が目指された。相次ぐ革命を過ごし、一八五二年からの第二帝政、七〇年の普仏戦争、七一年のパリ・コミューンを経て、そのあと第三共和政の時代となる。国家の産業や芸術・文化の祭典として、万国博覧会が国々で催されてゆくが、パリでは、一八五五年、六七年、七八年、八九年、一九〇〇年と頻繁に開催される。特に七八年の万博では日本の芸術や文化が大きく紹介され反響を呼ぶ。この頃にはオペラ通りに電灯が設置されるようになり、街が徐々に生まれ変わってゆく。一八八四―八五年の清仏戦争でベトナムがフランス保護領になり、八七年に仏領インドシナ連邦が成立。一八九二年にはパナマ運河事件、九六年には近代オリンピック大会開催と、新しいパリの街が整備されながら、めまぐるしく近代社会が成長してゆく。

フランスのすぐ北に位置するベルギーでは、オランダ・フランスとの言語上の問題が国としての統一を困難なものにしていた。一八六五年にレオポルド二世がベルギー第二代国王として即位する。一八八〇年頃には二言語主義が実現し、九八年にはフラマン語とフランス語の平等が確立する。一八八五年に、コンゴ自由国がベルギー国王の私有地として成立、一九〇八年にはベルギー領植民地となる。また一八八五年にベルギー労働党が設立し、九三年普通選挙が実施されるなか、近代化が進んでゆく。

隣国ドイツでは、一八六一年、ヴィルヘルム一世が第七代プロイセン国王となる。一八六六年からビスマルク体制が敷かれ、同年の普墺戦争と七〇年の普仏戦争でプロイセン勝利、そして翌七一年、プロイセンを盟主としてドイツ帝国が成立する。ヴィルヘルム一世がドイツ帝国初代皇帝になる。フリードリヒ三世の三ヶ月間の第二代皇帝の後、ヴィルヘルム二世が第三代皇帝に即位、一九一八年まで続く。群雄割拠が一国としての統一を阻んでいたが、ドイツの国としての歴史的正当性の主張のもとに国家統一が成しとげられた。

その東の国、ハプスブルグ家が華やかな威勢を示すオーストリア帝国では、一八四八年、フランツ＝ヨーゼフ一世即位、四九年にオーストリア憲法が成立。しかし一八五一年、憲法は廃止され皇帝専制となる。周囲との戦役を経て、一八六一年ライナー大公内閣が成立。一八六六年の普墺戦争を経て、オーストリア＝ハンガリー二重帝国としての成立に至る。

海を渡ったイギリスでは、逸早い産業革命によって資本主義が発達し、ヴィクトリア朝（一八三七―一九〇一）の謳歌の時代であった。労働組合が盛んであった世紀前半期と比べると、ヴィクトリア朝の黄金期と言える。一八四〇―四二年、清国とアヘン戦争を起こす。一八五一年にはロンドンで第一回万国博覧会が開催され、最新技術による鉄とガラスの水晶宮が会場となる。一八八九年にパリ万博会場に出現した鉄鋼技術の成果であるエッフェル塔より、はるかに早かった。一八五八年には東インド会社が解散し、インドの直接統治が開始される。イギリス海軍の測量艦に乗船して世界一周の航海をする中で、世界の動植物を研究し進化論を唱えた博物学者チャールズ・ダーウィンが『種の起源』を著したのは一八五九年。また一八六三年、ロンドンで地下鉄が開通。一八七〇年に普通教育法、翌七一年には労働組合法が成立する。一八七五年、スエズ運河の株式を買収。一八七七年、インド帝国が樹立され、女王が皇帝を兼ねる。一八八六年、アイルランド自治法が否決。まさに陽の沈むことなき黄金時代である。

さらに海を渡ってアメリカはどうか。一四九二年にコロンブスによって発見され新しく生まれ、ヨーロッパとは歴史・文化において事情が非常に異なる大陸は、近代へ向けて一七七六年に合衆国として独立宣言し、西部開拓を進める。一八六〇年、リンカーンが大統領に当選。一八六一―六五年、リンカーンは南北戦争によって人種問題の解決を目指そうとし、一八六三年に奴隷解放宣言を行う。一八六九年、大陸横断鉄道が開通。一八七六年、建国一〇〇年祭を開催。一八八六年、自由の女神像が完成。一八九〇年には西部フロンティアが消滅し、九八年、米西戦争に勝利する。目覚ましい勢いで資本主義国家へと成長してゆく。

では次に、米西戦争で敗北するまでのスペインの情勢を見よう。イギリスに制海権を譲るまで中南米を中心に世界に植民地を広げていたスペインでは、この時期、王位継承紛争に明け暮れ、一八六八年から七四年までのいわゆる革命の六年間を経て、一八七六年、新憲法により、王政復古体制が確立される。ブルボン朝の時代である。政治都市マドリッドと芸術都市バルセロナを中心として、一定の国の姿を築いてゆくことになる。

地中海域の隣国イタリアでは、一八五二年、カヴールがサルデーニャ王国首相となる。一八五五年、クリミア戦争に参戦。縦長い国の南北の経済的・文化的相異によって国家のまとまりが遅れる。統一は一八六一年からである。一八七〇年にローマを併合して、国としての統一がほぼ完成、七一年にローマに遷都。一八七九年、エチオピアに侵攻し失敗する。一八九八年、ミラノ暴動が勃発し、一九〇〇年、ウンベルト一世が暗殺される。不安定な世情のなかで近代化が進められてゆく。

さて、こうした西欧に比して、日本の近代化はどうだろうか。二〇〇年以上に及ぶ江戸幕府の鎖国から門戸を開放することになる明治維新は一八六八年である。政治・経済・宗教・芸術と、社会は一挙に西洋文化の波を受けることになる。翌一八六九年、版籍奉還と廃藩置県が行われた。また一八八五年に内閣制度が発足、八九年には大日本帝国憲法が発布され、殖産興業・富国強兵は猛烈な勢いで進められた。そして一八九四年の日清戦争と一九〇四年の日露戦争で勝利を収める。慌ただしく西洋文化が押し寄せる、その新しい世界に対面して、どのように対決するかが当時の日本の重大な問題であった。そうした対応と共に日本の近代化は進められ、急展開することになった。

2　芸術文化の変貌

地理的拡大による諸国の密接な繋がりを顕著な特色とするこうした西洋・欧米、そして開国、維新と続く日本における、近代化の推進がもたらす歴史的・社会的状況の中で、芸術ひいては文化はどのような変貌を遂げ、新たな進展を見せるのだろうか。

近代社会、新しい市民の文化と国々の交流のなかで、西欧は緊密な芸術的運動を示し、それぞれの国で相似た性質をもった芸術が生まれる。それ以前の社会の芸術に対抗してゆくような、新しい時代の新しい芸術の動向である。フランスではアール・ヌーヴォーと呼ばれ、ベルギーも同様である。ドイツとオーストリアではユーゲント・シュティールとゼツェシオン、イギリスとアメリカではモダン・アート、スペインではアルテ・ホベン、イタリアではシュティーレ・リバティと呼ばれ、それぞれ伝統的な芸術に対決して新しい市民社会における新しい芸術の誕生を示すことばとしてその表徴となった。

たとえばそれまでの伝統的な歴史画や宗教画とは異なる絵画が芽生える。市民の日常生活のありさまや、自然の中で憩う人々の姿が描かれる。同時に、いわゆる絵画にとどまらず、日々の生活に関わるもの、たとえば家具調度・食器・宝飾類・ポスター・タピスリー等に及ぶ芸術の流れが見られるようになる。そこに日本の芸術や文化が深く広範に関わった様子がうかがえるだろう。

これらが、具体的にどのような人物の手になる、どのようなものであったかを確認しておきたい。国々で共通する点と、民族独自の性質が認められるだろう。おしなべてそれらがどういう方向性をもち、現代の芸術や文化と繋がってゆくのかが眺められないだろうか。

さて、貴重な影響力をもった日本自体はどうか。歴史的大転換を背負って近代化を歩む日本は、新しいこうした芸術に注目され深く関与しながら、国内においてはどのような展開を示すのか。それは日本の現代文化に関わる危機的な問題ではなかっただろうか。

ここで、芸術諸ジャンルが互いに関係しあうという興味深い特色が見られそうである。その実態を照らし出すべく、次節では、芸術諸ジャンルごとに、国々の様子を見てゆきたいと思う。そこから国々の多様な繋がりが見出されるだろう。

3　西欧芸術の動向、東洋への注目

i　フランス

まずフランスの芸術状況の特色はどのようなものだろうか。主に絵画の領域で、一九世紀前半において中心であった写実主義や自然主義が展開し、まさに現実観察の姿勢の追究の只中から、光が生み出す色の瞬間を捉える印象派が生まれる。それは、科学の進展にも支えられてはいるものの、写実的な〝科学の目〟に対する〝人間の目〟への信頼と言えるだろう。モネを中心としたこうした印象派グループから後期印象派、新印象派、象徴派へと展開し、それらはさらに現代芸術への糸口となる。具体的には、モネ以外に、ドガ、ルノワール、シスレー、ピサロ、スーラ、ゴーギャン、セザンヌ、ゴッホ、ルドン等、多様な印象派画家・後期印象派画家・象徴派画家たちの登場と活躍が挙げられる。彼らが、各々自らの視点から日本の芸術や文化への関心を取り込んでいることは、顕著な特色と指摘できる。またこれは、全体的な流れとして、実証的・科学的見方からの展開として、芸術の自律性への方向を示す動きと考えられるだろう。

一方で、日常生活の中での芸術、すなわち機能性や実用性に目を向けた、これまで芸術の範疇に属さなかったような家具調度や宝飾類等が芸術として浮上してきたが、印刷技術の進展により複製芸術が盛んになることもこの傾向と相俟っている。挿絵雑誌やポスターは、市民生活の活況に直接寄与する。アルフォンス・ミュシャのポスターは、女性の美しさの表現・精緻な線描表現・曲線模様としてアール・ヌーヴォーを代表する芸術と言えるだろう。ここにも日本の芸術の影響が見える。

陶芸・ガラス工芸の面では、エミール・ガレを特記せねばならない。ガレを生んだ都市ナンシーは、パリとは別のもうひとつのジャポニスムの地であった。日本の植物学者の高島北海が、日本の工芸品のモチーフである身近な花や昆虫のモチーフをもたらした町である。

建築にも新しい芸術の姿が現れる。技術の勝利というべき技師エッフェルによるエッフェル塔が、フランス革命一〇〇年記念として万博会場に聳え立つだけでなく、新しいパリの街の地下鉄の入口には、植物の曲線のデザインが際立つアール・ヌーヴォー様式が見られる。ガラス屋根付きアーケードの商店街通り＝パッサージュも同様である。科学と芸術の均衡、芸術と生活の密接な触れあいがうかがえる。

文学の面でも、社会の現実を描きだす写実主義、さらなる推進としての自然主義において多くの文人、たとえばバルザック、ゾラ、フロベール等を輩出するが、他方、詩の領域では、ロマン主義からボードレールの高踏派を輩出、その基盤からさらに象徴主義の詩人たちの目覚ましい活躍が見られる。ランボーは、シュールレアリスムと現代芸術を生み出す契機となり、ヴェルレーヌやマラルメは、ことばとイマージュそして音楽に芸術の真価を求め、やはり後の芸術に多大な影響を及ぼす。芸術と現実の相克のなかで、芸術の自律性が追求されてゆく流れとも考えられる。文学者たちは画家や音楽家たちと深く交流し、相互に影響しあいながら、新しい芸術を生み出してゆく。ここでも多様な角度から、日本の芸術や文化に関心が寄せられていることは看過できない。

ことばの音楽である詩から、さて音楽の世界では、ドイツ・ロマン派のワーグナーから徐々に離れ、フランスの音楽が、結果的には現代音楽の創始者となるドビュッシーと共に展開する。とりわけドビュッシーは印象派・象徴派の音楽家として、詩や絵画と深く関わる。ドビュッシーがボードレールやヴェルレーヌやマラルメの詩に音楽を付し、マラルメの詩的思考に心酔し、その芸術観に深く心を惹かれたことは言うまでもない。さかのぼって、日本に関心を抱いたサン＝サーンスも注目すべきであり、ここでも日本の芸術や文化への強い傾倒とその展開が確認できる。

以上のように眺めてくると、フランスにおける、芸術諸ジャンルが響きあう様子と共に、東洋の文化、すなわち西欧外の文化への強い関心が見受けられないだろうか。科学との拮抗、自然への眼差し、生活の芸術、人間存在への問いかけのなかで、日本の芸術や文化が注目されていることに留意しておきたい。またそれらが、まさに社会との関わりの只中で、逆説的に芸術の自律性に促されながら、現代的要素を萌芽として示していることにも注目したい。

ⅱ　ベルギー

次にベルギーの芸術事情を概観しよう。南に接するフランスとの文化的繋がりは極めて密接である。言語的にオランダとフランスの間にあり、文学の面では、フランス語による独自の文学作品が見られる。象徴主義作家として、ノーベル文学賞を受賞した『青い鳥』のメーテルリンク、詩人ではヴェラーレン、小説家ではローデンバックを挙げたい。メーテルリンクの文学はドビュッシーの音楽『ペレアスとメリザンド』となり世界に響くことになる。ローデンバックの描くブリュージュの静謐な死の様相の神秘的表現も、ベルギー独自の情趣を思わせるが、この代表的作家三人は皆、パリやパリ近郊で活躍している。

絵画の領域では、ボッシュやブリューゲルの系譜を引く、幻想や風刺の作風をも担う奇想的で神秘的なイマージュが民族性を示しながら、首都ブリュッセルを中心として、クノップフ、アンソール、ロップスらによる独自の象徴主義絵画を進展させる点が興味深い。一八八四年、前衛芸術家団体である「二〇人会」を結成するが、刮目すべきは、ベルギーが、ヨーロッパ大陸とイギリスを繋ぐ地理的条件から、国内外の革新的な芸術家に発表の場を提供し、新しい絵画の流れを推進したことだろう。さらにこれは、「自由美学」展へと発展し、国際的で多様な芸術発信の場となる。ルノワール、ゴーギャン、ゴッホ、ルドン、スーラ、ピサロ等のフランス人や、モリス、ビアズリー等イギリス人の参加、また、絵画だけでなく挿絵、ポスター、タピスリー、家具調度の展示をも考えると、地理的交流の中枢として新しい芸術を展開させる役割を担うベルギーの位置がよく見える。

これらに深く関わる建築家アンリ・ヴァン・ド・ヴェルド、ヴィクトール・オルタによるアール・ヌーヴォーの成果も顕著である。植物的な曲線、さらに抽象的な曲線を示して、フランスと共にアール・ヌーヴォーの国際的な発祥の地、中心の場となる。ヴァン・ド・ヴェルドに注目した美術商サミュエル・ビングは、「アール・

ヌーヴォー」の名をもちジャポニスムの拠点となるパリの店の内装を、彼に依頼している。

このようにベルギーは、独自の歴史的民族性を保ちながら、同時に、大国に隣接するという地理的弱点をむしろ地理的優位に転じて、新しい芸術の国際的交流の場となり、そこに諸芸術の交流もまた明らかに認められるのであった。

ⅲ　ドイツ

ベルギーからもアール・ヌーヴォーの影響を受けた、その東に位置する国、ドイツに目を転じてみよう。まず群雄割拠の困難から漸く統一を図ったドイツでは、ドイツの国家としての顕揚が問題であり、それを支える文学、そして国民を鼓舞する音楽が席巻したと感じられる。グリム兄弟は、一八五二年、『ドイツ語辞典』を出版したのち、『グリム童話』においてヨーロッパの伝承文学を収集するが、これもその表れと言えるだろう。政治的色彩の濃い自然主義文学が栄えるが、一方で九〇年代後半には、ニーチェを根幹とする反自然主義文学、すなわち、印象主義や新ロマン派の文学が、ゲオルゲ、ホフマンスタールに見られ、トーマス・マン、リルケへと続く。テーオドール・シュトルム等、ドイツ的な深い内面性をもつ詩的リアリズムの作家たちも活躍する。

音楽領域との繋がりとしては、一九世紀、フランスやイタリアを手本にしながら、ドイツ・オペラはワーグナーと共に飛躍的発展を遂げる。思想家かつ文学者でもあるワーグナーはまた、楽劇を創始して総合芸術性を打ち立てる。戯曲の面で、ドイツの威信にも強く関わると言えるだろう。

美術の領域では、ミュンヘンを中心に起こった新しい芸術動向ユーゲント・シュティールを鼓舞する美術雑誌『ユーゲント』が、一八九六年に発刊される。ユーゲント・シュティールを代表する画家として、ベルギーのクノップフから影響を受けたフランツ・フォン・シュトゥック、カール・シュトラートマン等が見られるが、彼らは性や官能を主題とし、東洋的な雰囲気を醸し出す。蛇や頭髪など幻想的で装飾的な表象が際立つ。「生活の中に芸術を」という理念を掲げるユーゲント・シュティールは、工芸・応用芸術に表現される。ハンブルクの美術工芸博物館館長ユトゥス・ブリンクマンの日本熱が、ジャポニスムを扇動し、白鳥・孔雀・ユリ等の蛇行する曲線が好まれる。オットー・エックマン、エミール・オルリクがそうした表象を鮮明に示した人物として挙げられるだろう。ドイツのユーゲント・シュティールは、後述のイギリスにおけるアーツ・アンド・クラフツ運動に多くを負っているが、機械製品を認め、やがてバウハウスなどの近代デザインへと導かれる。

国民意識の高揚のなかでドイツ世紀末文化は展開し、まさに、国々との芸術的交流とともに、独自の文化を進展させる。ここでも生活の芸術が見られ、また日本への大きな注目が見受けられる。

iv　オーストリア

ドイツと歴史的関係も深いオーストリアはどうだろうか。大帝国から、周囲との国境線の争奪のなかで縮小した国オーストリアの芸術状況に顕著なものとして、美術の領域を特記したい。ウィーンを中心に、分離派様式として展開した新しい芸術運動は、自然主義から象徴主義へと、葛藤のなかで進展する。クリムトを中心に、「時代の芸術」「芸術の自由」が唱えられ、分離派＝ゼツェシオンが結成されたのであった。ブルク劇場や美術史博物館の装飾を皮切りに、公共への芸術参与も目覚ましい。歴史主義絵画からの作風の変化のなかで、生と死の様相をエロスと女性の性のテーマとして描いたのがクリムトであった。ここでの科学との関係、音楽との関係、日本との関係が興味深い。女性、金地、また柱絵に見る縦長の形状、幾何学的な文様は、デザイン化されてゆき、さらに現代へ引き継がれる芸術を内包していると言えるだろう。クリムトは、やがてエゴン・シーレやオスカー・ココシュカを育てていくことになる。建築の面でも、新しい芸術は顕著である。オットー・ワーグナーが、金色の装飾や流麗な植物模様で新しい生命感を表現している。

一八七三年のウィーン万国博覧会では、日本の文化が大きく紹介されるが、それはヨーロッパへの紹介として初期のものである。日本ではウィーンの音楽に親しむことになる。担い手が宮廷から庶民に移った音楽世界であるが、古典派のハイドン、モーツァルト、ベートーベンを継いで、ロマン主義音楽としてシューベルトがウィーンの音楽的地位を確固たるものにする。その後、一九世紀後半はウィンナ・ワルツとオペレッタがヨハン・シュトラウス一世と共に生み出される。ヨハン・シュトラウス二世は、ワルツ王として、民族性を内に秘め、ウィーンの市民感情から発し、世界に愛される音楽へと展開させる。音楽による国際性が見られる。

文学の世界はどうか。やはり一八九〇年に『現代文学』が創刊され、サロンの中で、世紀末のウィーン文学が作りだされてゆく。文芸誌が次々生まれ、文学が論じられてゆく。オーストリア文学はドイツ文学に包括されがちであるが、独自の性質を帯びた、若きウィーン派として小説・劇作家シュニッツラー、文学界の神童ホフマンスタールが挙げられるだろう。医師の父をもち、自身も医学を学ぶシュニッツラーは精神分析にも関心を抱いてゆく。精神分析の祖としてのフロイトの当時の活動も見逃せない。彼は、精神的不調に対する治療として催眠療法を、パリでシャルコーに学び、連想法や夢の分析が編み出されてゆく。性的抑圧に光が当てられることになる。目に見えないものを科学的に解明しようとする意識は、時代の思想を反映し、芸術とも深く関連してゆく。〝不可視のものへの視線〟という大きな動向が見られるだろう。

このように、分野・領域の相互影響が見られる中で、新しい芸術は発展し、それは、民族性と国際性を共に担い、日本の芸術とも親密に関わりながら、現代へと向かってゆくのであった。

ｖ イギリス

次に、イギリスの状況はどうだろうか。大陸から海を隔てた島国のイギリスでも、顕著に新しい芸術運動が現れた。美術界の現実状況の堕落を感じたラファエル前派に、過去への注視が見られる。ラファエル前派画家のエヴァレット・ミレーやロセッティが、素朴で敬虔な宗教心から、新しい芸術創造を企てる。ロセッティは詩人としても活躍する。特に女性像をテーマとするその耽美主義的・象徴主義的傾向は、ビアズリーにも端的に認められる。閉ざされていた性的表現が明るみに出される。そのエロティックでグラフィックな様相は目を引く。白と黒の構図・線描に、ジャポニスムの影響が色濃く見て取れる。人力と機械力が混交するロンドンで、中世への憧憬は、モリスのアーツ・アンド・クラフツ運動を引き起こす。モリスは日常生活に美を取り込もうとする。手作りの美術は、壁紙・織物・家具・装本・挿絵等、新しい装飾芸術を生み出してゆく。彼は、社会運動をも含む広範な活動を手掛けるが、そこに思想性の強い、時代ならではの性質の様相をうかがうことができるだろう。

この国でも文学と美術の繋がりは強い。文学領域との連動は明瞭である。ビアズリーの挿絵になる『サロメ』は、オスカー・ワイルドによって文学世界と緊密に結ばれている。象徴主義的・耽美的傾向が強く認められる。これは芸術の自律性へと方向づけられ、二〇世紀文学へと導かれてゆくだろう。ワイルドの他、アーサー・シモンズ、ウィリアム・ブレイクらが挙げられる。シモンズはフランスの象徴主義の紹介者として、またシモンズ同様ウォルター・ペイターが唯美主義の主導者として活躍し、アイルランドの劇詩人イェイツにも影響を与える。美術と文学との結びつきは、文芸雑誌にも見られる。『イエロー・ブック』『ザ・サヴォイ』などにビアズリーも参加する。ここでもジャポニスムの現れは著しい。一八五一年、水晶宮がヴィクトリア時代を誇る第一回万博の後、六二年の万博での日本文化の紹介は画期的だった。一八八五年にはサリヴァンの『ミカド』が上演され、能に惹かれたイェイツは能演劇を創作するに至るのであった。

浮世絵の大胆な線、非対称な構図、モチーフの点でジャポニスムを生む挿絵画家たちと共に、アメリカ生まれのコスモポリタン、ジェームズ・マックニール・ホイッスラーを挙げておかねばならない。彼の作品世界に、日本の芸術・文化の熱狂的な取り込みと共に、中枢としての音楽性への強固な意識が見られる。ここにも抽象的な現代芸術への道が開かれていると言えるだろう。

さらに教育的な観点からの、絵本や童話の世界における自然や動物への注視も大きな特徴である。女性の活躍・進展も顕著である。数学者ルイス・キャロルの『不思議の国のアリス』、博物学者ビアトリクス・ポターの「ピーター・ラビット」シリーズは文学を越え科学に交わり、その自然観・動物観は思想や文化に直結している。

音楽のあり方も興味深い。古き良きイギリスの象徴とされ、日本でも好まれる極めて国際的な「威風堂々」のエルガー、そしてイギリスの民族的旋律と東洋的な題材を取りこんだ「惑星」のホルストを挙げておこう。他国と比べ、音楽領域は地味ながら、確かな民族性と国際性が感じ取れる。

多彩な近代イギリスの芸術状況に、やはり、社会との緊密な繋がりと共に、芸術の自律への方向性、芸術ジャンルの豊かな相関性、日本の文化・芸術への深い関心が認められるだろう。

ⅵ　アメリカ

さらに海を越えたアメリカではどうだろうか。西部開拓等による国の巨大化のなかで、人種問題は大きい。南北戦争が一八六一年に勃発し、リンカーンが自由平等な人民のための国を保障したのが一八六三年である。こうした国情を反映して、社会の情勢を如実に映した文学や音楽が勢いを放つ。

文学としては、ゴールド・ラッシュや南北戦争後のものとして、現実社会に目を向けたリアリズム文学の台頭を挙げねばならない。現実と人間、個と個、個と社会の葛藤を描く小説が活況を呈する。フロンティア文化やアメリカ土着文化を題材にするマーク・トウェイン、ヨーロッパ文化との対比においてアメリカを描くヘンリー・ジェイムズ、アメリカ中産階級の日常の現実を描きだすウィリアム・ディーン・ハウエルズに注目したい。

また、アメリカン・デモクラシーの上に花開くアメリカ美術を記さねばならない。ヨーロッパ美術の既成概念では捉えにくいものが、この時代のアメリカ美術にはあるといえるだろう。南北戦争を描くホーマーがいる。ハドソン・リバー派は、現実の原始的で雄大なアメリカの自然を写す。

同様にデモクラシーの社会に即した音楽も目覚ましい。黒人奴隷のワークソングの音楽である黒人音楽は、この国独自のものである。南北戦争をきっかけに、黒人教会でのゴスペルなど黒人宗教音楽やジャズが現れ、ヨーロッパのバラードを引き継いだブルースも誕生する。悲しみと喜びと夢が託された音楽を聴くことができるだろう。オペラやオペレッタからはミュージカルが生まれる。幾多の発明を成し、人々の生活の便宜と憩いに寄与したトーマス・エジソンは特筆すべきだろう。彼から映画が展開する。科学と共に歩むこのような大衆芸術文化が、市民の楽しみの芸術となってゆく。

こうした状況にあって、アメリカ社会からやや離れた芸術家たちも見られる。象徴主義のホイッスラーがヨーロッパで活躍するのは、先に見た通りである。建築のルイス・サリヴァンなど、ヨーロッパでの評価の方が高い芸術家も見られる。

このように独自の歴史のなかで急速な発展の使命を負うアメリカでは、ヨーロッパに対峙しながら、明確に国固有の社会を反映した芸術が見られる。デモクラシーに基づく大衆の文化が生活に根付く。生活の芸術に、やがて国際的に大きく動いてゆく新しい大衆芸術の萌芽が、とりわけよく見られるだろう。

vii　スペイン

では、海を戻ろう。一九世紀末にアメリカに敗戦したスペインはどうだろうか。政治的混乱のなかで、政治都市マドリッドとは別に、海と山に挟まれた地、カタロニア地方バルセロナは、伝統的な文化の都市として発展する。都市を代表する芸術家はまず何といってもガウディだろう。スペインの新しい芸術アール・ヌーヴォー（アルテ・ホベン）を代表する人物である。いまだ未完成のサグラダ・ファミリアはカタロニア伝統文化が世界に誇る国際性をもつ。ガウディの構想を推測しながら現在も建設が続いている。ガウディは、「自然は曲線から成る」と考え、破砕タイルによって、色鮮やかに海と空のイメージを曲線で表現した。グエル公園とカサ・ミラは世界遺産に登録されている。同じくインターナショナルな芸術家として、ピカソも挙げたい。長命のピカソは、生まれながらの芸術家として、時代の芸術の流れを具現してきたが、この時期のアール・ヌーヴォーにも深く関わっている。彼がパリ滞在時代にフランスから受けた影響は大きい。

同じように、音楽の領域でも、スペイン独自の民族性と国際性を担う人物たちがいる。作曲家でありピアニストであるアルベニスは、世界を放浪しながら心象を音に乗せるかのように多くの作曲を手掛け、ヨーロッパ各地で演奏活動を行っている。組曲「イベリア」は、ドビュッシーを深く感動させたという。もう一人、グラナドスを挙げたい。スペインの民族音楽に根差しながら近代性を目指し、近代スペイン音楽を開いた人物とされる。ギターやフラメンコも、世界に発信されたスペインの民族性と言えるだろう。闘牛もスペイン独自のモチーフと言えるだろうが、ピカソがその画布に取り込んだものである。

文学領域では、ヨーロッパ文学の影響のもとで、写実主義的文学がロマン主義から展開する。科学的姿勢がスペインの民族的性質と相俟った作品を生み出してゆく。日常生活の現実を描写したガルドスの『国民挿話』が際立っている。ロマン主義的傾向をもつものとして、ベッケルの『抒情詩集』が挙げられる。

このように、ガウディを代表として、スペイン独自の民族性の表現を、まさに同時にインターナショナルな価値へと繋げたスペイン芸術のあり方が見られる。スペインは、国固有の民族性が国際的価値に結ばれた文化と芸術を、現実に根づかせ育んだといえるだろう。

ⅷ　イタリア

地中海を挟んだ隣のイタリアの様子はどうだろうか。ルネッサンスの精華があまりに大きかったイタリアは、この時代独自の美術として、ミラノやフィレンツェでポッジ、ミケラッツィの建築、ブガッティの家具に、アール・ヌーヴォーの花の様式を見るが、さほど目覚ましい人物は出なかったようである。むしろその後、現代へ向けて、マリネッティによって未来派の芸術を生んでゆくことを特筆すべきだろう。絵画では、フランスのバルビゾン派に影響を受けたイタリア印象派というべきマッキア派の活動が見られる。象徴主義的なセガンティーニも挙げねばならない。

こうした美術領域よりも特記しなければならないのは音楽界である。ヨーロッパの文学を組み込んだ音楽として、オペラがミラノで花開く。一九世紀前半の、機知に富み喜劇的要素を取り入れる才をもつロッシーニが大きな力を示した後、引き継がれてゆくオペラの系譜がある。他に二人の音楽家を挙げねばならない。イタリア統一の政情のなかで、愛国心を鼓舞する愛唱歌を生むヴェルディがいる。ロマン主義を基盤とした姿勢ではあるが、現実を映す写実主義的傾向が見られるだろう。日常性が取り込まれるようになるが、そこでも抒情的な甘美なメロディーのプッチーニは見逃せない。イタリア音楽は声楽を中心とし、歌詞の意味の理解を重視し、それに付される華麗なメロディーを特徴として発展してゆくことになる。

世界の文学を担いながらイタリア固有の音楽を展開させたオペラの傾向に関わって、文学領域はどうか。文学界では、ヴェリズモ運動が見られる。それは、社会の変遷や現実の人生の機微を端緒に、内面に深い心情を含みながらも、写実主義的・自然主義的傾向を示すものである。地方の庶民の生活を鮮やかに描いたヴェルガを挙げたい。また中部イタリアでは詩人カルドゥッチが社会に対峙する詩を歌い、一九〇六年にノーベル文学賞を受けた。

このように、社会の混乱と統一、その後のさらなる混迷の中で、社会の現実に目を向け、芸術で、特に音楽で、自国独自の創造性を世界に発信するイタリア芸術の姿を見ることができるだろう。とりわけ音楽における大きな特色が現代へ向けて磨かれてゆく。

4　明治日本の芸術事情

鎖国の江戸時代から開国明治時代への流れの中で、欧州各国に近代化への大転換を迫られた日本はどうだろうか。その事情は、極めて特殊である。醸成されてきた日本の伝統文化と唐突に突きつけられた外来の西洋文化の衝突が、絡み合う特殊な状況をもたらす。社会のあり方と同様に、当然、概してふたつの方向を見なければならないだろう。ひとつの方向としては、開国と同時に外国の文化・思想・芸術が種蒔かれ、それに大きな影響を受け、翻弄されることになる。一方で、外国の文化によって、翻ってより一層意識され真価を認識されることになった伝統的な芸術が紆余曲折を経ながら育ってゆく。江戸期の文化芸術がヨーロッパに取り入れられる動きのなかで、それが諸外国の文化とそれぞれに関わることも重なる。日本への逆輸入という流れの現象をも生みだすことになる。

特に、根本的相克が眼によく見える美術領域から概観してその様子を確認しよう。写実を旨とする西洋美術の流れが洋画として取り込まれる中で、日本画もまた革新を迫られることになる。一八八九年に東京美術学校（現東京藝術大学）が設立され、講師フェノロサと弟子岡倉天心を中心に、日本画再興の運動が見られる。この運動は、狩野派を核とするものであった。西洋美術をそのまま受け入れる欧化主義を排し、西洋の写実を受け入れながらなお日本美術の伝統的特質としての観念や理想にそれを融合させようとする。ここに日本芸術の近代化のひとつの姿勢が見られる。橋本雅邦のもと、菱田春草・横山大観・下村観山らによる模索の活動のなかで、日本画の革新展開が進められる。他方、洋画の世界で、アントニオ・フォンタネージに学びフランスに渡った浅井忠、同じくフランスへ留学しラファエル・コランに師事した黒田清輝による洋画壇の革新と育成には、目を見張るものがある。黒田は、印象派の評価が定着していた当時の風潮をよく知らず、一般的に地位を占めていたコランから学んだが、明るい色彩の絵画は彼の画布に新鮮な影響を与えた。作品は印象派に通じる外光派と呼ばれ、久米桂一郎と共に白馬会を結成して、東京美術学校洋画科と白馬会に近代芸術を根付かせてゆく。彼らの思想や感覚によって、青木繁・藤島武二らを輩出することになる。

文学世界にもよく似た傾向が現れる。庶民の楽しみであった江戸期の戯作文学への反省が起きる。読本・洒落本・滑稽本・人情本・黄表紙がもはや古きものとされる。写実主義的姿勢を唱えた坪内逍遥の『小説神髄』、ロシア近代文学を学んでより写実に徹底した二葉亭四迷の『浮雲』、ドイツに渡った軍医森鷗外の『舞姫』、西欧文化の無批判な受容を問いただす英語学者・ジャーナリストの夏目漱石による『吾輩は猫である』の登場等が、それぞれ西洋の文学や文化に触れた明治期の文学者たちの革新運動を進めた。それらは概して、写実に対する相克であったと言えないだろうか。明治維新による封建制の打破、すなわち個人の確立や自我の発生が契機となる意識であった。漱石は、美術領域にも関わり、洋画家橋口五葉や中村不折に装丁挿絵に関する指示を与えている。与謝野鉄幹・晶子の文芸雑誌『明星』や晶子の歌集『みだれ髪』の表紙には、藤島武二によるアール・ヌーヴォーを組み込んだ絵が見られる。アール・ヌーヴォーの逆輸入の表れと言えるだろう。流線的な女性の髪はアール・ヌーヴォーの重要なモチーフであった。こうした流れの中に、第一部に見た俳句も位置づけられる。

音楽の領域にも変革がある。洋楽の輸入は安土桃山時代から見られるが、江戸時代には西洋音楽は無縁となり、その正式採用は一八六九年、薩摩藩の軍楽の教習による。その三年後には、学校教育の整備のなかで、小学校に唱歌、中学校に奏楽が課せられる。一八八七年、東京音楽学校の設立で、日本の音楽は洋楽中心となり、邦楽の軽視に至る。能楽・浄瑠璃・長唄等は、伝統芸能として別の発展をしてゆくことになる。横浜で育ちドイツに学んだ滝廉太郎は、日本の伝統音階と西洋音階の両者を見据えた作品を世に示したが、その活躍が二三歳の短命に阻まれたことは惜しまれる。

このように、日本では、極めて特殊な歴史状況のなかで、入り組み錯綜した事情を紡ぎ、西洋文化・芸術に対する吸収や反撥、並びに芸術ジャンルの交流が慌ただしく推し進められる。伝統と西洋文化との葛藤が芸術のどの領域にも見られるが、それは総じて写実と象徴の相克だったと言えないだろうか。ここに日本文化の特質を見極めることができないだろうか。そしてその価値は、近代以前から救い出されて世界的な、かつ現代的な価値となってゆくことを既述の他国の事情から予感させる。

5　芸術の本質、様々な両義性

近代の新しい芸術において、総合的・概括的に著しく認められることは何であったのか。国々の相違性と共通性を考え合わせて、この時代の文化の特色を全体的に振り返り、導き出したい。

自由な市民生活に根差した楽しみとしての芸術が生み出されてゆくと同時に、逆説的であるが、目に見える事物の写実性からその解放へと、芸術の自律性が生み出されてゆく流れが認められると考えられる。すなわちこの逆説性から、芸術の性格が本来、人々の楽しみとしてあるものであるということが、推察されないだろうか。

そしてそのような動向に連動する特徴的なものとして、美術・文学・音楽など芸術諸ジャンルの相互のつながりや融合が見られないだろうか。それ自身の追求が、かえって互いに働きかけ影響しあう結果となる、そのいわば逆説的な様子が顕著に確認できるだろう。これもまた、芸術が、目から耳から、感覚と思考に作用して意味をもつ、その本来的な総合性や融合性を明かし示すものと考えられないだろうか。そしてそれは国々によって、それぞれ独自のあり方を見せていたと思われる。

これに関わって、さらに言えることは、国々の芸術の様々が、その国独自のものと、国際的に広がるもの、その両者を意識的に求めていたということではないだろうか。すなわち両者の相互影響の中での進展が認められるということも、芸術が、それぞれ発祥の国民や民族の生活に根差し、かつそこからそれを超える芸術性を目指す、という芸術本来のあり方を示さないだろうか。芸術の本来的あり方と相呼応するような逆説性が、ここにも見出されると考えられる。

そしてこれらを、芸術が社会そして文化から生まれ、かつ文化を生み出してゆく、その極めて大きな潮流のうちに検証できるのではないかと思う。

おわりに

近代における独自の国民国家の文化を追究しながら、同時にそこから国際的交流を探索するという社会のあり方の二面性、そこに見られた芸術のあり方の二面性、それらと相関する芸術諸ジャンルの相互作用性、こうした多様に認められる両義性・逆説性こそが、現代の文化・芸術の有様とその諸問題へ繋がり、それらをさらに豊かに導き出してゆくものと言えよう。この時代の世紀末芸術の顕著な逆説的性質が、芸術の本質的性格を示しながら、現代芸術の総合性と現代文化の個別性・相互性を産出してゆくのではないだろうか。

我々の現代芸術の特色は、このように近代の国民国家、端緒についた自由な人間、生活する人間の営みをひとつの大きな要因として生まれてきたと思われる。その様子の源、重要な結節点をこのように近代国家の誕生の時、世紀末の社会に見ることができるのではないだろうか。そこから世界は広がり、芸術は、様々な逆説性を含みながら、人々の生活と結びつくだろう。こうした逆説的な多様性こそ、芸術が本来もつ逆説性でもあったのではないかと思われる。

三　ロダンが結ぶ社会と芸術

はじめに

前章で概観した西洋と日本の近代化およびその芸術文化の動向を下敷に、本章では、日本文化に深く関わった一人の芸術家、近代彫刻の創始者と呼ばれるオーギュスト・ロダン（一八四〇―一九一七）を取りあげ、その近代性の意味について考察したい。西欧一九世紀後半の目まぐるしい社会状況における市民文化進展の脈絡のなかで、ロダンはいかに社会と結びつき、すなわち受容しかつ対決して、どのような芸術性を追究したのか、それは同時代の他の芸術ジャンルとどのような呼応性をもつのだろうか。そうした探究から見える芸術のあり方、社会ひいては現実世界に対する彫刻ないし芸術の可能性と限界について考えたい。

前章で確認したように、一九世紀後半はヨーロッパ社会の動乱の時期であった。その合間をかいくぐって国境を越えながら、ロダンはいかにして自らの芸術を育み実現していったのか。彫刻の世界の必然的あり方として、社会と密接に結びついた彼の芸術は、はたして当時の市民の称賛を得たのだろうか。一般の評価とどう関わりながら、彼は新しい造形世界を生み出し、近代彫刻の祖と呼ばれることになったのだろうか。

また彼は、同時期の身辺の絵画や文学や音楽等、他の芸術諸ジャンルとどう触れあったのだろうか。他のジャンルの作家たちとの交流から何を得て、どのような芸術性の呼応を見て相互関連をもったのか。その関連から見える意味は何か。時代の新しい芸術、アール・ヌーヴォーとどう関係しあったのだろうか。国々の芸術性、そしてその交錯は彼にどのような影響をもたらしたのか、そこで日本の芸術文化はどう関わったのか。さらにそれは現代芸術にどう繋がってゆくのだろうか。こうした探究は、ロダンの価値の一端と共に、芸術そのものの本質的問題を明るみに出すのではないかと思われる。

1　アール・ヌーヴォーおよび文学世界との交わり

まずロダンの生涯を作品ないし本論との繋がりにおいて概観しよう。ロダンは、一八四〇年、パリに生まれる。一四歳となった一八五四年から三年間、装飾美術学校に学ぶ。一八六〇年、装飾彫刻を手掛け、鋳型工の職につき、最初の胸像「父ジャン＝バチスト」を制作する。愛する姉の死後、修道院生活を経て、(1)装飾の仕事に携わる。一八六五年、「鼻のつぶれた男」がサロンで落選する。一八七〇年の普仏戦争では防衛軍に編入するが、すぐに除隊となる。

一八七〇―七七年、ベルギーのブリュッセルに滞在して建築彫刻の仕事に従事する。その間の一八七五―七六年、イタリアでミケランジェロ等の作品に出会う。七七年、「青銅時代」が、そのあまりものリアルさに、生きたモデルから型取りしたのではないかと嫌疑をかけられてスキャンダルとなる。陶器工場で働きつつ、一八八〇年に四〇歳で、「聖ヨハネ」「青銅時代」を官展に出品する。

同年、「青銅時代」がフランス政府に買い上げられ、また装飾美術館のための門扉として「地獄の門」〔図1〕が発注される。八四年、四四歳の時に講習会受講生のカミーユ・クローデルと知り合う(2)。八五年、カレー市から「カレーの市民」を受注する。八六年に「接吻」を、そしてカミーユをモデルにした「パンセ」を制作する。その翌年、レジオン・ドヌール勲五等を受勲した。

　他の芸術ジャンルとの繋がりからも記さねばならない。一八八七―八八年、ボードレールの『悪の華』の挿画二七点の制作を試みる。八九年、四九歳で、審査委員として活躍した万国博覧会と並行して、モネとの最初の個展において三六点の彫刻を展示した。また、官展委員に選出される。フランス政府からユゴー記念像を、九〇年には同じく「シャヴァンヌ胸像」を受注する。九二年、マラルメらによる「ボードレール記念像」設立委員会からボードレール像の制作を要請される。九四年、モネ宅でセザンヌと知り合う。九五年、五五歳の時、「カレーの市民」の除幕式が行われる。九七年、マラルメの『ディヴァガシオン』の出版祝いとして、ドビュッシーと共にマラルメを会食に招待している。また、オクターヴ・ミルボーの序文を伴って素描集を刊行する。画家たちはもちろん、音楽世界や文学世界との関わりのなかで多様な創作者・芸術家たちと交流するが、これ以降も含み、こうしたところに芸術諸ジャンルとの関係の深さが認められる。なお九五年頃からはムードンに別邸を営む。

　この間、様々な軋轢もあった。一八八六年、四六歳での「接吻」に続いて、九一年に文芸協会から依頼されていた記念像「バルザック」〔図2〕を官展に出品するが、文芸協会がこの展示に抗議し、紙上で反ロダン論が起きる。九八年にはカミーユと破局。一九〇〇年、パリ万博でロダン特別館「アルマ館」が開館する。一九〇二年、六二歳の時、リルケがロダンを訪問し、三年後に秘書になるが、その一年後には離別する。翌年、友人ジュディット・クラデルが『生活からみたオーギュスト・ロダン』を出版する。その翌年、国際美術家協会会長に就任する。

　ヨーロッパ圏内のみならず東洋、日本との関わりも特筆すべきである。一九〇六年、六六歳の時マルセイユにおいて、植民地博覧会で日本舞踊団の女優花子の舞踊を見てその動きに感銘を受ける。以後、死の直前まで花子

図２　同「バルザック（習作）」1897
国立西洋美術館

図１　ロダン「地獄の門」1880–90頃
国立西洋美術館

図４　同「死の顔・花子」1907–08頃
新潟市美術館

図３　同「空想する女・花子」1907頃
新潟市美術館

図5　高村光太郎『ロダンの言葉』1916

と交際し、多くのハナコ像を制作する〔図3・4〕。翌年、荻原守衛がロダンを訪問する。一九〇九年、「ヴィクトル・ユゴー記念像」の除幕式が行われる。翌年、レジオン・ドヌール勲二等を受勲した。日本では、『白樺』がロダン特集号を組み、森鷗外が小説『花子』を発表。[3] また有島生馬と文通が行われる。[4] 高村光太郎の、ロダンと花子に対する関心も深い〔図5〕。

一九一一年にはポール・グゼル編による『ロダンの言葉』[5]が、一二年にデュジャルダン・ボーメッツによる『ロダンとの対話』、リルケによる『オーギュスト・ロダン』[6]、ギュスタヴ・コキオによる『ロダンの素顔』[7]が出版される。

一九一六年、発作が起きる。全作品を国家に寄贈する。アトリエのビロン館がロダン美術館になる。翌年、七七歳の一月にローズ・ブレと結婚するが、二月に夫人が死去する。同年一一月にロダンは永眠する。[8] 時代の波のなかで、他の芸術ジャンルと交わり、東洋に関わりながらの、決して平坦ではなかったロダンの七七年の生涯である。

2　自然賛美と日本芸術への感興、〝花子〟の動態表現

さてこのように時代の流れの中で社会と関わり、他のジャンルの芸術家たちと交遊し、日本にも繋がったロダンの生涯において、その言動ないし活動や関係者の記録から、本論の主旨にとって意味深いと思われる彼の思想

を取り出したい。

i　社会との対決

第二帝政期における、ジョルジュ・オスマンによるパリ都市改造計画は第三共和制に引き継がれ、街には次々に通りや広場が作られた。芸術を教育の手段とした共和国では、国家の英雄を称揚するために、絵画・肖像画と同様に彫刻の記念碑を活用したという。まさに記念像・モニュメントが矢継ぎ早に建造される時代であった。像の対象は、フランス文化を支えた政治家・作家・芸術家等である。当時の第三共和国政府は記念像を次々と作成させ、一八七九年から一九一四年までに実に一五〇体以上の彫像がパリに建立された。それは政治的意図を表すと共に国家の威信を示すものであったという。(9) いずれにせよ結果的には、芸術を民衆にとって身近なものにさせる意味をもった。愛国主義が彫刻として現れたと言われるゆえんである。

ところで、絵画とは事情が異なり、彫刻の場合、その制作はもとより設置・展示にも莫大な費用がかかる。社会の事情と経済的必要に応じて、ロダンも記念像制作に多く応募している。一般の評判あるいは依頼者の評価は次の受注に響く。そのような実情のなかでロダンは、前述したように「カレーの市民」や「ユゴー記念像」「シャヴァンヌ胸像」「バルザック記念像」「ボードレール記念像」「ディドロ像」「ルソー像」等多くの記念像、各界の人物像を手掛けたのであった。(10)

当然ながら、各種の作品のうちでスキャンダルにまみれ無理解を受けたのはモニュメント（記念像）だと言われる。注文を受けて制作される記念像は依頼者の期待を担っている。しかし、このジャンルではしばしば期待は裏切られた。「青銅時代」をめぐるスキャンダルによって、一八八〇年代、ロダンは絶望した。それはすぐさま経済的困窮に直結する。たとえばブリュッセルからパリに運ばれた「バイロン卿」は受け取り拒否に遭い、輸送費だけがかかるという具合だった。パリ防衛記念像「国の護《まも》り」は、ミケランジェロの「ピエタ」とリュードの「ラ・マルセイエーズ」を思わせたが、大胆な構成は評価されることもなく、ただ民衆の意向に反していた。[11]しかしながらこうした逆境がロダンにとって大きな機会を与えた。制作権の獲得のために社会に応じながらも、彼自身の新たな創造性を示して受け入れられなかったロダンが、国家にようやく認知されるのは、「地獄の門」の注文を受けた一八八〇年、四〇歳の時だったという。

さて、「国の護り」の失敗から、彼自身は物語性・時間性を学んだのだといわれる。一八八五年、カレー市から「カレーの市民」が注文されるが、それを単体でなく群像として企画したのは、ドラマを支える〝時間〟が必要だったからだという。台座も無くした。しかし、初めてのアッサンブラージュの挑戦だったにもかかわらず、ヒロイックな姿や従来の芸術表現の規範から外れていることで、またもや人々の要望に応えられなかったのであった。だが彼は自分を曲げることなく、モニュメントを作りながら自身の創造性・造形性を探究したという。たとえば、人物と動物を同位置で表現する騎馬像にロダンは強い関心をもっていたので、ペルー戦争でチリ軍を勝利させたリンチ将軍の騎馬像は彼にとって好機だったと考えられている。これは制作されなかったが、一八八九年ナンシー市依頼の「クロード・ロラン記念像」にその学びが生かされたという。台座のロココ様式、馬の動きに見るバロック様式に感情表現の探究が見られるとされる。九二年完成の年、レジオン・ドヌール勲章を得ている。しかし、作品は未完成だとの批判をも受ける。[12]

逸話的要素が切り捨てられることで感情が普遍的なものになるのだとロダンは考えた。この頃作品に簡略的表現が際立つ。「バルザック記念像」で、衣服を着せないという大胆さによってそれは強く実現されている。ユゴー像も裸体、しかも人の老いる姿であった。一八八九年、国家から「ユゴー記念像」の注文を受けたのだが、台座は全体に統合され、ミューズは無く、単純化されたその像が二〇年をかけた最後のモニュメントだった。並行して、「バルザック記念像」が制作されたが、それが自信を得た出発点とされる。古代ギリシア彫刻への回帰が目指されたと言われる。

彼はまた「カレーの市民」以降、誇張する方法を探究したという。幾何学的形象への還元、部分を全体のために犠牲にすること、永遠の形態、輪郭線の誇張、取り囲む面による広がり、こうした表現のなかで、光は輝きを増し、彫像と背景の間に中間地帯を作る、そしてこれが大気の量感に対応した物の量感を与えると考えられる。これは後に見る、リルケが語るところの「意味ある単純化」の考え方に呼応するだろう。ここでは、作品そのものの追究において個人が希薄になる。「シャヴァンヌ胸像」においてもそうであったという。(13)

他方、彫刻の造形性と関わりながら読書家でもあった彼は、それぞれの生命の表現のために対象を学んだ。対象の作品をよく読んだ。「地獄の門」に関わるダンテ『神曲』については、一八五五年、一五歳の頃から読み親しんでいる。ボードレールに対しては、ガリマール社から『悪の華』初版本を得て、ペン画挿絵を描いている。手段もさることながら、制作では内面の生命に結ばれた深い表現が求められた。歴史的事実に対しても同じであった。

しかしながら、そこから生まれた作品表現はしばしば社会の強い批判の的になったのであった。たとえば、「ボードレール記念像」「バルザック記念像」「カレーの市民」「地獄の門」「考える人」がそうであった。生み出された誇張ある象徴的表現は、概して理解されることはなかった。「ホイッスラー記念像」において、その大胆な簡潔さによっていわゆる個人の肖像は消滅するという。(14) 社会の中で社会と対決しながらロダンが生みだしていったもの、それは写実に徹し、かつ感情・生命を追究した、深い象徴に通じる造形性自体の価値の探究であった。

ⅱ　自然観

社会の要請を求めてそれに応じながら、結果的に批判を浴びる作品を制作することとなったロダンであるが、それでは他の芸術ジャンルとも関わりながら、彼は独自にどのような創造の意識をもっていたのだろうか。ロダンの創造性として留意したいのは、自然に対する強い関心ないし創造に関わる固有の自然感覚である。「自然が一番大切である」、との言表が彼には極めて多い。それはどういう意味合いをもつのだろうか。「自然」がどういう価値をもつというのだろうか。それはどのように彼の創造性に関わるのだろうか。

こうした自然への関心の展開は日本の芸術への注目に及ぶ。高村光太郎は、ロダンと知人たちとの会話の筆談記録をもとに、ロダンの自然観をとりわけ日本の芸術との関連の視点から掘り起こす。

クラデル筆談において、総合的に芸術と自然の関係がそこここで語られる。その筆談によれば、芸術は自然のやり方を見つけた時に偉大であるという。自然や芸術、あらゆるものに対して、自然はある本質的な大法則に則っていると思索される。自分の作品がもつ激しい感情は、自然の動きの内にあるものだという。自然を追うとすべてを得られる。自然には法則があり、自然は調和ある動勢で存在し孤立してはいない、あらゆるものが同じ原則の上に成立しているのだという。万物は法則の上にあり、釣合は自然の中に在る。(15) ギリシア彫刻と照合しつつ、自然の研究は彫刻における色調、光と影の法則であり肉付けの法則から生まれると考える。命の表現がそこでおこなわれると語られる。(16)

「芸術と自然」として括られた項目もあり、芸術とは自然の研究であり、解剖の精神を通しての自然との不断の親交である、という。自然は一切の美の源であり、自然は唯一の創造者である。自然に近寄ることによってのみ、芸術家は自然が彼に黙示した一切を我々にもたらすという。自然のあらわれはことごとく芸術の主題であり、自然は唯一の案内者であると讃美される[17]。

このクラデル筆談において、自然にまつわって日本人や日本の芸術が指摘される。そこでもまた芸術とは自然の研究にほかならないという言葉が繰り返される。我々は何も発明せず何も創造しない。自然に基づかねばならないという。たとえば、日本人は自然の大讃美者である[18]。〃セーヌの夕景〃に対して、これはまさに〃日本〃であると語り、日本の版画を思わせるという[19]。特に日本の版画に注目している。ここには後に見る、時代の印象派やアール・ヌーヴォーにおける日本の芸術への関心が認められるだろう。

またロートン筆談からも、次のような関心が語られる。日本の芸術は、辛抱強い観察と極小のものの内にある美の探究の点で西洋より優れているという。日本の芸術家はひとつの葉脈を研究したのだと指摘する[20]。それは、芸術とは自然が人間に映じたものであり、映じる鏡を磨くことが重要であるという思索から来ている。

あるいはグゼル筆談からは、自然はつねに讃嘆に値し、芸術家は自然のあらゆる真を表現すべきだという見解が見受けられる。芸術において自然を洞察しその心霊を推測するのであり、自然は常に称賛に値する。自然は一見混乱しているが、見分けて表現するのが芸術家の仕事であるとする[21]。宗教性について、個別の教条に敬服するという意味では自分は宗教的ではないが、自然との関係において、万物の種を保存する未知の力を礼拝するという意味では宗教的である、とロダンはグゼルに語る。こうした広がりをもつ自然感・自然観は、そのまま宗教観・創造性に繋がるのであった。

カミーユ・モークレールとの筆談では、自分は何も発明しない、掘り出し思索し象徴する。したがって幾何学的図形へと単純化する象徴主義者でありたい、との重要な表現性が述べられている。[22] すべてを与えるのは自然であるという。宗教との関わりで自然が称揚され、自然の誇張・象徴・単純化として、表現性が宗教性と共に自然との関係から述べられているのである。[23]

このように数多くの知人に繰り返し語っているところから、ロダンにおいて自然や日本の芸術に関する関心の深さが読み取れるだろう。当時の文化風潮に認められる日本の浮世絵の誇張表現・象徴的表現をロダンが好んだ理由がここにあるのだろうか。自然をめぐって、芸術意識から、文化全般や宗教への展望が見られる。時代の芸術諸ジャンルの芸術家との呼応が、こうした点に見られることに注目してゆきたい。それは、前述の思索に基づくどのような造形性においてだろうか。

ⅲ　自然観に基づく造形性

自然に対する強く深い意識は、ロダンの宗教や文化の思索に繋がるが、同時に彼の造形の思想と実践を生みだしているようである。そうした背景をもつ実践の様相について、具体的に制作面の思考へ進展させて考えたい。そこに造形性への彼独特の探索が認められる。とりわけそれは〝面〟に対する思考、光に対する思考に大きく関わると思われる。

〝面〟についての言葉を起点にして考えてみよう。自然との繋がりとしての作品の〝面〟は、彼にあって、生命に直結するのであった。これに関して、とりわけリルケが、意義深い彼の思想を芸術性との緊密な関係においてよく書き留めている。自然には動態だけがあったわけだが、彼の探究は〝面〟へ向けられた。〝面〟は光と物との無限の出会いから成り立っているという。物・彫刻の表現においては面が問題であり、面が彼の創造の根本的要素であった。それは彼の世界を構成する細胞であるという。従来の造形美術の概念は価値をもたなくなり、無数の生動する面、すなわち生命がロダンにとって問題であったということになる。面の制作において、ロダンは面相互の均衡、運動の要素、振動を認めた。左右相称の面というものはなく、面に生命の充満があるとした。そして自然の中にはただ動態だけがあるのだと考えた[24]。

これは、印象派における光の振動を想起させるが、実際彼自身、たとえば画面の端で切り取られた印象派の画布における樹に対して、芸術的全体性は物的全体と必ずしも一致しなくてよいという見方、絵の内部において新たな統一、新しい連繋・関係、新しい釣合が生じるという事態は彫刻においても同じであるという考えを示した。部分から世界が有機的に一体を成すという[25]。ロダンはグゼルに、偉大な彫刻家は最高の画家・版画家に匹敵する色彩家だとして、色彩をめぐって、彫像の光の陰影について「白色と黒色の妙なる交響楽」が肝心だと語っている[26]。

こうした「関係の意識」は写実から深まる思考と認められ、重要である。平衡すなわち諸関係の内的構成が問題であり、そのためにも無数のデッサンが行われたという。装飾の平面性が立体に結びつく。面と大気との関係の認識のためのデッサンであるという[27]。この関係の意識に留意したい。芸術要素の関係性については、また知人マラルメを思わせる。マラルメは事物の関係性について多く語っており、自然とのその関係についても思索していた[28]。

こうした関係性の基になる〝面〟について、さらに追究してゆこう。面から面へと進む彼の思考は、自然の後を追い、それに耳を傾けた。自然自らが目に見えるもの以上を彼に示したという。自然物と同じように大気に包まれた表面という思考には、常に空気の存在が意識されていると思われる。線は自然から奪い取った輪郭であるとされ、ここに日本版画が言及されているが、この重要性については後に触れたい(29)。

これらの思索において他のジャンルの認識との関係から語られることも意味深い。セザンヌに対して、形そのものの問題を探究し、表現上の課題として注目し、セザンヌが面や肉付けに還元したのは彫刻の本質をついているという(30)。画家たちへの同調の意識が見られ、さらにまた後期印象派から現代芸術へと導かれる抽象の感覚が見受けられないだろうか。

明確な面は光を得る、それを本質的事柄として再確認したという(31)。こうした面の組合せのリズムは、形態の崩壊を通じて、生命のリズムそのものとなる(32)。それはたとえばアール・ヌーヴォーのリズムを思わせ、そして造形自体の創造性に導かれるのであった。

並行して、日本の芸術の造形性が言及される。自然から奪い取った輪郭、線の表現力について語られる(33)。それはゴッホへの関心、浮世絵への関心に繋がっただろう。また、その動性による生彩に富む表現として北斎への関心に結びついただろう。誇張表現を好み、象徴性に惹かれたロダンとしては、得心がゆくものだっただろう。こうして、ジャポニスムの影響を受けたゴーギャンなどのナビ派や、アール・ヌーヴォーの平面性は、セザンヌの平面の構築性と共に、ロダンを平面への関心に促した。彫刻の場合そうなるが、つまりそれは造形性、芸術そのものへの志向と言えるだろう。

それはさらに形態のメタモルフォーゼをもたらす。アッサンブラージュの問題となる。その創造性は一八八〇年代、合成と削除という創造的原動力に拠る形態と量感のバランスから成立するものである。ここで、ドガとの共通性にも関わるだろう(34)。

物語的意図に支配されていない、物語性から解放された造形性への傾斜、生命感、無限の宇宙を思わせる抽象形態が生まれるという。そこでは象徴性が問題である。抽象的な形態だけが残される。その断片は美しく、主題は必要とされない。もっぱら、自然への探究という意識がある。断片の美学が彫刻の教育的役割を解除し、形態の純粋さ、すなわち用途や主題や物語から切り離された造形の探究が認められるだろう。

自由に動き回る裸体表現は一九世紀末には珍しいというが、やはり彼にとって動態表現が問題であった。それは身体に抽象的な様相を与えることになる。そこから東洋の伝統舞踊に魅せられ、また浮世絵の線に関心が赴く。(35) ここに、ロダンが晩年に惹かれた花子の身体表現への執着が、位置づけられるだろう。花子への関心も、経験したことのないような人の動きへの関心、動態の表現であったという。人間、その生命の表現が問題であったのだろう。

生命の表現、すなわち造形性そのもの、面・光・動き・形態、そうした抽象性そしてその象徴性が問題であった。こうして〝面〟の思索は、光・自然から、創造の抽象性へと、日本の芸術文化をはらみながら、芸術諸ジャンルを絡め取ってゆくことになる。

iv　時代の潮流アール・ヌーヴォー

ではこうしたロダンの造形性は、時代の芸術の流れとして、また関連して芸術諸ジャンルの交流として、さらにどのような繋がりをもつのだろうか。造形性の追究として、すぐに時代の新しい芸術の潮流としてのアール・ヌーヴォーとの緊密な関係が思い起こされる。アール・ヌーヴォーにおいてはまさに、面や線の造形性が問題であった。面や線の表現力、すなわち光・自然の光の解釈、物自体より生命の表現や象徴性等が重要であった。

そしてそれはまさしくロダン自身、ベルギーで装飾や建築に接して充実させた思索だったのではないだろうか。

彼は記念像と共に、無名の人物像をも同様に制作対象とした。人間の生命の動きそのものが、ロダンにとって問題であったのだろう。「手」のみの作品もある。物としての全体ではなく、生命の造形が課題であったからだろう。

面・動態・光、こうした要素への注目と実践は、いわゆる主題や対象が問題ではなくマチエール自体の表現性を追究するという点で、近代芸術の始まりと考えられるものであり、それはアール・ヌーヴォーの橋渡しによって、現代芸術へ向かう道筋となったと言えるだろう。このような造形性、面と線への意識は、時代と文化の流れのなかで、ロダンが、装飾彫刻家のカリエ・ベルーズの許に一八七〇年から七七年まで滞在したベルギーで、アール・ヌーヴォーの流れに接し、装飾と建築に触れたことに直結するだろう(36)。

アール・ヌーヴォーは、装飾芸術において、生命や自然の表象、それらの曲線による表現、そしてトータルな生活全般に取り込まれたスタイルとして示された。それは、一九世紀産業革命後の芸術家たちの社会への反発によって、最初にイギリスでアーツ・アンド・クラフツ運動として現れ、ヨーロッパ中にそれぞれの国の個性と交流をもって広まったのであった(37)。

ロダンもやはり生命の造形を求めた。表面の美しさにとらわれない美、人間の表現を彼は追究した。作品はしばしば理想を示さない像として批難の的となったが、彼は、古代からの表現手段でもって新しい物の見方を生みだしたのだといわれる。フランスにおける印象派と共に、青年時代の七年間にベルギーで出会ったアール・ヌーヴォーの建築やデザイン、またそれらに見出される抽象化への意識からの影響は大きかったと言えるだろうが、そこにおいて日本の芸術、そのテーマと技法がもつ顕著な影響力も注目できるだろう(38)。

こうしたあり方が、時代の美術の全体的動向と結びつき、印象派・象徴派・ナビ派と共に、東洋・日本への関心となったのだろう。印象派モネ、後期印象派セザンヌ、ナビ派・象徴派のゴーギャンとの交流もその文脈で指摘できる。先に指摘したように、彼らと親密な交友関係にあった詩人マラルメの思索とも響きあう。[39] 視覚芸術の外へもジャンルを超えた共鳴が、同時に日本への関心にも及んだのであった。ロダンのゴッホへの注目もこの点で見逃せないものである。[40] ここで、ボードレール他、時代の芸術文化の全体的流れも考えあわすことができるだろう。

立体の彫刻家が平面と動態に注目する、それは彫刻自体を探究する姿勢とはいわば逆説的であるというべきかもしれない。しかしそうした姿勢は同時にアール・ヌーヴォーの総合芸術性として、彫刻以外、視覚芸術以外のジャンルと、ひとつの芸術の思想として融合することになる。他のジャンルからのロダンに対する交流や共感としては、バルザックへの批判に抗して、モネ、ルノワール、マラルメらが立ち上がったことなどが挙げられる。[41] そうした時代の総合芸術性の只中に、ロダンは生きたのであった。

良き伝統、ロマン主義の中で感性と思想を育み、写実を究めて写実を超え、同時代の思想や感性・生命感を人間像の象徴性へと昇華させ、デッサンに、アッサンブラージュに、断片に、〝未完成〟にと伸展させ、〝時間〟と写真の問題をも掲げて、記念像やそれ以外、大建築装飾やそれ以外の制作をも手掛けた点で、まさに彼は彫刻界に一時期を画したと言えるだろう。[42] 形態、面と肉付け、ムーヴマンの思想を確立させた近代彫刻家ロダンにあって、その現代芸術への流れが、アール・ヌーヴォーをひとつの要として、社会や文化の動向のなかで、国境を越えた地域的拡張や芸術諸ジャンルにおける思想と実践の協働を含みながら進んでいったと考えられないだろうか。

3　リアリズムと抽象、現代芸術へ

以上、社会性とそこに見られる芸術ジャンルの交流、自然観に認められた日本の文化と芸術への関心、自然観に由来する造形性、関連した諸ジャンルの相関性、それらに通底するアール・ヌーヴォーの現代性、そしてジャンルの交流と日本への関心の再確認、こうした要点から、ロダンの価値づけに向けて問題が集約できそうである。

i　近代性のあり方

一九世紀後半の芸術世界は、確かに社会との密接な繋がりの中で展開したことがわかる。他の時代も同様であろうが、その意味は異なるだろう。では近代における意味はどうだろうか。第一節でも述べてきたように、激動する市民社会の展開拡充の方向のなかで、現実の社会と緊密に結ばれた芸術のあり方が見られた。それは特に彫刻の世界で、その制作事情すなわち財政的必要から際立ったと言えないだろうか。

と同時に逆説的に、社会や現実のためにではなく芸術それ自体を求めるあり方が、対現実・対社会として明確に主張されてきたように思われる。それらは場合により混在するものであるが、その典型的な例としてこの二者の実践をロダンにおいて、鮮明に確認できると思われる。

また、科学技術の劇的な進展のなか、機械文明や資本主義に翻弄される世界で、西洋文明への反省意識から、東洋への眼差し、原始社会への回帰、日本の文化や芸術への関心に導かれたことは、時代の芸術の逆説的アスペクトとしてロダンにあっても特筆すべきことだろう。

そこには自然への大きく深い関心があった。さらには自然への新たな敬意や、自然と密接に結びつく芸術性、自然に連関した文化のあり方が見出される。これもまた逆説的あり方と言えないだろうか。こうしたことは時代の他のジャンルの芸術家にも見られたが、写真等の科学的実践に傾倒しながら、自然への敬虔な意識をもっていたロダンに特に注目したいことであった。

西洋近代は、社会と芸術において現実に即しながら芸術そのものを求め、同時に非西洋に赴くというふうに、いわば逆説的に立ち現れてくると言えないだろうか。

ii　創造性の方向

そうした中で見受けられたことは何か。いつの時代にも芸術の諸ジャンルは交流した。作家たちは知りあい語りあい、作品は相互に影響しあった。しかし、やはりその仕方が問題だろう。この時期はとりわけどうだろうか。共に社会に対峙し、共に芸術自体を求める中での交流、共に非西洋に関心を向けた芸術家たちの流れは大きな潮流を成し、時代を動かす芸術の総合的展開を生む、そして本質的な芸術の問題を示してゆくと言えないだろうか。それは、多様な繋がりを見せながら全体的な側面を開き示してくれる(43)。

彫刻が、ロダンにおいては彼自身、造形性への反省意識から絵画と繋がり、ひいては視覚芸術世界の流れ全般と結びついた。また彼自身の深い関心から、文学に重なり、音楽の意識にも関わった。それは芸術の根底の思想としてであった。つまり、現実に対する見方、表現の仕方、世界の広がりを共有しようとする姿勢の重要性が見られたと思う。他のジャンルに目を向けようとするなかで自らのジャンルの本質を見るという、いわば逆説的意識が認められるだろう。

そしてそれは、写実と抽象、具体と抽象、抒情と抽象の問題として立ち現れ、その創造性はいわば逆説的あり方に関わると言えるのではないだろうか。社会・現実と創造の問題に繋がり、写実の粋を究める見方と同時に芸術自体を求める動向に結ばれる、それは芸術それぞれの手段を超えたあり方に関わるがゆえに、芸術の連動・協働・融合に差し向けられたのではないだろうか。芸術自体を求めてその根源に遡り、やがてジャンルを超えた芸術の中枢が明らかにされる。そうして統合された抒情と抽象の問題、その逆説性は、この意味で芸術の根幹の問題と言えないだろうか。それはジャンルの交流という芸術性に繋がり、個々と全体を共に照らし出すといういわば逆説的あり方を内に含んだのである。

以上に見られる関連しあう逆説性は、すなわちやはり芸術本来の逆説性とも言えないだろうか。芸術の深化のうちに見られるものではないだろうか。この逆説性は、たとえば東洋における二面性をもつ芸術意識にも繋がるのではないか。自然のなかで自然と親しみながら、一体化した感覚をもって自然の本質が表現された。そこでは写実でありながら端的な象徴性を含まないわけにはゆかなかった。これが時代の社会の流れとまた連動したことは、偶然とも必然とも思われる。

そしてこれはまた、現代に繋がる芸術意識ではないだろうか。その意味で本質的に、現代芸術に繋がるものを有しているのではないだろうか。

おわりに

以上の検討により、ロダンはまさに、時代と社会において新たな芸術性の創出を示した点で、近代彫刻の創始者と言える。創始者として、近代性を促進し、現代性を生みだす(44)。現実の〝生〟である社会に根差し、そこから新たな創造性を拓いた。そこに、創造性そのものを求める意識、芸術諸ジャンルの共鳴の意識が具現化され、東洋への志向が結ばれていた。そしてこれらの根底には、芸術における連関し合う逆説的意識、前章に見た近代芸術の逆説性に関わる意識があった。それはつまり芸術に本来的なものでもあっただろう。

こうした探究は、確かに彼自身の彫刻の世界では、エミール＝アントワーヌ・ブールデルを導き、アリスティッド・マイヨールを生みだして、現代彫刻への流れを作った。ブールデルが得たもの[45]、マイヨールが得たもの[46]、遡ってギリシアから、そしてミケランジェロから先へと受け継いだものと言えるだろう[47]。しかしより意味深いロダンの価値として、特に彫刻独自の経済的事情から、社会や諸芸術と密接に関わった点が挙げられるだろう。それは近代彫刻の範囲を越えている。さらに近代造形芸術の範囲をも越え、諸芸術全般と呼応していただろう。芸術意識や東洋へのまなざしの点で、絵画や文学と歩調を合わせたことは、芸術全般にとって重要な意味をもつものであった。そうしたロダンの位置を確かめ、価値を見定める必要があるだろう。歴史を継ぎ、芸術のひとつの新たな要となった。とりわけそこで見出された逆説的意識は大きな意味をもった。そこに認めうる豊かな可能性は、芸術自体の可能性と限界に連動するように、彼自身のなかで、自らの可能性と限界、すなわちまさに逆説性を含んでいたと言えないだろうか。

ロダンは近代彫刻の創始者、近代芸術の推進者として貴重な価値をもつと言える。その位置は、時代と他のジャンルとの突き合わせのなかで確認でき、東洋へのまなざしに結ばれたが、それは逆に時代と他のジャンルそして西洋世界そのものを描きだすのであった。彫刻は彫刻で独自の困難をもちながら、大きな可能性を開いたのであった[48]。ロダンは一九世紀近代の社会と芸術を具現した。偉大な芸術家として、そうした本質的重要性を体現したということを実感できる。こうした視点から本論では、彫刻独自のあり方の価値を吟味すると共に、世紀末近代に生き、現代へと芸術・文化を導いたロダンの真価を、ひとつの側面から考究し得たと思われる。

（1）　高村光太郎「ロダン」（『高村光太郎・宮沢賢治集』現代日本文学大系二七、筑摩書房、一九六九）九四―九五頁に、姉との関係、修道院生活について詳しく述べられている。

（2）カミーユ・クローデルの弟ポールとロダンとの関係については、池上忠治「ロダン二編（ロダンとクローデル姉弟・花子の手紙）」（『フランス美術断章』、美術公論社、一九八〇）二二〇―二二五頁参照。また、カミーユについて、高橋幸次「《考える人》はどれが本物か?」（『オルセー美術館五　世紀末・生命の輝き　アール・ヌーヴォーとロダン』高階秀爾監修、日本放送出版協会、一九九〇）一三〇―一三一頁参照。

（3）森鷗外『花子』について、平川祐弘「森鷗外の『花子』」（『和魂洋才の系譜』下巻、平凡社、二〇〇六）六六―一二七頁に詳しい。池上前掲「ロダン二編（花子の手紙）」二二六―二三一頁、『世界美術館紀行』一、ロダン美術館　マルモッタン美術館　ギュスターヴ・モロー美術館（日本放送出版協会、二〇〇五）四六―四七頁参照。高村前掲「ロダン」においても、花子とのつきあいについて一一一―一一三頁参照。なお、芸名「花子」（本名、太田ひさ）は、当時のモダン・ダンサー、ロイ・フラー（第四部第三章参照）が名付けたとされる。澤田助太郎『ロダンと花子』（中日出版社、一九九六）、資延勲『マルセイユのロダンと花子』（文芸社、二〇〇一）、『ロダンと花子　ヨーロッパを翔けた日本人女優の知られざる生涯』（文芸社、二〇〇五）参照。

（4）有島武郎「ロダン先生のこと」『読売新聞』大正六年一月四日付（『有島武郎集』現代日本文学大系三五、筑摩書房、一九七〇）三一四―三一五頁参照。日本とロダンに関して、匠秀夫「日本とロダン」（『生誕一五〇年　ロダン展』フランス国立ロダン美術館編、読売新聞社、一九九〇）一〇―一一頁、酒井哲郎「日本におけるロダン――その受容の特色について――」（同書）一六二―一六四頁参照。

（5）Paul Gsell, *L'art / Auguste Rodin ; entretiens réunis par Paul Gsell*, Bernard Grasset, 1924（1911).（『ロダンの言葉』古川達雄訳、二見書房、一九四二）

（6）Rainer Maria Rilke, *Auguste Rodin*, Insel, 1913.（『ロダン』高安国世訳、岩波書店、一九六五）

（7）Gustave Coquiot, *Le vrai Rodin*, Jules Tallandier, 1913.

（8）　Bernard Champigneulle, *Rodin*, Editons Aimery Somogy, Paris, 1980（1967）.（『ロダンの生涯』幸田礼雅訳、美術公論社、一九八二）参照。その他、前掲『生誕一五〇年　ロダン展』、『ロダン事典』（フランス国立ロダン美術館監修、淡交社、二〇〇五）三九六―四〇九頁、富永惣一「考える人　ロダン」（『世界の人間像一八』、角川書店、一九六五）三―五四頁参照。富永は上記の文献を踏まえ、特にグゼルの前掲書を高く評価している。

（9）　マリー＝ピエール・デルクロー「モニュメント――挫折と栄光」（前掲『ロダン事典』）一四六頁、ウィリアム・ハーラン・ヘイル「高まる制作意欲」（『巨匠の世界　ロダン』タイムライフブックス編、日本語版監修穴沢一夫、一九七七）六五―八四頁参照。

（10）　前掲『オルセー美術館五　世紀末・生命の輝き』、小倉孝誠「ロダンとその時代」（前掲『ロダン事典』）一〇―三六頁、デルクロー前掲「モニュメント」一二九・一四六頁、アルバート・エルセン「ロダンの近代性」（『ロダン館』静岡県立美術館・フランス国立ロダン美術館ほか編、一九九四）四〇―五三頁（原文共）参照。

（11）　デルクロー前掲「モニュメント」一四六―一六六頁、エレーヌ・ピネ「提示することは死活の問題である」（原文共）（前掲『ロダン館』）五四―六七頁参照。

（12）　デルクロー前掲「モニュメント」一四八・一五〇頁、前掲『オルセー美術館五　世紀末・生命の輝き』一一三―一二四頁参照。

（13）　デルクロー前掲「モニュメント」一五八頁参照。群像・台座について、永草次郎「ロダン《カレーの市民》考」（前掲『ロダン館』）九八―一〇一頁参照。

（14）　デルクロー前掲「モニュメント」一五八―一五九頁参照。

（15）　高村光太郎『ロダンの言葉抄』（岩波書店、一九六五）二三・三五・三六・六七頁等、自然・日本との関係に詳しい。富永前掲「考える人　ロダン」（四九―五〇頁）の指摘も有益である。

(16) 高村前掲書、一二三・一三九頁等。

(17) 同前書「自然と芸術」(一一五―一二一頁)の項目の総括は貴重である。

(18) 後述のマラルメやゴッホの思想との呼応が興味深い。Judith Cladel, *Augusute Rodin : pris sur la vie*, Editions de la Plume, 1903., *Auguste, Rodin : l'œuvre et l'homme*, Librairie nationale d'art et d'histoire : G. Van Oest (Bruxelles), 1908.

(19) 高村前掲書、一〇・一六頁。高村前掲「ロダン」においても自然について、九九―一〇一頁に詳細な議論が展開されている。

(20) 高村前掲書、一八七―一九〇頁(ロートン筆談)。この表現にもゴッホが想起される。注(40)参照。

(21) 同前書、二二三・二三七―二三八頁(グゼル筆談)。

(22) 同前書、三八四―七頁(カミーユ・モークレール筆談)。この観点は後述のマラルメの思索を想起させる。Camille Mauclair, *Auguste Rodin : l'homme et l'œuvre*, Renaissance du livre, 1918.(『ロダン伝』徳久昭訳、梁塵社、一九四二)

(23) 高村前掲書、三八五―三八八頁。特に前出の自然・微細との関係について同書一八九頁(ロートン筆談)、宗教との繋がりについて二二二頁(グゼル筆談)参照。時代の芸術性として後述。

(24) リルケ前掲書、一七―一八・二四―二六頁ほか。高村前掲書でも記されている。たとえば一九四頁(ロートン筆録)参照。

(25) リルケ前掲書、三三頁。ちなみにリルケは、印象派が注目した北斎に対して感銘の意を表している。リルケにおける北斎の描写および簡略的な俳句への関心、ないし「パリで、ロダンから物を見る目を学んだ」ことについて、拙著『ことばとイマージュの交歓――フランスと日本の詩情――』(人文書院、二〇〇五)第四部第一章、二二三―二二四頁で言及した。

(26) グゼル前掲書、八八―八九頁。
(27) リルケ前掲書、三三・四七頁に、ボードレール『悪の華』の素描について記されている。
(28) マラルメにおける自然との関係、線の思索、事物の関係性について、拙著『マラルメの詩学――抒情と抽象をめぐる近現代の芸術家たち――』(勁草書房、一九九九)第一部第一章・二章・四章等参照。またルノワールは、ロダンとの昼食の席での思い出話として、ロダンが友人マラルメを「野の花の前で感嘆することばの詩人」として想起していたと伝えている。同書第三部第一章、一六四頁。本書第四部第三章において同類の自然観の考察がある。
(29) 次項アール・ヌーヴォーの問題に繋がる。
(30) 高安国世によるリルケ前掲書の訳者後記一六二頁の指摘による。
(31) リルケ前掲書、九二頁。
(32) Kenneth Clark, *The Romantic Rebellion. Romantic versus Classic Art*, 1973, pp.331-359.(「ロダン」『ロマン主義の反逆』高階秀爾訳、小学館、一九八八)三八〇―三八四頁参照。生命の軌跡としての運動について、「オーギュスト・ロダン」(梅原龍三郎・林武・富永惣一編『現代世界美術全集一二　ロダン・ブールデル・マイヨール』河出書房新社、一九六六)八四―八五頁参照。
(33) リルケ前掲書、九四―九六頁。
(34) アッサンブラージュについてアントワネット・ル・ノルマン＝ロマン「形態のメタモルフォーゼ」(前掲『ロダン事典』)二二四―二二八頁、下山肇「《地獄の門》考――アッサンブラージュとトルソによる制作手法――」(前掲『ロダン館』)六八―九七頁、デッサンについてクローディ・ジュドラン「デッサン――ダンテから裸婦へ」(前掲『ロダン事典』)二五八―二五九頁参照。池上忠治「素描家ロダン」(『随想フランス美術』大阪書籍、一九八四)一二四―一四〇頁で、簡略的表現について述べられている。他に、以下を参照。吉崎元章「ロダンの素描――晩年の女性表現　平面上での彫刻

——」（前掲『生誕一五〇年　ロダン展』）一六六—一六八頁。Kenneth Clark, *The Romantic Rebellion. Romantic versus Classic Art*, pp. 340–342.（クラーク前掲「ロダン」三八九—三九〇頁）。

（35）抽象性・象徴性・断片について、アントワネット・ル・ノルマン＝ロマン前掲書（二三二—二三七頁）、動態・東洋性について、クローディ・ジュドラン同書（二六二—二七一頁）、エレーヌ・マロ「肖像と寓意」同書（一六一—一八四頁）参照。またこれは、マラルメにおける同質の象徴性の思考をも思わせる。前掲拙著『マラルメの詩学』第一部第一章等参照。ロイ・フラー等との関係について、本書333—334頁および345頁注(29)参照。

（36）高階秀爾監修「ロダン、彫刻の栄光」（前掲『オルセー美術館五　世紀末・生命の輝き』）一一三—一二一頁参照。

（37）日本との関係について「アール・ヌーヴォーの源流」（同前書）九—一九頁参照。

（38）同前書に、アール・ヌーヴォーにおけるロダンの位置が探究されている（一一三—一二三頁等参照）。また高橋前掲「《考える人》はどれが本物か？」一二四—一三一頁参照。

（39）マラルメの思索（たとえば「自然は存在し、我々はそこに何も付け加えない。関係を発見するのみ」といった思考）、ないし抽象的創造性について、前掲拙著『マラルメの詩学』第一部第二章、一六—一九頁参照。何ものも人間が生み出すものはないとの既述のロダンの言葉は、まさに同時代の象徴派詩人マラルメが自然・世界・現実に対する人間の創造の問題として語った表現を思わせ、極めて印象的である。

（40）ゴッホにおける自然観について、酷似した表現ないし思想が、前掲拙著『ことばとイマージュの交歓』第三部第一章「ビュトールとゴッホ」一六九—一七〇頁に指摘されている。あるいはまたゴッホとの呼応する感覚も、ロダン館にゴッホの「タンギー爺さん」を所蔵されていたこととも相俟って看過しがたい。

（41）高橋幸次「工房の芸術——師と弟子の《独創性》」（前掲『オルセー美術館五　世紀末・生命の輝き』）一三六頁ほか参照。

（42）高橋幸次「一九世紀フランスの彫刻と、ロダン登場」（同前書）一六一―一六三頁参照。写真との関係について、ピネ前掲「提示することは死活の問題である」五四―六七頁で考察されている。Kenneth Clark, *Civilisation A Personal Vieu*, British Broad casting Corporation and John Murray, 1969, pp.293-320.（"The Fallacies of Hope"）（『芸術と文明』河野徹訳、法政大学出版局、一九七五）二八七―三一六頁参照。

（43）グゼル前掲書（二二一頁）に時代における諸ジャンルの近さの指摘がある。

（44）ロダンの近代性・現代性について、エルセン前掲「ロダンの近代性」（原文共）四〇―五三頁に論じられている。Kenneth Clark, *The Romantic Rebellion : Romantic versus Classic Art*, pp.345-360.（クラーク前掲「ロダン」三九七―四〇九頁）参照。

（45）ブールデルとの関係について、Antoine Bourdelle, *La Sculpture et Rodin*, Emile-Paul frères, 1937.（『ロダン』清水多嘉示・関義訳、筑摩書房、一九八五）、前掲『現代世界美術全集』八七―九四頁、マイヨールとの関係について同書九五―九九頁参照。

（46）前掲『現代世界美術全集一二』九五―九九頁、Kenneth Clark, *The Romantic Rebellion*, pp.345-360.（クラーク前掲「ロダン」）参照。

（47）ウィリアム・ハーラン・ヘイル「平和の攪乱者」（前掲『巨匠の世界　ロダン』）七―三六頁、「未来への贈り物」（同書）一六五―一八五頁。

（48）彫刻独自の困難さについて、日本の場合は戦争を通じて松方幸次郎の尽力があったわけだが、そうした事情について、以下を参照。大屋美那「松方幸次郎が収集したロダン彫刻」（前掲『ロダン事典』）三二一―三四〇頁。「ロダンと日本」（前掲『現代世界美術全集一二』）三二二―三四五頁。*Rodin et l'Extrême-Orient*, Musée Rodin, 1979.

Ⅲ　芸術表現の交流

一　マラルメの「骰子一擲」から

はじめに

文学とは、何をどのように伝えることができるのか。音楽はどのように何を伝えられるのか。絵画ではどうか。すなわち、ことば、音、色や形は、それぞれ何をどのように伝えられる、どのような芸術の表現手段だったのか。各々の可能性と不可能性において互いに求めあう情況が、前部に確認した創造における逆説性と共に浮上する。本章ではそれについて振り返りながら、現代に向けて考察を進めたい。

この考察を通して、芸術の総合的意味と方向性について検討できるのではないだろうか。それは、芸術全般および文化ないし社会のあり方やその流れとも密接に関わる、極めて現代的な問題と思われる。そうした源を探って、そこにあった問題から、現代の芸術の可能性について言及できればと思う。

さて、詩人マラルメにおける詩的思考と実践の斬新さ、芸術の総合的あり方への関心は注目されているが、その価値を示す代表的作品として、「骰子一擲」がこれまでしばしば挙げられた。この作品は、文字を絵のように配した詩として、すなわち詩と視覚芸術との結びつきの観点からよく知られている。しかし彼自身はそこで、前部第一章で見たように、視覚性と同時に、むしろ音楽性の問題を根底的に思索していた。

現代芸術へ向けての時代の流れの中で、現実にその斬新性はどのようなものであるのか。この作品に関して、総合芸術の視点から、作者マラルメが日頃考えていたことを吟味し、かつ歴史的に推論して、その斬新さつまり表現の真価と射程について確認したい。ここではとりわけ作家自身の思索を超えて認められる価値に注目しながら、この作品の意味を改めて検討したいと思う(1)。それは総合芸術の表現の問題となり、またフランス文化の特質の問題に、ひいては芸術と現実や社会との関係の可能性と限界の問題に繋がり、現代芸術への道を照らし出すのではないだろうか。

本論の手続きとして、まずなぜここでこの作品を対象にするのか概略を述べる。その後、作品の土壌の確認の意味も含めて、本論に即して、マラルメのことばに対する意識と可能性の思考を、彼自身の自覚的視点ないし時代の流れから考察したい。次に音楽の面から同様の検討を試みたい。続いて美術の領域からも同様に分析したい。そして、このような吟味によって明らかにされる彼の総合芸術に対する思索が、問題の詩篇において、いかに意識化され実現されたかについて、彼自身の実践と時代の一般的情況から再確認しよう。こうして、彼のこの斬新な詩の試みがどのように現実や社会と繋がるのかを推察し、彼自身の思索の全体におけるこの作品の意味と、時代的な価値、またそれを超える価値を探究したいと思う。

1　図形詩「骰子一擲」、〝偶然〟の思索

この作品は、マラルメの最晩年の作品であるが、彼自身が思いを明らかにしたように(2)、彼の詩人としての積年の問題が集約されていた。マラルメは終生、言語の可能性の問題を追求した。そこでいわば言語の不可能性に対峙し、同時に音楽や美術との関連を思索した。すなわち言語表現を芸術全体との繋がりにおいて思念したと言えるだろう。あらゆる表現の問題を思考し、芸術の可能性と、現実との関係を常に考えた彼に対して、この最終的

(主文：骰子の一擲は決して偶然を廃棄しないだろう)

COMME SI

Une insinuation *simple*
au silence *enroulée avec ironie*
ou
le mystère
précipité[a]
hurlé
dans quelque proche *tourbillon d'hilarité et d'horreur*
voltige *autour du gouffre*
sans le joncher
ni fuir
et en berce le vierge indice

COMME SI

「骰子一擲」(第 6 面)

C'ÉTAIT *LE NOMBRE*
issu stellaire[a]

EXISTÂT-IL
autrement qu'hallucination éparse d'agonie

COMMENÇÂT-IL ET CESSÂT-IL
sourdant que nié et clos quand apparu
enfin
par quelque profusion répandue en rareté
SE CHIFFRÂT-IL

évidence de la somme pour peu qu'une
ILLUMINÂT-IL

CE SERAIT
pire
non
davantage ni moins
indifféremment mais autant[b]

LE HASARD

Choit[a]
la plume
rythmique suspens du sinistre
s'ensevelir
aux écumes originelles
naguères d'où sursauta son[b] *délire jusqu'à une cime*
flétrie
par la neutralité identique du gouffre[c]

同 (第 9 面)

RIEN

de la mémorable crise
ou se fût
l'événement

accompli en vue de tout résultat nul
humain

N'AURA EU LIEU
une élévation ordinaire verse l'absence

QUE LE LIEU
inférieur clapotis quelconque comme pour disperser l'acte vide
abruptement qui sinon
par son mensonge
eût fondé
la perdition

dans ces parages
du vague
en quoi toute réalité se dissout

同（第10面）

EXCEPTÉ
à l'altitude
PEUT-ÊTRE
aussi loin qu'un endroit

fusionne avec au-delà

hors l'intérêt
quant à lui signalé
en général
selon telle obliquité par telle déclivité
de feux

vers
ce doit être
le Septentrion aussi Nord

UNE CONSTELLATION[1]

froide d'oubli[2] et de désuétude
pas tant
qu'elle n'énumère
sur quelque surface vacante et supérieure
le heurt successif
sidéralement
d'un compte total en formation

veillant
doutant
roulant
brillant et méditant

avant de s'arrêter
à quelque point dernier qui le sacre

Toute Pensée émet un Coup de Dés

同（第11面）

な作品のあり方を確認することは、本論の主旨に沿った例証選択と言えると思う。

さらにこの作品は、発表の経緯として、弟子ポール・ヴァレリーに深い感銘を与え、また英国での発表に際してはその突出した斬新性のために出版の困難に直面した。(3) しかしながら発表後は、その後の作家たちに多大な感銘を与えた。(4) それは、文学領域のみならず、音楽や美術の領域の芸術家たちに対するものであった。(5)

この作品は以上のように、時代と芸術ジャンルの垣根を越えて影響力を不断に現代へ向けて持ち続け、したがって、これに対する研究も多くなされ、価値づけられることになった。

こうした「骰子一擲」に対して、芸術の総合性の思索、彼自身の意識の表現、時代との繋がりに関して、その重要な例証として作品価値の射程を考察する次第である。本論に即して彼の基本的な思索を見直そう。

2 ことばのあり方

ことばの問題は、単に詩人としての感覚を越えて、物や人間の存在自体に関わる深淵な問題意識へと及んでいる。ことばとは何か、という問題にマラルメは生涯つき動かされたと言えるが、それはむしろこの問題をめぐって彼の作品があるとも言えるほどである。

そもそもマラルメは、日頃、ことばが生み出す詩に対してどのように思索していたのだろうか。視覚性・聴覚性・空無の意識を再確認するべく、改めて二例を挙げねばならない。

詩句相互間の類似や、昔ながらの様々なつり合いといった一種の規則性は、これからも続くだろう。なぜなら、詩を作るという行為は、ひとつの観念が同等の価値をもつ幾つかのモチーフに分割されるのを突然目にし、それらを分類してひとまとめにすることに存するからである。だから、これらのモチーフ群は韻を踏む。つまり外的な印璽として、最後の一撃が有縁化するモチーフ群共通の韻律が存在するのである。(6)

ひとつの創作に属するモチーフ群は、振動しつつ、隔たりをもち、互いに均衡を保ってゆくだろう。それは、ロマン派的な作品構成に見られる一貫性のない崇高でもなく、また、書物においてひとまとめにして測られた、かつてのあの人工的な統一でもない。すべてが宙づりの状態となり、それは交錯や対立を伴うひとつの断片的な配置であるが、その交錯や対立は全体的律動に協力しているのである、その全体的律動とは、沈黙の詩篇、余白行間における詩篇であろうか、あるひとつの方式で、すなわち［穹窿の存在を暗示するような］ひとつひとつの三角面によって、翻訳されるだけであろう。(7)

これらの思考に端的に、ことばを音楽性と密接に結びつける意識の様子が、視覚的イメージの感覚(8)と重なりながら認められた。が、問題の中心は、ことばがいかに無力であるか、しかしまた同時にいかに重要であるか、すなわち、ことばの不可能性の価値を明らかにする、といった思索であったといっても過言ではない。ではまず、ことばはなぜ重要だったのか。それは、現実を前にして、美を、すなわち世界・宇宙の意味を、表現するためであった。その行為が唯一詩人の使命と彼は考える。

それではなぜ無力だったのか。ことばの営み――詩作が、元来不可能な営為であると考えたからである。こうしてひたすら虚無の表現へと誘われる。ではなぜ不可能と考えたのか、どのように不可能だとマラルメは考えたのか。ひとつはことばがそれ自体不完全なものであるから、事物を表現することはできない。つまり音と意味の必然的繋がりがない、その恣意性を問題としている。ここで留意したいのは、音が注目されていることである。ことばの存在については、音と切り離して考えられないとする思考であった。さらに重ねて、ことばが、詩が、表現しようとするものが問題であるだろう。不在のものを表現しようとするからであった。ここには現実に対する見方、現実と芸術の関係に対する思考が認められた。

ところで前記の引用には映像性が感じ取れた。イマージュとの関係から考えればどうだったか。元来不在のものを表現しようとするため、映像性のいわば裏面が注目され、ことばと映像との関係における不完全性はむしろ意識に上らないのかもしれない。言いかえれば、映像性への期待は残るということになるだろう。しかしここでより問題であるのは、元来不在のものを表現しようとする点だろう。この時マラルメは、表現不可能性にまつわる無力に立ち会うことになった。

さてこうした思索は時代の流れの中ではどのように捉えられるだろうか。ことばの問題は、どう捉えられていたか。詩の世界では、いわゆるその流れの中では、ことばの不可能性という問題意識は概して認めにくいだろう。むしろその後、象徴派の詩人において意識化されていった。

ことばの問題は、その頃から、言語学ないし言語思想の問題として顕在化していた。意味と音の関係についてフェルディナン・ド・ソシュールの言語思想、詩の押韻が生み出すことばの生成力の問題を探究するローマン・ヤコブソンが挙げられるだろう。すなわち、いわゆる言語論や記号論、ロシアにおけるフォルマリズムの領域で問題視されるようになった。そこで、むしろマラルメが注目されていったと言える。この意味でマラルメの思考は、詩の世界において、また言語および言語学の領域において、先鋭的であったと言えるだろう。(9)

3　音楽の可能性と限界

では次に、先に挙げた彼の詩的思索にも見て取れた、音楽への関心について、現代芸術を視野に収めて再検討しなければならない。マラルメは終始、詩作において音楽性に深い関心をもち、その能力に強い期待を寄せた。どのような意識を抱いていたかを現実世界との関連から確認しておきたい。一例を挙げよう。

　　自然は存在し、そこには何も付け加えるものはないだろう。都市や鉄道、われわれの施設を形成する諸々の発明を除いては。

　　われわれができることはいつも、その間に、希《まれ》なあるいは様々の関係を捉えるということだけである。何らかの内的状態によって関係を捉えること、その時、自分の思うままに世界を拡張するにせよ単純化するにせよ。

　　これは創造することと等しい。逃れゆき、欠けている事物の観念。

　　そのためには同じような仕事、事象のいくらかの面を比較したり、なげやりなわれわれの心に触れるままに数を数えるだけでよい。そこに舞台装置・装飾として、何らかの美しい形象たちの相互交錯のうちの多義性を目覚めさせる。それらを結ぶ全体的なアラベスクは、それを認めたとたん、恐怖のなかで幻惑的な急変を示し、気がかりな和音を響かせる。［……］われわれの魂の糸とともに論理を構成するモチーフたちの、旋律的なしかし沈黙の暗号化がある。［……］観念を定立するために空間のあらゆる点から他の点へ引かれた遍在する〈線〉は捩曲げられることも侵されることもない(10)。

ここには、また第二節の引用と重なるように、視覚性と共に、[11]音楽性が強く見受けられるだろう。世界・宇宙には音楽性の〝糸〟、すなわち関係性が張り巡らされていると彼は考える。それを詩として定着させたい。そうした宇宙における音楽性の糸と連動するものとして、音楽が把握されていたのである。

音楽の重要性はこのように彼にとって確たるものである。しかしながら、彼は詩人として、音楽に対して詩の優位性を唱えた。ことばによる意味の付与が重要であると考えた。ことばは意味をもつが、音楽はいわゆる意味をもたない。そこに特質の相異を考えるのである。音楽は意味をもたないが、心を律動化する。世界の律動化、つまり律動的関連化が問題である彼には、音楽は不可欠の要素である。詩はその音楽性によって世界を律動化し、かつことばによって意味を与えるという。したがって律動的でない文学はことばの羅列でしかなく価値を十分もたない。つまりことばの優位性は律動の前提の上にあるのである。こうして音楽はその律動性において、不可欠の位置を占めることになる。

したがって彼の芸術観にとって音楽は不可欠の要素である。しかしそれだけでは十分ではなく、そのようなあり方をしていると彼は考えたわけであるが、そうした思考の例を挙げよう。

［……］両者［音楽と詩句］が共同し焼きを入れ直し合って、器楽編成は光を放ちヴェールの下の明らかさに達する。ちょうど発声法が反響の夕暮れに降りてゆくように。大気現象の現代的なものである交響曲は、音楽家の意のままに、あるいは知らず知らずのうちに、思考に近づいているが、この思考は、もはや単に流通している表現のみには頼らないものである。[12]

ここに、思考と意味を担う詩におけることば、しかし通常のことばでは伝えられない意味、しかしながらその意味を伝える思考の重要性が、音楽の位置づけを示していると言えるだろう。音楽の全体的位置、音楽の不可欠性、そしてことばを重視する意識がうかがえるだろう。

こうした思索は時代の流れの中ではどう受け止められただろうか。音楽のあり方はどうだっただろうか。第一部の第一章および第二部第一章で述べたように、マラルメに関心を抱いた音楽家としてクロード・ドビュッシーが挙げられた。ドビュッシーはいたくマラルメを敬愛し、彼の詩に音楽をつけた。ドビュッシーは時代の巨匠、リヒャルト・ワーグナーの音楽性・物語性に対抗して、マラルメの言語観をそのまま音楽に取り込もうとした。ウラジミール・ジャンケレヴィッチも指摘するように[13]、ドビュッシーは、自然から自然に溶け込むような、〝無〟から〝無〟へ流れるようなメロディーを感覚の核とした。そこで東洋の自然観に同調して、新しい音楽のあり方を目指した。

それは、音楽からいわば文学性を排した音楽そのものへの志向であり、同様に、ことばとことばの響きあいにおいていわば物語性を排除しようとしたマラルメと共鳴するのは、その点においてであったと言えるだろう。マラルメの文学が詩でありリズムでありことばの探求そのものであったことを思えば、二人の共感は頷ける。ドビュッシーは、言うまでもなく、時代を越え、新たな現代音楽を導き出してゆく代表的な先駆的音楽家であった。

現代音楽の理論家であり実践者であるピエール・ブレーズによれば、芸術の純粋性、それ自体を求める方向として双方には先鋭的一致が認められ、それは現代芸術の根幹を成すものとして重要だということであった[14]。

4　視覚芸術の可能性と限界

次に、マラルメの問題意識、詩人としての詩における視覚性をここで再確認しておかねばならない。これまでの引用において、視覚に対する特別の意識を示す思索はほとんど常に認められただろう。今、別の例として、明瞭な詩人のことばを挙げておこう。ことばの詩人の、音楽に開かれ、視覚要素に結ばれる感覚は、的を射たことばで次のように表現された。

詩内部における語の〝推移〟について語る一節において、語たちは「自らの本来の色合いをもはやもたない」ように見え、「ひとつの色階・音階にほかならない」と思えるほど「相互に反映し合う」と彼は語るのであった[15]。ここには、音楽の意識に重ねて、視覚的要素、色や形に対する特殊な感覚が的確に見られないだろうか。視覚性は何かを写すものとしては捉えられていないようである。それと同時に、詩人のことばは常に、音楽性と視覚要素を担っていることに注目しなければならない。

また視覚的要素はイマージュの問題として現れるが、彼にとって描くイマージュとは、不可能性の表現、すなわち無いものの浮上である。それはことばによって為されるものである。したがって、いわゆる写実的表現は埒外となるだろう。つまりそれは元々、写実を超えた絵画表現に対する関心ということになる。

日常の交際相手であった画家仲間は、マネをはじめとする印象派のモネ、ドガ、ルノワールらと、象徴派のルドン、ゴーギャンらであった[16]。端的に言えば、前者は人間の心の目に映るままを、後者は見えないものを対象とする。共にいわば科学実証の世界、その表現とは異なるものである。そこにおいて彼らが律動性・音楽性を根源的な芸術要素と考え、自らの創造に取り込んでいたことは述べるまでもない。

視覚の表現に対して、通常の視覚の範疇を超えたものと関わることになる。つまり、マラルメにとってこの領域は、直接的に思想と繋がることになるだろう。彼にとっては、美術の領域に関わる思想、何を描くかどう描くかが、根本的な関心となるのであった。

時代の美術の流れとしては、このようにまさに写実から不可視のものへの傾向として連動を見るだろう。マネを母体として印象派が誕生し、後期印象派・象徴派へと進展する。そこに多様な影響を与えるのは、ジャポニスム、すなわち日本の芸術のありようであった。その非写実性というべき、現実からの大胆な逸脱の表現性、象徴性、そしていわば思想性、自然と人間の繋がりの感覚であった。

また日本の芸術には、自然と共にある人間や身近な動植物の姿が頻出するモチーフとしてあるが、それは、西洋の科学の志向やキリスト教世界の思想に対置される東洋の新しい世界であった。視覚芸術は、とりわけ明白に目に見えて、こうした歴史や文化、思想の流れの中にあり、かつそれを動かしていったのである。

したがって、当然これは時代の文化思想と深く繋がるものであり、科学・社会の思想の動向との関係が問題であった。音楽や文学の流れもそれに関わる点から見る必要があるだろう。

こうして眺めると、詩人マラルメの斬新さは唐突さではなく、むしろ必然的な、かつ適切な先鋭性をもった思索として、表現されたものであったと言えないだろうか。

そして、ことばの詩人としては、詩、その芸術の本質的核としてのあり方を以下のように表明する。

言葉の音楽家のもとで、「オーケストラ」の魔術によって「自然の光景」から絶頂が浮上する、自然の光景が気化し「浮遊状態のまま」、より高次の状態に「再統合」される。要約的で簡略な一本の線、「何らかの

振動」にすべてが示される。明晰さが隣接するにせよ、〈言葉〉は「自然」に、より重たく結びついている。(17)

おおよそこうしたことばの思索は、実証的あり方とは異なるものである。語が物と交換されるという考えには見合わない思想と言えるだろう。ことばは、不可能性を担い、詩において不在の表現を志す。イマージュは不在のものとして、すなわち実証的世界から距離を置いたあり方としてあり、その表現として視覚性――〝簡略な線〟に結びつく。同時に、詩は、世界の音楽性の基に、その表現として音楽性――〝律動的な糸〟に支えられている。こうした詩は、しかしながら、ことばの意味と無意味において、重要な最終的位置をもつことになる。そこには、深く時代の思想に対応するものがあったと言えるだろう。

それでは、問題の詩篇に、こうした意識はどう表現され、どう確認されるだろうか。

5 「骰子一擲」に実現されたジャンル総合の意味

以上のように見直してくると、彼の「骰子一擲」に対する意図とその重要な意味が浮き彫りになるだろう。マラルメの意識として、ことばの意味は最大限に生かしながら、その欠落を補うように、音楽を活用し、イマージュを念頭においた。ここでは詩の律動を視覚化することが問題になるだろう。しかし視覚化すべきイマージュは思想的イマージュ、究極としては無の表象であったのであり、その表現は写実的なものではありえない。写実性を含みながらも抽象性をもち、その合間に揺れる、いわばまさに時代の表象とも言うべき簡略的・象徴的イマージュ、関係性・音楽性に基づくデザインとしてのイマージュであったと言えるだろう。

この作品の序においてこうした意図が端的に明らかにされていた。

マラルメは序文で作品に対する意識を、以下のように開き示す。彼の表現を、改めてこの点から確認しよう。

主に言語・視覚に関して、彼は次のように要点を規定した。

・読みの空間化・間取り以外に新奇さはない。取り囲む沈黙のような「余白」が重要性を担う。

そして視覚のあり方に関して、以下のように述べる。

・ひとつのイマージュが別のイマージュの継起を受容しながら、それ自体で消えたり戻ったりするたびに紙が介入する。「何らかの厳密な精神的演出」における「イデーのプリズム的再分割」が、そしてその現出の瞬間・その競合の持続が、問題である。潜在する導きの糸に近く、あるいは遠く、様々の場で、テキストが要求される。

さらに言語の視覚的配置について解き明かす。

・思考のなかで語群が分離されるそのままに写された隔たりの、文芸的利点が、「頁」の同時的ヴィジョンに従って、動きを加速したり遅延させたりする。標題から導かれ継がれる主文の断片性の周囲で、架構が浮上したり消滅したりするだろう。

それから全体として音楽の中心的存在を挙げる。

・全体は短縮法により仮設として過ぎる。物語は退けられ、退去・延長・逃走を伴う思考やそのデッサンから、楽譜が生じる。優勢なモチーフとそれ以外の物との間の印刷活字上の相違は、発生の際の重要性を語る。

そしてこうした試みの総合的価値を、言語のあり方との本質的関係として確定する。

・この試みは自由詩や散文詩など現代的追求の性質を帯びているが、そこで問題は〈音楽〉である。元来〈文芸〉に属した多くの手段を〈音楽〉から取り戻す。これは、とくに純粋かつ複雑な想像力ないし知性の主題、唯一の源泉である〈ポエジー〉から排除できない主題を扱ったものである。

語の配置が律動を示し、大小が強弱の呼吸を示す。動態の表示として多様な活字が絵のように並べられている。音楽性が視覚化されているのである。意味や思想がイマージュによって表現されているが、もちろんそれは写実的イマージュでは必ずしもなく、意味のイマージュというべきものとなっている。そして「余白・空白」が肝要であるというが、それもこうした点から納得できる。

「骰子一擲」はまさにマラルメの総合芸術の究極的営みであったのではないだろうか。そして彼の志向の経緯からして、それは極めて必然的なものであった。これがすなわち革新的意味となるのであった。

そして中心にあるのは〝空白〟、〝無〟の意識であったことは、彼の根幹の言語意識や芸術感覚が、それぞれ芸術要素・マチエールに関わる逆説性を含んでいたことを思えば、それに呼応したものであったと言えるだろう。

しかしながら、この作品は時代の流れにおいても必然性をもっていたと考えるべきだろう。その斬新さは、現にそれをそれとして実現してみせた点にあると言わねばならない。それはまた、文学・音楽・美術の流れの中で、西洋文化の転換の運命にも関わるものであった。

現実社会は科学と実証の時代ないしその展開期にあり、並行してそうした西洋文明に対する反省や疑念が起こってきていた。西洋キリスト教文明への懐疑から、東洋への視線が促された。このような動きのなかで、文化を見据え先取るひとつの芸術のあり方として、マラルメの「骰子一擲」、そしてその作品意図は、再確認できるだろう。

この作品が社会・現実にどう関わるか、社会と芸術との関係を探らなければならない。現実に対抗し現実を扇動するそれは、芸術のあり様を端的に直截に示さないだろうか。それは芸術の社会的価値、現実における価値を見せるだろう。そしてそれは、その後現代へ向けて多様な芸術を照らし出すことになるだろう。

おわりに

以上を踏まえて検討すると、「骰子一擲」という作品の価値が、作家の意識として、かつ時代の情況として、そして時代を超える総合的視野から鮮明に考察できると思う。

この作品は、マラルメの芸術課題の解決に向けた芸術の総合性の追求として、自身の生を賭した作品であった。ことばのリズムの、より明らかな表現と抽象的な思考のイマージュの表現を彼は目論みるが、そこにことばの限界に挑む姿勢が見られた。そこで頼った音楽性の表現によって、その弱点の意味を含め、写実を超えたイマージュを、まさに意味において首尾よく表現した。

ここにことばの弱点を他領域から補いながら、他領域の長所を取り込み、弱点を照らし出すようなかつ補うような、補完的でありつつ、ことばの優位を明らかに示すものとして成立させる、そうした思考を如実に現前させていたと言えるだろう。

そしてこうした作品は彼の意識をはるかに超えて、芸術の内的あり方を表明し、芸術と社会・現実との外的関係を深く示唆する点で、時代を先取るものとしてあったのである。すなわちそれは現代芸術に光を当てた。

芸術は互いの長所・短所を相補いながら、全体的な表現、総合的な演出となって進展する。しかしそれはいわば常に逆説的に、個々の表現性の概して否定的側面を本質的なものとし、それらをそのままに保有して総合される、そうした総合性と考えられるだろう。それを示している点にマラルメの総合芸術の意識の重要性が認められるのではなかっただろうか。そしてそれは現代的動向のひとつの側面を如実に示すと言えないだろうか。それは時代の表現として、同時に、文化の流れを汲み取り、かつ先導するものとしてあった。近代化・機械化、西洋第一主義への疑念に対して、実証主義からの離脱、東洋への注視として、歩調を共にし、かつ先取りしてゆくものだったと言えるだろう。作品は作家を超えて意味を放っている。まさにそれは芸術の価値と言えるだろう。これがマラルメの意味、そして「骰子一擲」という作品の画期的な意味であり、時代とジャンルを超えた価値と言えるだろう。

(1) これまでの幾多の研究、さらにこのほど示された精細な研究、清水徹「賽の一振り」(『マラルメ全集』第一巻、筑摩書房、二〇一〇)六二五—六七〇頁、「詩篇『賽の一振り』に関する所見」を参照しながら、本論を展開したいと思う。なお哲学思想の側面から田辺元の研究も貴重であった。『マラルメ覚書』、筑摩書房、一九六一(『田辺元全集』第一三巻、筑摩書房、一九六四、一九九—三〇三頁)参照。

(2) マラルメの思考は折々表明されているが、作品の「序文」(初出『コスモポリス』(*Cosmopolis*)誌、一八九七年五月)がその内容を端的に表している(後述)。

(3) 出版の困難に関して、清水徹の研究参照(特に前掲『マラルメ全集』第一巻別冊、六二六—六三一頁)。

(4) 図形詩という点では、たとえばギヨーム・アポリネールの例が見られるわけであるが、その意識には異なるものがあり、すなわち次代への影響はそれぞれの意識に応じて多様に及んだと言える。たとえば拙著『ことばとイマージュの交歓——フランスと日本の詩情——』(人文書院、二〇〇五)第一部第二章参照。

（5）美術の領域では、絵と文字の共生という新たなあり方に繋がるだろうが、それはまた日本の絵画・美術のあり方とも関わり、ここでもマラルメの社会意識や、ジャポニスムへの関心のあり方の広範な様を感じさせる。
（6）«Crise de vers», *OC.*, pp. 364–365.
（7）*Ibid.*, pp. 366–367.
（8）ここに視覚性のイメージが、いわゆる写実的というよりは、抽象的なものであることが見て取れるだろう。
（9）マラルメ自身が言語論について注目していたことにもうなずける。問題意識と期待の現れではないだろうか。たとえば『英語の単語』*Les Mots anglais*, *OC.*, p. 901, p. 923. 参照。
（10）*La Musique et les Lettres*, *OC.*, pp. 647–648.
（11）ここでも視覚性が、極めて図案的である様子がわかる。
（12）«Crise de vers», *OC.*, p. 365.
（13）宗像衣子『マラルメの詩学――抒情と抽象をめぐる近現代の芸術家たち――』（勁草書房、一九九九）第四部第一章参照。
（14）同前書第四部第一章参照。
（15）*Correspondance 1862–1871* (I), Gallimard, 1959, p. 234.
（16）画家たちとの交際について、前掲拙著『マラルメの詩学』第二部・第三部参照。
（17）«Théodore de Banville», *OC.*, p. 522.

二　マチスの〝余白〟、現代へ

はじめに

現代芸術へ向けて、やはりマラルメを核に芸術諸ジャンルの相関性の観点から現代芸術へ向けて考察を進めよう。マラルメは、〝余白〟について詩学上また造形芸術上、独自の思索をしていた。詩人最晩年の作品「骰子一擲」は、各種の活字を紙面に配置し図化している点で斬新な図形詩と解釈されたが、マラルメ自身が語るように、彼が問題にしたのは、字のない余白の部分、ひいては字と余白の関係だろう。これは文学上、画期的な意味をもつと考えられたが、同時に、造形芸術上の革新的な意味をもつと思われた。この問題を、芸術ジャンルの総合の問題として、また思想的・文化的に日本芸術ないし現代芸術の視野から、具体的にエドゥアール・マネからアンリ・マチスの考察を中心に据えて位置づけたい。

まず本論に即して、マラルメの「骰子一擲」の序文において、〝余白・空白〟に焦点を置いて詩人の詩学的問題意識を再認識しなければならない。そしてその角度からマネとの共同作品について振り返りたい。次章で、同じくマラルメの作品に挿絵を施したマチスの思索を、挿絵と文学作品の関係の点から検討し、そこにうかがわれる余白・構成・調和・音楽の意識について、全体的にマチスの『画家のノート』から学びたい。最後に、言及されてくるジャポニスムの思想、ジャンルを超える思想、葛飾北斎への注目から、アンリ・フォションの『手の賞賛』、書の領域としてロジェ・カイヨワと森田子龍の共同制作『印』について瞥見し、最後に九鬼周造の文芸論において、総合芸術を思想文化の枠から概観しておきたい。
以上によって、詩人マラルメの芸術的価値、その射程について、現代の芸術文化に向けて考察したいと思う。

1　マラルメの〝空白〟とマネ、東洋への傾倒

i　「骰子一擲」の序文

詩人マラルメにとって、詩における「余白・空白」（blanc, rien）とはどういう意味を担っていたのか、図形詩「骰子一擲」に対して書かれた序文[1]において、ここでは本論に即してこの〝余白〟に焦点を絞ってその価値を確認しよう。この序文は、難解なこの作品に対する著者の生の声として、その詩の意図、詩の意味を明かしてくれる点で、貴重なものであった。

余白・配置・全体的構成

この詩篇において大切なのは、「読みの間取り」（un espacement de la lecture）を持った全体だという。最初の語群が惹きつけ、特殊な配置によって次の語群から最後の語群へと導く全体、それ以外に新しさはないと語る。作品の読みに関わる空間的配置・「間」が問題とされていることがわかる。

「余白・空白」（les "blancs"）が重要性を担っており、強い印象を与えるが、それは詩法が要請したものであり、紙のほぼ中央に、三分の一程度の詩行が、「沈黙」（silence）に囲まれて場を占める、という。この「計量・拍子」（mesure）に背かず語群は分散されている。つまり、書かれたものと書かれないものの配置・構成が肝要という

ことになるだろう。詩行すなわち書かれたことばは配分されて、それを余白が取り囲んでいるが、詩行と余白は同程度に大事なのである。それが詩篇の新奇さであり、重要さだという。

見開き一一頁に、大小種々の活字が、上記の量的感覚をもって、対称性はなく、むしろ斜めの構図を追うように動態的に継起継続しているこの詩は、では何を示すのか。どのような必然性をもつのだろうか。

演出されたイデーと視覚的あり方

ひとつの「イマージュ」(image)が、別のイマージュたちの継起を受け入れながら、それ自体として止まったり戻ったりするたびに紙が介在する、という。規則的な音の筆触や詩句が問題ではなく、「何らかの正確な精神的演出」(quelque mise en scène spirituelle exacte)における、「イデー」のプリズム的再区分・下位区分」(subdivisions prismatiques de l'Idée)、その現出の瞬間、その競合の持続が問題だ、と語る。「潜在的な導きの糸」(fil conducteur latent)から近くに遠くに、ほんとうらしさの道理に拠り様々な場にテキストが不可欠なものとされる、という。すなわち、現れることばの配置は、思考の配置であり、動的なものであるが、それはイデーの再区分・下位区分の表象だというのである。書物のような紙の継起がある。イデーとして統合される全体的関係が配置構成として視覚的に表現されていると言えるだろう。

音楽的シンフォニーとしての思考と聴覚的あり方

ではこのような図は何に基づくのか。その利点は何か、と問い続けられる。「頁のひとつの同時的ヴィジョン」(une vision simultanée de la Page)にしたがって、拍子を明確にさせ、出頭を命じながら、運動を速めたり緩めたりする。導入され継続される表題以降の、主文の断片的な中断の周りで、「エクリ」（書くこと：écrit）の動性にしたがって、フィクションが表面に現れたり消し去られたりする、という。すべてが「簡潔な省略短縮法」（raccourci）によって仮定として過ぎる。「物語」（récit）は避けられる、と述べる。

種々の動性を伴ったこうした思考の「裸の使用」から、結果として「ひとつの楽譜」（une partition）が生じる。モチーフの優勢度に応じた活字上の相異が発声上の重要性を指令する。それは「作詩法の対位法」（contre-point）を形成している、という。「特殊な頁付け」（une pagination spéciale）以外には、慣例に極端に反して行動することは望んではいず、あらゆる点で伝統と縁を切ってはいない「状態」（un état）を指示した、と詩人は語る。現代の自由詩や散文詩の性質を帯びている試みと認められるだろうが、それらの結びつきは、「音楽」（Musique）の影響のもとに実現されるのだと言う。元来「文芸」（Lettres）に属していたと思われる、音楽から再発見される多くの手段を、取り戻す。そのジャンルは、「個人的な歌」（chant personnel）と並行して、「シンフォニー」（symphonie）のようなものになればいいが、それは、古の詩句を無傷のまま残している、情熱と夢想の帝国だとマラルメは崇拝する。「純粋かつ複雑な想像力、知性の主題」（sujets d'imagination pure et complexe ou intellect）、「唯一の源泉」（unique source）である「詩」（Poésie）から排除する理由がまったくない主題を扱う場合ということになる、と締めくくられる。

この音楽的シンフォニーの表現は、主文が示す「偶然性」に関わる思考の図であって、具体的事物がかたどられたものではない、と考えられる。ここには、文芸における音楽の聴覚的意味が〝余白〟を中核に据えて語られている。詩の本質的姿の表現が試みられたということだろうか。

おおむね対角線上に続く図は、線状的に表現できない語、語群、ことばの意味を示す。同時的に連関する思考の図柄表現ということになるだろう。空間的視覚と時間的展開の両者の融合・共存が〝余白〟を機軸にして見られると思われる。

この序文は、文芸における視覚性と聴覚性、その思想の表現としての文芸の有様を示したものとして貴重であり、星空の下の海上の難破の詩「骰子一擲」（主文〝骰子の一擲は決して偶然を廃棄しないだろう〟）を享受読解するときの必須の指針となるだろう。その際、〝余白〟〝空白〟が、文芸の視覚性・聴覚性の問題において重要であり、それは伝統に背くわけではなく、いわば本来的な詩の思考によるが、新奇なものである、と主張されているのであった。こうした芸術諸ジャンルの相関に関わる認識の斬新な試みをめぐって、次にマチスに至るべく時を追って考察しよう。

ii　マラルメとマネ

余白の重要性の主張から、詩が思考の詩であり、ことばの線状性を破らざるをえない詩であることが序文で示されたが、それは、第一部第三章でも見たように特殊な文字配置をもつ日常的な扇面の詩句や、封筒の住所表記などに遊戯的に現れたものでもあった。扇と言えば、ジャポニスムとの関わりの面はどうだろうか、マネ（一八三二―八三）の画布に関する問題から検討しよう。

余白・海・構成

マラルメとマネの関係は、日常生活においても創造活動の点でも、極めて緊密であった。マネの創造意識、視覚や思考は、詩人に何をもたらしただろう。一八七六年、ロンドンの『アート・マンスリー・ルヴュー』誌に掲載された「印象派の画家たちとマネ」を確認しよう。印象派の先駆者であるマネの画布について、マラルメが論じた点のひとつを取り上げたい(2)。

海の画布の構成に対して、アンバランスに額縁に押し寄せる異様さを指摘し、それが、「自然の遠近法」(natural perspective)に拠るものだとして、文明化された教育が欺くところの「人工的に古典的な科学」(artifically [ママ] classic science)ではなく、極東、たとえば日本から学ぶ「芸術的透視画法」(artistic perspective)に基づくものだとする。そこに「長く忘れられていた真実の発見に新しい歓びを覚える」という(3)。ここで捉えられる特質は、ジャポニスムの特質として、エルネスト・シェノーが一八七八年に『ガゼット・デ・ボザール』誌で示したもののひとつであり、エドガー・ドガの斬新でアンバランスな構成や精確なデッサンなどとも関わる(4)。またマラルメは、印象派の画布の光の効果について述べる中で、マネの特異な目を取り上げているが、他にもマネに認められるジャポニスムの影響として、単純化と余白の意識などが挙げられるだろう。

その点から、マネの扇に描かれた菊について言及しておきたい。これは画布にぽつんと置かれたアスパラガスの絵のように、端的に事物のみが、余白とアンバランスあるいは特異な視覚をもって配置されている。扇の、曲線と直線の構図のなかで、ジャポニスムの香りが漂う。では彼とマラルメの共同作品を考察しよう。

共同作品二点

一八七五年、マネは、詩における律動性を要とするエドガー・アラン・ポーの詩『大鴉』のマラルメ訳書に挿絵を施している(5)。挿絵は四枚で、詩に沿って配置されている。日本の墨の筆触の影響が見られるが、鴉の頭部だけが空白に浮き上がっている口絵は特記すべきと思われる。下絵が残されており第一部第三章図14(81頁)で見たように、墨の筆触が顕著である。またこの翌年、世に示されたものとして、マラルメの夢想の詩『半獣神の午後』を指摘したい。ここには、線描でデッサンとして挿絵が施されている。[6] 同様に81頁の図に見るようにこれには北斎の『北斎漫画』の下敷きが認められる。蓮の草花だけが、背景なく主たる対象として描かれているものである。この共同作品については、マラルメ自身が、浮世絵風になっている、との出版予告をしていることからも、マラルメとマネのジャポニスムへの関心は明白なものと言えるだろう。

なお、後者に関しては、マラルメに心酔したドビュッシーが前奏曲をつけているが、それは繊細で線描的なフルートの音がいつしか生起し消失するような調子をもつ。ドビュッシーはマラルメから深い芸術的感化を受けるとともに、熱心な日本文化の愛好者であり、「映像」や「海」にその影響が如実に認められる。「海」の楽譜表紙に北斎画「神奈川沖浪裏」を借用していることも改めて喚起しておきたい。[7] マラルメの扇の詩につけた彼のメロディーに対しては、ウラジミール・ジャンケレヴィッチが、空気の振動が現れ消えるようだ、と指摘していた。[8]

ここでは、動物・鳥類および植物を、それのみ、あるいはそれを主たる対象として芸術のテーマとしていること、それをめぐる〝余白〟が顕著であること、また線描・黒の表現に、単純さや構成の特異性が見られることに留意しておきたい。人間ではなく、海・自然・動植物が主体のモチーフとなっている。ここにマラルメとマネの意識の斬新さを見ることができないだろうか。人文主義的文化の認識とは異なる世界観が想起される。文芸・詩における視覚性・聴覚性、ジャポニスムの浮上が〝余白〟に認められるだろう。

2　マチスの挿画『マラルメ詩集』と『画家のノート』、〝余白〟と日本版画への憧憬

次に、同じくマラルメの詩集に線描の挿絵を施した色彩の革新者マチス（一八六九—一九五四）について、本論

との関連から推論してゆきたい。フォーヴィスムの画家マチスは、印象派を導き出したマネの明るい黒を賛嘆し、後期印象派セザンヌからも深い影響を受けている。彼の絵とことばの関係の思索から、色と線の思考、そしてやはりジャポニスムとの関係を検討しよう。マチスの『画家のノート』は、作家のことばとして極めて興味深い。

i　挿絵の意識

共同作業・マラルメの挿絵

マチスは一九三二年、『マラルメ詩集』の詩篇に二九枚のエッチングを施した書物を出版したが、この最初の挿絵、線描挿絵について画家は語っている。エッチングは線影なしの薄い線なので、印刷前と同じくらい白さを残している。線描が中央にかたまらず紙全体に放射して広がっているので、さらに明るいという。白さや明るさに拘っているが、それは詩とのバランスのためである。詩の活字のある比較的黒い左頁と向き合う、白い右頁を釣り合わせて、見る人が両者に同じように惹かれるよう配慮したという。そのために自分のアラベスクを変化させたという。手品師の白い玉と黒い玉のように、明暗が向き合って、調和の一式を作っているという。二番めの挿絵本、アンリ・ド・モンテルランの『パシファエ』についても、黒の地に単純な線影のない白の線を置いている。ここでは白と黒が逆だが、同様に釣り合いを自分の素描のアラベスクで構成して両者が一体となるように結び付けた、周囲の〝余白〟が両者を一塊にしている、という(9)〔図1～5〕。

種々の場合を振り返りながら挿絵の原則としてマチスが挙げるのは、対象作品の性格との関係の点、諸要素と装飾的効果の点である。構成は、その書物のための調和に導かれ、制作中に決定される。書物の場合もタブローの場合も構成については同じで、単純なものから複合的なものへ進むが、絶えず単純なもののなかで構想し直す。

まず二つの要素で構成し、「音楽的」というべき和音を豊かにしながら、結合の必要にしたがって第三の要素を加えるのだという。このように作品は自然に段々作られてくる。リノリウムや木版など材質との関わりの重要性においても、音楽の意識が見られ、ヴァイオリンとその演奏との繋がりの比喩で語られる。構成の意識や、要素の諸関係のなかで、推敲を重ね漸次決定されてゆく調和へのプロセスが示されている。

挿絵への意識、本造り

マチスは別の年にも、頻繁に書物の挿絵について述べている。一九三五年、別種の想像力をもつ言語作品に対して、造形芸術家はその才能を最大限活用するために、本文に従属しすぎてはならないと語る。触れ合うことで、自分の感性を豊かにしながら自由に制作する必要があるという。マラルメの挿絵は、マラルメの詩の楽しい読後での仕事だと振り返る。モンテルランの挿絵がうまくいかなかったのは、彼が自分の目に見えるものを完全に具体化するため、視覚的に補う余地がないからだという。ただし元来、本は、話に似せた挿絵で補足されることを必要とするものではなく、画家と作家は平行すべきであり、素描は詩に造形上匹敵するものでなければならない、合奏の調和が問題だという。彼は本の挿絵は本文を補うものではないと繰り返し、文学者の見地に同化しながら、〝アラベスク〟によって書物をより美しく豊かにするものだと説く。マラルメの『半獣神の午後』に対して前奏曲を試みた際のドビュッシーの同様の思索が思い出される。

また一九三四年、ジェイムズ・ジョイスの『ユリシーズ』の挿絵に際しては、マチスはオルガンの太い低音の伴奏のようなものを作品に与えていると語った。石版に対して、手や気持ちを石に慣らしておく必要があるという。マラルメとは違った味わいのもので、軽い感じを出すために上に余白を置くという。ここでもヴァイオリン

図2　同（白鳥の図）

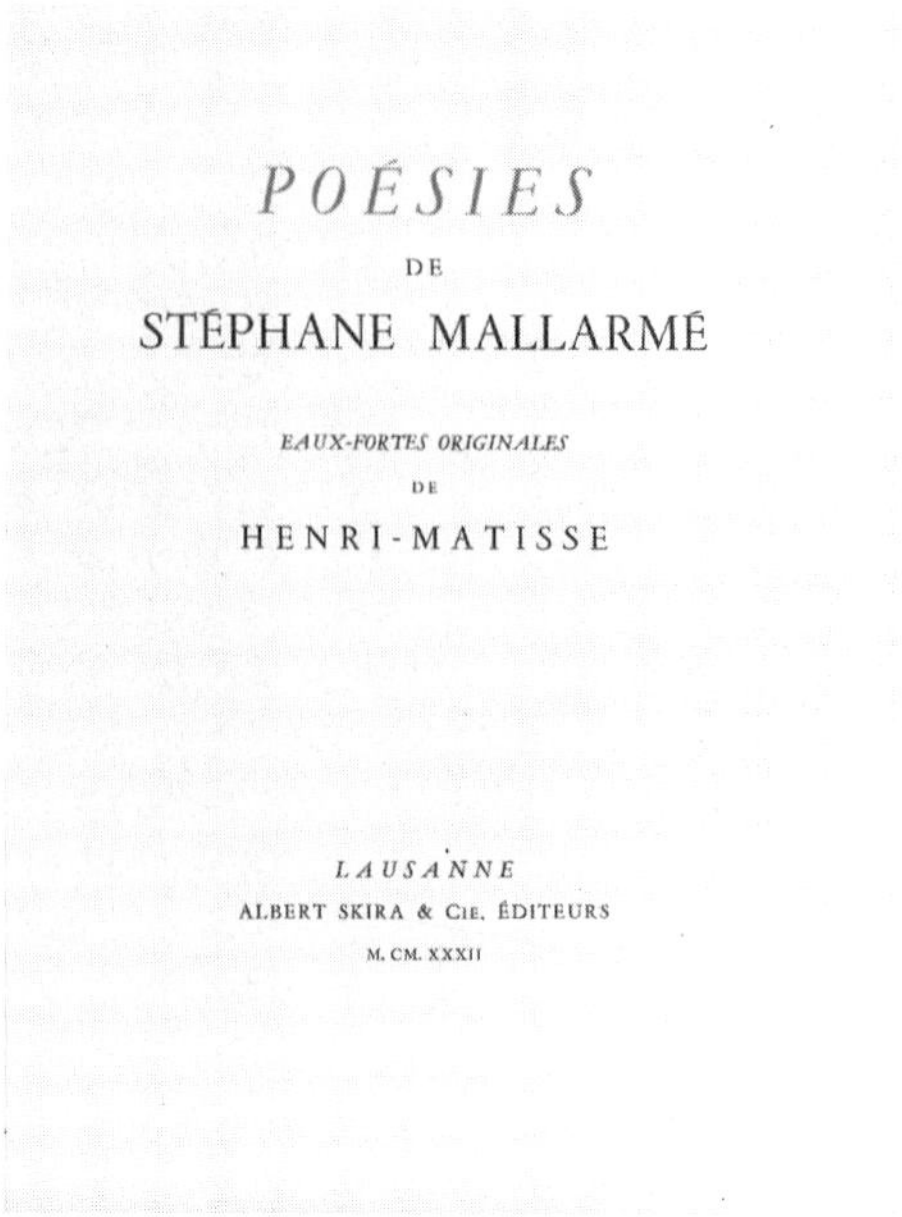

POÉSIES

DE

STÉPHANE MALLARMÉ

EAUX-FORTES ORIGINALES

DE

HENRI-MATISSE

LAUSANNE

ALBERT SKIRA & CIE. ÉDITEURS

M. CM. XXXII

図1　マチス『マラルメ詩集』（表紙）1932

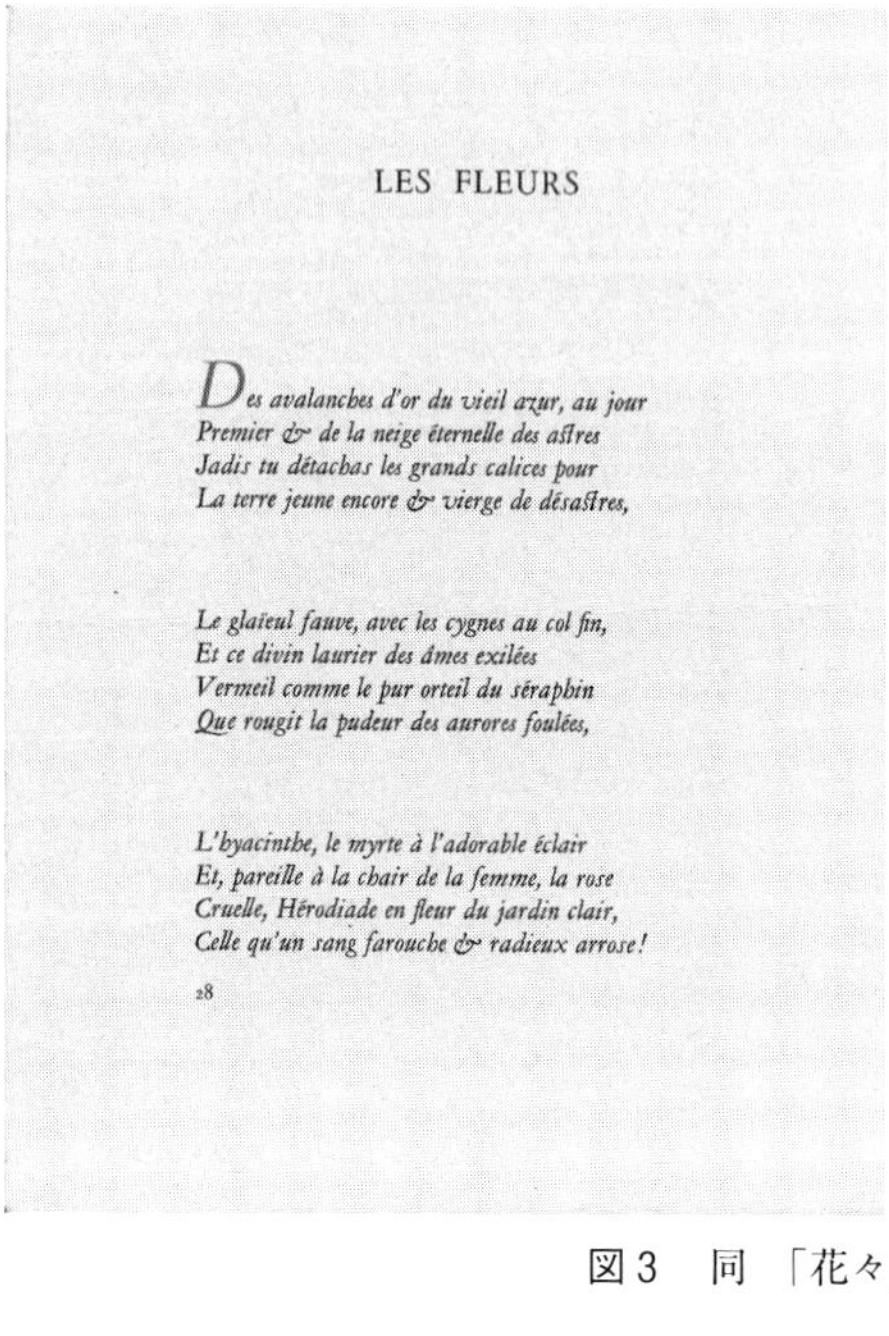

LES FLEURS

Des avalanches d'or du vieil azur, au jour
Premier & de la neige éternelle des astres
Jadis tu détachas les grands calices pour
La terre jeune encore & vierge de désastres,

Le glaïeul fauve, avec les cygnes au col fin,
Et ce divin laurier des âmes exilées
Vermeil comme le pur orteil du séraphin
Que rougit la pudeur des aurores foulées,

L'hyacinthe, le myrte à l'adorable éclair
Et, pareille à la chair de la femme, la rose
Cruelle, Hérodiade en fleur du jardin clair,
Celle qu'un sang farouche & radieux arrose!

28

図3　同「花々」詩（部分）と絵

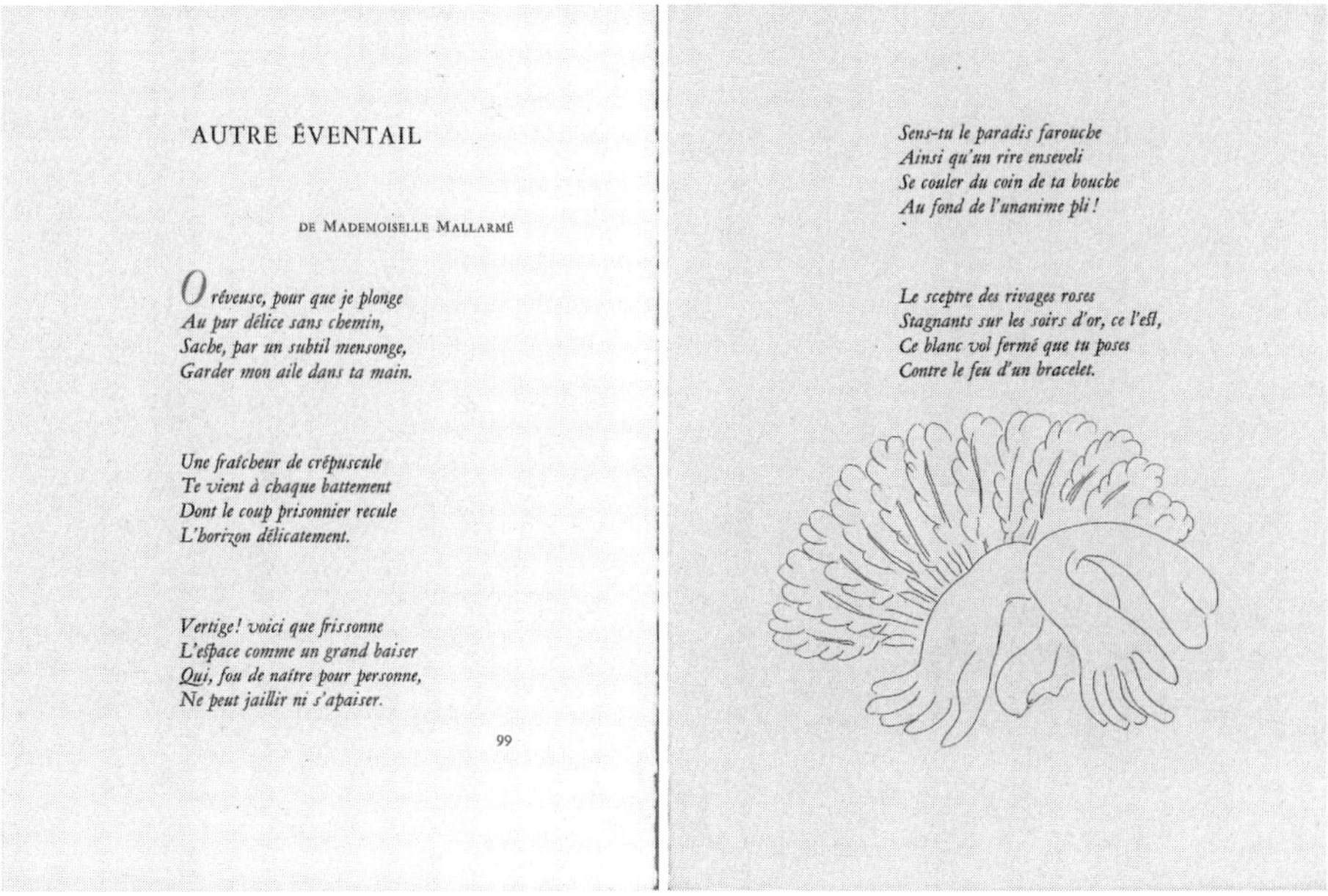

AUTRE ÉVENTAIL

DE MADEMOISELLE MALLARMÉ

O rêveuse, pour que je plonge
Au pur délice sans chemin,
Sache, par un subtil mensonge,
Garder mon aile dans ta main.

Une fraîcheur de crépuscule
Te vient à chaque battement
Dont le coup prisonnier recule
L'horizon délicatement.

Vertige! voici que frissonne
L'espace comme un grand baiser
Qui, fou de naître pour personne,
Ne peut jaillir ni s'apaiser.

99

Sens-tu le paradis farouche
Ainsi qu'un rire enseveli
Se couler du coin de ta bouche
Au fond de l'unanime pli!

Le sceptre des rivages roses
Stagnants sur les soirs d'or, ce l'est,
Ce blanc vol fermé que tu poses
Contre le feu d'un bracelet.

図4　マチス 同 「もうひとつの扇（マラルメ嬢の扇）」詩と絵

Ses purs ongles très haut dédiant leur onyx,
L'Angoisse, ce minuit, soutient, lampadophore,
Maint rêve vespéral brûlé par le Phénix
Que ne recueille pas de cinéraire amphore

Sur les crédences, au salon vide : nul ptyx,
Aboli bibelot d'inanité sonore
(Car le Maître est allé puiser des pleurs au Styx
Avec ce seul objet dont le Néant s'honore).

Mais proche la croisée au nord vacante, un or
Agonise selon peut-être le décor
Des licornes ruant du feu contre une nixe,

Elle, défunte nue en le miroir, encor
Que, dans l'oubli fermé par le cadre, se fixe
De scintillations sitôt le septuor.

128

図5　同 「純らかな爪が高々と縞瑪瑙をかかげ……」詩と絵

音楽の比喩が見られる。ピエール・ド・ロンサールの詩集に対しては、一九四一年、またマラルメの場合を引き合いに出し、〝余白〟を前に素描の構成をしたいと述べる。一九四三年には、シャルル・ドルレアンの挿絵について、意味の定かでないものがあり画家の素描に余地を残している清澄な音楽のようなもの、と彼は考えている。この場合、詩の印象と等価な印象の表現をなすべく努めたという。一九四六年、ルネ・シャールの『鮫とかもめ』の挿絵については、鮫とかもめの一種のダンスを表現していると語る。ここでは別種のジャンルの共同の意識が明確にされている。(10)

マチスの創造性の発露として、詩の契機が見られる。線が〝余白〟をつくり、また〝余白〟は〝一体化〟を生む。同化は、それ自身完成しているおのおのの間の〝調和〟であり、補完の意味ではない。〝余白〟と〝構成〟が常に念頭に置かれている。そして音楽の意識が底流にあり、また材料との馴染みが対象に応じて思考されている。ここに明確に、芸術諸ジャンルの相違の理解に立っての共同作業の意識が見られる。すなわち、前章で見た芸術諸ジャンルの可能性と限界の認識が、彼の思索の土壌にあると考えられる。

ⅱ　〝線描〟・音楽性あるいは〝余白〟・ジャポニスム

では、このようなマチスの絵画全体に見られる芸術文化史面からの特色は何だろうか。本論に即した角度から探り、線描・素描・描写をめぐる思索を検討しよう。

樹の素描

色彩の解放者としてのマチスだが、線描・デッサンにおいても特別の思索を紡いでいる。また黒に対しても、マネの黒を評価しながら、色としての重要性を主張しているが、これも全体に関連するのだろうか。

マチスは、素描、特に樹木の素描について語る。ヨーロッパのデッサンの学校で学ぶように模倣のデッサンによるものではなく、東洋人のように、「接近と熟視」から得られる感情で描くものを重視する、という。「説明の素描」ではなく、〝単純化した素描〟の肝要さについて語る。特徴を捉えながら単純に制作することが問題であり、それが本質的な美点に繋がるという。枝と枝の間の〝空所〟を観察することの重要性について述べ、そのようにして、素描される対象の習慣的イメージから、すなわち紋切型のしかじかの樹から免れると同時に、人は対象と一体化する、というのである。事物を描くのではない、いわば事物の間の差異を描くのだ、とも語る。(11)

ここで東洋の作品では、枝葉の周囲の〝余白〟の素描が、枝葉の素描と同じ価値をもつとマチスは解釈する。そして〝余白〟の素描に見られる単純化について語っている。こうした思索は本論にとって極めて意味深い。樹木の素描は、樹が及ぼす全体の効果であり、樹の記号、固有のことば、創造の質に関わるような記号を見つけねばならないのだと推論する。(12) この記号は、それ自体が価値をもつ〝もの〟としての記号と言えるだろう。マラルメの〝ものとしてのことば〟の思考が想起される。

配置構成の意識

線によってデッサンを構成する。そして線は、音楽の場合のようにハーモニーと対位法をなしていなければならないとマチスはいう。(13) さらに、ドガのデッサンにも注目する。素描の特性とは、自然を正確に模写した形体や正確な細部の集合に依存するのではなく、芸術家が選択し、注意を集中しその精神を洞察しなければならない対象を前にしたときの深い感情に依存するのだ、とした。物には外観から引き出すべき本質的な真実がある。芸術

家の洞察から主題に一体化するとき、本質的真実によって対象は素描されると語る。(14)

そして日本版画からは純粋と調和について学んだという。芸術の秘密は自然に基づく省察にあるとして、ポール・セザンヌの構築性、構成の力、調子の力を賛美し、彼を「絵の神さま」と称揚する。(15)〝線〟と〝余白〟、自分自身の感情に呼応する事物の本質的特質を描くこと、これは組織化、〝構成〟の意識を伴うだろう。〝構成による関係〟とは事物の間の親和関係であり、ここに〝構成としての余白〟の価値の重要性が語られていると言えるだろう。この関係からリズム、ハーモニー、音楽性が見られる。絵の構成についてのマチスのことばは際立っている。構成の意識から、主題と背景は同じ価値をもつ、という思索も導かれるだろう。

自然が無制限に供給するもの、人がより美しく創造することができる対象を模写することよりも、対象の、芸術家の個性に対する関係や、芸術家の感覚と感動を組織する力が大事であり、それは「限られた表現手段で遂行している戦い」であるという。(16)そしてここには常に音楽への意識が見られた。

本質的な音楽性

線と構成に機軸としてあるものは何か。「一枚の絵は統御されたリズムの配置」であるとマチスはいう。構図・組み合わせに音楽のハーモニーを見る。全体的関係の中のリズム、和音が肝要であると彼は繰り返した。色彩の和音、調和が目指される。(17)常に音楽性が主張されているが、それは無論、いわゆる音の音楽というわけではない。詩人のことばと思索、線状性とは異なる動態的な視覚的全体性を思わせる。動的全体を視覚的に一瞬で示すときの線である。そこに造形における構成としての音楽性が要請されているのである。

ジャポニスムについては、色彩の画家マチスとして、フィンセント・ファン・ゴッホの色を引き合いに出しているが、素描に対して北斎の精彩に満ちた手が為す線描に感動している。デッサンとは芸術の誠実さであるという。美術学校の教室の入り口にあるジャン・オーギュスト・ドミニック・アングルのことばに対して、デッサンが必要であることはわかるが、デッサンの誠実さという意味がわからなかったという。しかし北斎が「デッサン狂いの老人」(le vieillard fou de dessin) というときには納得できるとする。東方の真の精神、東方芸術の要素からの影響について語る。もっと長生きすれば、絵が描けるというところまでゆくのだが、という北斎の姿勢に感銘を受けたマチスの様子が偲ばれる(18)。

ここに〝色〟の東洋とともに、〝線〟の東洋の意識が見られるだろう。こうした線・デッサンを、マチスはマラルメの詩と並べたのであった。北斎の手、その手が道具と為す絶妙な、一体化されたもの、本質の表現に見られる〝余白〟〝構成〟と〝音楽性〟、〝自然との繋がり〟を、東洋の意識との関係から確認してゆけないだろうか。

3　フォション・カイヨワ・書家森田子龍、ジャンルと東西の架け橋

ジャンルと東西に跨り、本論の角度から推論してゆきたい。東西美術史の研究者フォション（一八八一―一九四三）、思索家カイヨワ（一九一三―七八）、書家森田子龍（一九一二―九八）、そして文芸学から九鬼周造（一八八八―一九四一）の思索と実践を取り上げよう。

i　フォション『手の賞賛』における北斎

『手の賞賛』においてフォションは、芸術家の手の意味、手と道具の一体化、素材・対象に注視する。創造において手と道具は終わりのない友愛関係をもつと考え、手と道具の緊密な繋がりについて述べる。芸術はそうし

た手で作られ、手は創造の道具、認識の器官である[19]。同時に素材と協調してなされる創造について論じる。石版画において石・素材と馴染む手を示し、創造は、素材と協和して働く手を介して姿を現すと語る[20]。この思索はいわゆる造形芸術に適用されるだけではない。文学の領域でユゴー、ブレイク、ネルヴァル等の個性が分析される[21]。そうしたなかで北斎の手と道具と素材に対する驚嘆は見逃せない。

北斎ら日本の浮世絵師の写生帖に人間の手の見事さを見る。そこではデッサンが、最小限の手段でもって、完全な充実のよろこびを与えてくれるという。人間存在の重さの全体が現れ、潑剌な衝撃が手の魔力によって描き出される、と感嘆する。とりわけ北斎の天才ぶりについてフォションは賛美する。その手は、どんな道具でも用いることのできる手であり、自然から道具を借り出してくるという。北斎は、形の未知の種類、生の未知の種類を探求したのだ、と解釈する。日本の画家の写生帖「人間の手の日記」（Journal d'une main humaine）には、繊細俊敏で、身振りの切り詰められた手の動きが見られると語る。手が置く点、斑点、アクセント、植物の曲線や人体の曲線を的確に表現する長い線、濃い影がひしめいているような破墨描法、これらがもたらすものは、この世の悦楽、手の妖術であるという。北斎の手のもとでは、偶然は、未知の生の形となり、闇の力たちと明晰な計画との出会いとなる。彼は偶然を奪い取る手品師であり、その手は、規則的なものと不規則なもの、偶発的なものと論理的なものを表現する手だという[22]。北斎の手が為す事物の本質の一挙の表出を前に、〝偶然の必然性〟を解するのである。

このように東西を越えて見る目に関連して興味深いのは、ロジェ・カイヨワと森田子龍との共作だろう。彼らは偶然の出会いによって、ことばと、文字・絵である線描としての書との対照を作品にした。挿絵に関わる本論に即して、東西に跨り芸術ジャンルにも跨るそれらの様子を眺めよう。

ⅱ　カイヨワと子龍の共同作品『印』

シュールレアリスムから出発したカイヨワは、来日時に偶然、子龍の書に出会い、共同作品『印』を世に示すことになった(23)。それは、日本語と仏語の併記されたカイヨワの、石・鉱物・漢字に関わる七つの文章と、子龍の八点の書で構成された一巻である。特殊製法によって玉虫色に光を放つ豪華本である。

カイヨワの石の世界と『印』

カイヨワの石についての思索は、この作品より遡る。カイヨワは、〝遊び〟と人間について思索をめぐらせる石の蒐集家でもあった。一九六六年『石』を、一九七〇年『石が書く』を出版している。一九七二年、子龍との邂逅により、彼は自らのエクリチュールと子龍の書の世界との照応を感じた。その対置対照を目指すこの作品が日の目を見たのは、およそ六年後だった。彼の死の直後、一九七九年出版の『印』は、ふたつの世界の相互説明ではなく、小宇宙同士の注釈として、鑑賞者の感得の場に成立するものであるという。非限定的な解読に開かれた遊びである。『石が書く』の表紙の命題に見るように、「散らばった記号は、それらとこだまし合うような他の記号を探るようにと精神をいざなう」。この詩的な遊びは、知でもある。

こうした石に発する七つの文(24)のうち、「ひとつの漢字」では、柔軟な世界を思い起こさせるものと、直角のモチーフとが対照的であり、単純で釣合のとれた図形はそれだけで驚嘆すべきものだとする。「何も意味しない」と図形は言う、とカイヨワは述べる。この形姿は、かつて伝言を言い表すことに役立ちはしなかった。網の目の交点にいる、と彼は語る。「祭司」では、無定形なものの中に、一図形を導き入れる文様が、夢たちの一群をひきつれてくるのだという。ありとあらゆる不可思議な連想が萌え出る。岩の中に描かれたエスキスを見る。「信

図6　カイヨワ「風景」（イギリス、カタム）

号機」では、文字を想わせるような石について描写する。この世の無限のものを要約し、重複する文字目録に属しているという。構成の危うい均衡と稀有な簡素さが筆跡の印象を与えるという。自然の鉱物界と植物界の間で偶然の結果生まれたものが、人間の詩や絵画を予告するという。この重力と偶然の産物に、プリズムの中の記号を見る。思考の伝達手段として使用される〝漢字〟に似ていることは驚きではないという。〝漢字〟を念頭に、万物の偶然と必然の源に対する独特の感覚が、石・鉱物のうちに見られる。『石が書く』所収の〝石〟である「風景」にもそれが確認できる〔図6〕。

『印』と子龍の書の世界

対する子龍の八つの書、八つの字は、虹、朝、忍、風、道、凧、抱、圓（円）である。カイヨワとの共著『印』は、子龍がずっと夢みていた「東洋と西洋とを両脚にして立った虹」であると言えるだろう。さて、子龍の思索はいかなるものだろう。日本の書芸術の流れにおいて、彼はどのような位置を占めるのだろうか。

子龍は、一九一二年（大正元）豊岡市生まれ。一九四八年に『書の美』、五一年に『墨美』を創刊（─八一年）。翌五二年、墨人会を結成、『墨人』創刊を成している。五四年にはヨーロッパを巡回し、日本の書・墨の芸術を西欧に広めた。アメリカ・フランス・ドイツなどに招待出品している。七八年、墨人会を退会、その翌年、カイヨワとの共著『印』を出版した。個展・著書も多数ある。ここでは『印』に関わる彼の思索の一端を挙げておきたい〔図7〕。

図7　子龍「虹」1975

『印』では、「カイヨワ先生というフランス文化の一つの頂点と日本文化の深層に生きている書とが深くかかわりあい通い合ったのだということを如実に立証している」と子龍は書く。古典との対立矛盾は避け逃げるのではなく、そこに突き進んでジレンマの中で苦しみ抜かねばならない、「その極限において内からはじけて、内と外とを分けていた枠組が抜け落ちる――内も外もなく、内外ひとつになる」。この時、外の古典は自分と一つとなると言う[25]。道具である筆について、こちらが筆を使うという一方的なことではない、「自分を生かすことが筆を生かすことになるというような、自分と筆が一つになってはじめて、筆でかくということが自分を表現することになる」と述べる。白い紙に黒で書いて、白を白のまま残すが、私の指図によって私が動くというように私を二つに分けず、紙と自分とが二つに分かれない、「かかれた紙は、黒も白も含めて全体が自分そのものの表出」であると語る[26]。そして主体について、〝書〟は「作者が紙や筆、墨とかかわりながら、文字、紙、墨、筆となって、一なる主体を具現してゆく」のであり、先人たちから、「無とか空とか、無的主体とか、形なき自己」とも言われてきている[27]。文字や筆・墨・紙に拘束されていては自由はない、しかし逃避しては書はありえない。文字たちと関わりつつ、それを越えなければならない。そのとき、自分も文字たちも生かすことができる。〝無〟を体得せずにはこの難関を突破できない[28]。〝無〟は観念ではなく、〝主体〟、〝いのち〟の現実のあり方であり、「有限の手や体が、無辺大の〝いのち〟となって生きる」必要があるという[29]。

ここには、手と道具・筆との一体化、紙との一体化ないし主体のあり方の思索が見られるだろう。前述のフォションの思索にも繋がる。書の一般芸術史への位置づけのために、ここで日本独自に芸術の発展を遂げた戦前戦後の書の歩みを概略しよう。一九四〇年代後半から五〇年代にかけて文字を書かない書が生まれ、前衛書が前衛絵画から国際的に注目される。しかし六〇年代半ばから前衛書抽象書と前衛絵画抽象絵画の交流が衰退する。七〇年代・八〇年代と、欧米の感性的・視覚的性質と日本の心象的・精神的性質が様々に交錯しあい、今、多様な現代にあるという。

ここで前出の子龍の「虹」に関わる記述の全体を、本章の脈絡から引用しておきたい。「面や肉付けなども捨て去り極度に単純化し切って線へ線へと凝集して簡単な線に多くのものを言わせているマチスのその行き方と書の場合とを考え合わせると、西洋と東洋とを両脚にして立った虹の様に、何か高い所でこの二つが一緒になる時がいつかあるような気がしてならない」と子龍は、マチスのデッサンを見て述懐するのであった[30]。

このように日本の書芸術が西欧の芸術と触れあう今、世紀末のフランスにあって、日本と西洋の芸術諸ジャンル、思想、文化に関する思索を展開した哲学者九鬼周造について、第四部第一章で検討するに先立って、これまでを振り返りながら、本論の関連からここで瞥見しておきたいと思う。

ⅲ　九鬼周造の思索

九鬼の文芸論・押韻論は彼自身の中心的問題である時間論や偶然性の問題と密接に関わる。「文学の形而上学」において彼は、文学の時間的性格に着目し、持続的推移やリズム・呼吸などの点から文学の質的時間について考察して、質的性格の相互浸透としての押韻の問題に論及する。音楽との共通性・相異性が分析され、文学の時間の重層性が推論される。文学では、言語の創造として、その感覚性・観念性と、過去の蘇りによって、時間が回帰性を帯びて繰り返されるという。時間の重層性は文学の命であり、音の知覚的時間を下層に、意味の構成する観念的時間を上層にしているとして、音楽の単層性と対照する。文学の音楽化は自己の本質的内奥の発揮となる。

他方、時間の重層性の点で文学と絵画の類似が見られる。文学は時間、絵画は空間で表現されているが、知覚ないし表層の錯覚により、非現実的知覚と非現実的表象がある。観念的時間・観念的空間である。空間を含むほど絵画に近く、時間を含むほど文学に近くなる。時間は回帰的だが、リズムの反復とは現在が永遠に繰り返すことであり、現在が永遠の深みをもつ。詩は韻を踏む、すなわち行に分けることで詩句の反復があり、詩が最も芸術性があると言える、と彼は考える。[31] こうして、文学の時間が、音楽・絵画などと照らし合わされ、偶然性は、音韻上の偶然的関係として見られ、偶然と芸術の親密な関連が論じられる。芸術の偶然性は芸術の遊戯性にも繋がる。“偶然”は“無”に近い存在である。必然と偶然、有無の関係のなかで、境界線に危うく立脚する極限的存在として芸術はある、という。

これに関係して、フランスと日本の芸術性が対照され思索が展開されている。「芸術と生活の融合」では、芭蕉の風流の感覚、また短歌等から、芸術と生活の結びつきが日本人の詩人的性格として論じられる。現実への微視的肉薄による芸術化があり、短い詩型が生活と芸術を繋ぐとする。[32]「日本詩の押韻」では、ポール・ヴァレリーの押韻論「双子の微笑」を取り上げ、客観的規範、自律の自由、衝動と理性のあり方が論じられる。詩人の使命、感情と言語のありふれた平凡な塊りから、音楽的理念の客観的姿を彫りだすところに、純なる芸術の建設と創造があるという。韻の上での偶然の符合一致、芸術の遊戯性を指摘する。言霊として、詩は言語によって音楽し哲学する芸術であるとする。掛詞・枕詞、俳句の体言末尾についても論じる。(33)『文学概論』に詳細な考証がある。(34)「日本芸術における無限の表現」では音韻の問題を論究しているが、音楽家ドビュッシーについて、その東洋性、空無・空白の感覚、単純さについて述懐する。「子供の領分」「ペレアスとメリザンド」「海」の他、「牧神の午後への前奏曲」を挙げる。これは前述マラルメの詩篇「半獣神の午後」に対する前奏曲である。ドビュッシーが傾倒する北斎について、俳諧の流動性と単純化を見るが、沈黙を、日本音楽ひいては日本芸術一般の特質と考える。九鬼は、そこに無限の表現や象徴を認め、芭蕉とマラルメが注で引証されている。(35)

このように、総合的に日本芸術が考察された中で、動態と単純、空無・沈黙、無限・象徴、自然感そして偶然の必然性および〝遊び〟が挙げられていることに留意できる。自然に同化しようとするドビュッシーについて、ジャンケレヴィッチが、空・無について述べていることは既述の通りであるが、特にマラルメの「扇の詩」に付したドビュッシーの音楽について、ジャンケレヴィッチは空気の振動、戯れ・遊び、偶然、自然に言及した。ここでも、空無・空白・余白が、文芸の本質的意味をもって、かつ日本の芸術の特質と重ねられて論じられているのであった。

おわりに

以上、マラルメの〝余白〟の意識が、詩学の上で貴重な思想を含み、それが流動性・単純化とともに、絵と音楽に跨る現代芸術としてのひとつの価値をもつこと、それらは前章で確認した、各々の可能性と不可能性の意識に支えられてあること、そこに東洋の芸術性や自然観、芸術の偶然性の問題が見られ、西洋においてその後も確認され評価されていることが理解できるだろう。そしてそれは、日本と西洋の対決のなかで、九鬼がすでに確認し展開していた詩と芸術と文化の思索に深く繋がると思われる。

マラルメが見た〝余白〟は、詩行の空間性において検討されたために、芸術諸ジャンルの相関性に関わり、文学における余白、造形芸術における余白・空白、音楽における余白・沈黙、と、日本に特有の芸術の意味を明らかにすることになった。また諸芸術の相関性の場、その抽象性をもそれは明らかにするだろう。〝余白〟に関わる線描は、配置構成に結びつき、音楽に繋がり、日本芸術の暗示性・象徴性と融けあうことになる。

それは文化の意識のなかで、日本の自然観に関わる。一九世紀末のジャポニスムが捉えていたものの本質は、本質の相において繋がっていた。マラルメはその点において、今なおひとつの光となっていると解釈できるだろう。有無の思想は、偶然と必然の対立矛盾の芸術的あり方、芸術と創造のあり方、人間の営みのあり方にまで広がりをもつものとなる。そのような地平に広がるのが、詩人マラルメの〝余白〟の思考であった。

（1）　Stéphane Mallarmé, *Œuvres complètes* I, Gallimard, 1998, pp.391-392.（『骰子一擲』秋山澄夫訳、思潮社、一九八四）参照。詩人の死後一六年、女婿ボニオ氏による一九一四年のＮＲＦ版にも掲載されている。なおこれに関しては、清水徹「賽の一振り」訳および別冊解題・註解を参照のこと（『マラルメ全集』第一巻、i－xi頁、同別冊六二五―六七〇頁、筑摩書房、二〇一〇）。

（2）　これについては多くの研究があり、筆者自身も論じたので、ここでは本論との関係で、余白をめぐる観点に焦点を絞って洗い出してみたいと思う。取り上げる記事の初出は *Art Monthly Review*, September, 1876, のち Carl Paul Barbier, *Documents Stéphane Mallarmé* I, Nizet, 1968, pp.66–86. 宗像衣子『マラルメの詩学——抒情と抽象をめぐる近現代の芸術家たち——』（勁草書房、一九九九）七四—一一二頁参照。

（3）Carl Paul Barbier, *op. cit.*, pp.76–77.

（4）前掲『マラルメの詩学』八八—八九頁参照。E. Chesneau, «Le Japon à Paris», *Gazette des Beaux-Arts*, 1878, pp.395–396.

（5）同前書、八六—九一頁。なお詩における音楽性の重要性を示すポーの詩『大鴉』は、象徴主義の指標とも言えるものである。

（6）同前書、九一—九七頁。

（7）同前書、二七二—二九八頁。ドビュッシーも扇面に楽譜を書いている。

（8）同前書、二九一—二九二頁。

（9）Henri Matisse, *Ecrits et propos sur l'art*, Hermann, 1972, pp.211–213.（『画家のノート』二見史郎訳、みすず書房、一九七八、二四六—二四九頁）以下、括弧内は邦訳頁。

（10）*Ibid.*, pp.214–232.（二五〇—二七六）シャルル・ボードレールの挿絵についても一九四四年に語っている。

（11）*Ibid.*, pp.166–175.（一九一—二〇二）

（12）*Ibid.*, pp.171–172.（一九七—一九八）

（13）*Ibid.*, p.68.（七三）

（14）*Ibid.*, p.172.（一九九）

（15）*Ibid.*, p.84.（九〇—九一）

（16）*Ibid.*, pp.132–133.（一五一―一五二）マラルメの同様の意識が想起される。前述マネの「明るい黒」pp.202–203（二三六）についても、マラルメの同様の批評が思い出される。「こどもの目で」「初めて目にするかのように見なくてはならない」ということばも、マラルメのマネに対する評を如実に思わせる。

（17）*Ibid.*, pp.131–132.（一五〇―一五一）マチスは「色と線は力」であるという。「芸術は自然を模倣する」ということばも、「本質的表現は抽象」「関係とは事物の間の親和関係」という表現と相俟って、意味深長である。彼にとってはまさに画布は「色彩の音楽」である。

（18）*Ibid.*, pp.157–165.（一八〇―一八六）

（19）Henri Foscillon, *Vie des Formes, quatrième édition suivie de "Eloge de la main"*, PUF, 1955, pp.106–107.（『形の生命』杉本秀太郎訳、岩波書店、一九六九、一七八―一七九頁）以下、括弧内は邦訳頁。

（20）*Ibid.*, pp.111–112.（一八六―一八七）

（21）*Ibid.*, pp.116–118.（一九五―一九八）

（22）*Ibid.*, pp.113–116.（一八九―一九四）

（23）『墨美』第二九七号、一九八〇年。出版の経緯については、同誌所収の阿部良雄氏の詳細な解説参照。「印」（chiffres）は、アラビア語で空虚、中世ラテン語でゼロ、一五世紀ごろには暗号の意味をもち、今日では数字・暗号であり、記号（signe）と同義語であり、刻印（empreinte）とも同義語として翻訳されたという。この書を「西洋の哲学者の知と東洋の賢者の知」であると阿部氏は解釈する。この他、以下を参照。Roger Caillois, *L'écriture des pierres*, Editions d'Art Albert Skira, 1970. ロジェ・カイヨワ文、森田子龍書『印 *chiffres*』阿部良雄訳・解説、座右宝刊行会、一九八〇。中村二柄『現代の書芸術――墨象の世界』淡交社、一九九七。森田子龍「虹の様に」『書の美』復刻版、国書刊行会、二〇一三、四二―四三頁（初出第二号、一九四八年五月）。なお、後出「漢字」に関して、第四部第三章のフェノロサの思考を参照。

(24) 七編の文は、「recette, 処方」「notes pour la description de minéraux noirs, 黒い鉱石の描写のための覚書」「un caractère chinois, ひとつの漢字」「chiffre, 印 autre chiffre, もうひとつの印」「l'officiant, 祭司」「sémaphore, 信号機」である。ロジェ・カイヨワ『石が書く』岡谷公二訳、新潮社、一九七五。

(25) 前掲『墨美』第二九七号、一七—一八頁。これはカイヨワ夫人宛ての書簡中のことばである。

(26) 『墨美』第一二一号、一九六二、六七—六九頁。これは友人K・O・ゲッツとの対談の中で語っていることである。

(27) 『墨美』第一三二号、一九六三、一一頁。

(28) 同前書、三九頁。子龍は、西田哲学や禅、久松真一の思想に親しんでいる。

(29) 同前書、四〇—四一頁。欧米旅行記および欧米での講演で語ったものである。

(30) 注(23)参照。

(31) 『九鬼周造全集』第四巻、岩波書店、一九八〇、七—五九頁。「文学の形而上学」において、時間論から文学の様々なジャンルの比較検討が試みられている。また九鬼周造『偶然性の問題・文芸論』(京都哲学撰書第五巻、燈影舎、二〇〇〇)も参照。

(32) 前掲『九鬼周造全集』第四巻、八三—一六九頁。詳細な事例研究がある。

(33) 同前書、二二三—五一三頁。「日本詩の押韻」では、ヴェルレーヌ、ボノー、シュアレスへの言及も示唆深い。ドビュッシーとマラルメの関係については、前掲『マラルメの詩学』、二七二—二九八頁参照。

(34) 『九鬼周造全集』第一一巻、岩波書店、一九八〇、五—一八六頁。

(35) 『九鬼周造全集』第一巻、岩波書店、一九八〇、四二五—四二七・四三〇・四三二—四三三頁。

三　詩と絵と書における〝空無〟

はじめに

前章において、ことばによって形成される文学、色と形によって造形される美術の関係について探究する過程で〝書〟に導かれた。〝書〟のあり方が、音楽性とも関わりながら、新たな側面から光を与えうるのではないだろうか。またマラルメの思索に出会わないだろうか。前章で触れたように、〝書〟、特に前衛書は、現代の西洋芸術においても注目され、実際に抽象芸術・前衛美術の領域と深い繋がりをもっていた。したがって確かに文学と美術の関連を探る糸口になるのではないかと考えられる。それは、芸術の本質的問題に関わり、東西の芸術や文化の交流に関する思索をも導き出すものと思われる。

日本において、かつて書が美術かそうでないかという議論があった。明治一五年（一八八二）、弱冠二六歳の洋画家小山正太郎は、書とは書かれた語句に感動するものである、西洋の文字が美術でないように東洋の文字も美術ではない、と主張した。これに対して、近代化の明治動乱期を通じてフェノロサと共に日本の伝統美術の復権と再興を推進した、同じく弱冠二二歳の岡倉天心は、書は、文字の形の工夫の上に成り立つところの美術であると考えた(1)。その後、日本の書と書論はどのような方向をたどるのか。どのように現代書に向かったのだろうか。

他方、西洋において、ことばの極北を志向したといわれるフランス近代の詩人マラルメは、本書でたびたび参照してきたように、その最晩年の一八九七年、画期的な図形詩「骰子一擲」を公表して世を驚かせた。[2] 字体も様々、大小も様々な活字によって、詩句を見開き一一面の紙面に布置した視覚的な一篇の詩であるが、そこで重要なのは紙面の余白である、と詩人は語っていた。[3] 二〇世紀初頭、ピカソらと共にキュビスムを開いた現代詩人ギヨーム・アポリネール（一八八〇―一九一八）は、同様に文字・詩句で絵図を描き、その詩は「カリグラム」と呼ばれた。

これまで触れてきたが、近代詩人マラルメは、なぜ東洋の墨の動態に魅力を感じたのか、[4] また、どのように、各種の活字を紙面に配置して、絵図のような詩篇「骰子一擲」を書いたのか。どういう意味で、その図形詩において肝要なのは〝余白〟、すなわちことばも形象もない場だと語ったのか。アポリネールが試みた、文字で形象を象った作品「カリグラム」との違いは何だったのか。果たしてアポリネールの作品は、文字による絵図の点で単純にマラルメの継承あるいは進展であったと言えるのか。それとも異なる根底の思考をそこに見いだすことができるのだろうか。関係する画家たち詩人たちは、現代に向けてこれらにどう関わってゆくのか。文学と美術の結びつきはどのような様相・展開を示すのだろうか。

日本においてそして西洋において、諸芸術、ここでは詩と絵画は、どのような場でどのような意識をもって、触れあい、交錯してゆくのか。本章では書家石川九楊の探究を手掛かりにし、オイゲン・ゴムリンガーのコンクリート・ポエトリーや現代日本の具体詩・視覚詩をも射程に入れ、さらには、文化のあり方・その伝播をも念頭に置きながら、その考察を試みたい。

1　書は文学か美術か

書家石川九楊（一九四五―）は、書の美について歴史的にその実態を吟味した。書の美をめぐって、「書は文字の美的工夫」「書は線の美」「書は人なり」、といった諸々の観点に基づく思索について彼は検討する。最初の「書は文字の美術」「書は文字の美的工夫」については、実作者の体験的書論の域を超え難いと石川は述べる。そしてこれを推し進めたものが二番目「書は文字の美術」であると彼は考え、後二者に現代書における思考を見る。これらの考察を経た上で、後に見るように、結局、書は美術ではなく、ことば・文学にほかならないと結論づけた。(5)

書の美を問うこうした議論は、あくまで「書は書である」とする書家たちにとってはあまり意味が感じられなかったとしても、(6)とりわけ現代の前衛書への歩み、また東西における芸術のあり方をめぐる思索を促す点では重要と考えられる。

冒頭で触れたように、書は美術か否かという論争が、明治一五年、小山正太郎と岡倉天心の間でなされ、その際、小山は、書において感動するのは書かれた語句に対してであり、さらに西洋の文字が美術でないと同様に東洋の文字も美術ではないとした。しかし、鑑賞者は、必ずしも書かれた語句にではなく書きようを見てそれに感動するのであることを思うと、また西洋の表音文字と東洋の表意文字の根底的な違いに鑑みると、この論には頷きがたいところがある。

対して、明治期における急速な西欧文化の取り込みの波に抗して、フェノロサと共に日本美術の復権再興を提唱しその実現に専心した岡倉は、書は文字の大小や配列など造形的探求の上に成り立つにほかならないのだから、美術であると考えた。(7)ここには、単に書自体の問題だけでなく、西欧文化に対峙しようとする日本の芸術全般への価値づけの思いもうかがわれる。

戦後、この前二者の延長というべきものが見られる、と先の石川は語る。京都大学の美学者井島勉（一九〇八

─七八）が、書とは文字とその視覚形象との緊張関係を問題とする視覚性の芸術であり、形に対して造形意識が働いている、したがって書は、文字を書くことを創造の現場として成立した美術であると主張した、という。これは伝統書家というより、前衛書家との交流や思索の交換の過程で、欧米における抽象前衛美術の一般的な動向を背景に、書を西欧美学の枠内で理解しようとしたものと、確かに考えられる。書く側ではなく見る側からの思考と言うべきだろうが、この理論は前衛書家たちを勇気づけたという。こうした考え方に対して、同じく京都大学の中国文学者吉川幸次郎（一九〇四─八〇）が異論を示した。彼は、書の美の存在を認めた上で、書は文字の美術ではない、書はあくまで〝ことば〟である、と考えた(8)。両者の微妙なすれ違いに、本論の考察の端緒がある。

小山・吉川と、岡倉・井島、これら歴史の中のふた組の意識は、それぞれの時代と専門領域と文化観を反映しており、興味深い。さらに、書の源、そしてその展開の考察へと促される。

石川は、書は、紙や筆等に関わる筆触、そもそもことばの筆跡であったし、本来そうであると論じて、中国の書から日本の書への流れを踏まえて、文化史的・歴史的に書のあり方を追跡し分析する(9)。そして、日本において、書の世界でひとつの踏み外しがあったとする。敗戦後の昭和時代に、書家比田井天来・鮫島看山・上田桑鳩らが、書に対して、字形でなく、作り上げられる字画を問題にし、筆意・筆勢でなく、線質・線性といった語彙で整理するようになったことを、重大な事柄として彼は指摘する。すなわち端的には、書を線と捉えるようになった。そして線の表情において、前衛書が生まれることになったという。そうした前衛書は西洋美術の文脈の中で抽象芸術と相照らし合い、前衛書家は国の内外で、さらに広く世界で、活躍するに及んだのである。

この前衛書の流れの中で、続いて、前章で取り上げた書家森田子龍は、西田哲学や禅の思想を援用して、書は作者の生き方の形であると考えたのであった。こうして、書は人なり、という思考に至ることになる。森田は文字に対して、文字規範の制約を受けるところにこそ真の自由があるのだとする。[10]元々画家を目指していた井上有一は、一字書に向かい、抽象表現主義に繋がる。西田哲学創始者の西田幾多郎は、音楽と書は対象にとらわれない抽象性の点で似ているとする。[11]また、文芸全般に対して吟味する大岡信は、書と舞踏との類似性、それらにおける生のあり方について語る。[12]このように諸々の芸術思想の分野に、書が関係づけられ位置づけられていく。

石川によれば、こうして書論の流れは、それぞれがその一面を言い当てている書論のいずれか、あるいはそれらを複合させたものとして展開するという。それは言いかえれば、書の美がいかなるものか明確に解明されていない、ということにもなる。

石川は、書の評価に対する踏み外しないし誤謬は、書が〝文字を書く〟ものであると考え、文字を線からなる図形・造形と考えたことにある、とあくまで考える。字画筆蝕から絵画的筆触＝ストロークへの踏み外しの筆頭は、前衛書家たちの師比田井天来である、と彼は推察する。そして、書字とは〝文字を書く〟ことではなく、〝ことばを書く〟ことであり、文字は線による図形・造形ではなく、ことばそのものである、ゆえにその跡は筆跡であって、ことばのかたまりであると考える。したがって、筆跡の美である書は、造形や美術ではなく、文学の一種、本来的に文学である、と書家石川は結論づけるに至るのである。[13]

2　マラルメ・アポリネールから具体詩ゴムリンガーへ

さて次に、西洋について詩人マラルメに関して、この〝文字〟と〝ことば〟の観点から考察したい。詩・文芸・芸術に対して真摯に向き合ったマラルメは、最晩年の画期的作品として、一篇の詩「骰子一擲」を構想した。それは図形詩と呼ばれるものであるが、まさに一一面の紙面に、多様な字体と大小様々の活字を配置した斬新な

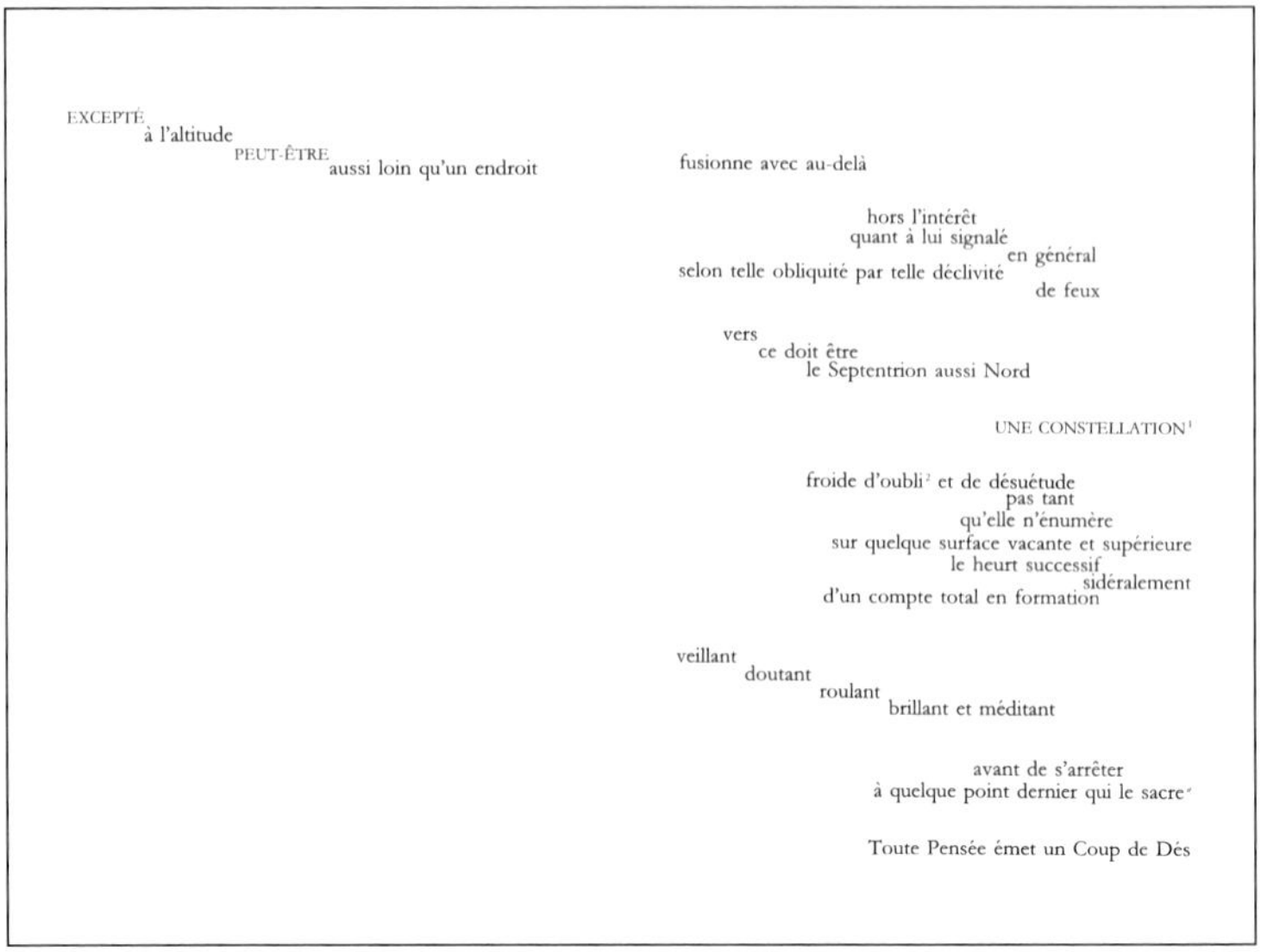
EXCEPTÉ
à l'altitude
PEUT-ÊTRE aussi loin qu'un endroit

fusionne avec au-delà

hors l'intérêt
quant à lui signalé
en général
selon telle obliquité par telle déclivité
de feux

vers
ce doit être
le Septentrion aussi Nord

UNE CONSTELLATION[1]

froide d'oubli[2] et de désuétude
pas tant
qu'elle n'énumère
sur quelque surface vacante et supérieure
le heurt successif
sidéralement
d'un compte total en formation

veillant
doutant
roulant
brillant et méditant

avant de s'arrêter
à quelque point dernier qui le sacre[3]

Toute Pensée émet un Coup de Dés

図１　マラルメ「骰子一擲」（第11面）

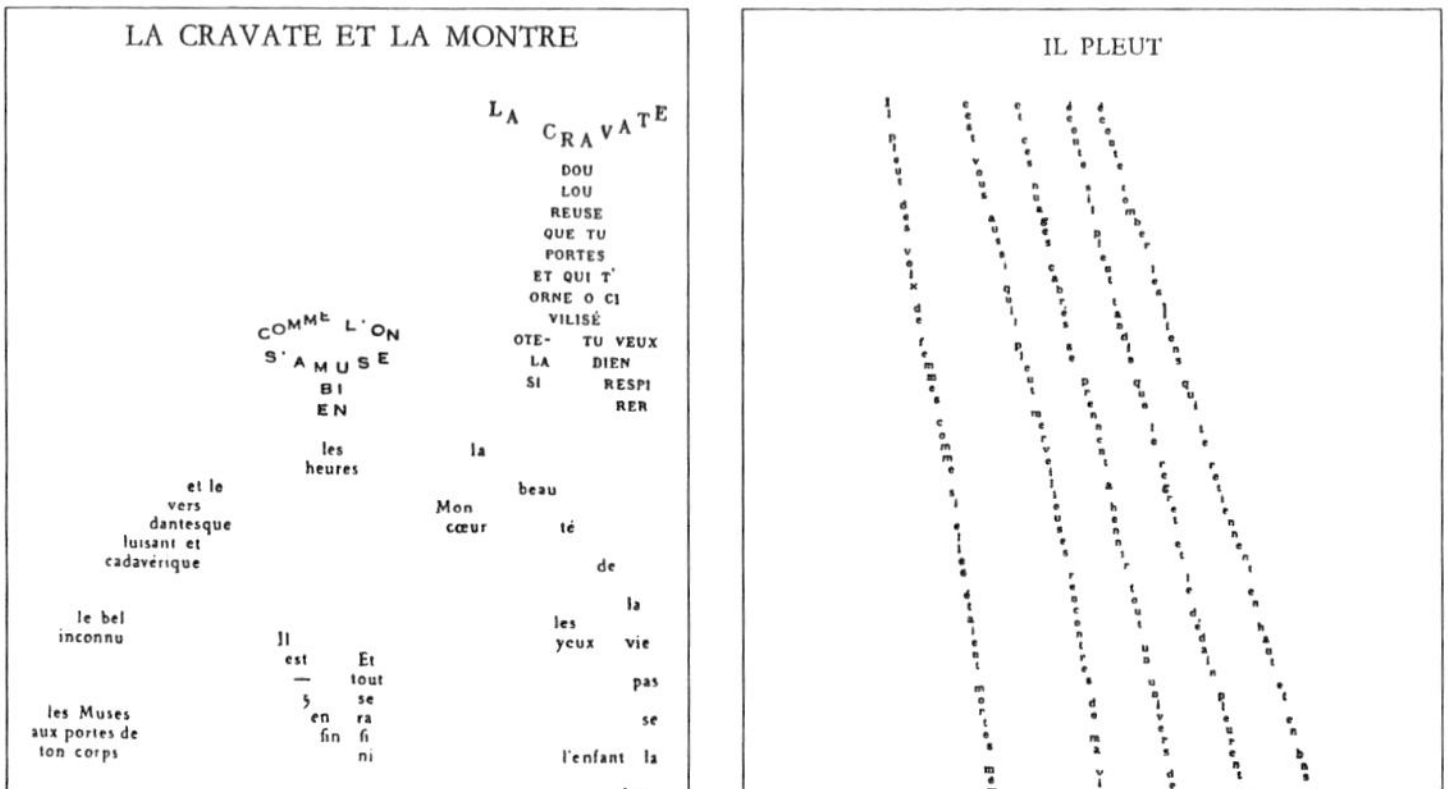

図２　アポリネール『カリグラム』（左：「ネクタイと時計」右：「雨」）

試みであり、視覚的な詩句表現であった。一面から最終面を通じて、中心となる活字に沿って、核となる一文（〝骰子の一擲は決して偶然を廃棄しないだろう〟）を読み通すことができ、その周囲に多様な大きさ・字体による従属的な詩句というべきものが、思考やそのリズムや音調が念頭に置かれながら布置されたものであった。宇宙を模した図形詩とも言われ、図と意味を対照させる即物的で具体的な解釈もなされているが、語の配置としては、ことばは文字や音節で分断されてはいない。ことばや文字は水平に置かれ、決して曲線状態になることはない。文字が様々な角度をもって置かれて文字群が斜めや曲線を成す、といったことはない。こうしたことから、具体物を文字でなぞったあり方とは言えないだろう。あるいはそもそも具体物が詩の対象とはなっていないと言うべきかもしれない。言語表現の線条性からの解放と考えられるだろうが、あくまでことばや詩句が意味と音を保持して図形的に配置されたものと見られるだろう。いわばことばの宇宙、詩の宇宙を、その意味の軽重や浮沈、思考のあり方にしたがって、紙面に浮上させたように思われる。そしてそれは、リズミカルに音楽性の意識に基づいていた。これは絵・美術か、あるいは詩・文学かと問われれば、別のいわゆる図形詩と比べれば、絵・美術の空間性・視覚性が取り込まれた詩、すなわち〝ことばが生きている文学〟と答えるべきだろう〔図1〕。

他方、二〇世紀初頭フランスのシュールレアリスムの詩人アポリネールも、よく似た試みをしている。文字・詩句によって、絵図を描き、詩篇と成す。前述のように、その作品は「カリグラム」と呼ばれる。しばしば同じ図形詩としてマラルメの継承とされるが、似て非なる様相にこの点から留意する必要がある。アポリネールの作品に見られるのは、詩句としてはもちろん、ことばも、文字綴りさえも分断され分解され、文字が具体物の描写に役立てられているというべきだろう。したがって当然、多様な角度をもつ斜めの文字配列もあれば、文字群が曲線を成すものもある。シュールレアリスムならではの夢想の領域に関わり、描かれる具体物は、現実の物理的大小関係や実際的位置関係から外れた大小関係や位置関係を示してはいるが、個々の具体物をある程度捉えることができ、その表現においては具体物が文字で描かれていると言うべき作品である(14)〔図2〕。

したがって、両者間に、文字ないしことばに対する詩人としての意識の違いに気づかないわけにはゆかない。前者マラルメは、あくまで、詩句・ことばをそれとして、その連なりとして捉え、ことば上の布置の可能性を求め、結果として、ことば・詩句の独自の配置を試みた。それはむしろ、ことばの不可能性に結びついている。後者アポリネールは、ことば・詩句を分断し、文字をひとつの描写の材料として活用したと言えるのではないだろうか。この点で後者は文字で絵を描いたものと考えられるだろう。これはもちろん、描かれる対象が、後者では個々の具体物であり、前者においては抽象的思索であることとも関係する。

ここには、一歩の違いといったものを越える大きな意識の違いが認められるのではないだろうか。詩の営みとして、ことばの可能性・不可能性をぎりぎりまで追求する意識と、ことばをそれとしては抹殺して軽やかに美術の領域へと踏み越える意識が見受けられる。もちろん違いは優劣の問題ではない。ただ、詩・ことばの探求の側面から見れば、後者には一種の踏み外しが見られると言うべきではないだろうか。まさにそれはちょうど、書における、現代前衛書への展開の際の踏み外し、つまり、文字ではなくことばを書くという書の根本的意識からの踏み外しに似ていると言えないだろうか。そしてこの意識は、芸術そのものの考え方、現実に対する表現にも関わってゆくと思われる。

マラルメは、ことばによってその極限のあり方のひとつとして図形詩を書くことになったのであり、前衛芸術において、アポリネールの前段階にあるのではないだろう。前衛書が書の本質を失うところがあるように、アポリネールはこの点においては文学の本質から逸れるところがある。とすれば両者には、作品創造の段階の違いというより、文学・創造に対する意識の違い、思考の局面の違いが認められると考えられないだろうか。いわゆる美術・造形芸術にアポリネールは近い、と単純に言うべきではないのではないだろうか。

3　バゼーヌにおける〝白紙〟の発展

これを考えるために、ここでマラルメとアポリネールの相違として、上記に関連したもうひとつの要素を指摘しておきたい。後者アポリネールには見られず、マラルメには見られる本質的な空白、余白、白紙、ないしは虚無の思索である。マラルメは、すべてが有りすべてが無いといった思考に拠る全的な白紙に向かって、まだ生みだされていない、まだ混沌の中に潜んでいることばを掘り起こし、ことば・詩句の相互の均衡とバランスを求めながら、音と意味の全体性の中に配置し、ことばや詩を浮上させてゆくという詩的行為について探究したのであった。(15) そしてそうした詩的行為、その表現は、いわば元の白紙と同等であるという見方を導き、ここに白紙の真正さを得るのだと言った。(16) こうした創造行為に関わる抽象的感覚をもって、いわば余白と余白外とは等価値であると考えた。アポリネールにはこのような創造に関わる存在の思考は見受けられない。それゆえ、アポリネールにあっては、思索は即物的・具体的であり、それが即物的・直接的な描出、すなわち眼前の対象であれ夢想の対象であれ具体的事物を文字で象るという描出を生み出すことができたのであろう。既に存在する（と考えた）ものを写したのであり、この点でマラルメとは芸術創造に関わる根本的な認識の相違がある。

では、書において、先にその思考を検討した書家石川九楊は、こうした問題についてどう考えているだろうか。彼は、抽象芸術の画家であり理論家であるジャン・バゼーヌを取り上げ、(17) 上記に似た白紙の意識を指摘して、それは書における白紙の意識、書く意識に呼応するものだと捉えている。創造に、白・空白の意識に集約されるあり方・思索がある。こうして、ことばに対する、さらには創造に対する深層の呼応が、マラルメの詩と日本の書に認めうると思われる。(18) これはどのような価値を担ってゆくのだろうか。

4　現代抽象芸術への道筋

関連する抽象芸術について考えたい。アポリネールの友人、キュビスムの画家パブロ・ピカソは、物質性の回復として、新聞紙や雑誌等の切れ端を画布に貼りつけた。コラージュの手法である。文字を見せているということになるだろう。同じくキュビストとして、ピカソの友人ジョルジュ・ブラックは、ピカソより早くコラージュの手法を用いていた。彼らは楽器を描く絵に譜面を貼りつけたりもした。この時、文字や音を表す媒体は、それ自体の本来として生きているというのではなく、絵画に従属し絵画表現を手助けする、そうした役割を演じているると言えないだろうか。先のアポリネールの場合は、同様の意味で、やはり文字が絵の手助けをしながら詩・文学の一様相を見せていたと言えるのではないだろうか。

ところで第一部・第二部で触れたブラックにとっては、それは表層の試みとして乗り越えられるべき一段階に他ならなかったのではないか。彼は、芸術性・創造性の表現として、別にことばを綴っていた。彼は詩画集『昼と夜』(19) でアフォリズムを書いたが、そのことばに並置される絵の描出はない。ピカソと異なり、視覚の表面では混ぜられない行為は、深層におけるマラルメとの共通性を思わせる。思想に関わる深浅が思われる。たとえばブラックには、虚無の意識、空白・空無の認識があり、創造とは何かと創造自体を深刻に問う姿勢があった。東洋の芸術に深く関心を抱くブラックには、詩画集『昼と夜』のアフォリズムの随所に見られるように、虚無・空白・白紙の意識が認められるのであった。結局、ブラックにとって、絵とことばは、本質的に異なる表現世界、あるいは表層として相互に異なる世界としてあり、直接混成できない、しかしながら、共に同様の創造性を示しうるものとしてあったのではないだろうか。一方で現実の社会と愛する女性に応じてカメレオンのように画布を変えたと言われるピカソに、こうした創造上・思考上の虚無の意識は見受けられないように思われる。より現実に即した芸術表現の感覚があるというべきだろうか。深浅はもちろん価値の高低ではない。性質の違いとして、それぞれの意味をもつ。

さて、このブラックに依拠するのが、先述の書家石川が指摘したバゼーヌである。そこには、白紙からイメージを描きだす創造の意識、現実と創造に関わる虚無の感覚における共鳴がある。[20]そしてそれは、石川によれば、伝統書を含み本来的に、書の認識に通じるものであるという。[21]だとすれば、空白の意識は、詩や絵画においては、単に現代芸術に特有のものというわけではなく、ある思索の深さ、現実との距離、芸術媒体の極限の追究の中で見られ、他方、書においては、常に意識されうるものと考えられる。ということは、それは、芸術性の深さ、思索や反省的意識に関わるのではないだろうか。

抽象芸術に虚無や空白が見られるわけではなく、一方、虚無や空白は抽象的芸術に見られうると考えられるだろう。とすれば書は抽象的な芸術でありうるということになる。振り返れば、哲学者西田幾多郎は、既述のように、書は音楽と同様に抽象性をもつ芸術であると語り、大岡信も、書と舞踏を並べて相通じる生の意識や表現について述べていた。マラルメの思索においては、音楽や舞踏の抽象的価値について確認できた。[22]ここに見られる抽象性は、現実との距離、具体物との距離として考えられるだろう。こうした抽象性に、空白の思索、すなわち創造自体に関わる思考と意識がありえたと言えるだろう。

諸芸術の極地は、思考をもって、抽象性に至りうる。そしてそこに虚無の意識がありうる。この虚無・空白をめぐって考えれば、芸術は、具体と抽象、現実と非現実の微妙なバランスの上に、ぎりぎりに成立し実現するものであると言えないだろうか。そこでは多様なレベルで、詩も絵も触れあい、重なりあうと言えるだろう。こうした点を、芸術の相互性と文化の相互性の両面から考えてみたい。そのような例を次に見て、芸術の本来的あり方について考察を展開させたいと思う。

5　抒情と抽象の多様な表象

一九五〇年代にドイツで活躍したスイスの詩人ゴムリンガー（一九二五―）が、マラルメやアポリネールを挙げ、彼らの作品や思索に拠り所を求めながら、コンクリート・ポエトリー「具体詩」を提唱し発表した(23)。彼の最初の詩集『星座』の刊行は一九五三年である。彼の作品は文字による図形・デザインであり、「線行の詩から星座のような配置へ」という思考の基に創造された(24)。詩と詩論からなり、〝星座〟のように配置された語空間が見られる。その詩論の冒頭には、マラルメの「骰子一擲」中の詩句「おそらく　コンステラシオン　以外には　なにひとつ生起しえないであろう」が載せられていたことに対して、デザイン学者で詩人の向井周太郎は感銘を受けた(25)。

繰り返せば、指摘されたマラルメのこの作品は、語の分断のない詩行である。ゴムリンガーの表現とは、この意味で異なっている。ゴムリンガーから刺激を受けた向井周太郎は、同様の試みをしている。向井の作品は、いわば中間的に文字によるきっかけがあり、ことばに繫がっている部分がある(26)。日本語とアルファベットの違いは大きいが、しかし詩句にはなっていず、文字とことばによる造形性が際立っている。その点ではゴムリンガーを引き継いでいると言える。ゴムリンガーの作品は、文字の助けを介した、やはり視覚的芸術・美術と言うべきだろう。

ところでこのゴムリンガーの創造性には、白紙・虚無の意識があり、創造の本質自体が反省的に思索される。この面では、マラルメの継承と確かに考えられるだろう。したがってマラルメとアポリネールを同列に置いたゴムリンガーや向井周太郎は、表現としてアポリネールに近く、創造の意識としてマラルメに近いと言えるだろう。そもそも芸術の継承とはそのようなものではなかったか。多様なレベルで、自らの創造性に呼応する部分を取り込んでゆく、それを影響関係と言うのではなかっただろうか。

マラルメとフェノロサに、西欧伝統の崩壊を見たのは、フランスのジャック・デリダであろうが[27]、ゴムリンガーは、明治近代化の嵐に埋もれようとしていた日本美術を救いだした恩人と言われるフェノロサがエズラ・パウンドによって示した『詩の媒体としての漢字考』に注目する。日本文化に深く傾倒したフェノロサは漢字の象形性に留意している。彼は、音声記号である西欧言語に対して、その言語の線形性と道具性を批判しているのである。音声記号の表記法に比して漢字の映像的な表意性に、原初のことばのエネルギーを彼は見るのだと考えられている[28]。マラルメと同時代に、フェノロサがこうした独自の詩論を表したことは示唆的である。漢字を身ぶり言語、思想絵画と捉えたのである。フェノロサと共に日本美術を復活させた岡倉天心による、前述の書の美術説が、この視角から想起される。この観点から見れば、アポリネールも同列に思われるかもしれないが、やはり、ことばに対する認識、ことばの限界を推し進めているか否か、その意識の有無、思想性の有無に相違があろう。しかしより正確には、継承や影響関係には、表層から創造意識まで、多様なレベルがあると言うべきだろう。

日本での具体詩・視覚詩、北園克衛[29]や新国誠一[30]の場合はどうだろうか。やはり、詩と絵の間で、作品は絵の方に傾いてゆく。漢字によるコンクリート・ポエトリーとして、彼らもまたマラルメやアポリネールを同列に挙げ、彼らを根拠にするという。しかし、当然というべきか、ことばというよりは文字として扱われた表現としての詩・図形詩は、詩それ自体として長続きするというより、絵に文字が活用されてゆくという美術への吸収の道をたどる。美術、グラフィック・デザインの領域に直結していると言えるだろう。しかし彼らにも創造に対する深い問題意識がある。やはり、彼ら自身の創造性の方向において、アポリネールから表層の表現を取り込み、マラルメから深層の表現意識・創造意識を汲み取ったと言えるだろう。それは特に外国の文芸文化、とりわけことばに関わって、それから感化を受けるということ、また影響関係というものに多様なレベルや角度があり、一面的には捉えられないということを示すのではないだろうか。日本における具体詩の場合、文字で描かれことばが分断されると、趣旨の違いが出てきそうであり、東西の文字の相違がそれを際立たせるであろうが、こうしたことをも含めて、影響の多様性と言うべきだろう。

このように考えると、影響関係という問題の錯綜や面白さ、そして判断の危険性へと思考が広がることになり、考察の慎重さが要求される。たとえば一九世紀後半における、日本の芸術・文化の、西洋側の取り込みであるジャポニスムの風潮を通じて、西洋芸術は、時代の文化の流れのなかで、東洋への注目により、その自然観や表現法を多様な角度から摂取したと言えるだろう。(31)西洋文化全体の大転換に寄与するところもあっただろう。たとえばマネが、墨絵の筆触で、マラルメによるポーの訳詩『大鴉』に挿絵を描き、また漢字の真似事のようなものを書き残していること、(32)ここにすぐ書を見ることはできない。マネにとってそれは文字ではなく、問題はタッチであり意図は絵図にあっただろう。あるいはアンリ・ミショーがことばの発生を図に描いていることも、アルファベットに対するイマージュを土台にしていることから、東洋における文字の発生の表現とは相違があることを考えなければならない。(33)ミショーの即興的筆触の絵図が必ずしも、たとえば東洋世界からの直線的影響を示すものではないように、前衛書が前衛美術と直接繋がるわけではないことも考えねばならない。しかしながら、これらにはしばしば、共に深い〝無〟の意識・創造の意識の存在が見受けられたこともまた事実である。

おわりに

以上のように、芸術諸ジャンルは影響しあい、充実した進展を見せたり、あるいは意外な展開を示したりする。文化の交流においても同様である。それらを大雑把にひとからげにするのでなく、それぞれの影響を、個々のレベルにおいて見極め、その意味を探究すれば、新たに影響元の意味を再確認し究明することができるだろう。表層の継承や影響関係とは別に、創造の意識レベルの問題がある。そこにおける共鳴関係がある。創造に対する〝空無〟の意識は、理論的支柱として、しばしば大きな価値をもち、表層を超えて多様な影響力をもった。いわば、芸術創造の原動力としてあると言えるのではなかったか。

そしてそれは、芸術・創造のあり方における具体性と抽象性、現実との距離に関わった。具体性・抽象性の程度を、多様性の要素としてもった。〝空白〟をめぐるこうした創造の意識が、諸芸術相互間、また芸術文化相互間の影響の具体性と抽象性、言うなれば深浅と長短そして強弱、したがって意味の大小に関わってゆくのではないだろうか。この間で〝空白〟に関わる意識の抽象性は広範な価値をもちうるのではないだろうか。そしてそれは折々、具体性に関わる判断の過誤を是正しうるだろう。

この意味で、本章において見てきた、書のあり方およびそれに関する空無の意識を具えた思索は、その原初からある抽象度に達するものであり、諸芸術に対して広い影響関係を検討する手掛かりになったと言えないだろうか。書が具体から抽象の域に及び、文学も美術もそうである時に、その視点において、互いに意味ある影響力を吟味することが可能であった。書が文学か美術かの判断以上にこの思索の過程が問題であり、意味をもったのでないだろうか。思索のプロセス自体が豊かな認識を開き示し、短絡的な即断や曖昧な誤謬の危険を告げ知らせてくれるだろう。

（1）石川九楊『書とはどういう芸術か――筆蝕の美学――』（中央公論社、一九九四、二―四頁）、同『近代書のあゆみ』（同朋舎、一九八八）、同『書と文字は面白い』（新潮社、一九九三）、同『近代書史』（名古屋大学出版会、二〇〇九）、同『書く――言葉・文字・書』（中央公論新社、二〇〇九）。

（2）Stéphane Mallarmé, *Œuvres complètes* I, Bibliothèque de la Pléiade, Gallimard, 1998, pp.363-407.

（3）*Ibid.* pp.391-392.

（4）Stéphane Mallarmé, *Correspondance 1862–1871* (I), Gallimard, 1959, p.270.

（5）石川前掲『書とはどういう芸術か』四―二〇頁、一六六頁。

（6）この両論は、最近まで必ずしも理論的に克服されなかったと、石川は語る。同前書、三頁。

（7）山口静一『フェノロサとビゲロウの物語』（宮帯出版、二〇一二）、宗像衣子「書評　山口静一『フェノロサとビゲロウの物語』」（『ロータス』第三三号、日本フェノロサ学会、二〇一三）。

（8）石川前掲『書とはどういう芸術か』八―一〇頁。

（9）この過程で、西洋文化と東洋文化の、言語に対する根本的な思考の違いを石川は指摘する。前者は話し聞く文化、後者は読み書く文化である、として論を展開している。フェルディナン・ド・ソシュールの言語論が、西洋文化への偏向のうちに成るものである点にまで、具体的に両文化の事情実態を例示しながら、彼は考察を加える。確かに、文字とことばに対する両文化の根源的・歴史的な相違について考えさせられる。こうした思索は、アジア文字文化圏である中国や日本と、西洋芸術との交錯を論じる上で押さえておきたい点である（石川前掲『書とはどういう芸術か』一三八―一四〇頁）。

(10)　石川前掲『書とはどういう芸術か』一九頁。ことばを書くことで成立する書がその前提を制約と考えることには無理がある、と石川は言う。

(11)　同前書、二一頁。彼は、大岡信の「書のおどろき・書の楽しみ」から指摘する。「書は命の舞踏だろう」（『美をひらく扉』、講談社、一九九二、四七―五二頁）参照。

(12)　大岡前掲「書は命の舞踏だろう」。

(13)　石川はこの前衛書の問題を、伝統書あるいは書の問題として考える。文字ではなく、ことばを書く必要があったのだと、伝統書の側から言う（石川前掲『書とはどういう芸術か』二八頁）。彼は、日本の書に対して、それは中国の書の歴史のほんの小さな枝分かれであるとし、中国の書のあり方をも踏まえて論じている。彼が指摘する、高村光太郎による「書は造形であり同時に文学である」（『書の深淵』二玄社、一九九九、九―一〇頁）との書論も興味深い（石川前掲『書とはどういう芸術か』一五七―一五九頁）。

(14)　宗像衣子『ことばとイマージュの交歓――フランスと日本の詩情――』（人文書院、二〇〇五）第一部第二章および以下を参照。Guillaume Apollinaire, *Œuvres poétiques*, Bibliothèque de la Pléiade, Gallimard, 1965, pp.163-314.

(15)　宗像衣子『マラルメの詩学――抒情と抽象をめぐる近現代の芸術家たち――』（勁草書房、一九九九）第一部第二章参照。

(16)　同前書、二一三頁参照。

(17)　バゼーヌについて石川前掲『書とはどういう芸術か』九五―九七頁、また余白について、一四七―一五四頁参照。Jean Bazaine, *Exercice de la peinture*, Seuil, 1973.（『白い画布――創造の深淵――』宗左近・柴田道子訳、美術公論社、

一九七九）

（18）聞き話すことばの西洋文化と読み書くことばの東洋文化に関しては稿を改めたい。

（19）Georges Braque. *Le Jour et la nuit : Cahiers de Georges Braque 1917–1952*. Gallimard. 1952.

（20）石川前掲『書とはどういう芸術か』九六頁。

（21）同前書、九六―九七頁。

（22）前掲拙著『マラルメの詩学』第四部第二章参照。

（23）Eugen Gomringer. *Konkrete Poesie*. Philipp Reclam Jun. Stuttgart. 1972. この他、以下を参照した。伊藤豊「歴史叙述におけるフェノロサの方法――『エポックス』と『漢字考』をつなぐもの――」（『比較文化研究』九三、日本比較文化学会、二〇一〇）一―一二頁。上村弘雄「今日の実験詩――オイゲン・ゴムリンガーとコンクレート・ポエジー」（『独逸文学』第一六号、一九七一）二四一―二六三頁、同「ベンゼ、ゴムリンガーからデンカーへ」（『現代詩手帖』特集ヴィジュアル・ポエトリー――詩を視る、第四三巻四号、思潮社、二〇〇〇）二五―三一頁。竹岡健一「沈黙から発話へ――ゴムリンガーの「沈黙」における空白を読む」（『人文学科論集　鹿児島大学法文学部紀要』三九、一九九四）八九―九九頁。同“Vom Schweigen zum Sprechen : Lektüre der Leerstelle im“schweigen”Gomringers”（『九州ドイツ文学』七、一九九三）一五―二五頁。山内正平「実験詩におけるヴァリエーション・テクスト産出の意味――ゴムリンガーに対するヴァーゲンクネヒトのテクストを参考に」（『千葉大学教養部研究報告A』第二〇号、一九八七）一九七―二一四頁。

（24）向井周太郎『生とデザイン』（中央公論新社、二〇〇八）三九七頁、同『デザイン学――思索のコンステレーション』（武蔵野美術大学出版局、二〇〇九）。また藤富保男・向井周太郎・高橋昭八郎（対談）「文字・かたち・イメージ――ヴィジュアル・ポエトリーの全体像と現在性」（『現代詩手帖』第四三巻四号、思潮社、二〇〇〇）一〇―二四頁を参照。

（25）向井前掲『生とデザイン』三九六頁、『デザイン学』三九六―四〇四頁。

(26) 同前『生とデザイン』『デザイン学』。
(27) Jacques Derrida, *De la grammatologie*, Minuit, 1979.（『根源の彼方に　グラマトロジーについて 上』足立和浩訳、現代思潮社、一九七二）。向井前掲『生とデザイン』四〇頁参照。
(28) 向井前掲『生とデザイン』三六―四三頁。髙田美一訳著『詩の媒体としての漢字考　アーネスト・フェノロサ＝エズラ・パウンド芸術詩論』、東京美術、一九八二。新倉俊一「パウンドと視覚の詩学」（『現代詩手帖』第四三巻四号、思潮社、二〇〇〇）四四―四九頁。
(29) 北園克衛『北園克衛とＶＯＵ』（国書刊行会、一九八八）および『レスプリヌーボーの実験』（本の友社、二〇〇〇）および金澤一志監修『カバンのなかの月夜――北園克衛の造型詩』（国書刊行会、二〇〇二）参照。
(30) 新国誠一『Niikuni Seiichi works　1952–1977』（国立国際美術館編、思潮社、二〇〇八）および『新国誠一の「具体詩」　詩と美術のあいだに』（武蔵野美術大学美術資料図書館、二〇〇九）参照。
(31) 前掲拙著『マラルメの詩学』第二部第三部参照。
(32) 同前書、第二部第一章参照。
(33) 前掲拙著『ことばとイマージュの交歓』第一部第三章および篠原資明「文字横断性と絵文字」（『現代詩手帖』第四三巻四号、思潮社、二〇〇〇）五〇―五一頁参照。

四　東山魁夷が紡ぐ東西芸術

はじめに

本章では、やはり現代へ向けて、日本と西洋に学び、絵とことばによって自らの芸術実践を世に問うた一人の日本人画家について、本書の主旨に沿って考察したい。現代日本画家の巨匠、東山魁夷（一九〇八―九九）はいわゆる日本画家としてはやや特異な経歴をもっていると言えるだろう。彼は、東京美術学校で日本画を学んだが、その後ドイツで美術史を研究し、西洋の芸術世界にも触れている。このように、西洋の絵画や文化に親しみ、思索した魁夷は、ただ絵を描く画家というだけではなく、思考しことばを綴ることにも力量を示した人物であった。

そのような彼の絵とことばから、彼の芸術世界を眺めたい。魁夷は、西洋や西洋美術の歴史、ひいては西洋文化から何を学び、自らの日本画の世界をどのように創り出したのか。その世界は、日本のみならず、なぜ世界的に評価されるところとなったのか。その意味を探ることで、魁夷にとどまらず、日本の美術や文化の特質、さらにそれに対する世界の注目について、歴史的観点をも加えて現代へ向けて浮上させることができそうである。

彼の日本画家としての本領である、自然を対象とした風景画を検討したい。まず彼自身の風景画への傾倒を示すことば、志向を表すことばを確認しよう。次に本論に沿って代表的な風景画六点をとりあげ、それぞれの特質を、絵に寄せられたことば、絵に関わることばと共に吟味したい。こうしてそれらを通じて見られる、東西の現代社会に訴える彼の絵とことばの世界を考察しよう。それによって、日本画や日本文化の特質、自然の意味、その歴史性ないし展開を考究し、魁夷の造形表現の深甚で広範な価値を明らかにすることができないだろうか。本論はこうした意図に基づくものである。

これに際して、とりわけ平成一六年（二〇〇四）に兵庫県立美術館で開催された彼の回顧展、その図録『ひとすじの道』を参照し、本論の手掛かりにしたいと思う(1)。

1　戦後の決意、自然への志向

魁夷は明治四一年（一九〇八）、横浜に生まれた。三歳の時に神戸に移り住んだ。神戸で青年時代を過ごした後、大正末年、一八歳で、進学のために上京する。東京美術学校（現・東京藝術大学）での一年目の夏、信州に旅し、雄大な自然、その厳しくやさしい光景に触れて、風景画家への道を歩むことになる。

戦中戦後の荒廃の最中、自然のうちに命の姿を映し見て、風景画への思いを固めた、と魁夷は後に語る。信州の風景が彼の画家としての出発点であったことは、晩年の平成二年、八二歳で、自身の美術館である東山魁夷館を長野に置いたことからもうかがわれる。

さて昭和八年（一九三三）、二五歳の時、ベルリンでドイツ語を学んだ後、翌年、日独交換留学生として、二年間のドイツ留学に赴くことになり、ベルリン大学哲学部美術史科に入る。しかし、父親の病気のために、一年で帰国する。三五歳の時には中国にも旅する。広く世界を眺める姿勢は若い頃からであった。昭和二〇年（一九四五）の戦中、三七歳で、熊本の部隊に配されている。戦争における身近な人々の死は、後々まで彼に大きくのしかかることになる。

戦後、三九歳で日展に出品した「残照」が特選受賞となる。四二歳の年にも、同じく日展に「道」を出品して高い評価を得る。この作品は後に本論で検討する。四八歳で日本芸術院賞を受ける。昭和三五年（一九六〇）には五二歳で、宮内庁の依頼による東宮御所の壁画「日月四季図」を完成させ、五四歳でデンマーク、スウェーデン、ノルウェー、フィンランドに写生旅行に出る。北欧は魁夷に強い印象を与えたようである。この北欧旅行の折の作品のひとつに、ここで取り上げる「冬華」がある。

昭和四三年（一九六八）、六〇歳で、京洛四季展、翌年『京洛四季』を上梓する。親友川端康成から告げられた、古都京都の姿を留めてほしいとの願いに応じて、古都の四季を描いた画文集である。本論では、そのひとつ、春の「花明り」を取り上げる。翌年、文化勲章を受章する。

同四六年、六三歳で、奈良の唐招提寺御影堂の障壁画の制作依頼を受ける。鑑真と唐招提寺の研究のため、奈良の自然と文化を探究する。この後、一〇年もの歳月をかけて、日本各地や中国に風景の真髄を求め歩いてこの大作に取り組むことになる。同四八年、白い馬を主題とする連作を手掛ける。白い馬も、魁夷が特別の思いを委ねた、唯一というべき生物のモチーフである。

同四九年、六六歳で日展理事長に就任、同五一年、中国訪問。その翌年、六九歳で、パリ日本大使館のために制作する。パリのプチ・パレで唐招提寺展が開催されるが、その折にフランスを訪問する。同五四年、中国でのスケッチによって第二期唐招提寺障壁画を構想する。そして同五五年、七二歳で、第二期障壁画完成。この折の作品「白い朝」をここで検討する。

平成元年（一九八九）、八一歳で展覧会開催に応じて渡欧し、翌年、大嘗祭で、「悠紀地方風俗歌屏風」の制作をする。この年、信濃美術館の隣に東山魁夷館が開かれ、「行く秋」を描く。旅したドイツの秋の作品であるが、本論で取り上げ吟味する。同一一年（一九九九）、九〇歳で老衰により逝去した。小さな画布「夕星」は絶筆と言われる。ここで最後に扱う作品である。平成一六年、兵庫県立美術館で前述の回顧展が開催された。

生涯を通じて頻繁に、北欧に、オーストリアに、その他ヨーロッパ諸国に、さらに中国にも赴く。もちろん日本各地をも数多く訪ねた。数え切れないほどの写生旅行を通じて、宮内庁に関わる大きな仕事をいくつも手掛け、国内外で次々と意欲的に作品を発表した。九〇歳の最期の日まで絵筆を執り続けた、長く豊かな風景画家の道のりであった。(2)

2　日本・ドイツ・北欧、自然の生成と衰滅

図録『ひとすじの道』の序文から魁夷の風景画家としての志向について探ろう。平成三年に記された「自然と私」と題された文に、魁夷が風景とどのように巡り合い、風景をどう捉えたか、風景を描く画家としての道をどう決意したかが語られている。

魁夷は戦争によって、命のはかなさを身辺に実感した時、自然の風景に充実した生命を感じたという。それまで見向きもしなかったような風景に感動し、祈りを覚えたとする。そうした風景も、名所旧跡というより、どこにでもあるような風景がいいという。そして北欧の光景でも、人跡未踏というより、人の息吹が感じられる風景に惹かれるという。しかも人物は描かない。風景に人の心が反映しているからだと彼は語る。誰にでもそれぞれ身近に思えるような、それぞれ自分の心を映し見られるような風景を描こうとしたのだろうか。

ドイツの街角を例に挙げ、小さな街が好きだと述べる。日常の風景を前に、清澄な自然と素朴な人間性に触れて感動し、それを描きたいと思ってきたという。現代的とは言い難く、時代に逆行しているかもしれないが、そ

れでよかったのだと回想する。今の時代にこそ、自然を眺め、自然の草木に生の姿・生の循環・生の根源的な意義を見出すことが必要だ、と魁夷は語る[3]。

他にも随所に彼の思いは綴られている。「風景との巡り合い」はただ一度のことであり、「自然も私たちも生成と衰滅の輪を描いて変転している」のだから、人間より大きな大自然の力を、生命の源として知らねばならない、と彼は考える[4]。秋、葉が落ちて、そのあとの冬芽が、春に芽吹き、若葉になり青葉になる、その循環にこそ生命の現れを、魁夷は見る[5]。「古来、東洋美術が求めたものは、客観的自然の描写ではなく心情の反映としての表現」であれば、清澄な自然に対して「自然を細かく観察する」「分析的に現象を見る」ことに留まらず、「自然のなかの生命の発現を素直に捉えたい」と彼は述懐するのである[6]。

たとえば、あくまで岩絵具を捨てず、岩絵具による下塗りの効果をもつやまと絵の手法を保ち、それが生む微妙な濃淡表現の可能性のなかで、雪と氷の割れ目を流れゆく川の水を描いた作品「たにま」（昭和二八年＝一九五三）に、それは似つかわしい言葉だろう。西洋をいくたびも旅し、そして確信する日本の描写と言えるだろう。

彼の思索を、個々の作品、とりわけ自然の風景が主要なモチーフとなった絵に対して、そこに込められた思いを見ることによって浮かび上がらせたい。その表現の独自性をいくらか明らかにすべく吟味したい。そこで、表現の背景となる日本の芸術と文化、その自然への思いに触れることができるのではないだろうか。

3　自然の循環と人の命を描くイマージュとことば

i 「道」

昭和二五年（一九五〇）、魁夷四二歳の時の作品である。モチーフとなったのは、風光明媚で知られる青森県種差海岸の牧場の道であり、十数年前の写生がもとであるという。大海原に開かれた灯台や放牧の馬が見える風景であったところを、道と草叢だけにして、朝早い夏の空気のなかに描いたという。自分にとって、それは遍歴の果て、あるいはまたはじまりの地点でもあるという(7)。清澄な自然のなかで、戦争での生死に対する身近で切実な思いから、制作に取り組んだ時、一筋の道が続くのを見た、と彼は語る〔図1〕。

灯台や馬等具体的モチーフが省略され簡略化されたところに、柔らかな青と深緑そしてグレーの無限の広がりが感じられる。限定の無さに、無限、すべてを包み込む無限がある。そこに広がる時間、生や極限、さらに永遠が見えるだろう。

まだ汚れない夏の朝の青緑の空気のなかに、彼のすがすがしい道はあった。この絵をきっかけに、彼は風景画家になることを決意したという。

また戦争のために身辺で死にゆく人々に触れた時、自然に対して、その厳然たる営みに対して、畏怖を覚えたと告げる。自然が内にもつ生と死の循環に、人間の生のあり方を写し見て、彼は深く思いを新たにしたのだろう。自然は、名所旧跡や風光明媚な場として彼の心に残るわけではなく、どこにでもあるような場として描きたかったと彼は語った。そうした思いも、このような簡略的な、種差海岸に限らない、万人の海辺へと、無限の広がりへと続く道を、そして無限に続く時間、その描写を生んだのだろう。誇張されたような遠近法が、空間的・時間的な遠さを際立たせている。天体的時空を思わせるような道である。

前人未到の近寄りがたい景色ではなく、人の息吹の感じられる景色、日常的な光景を描きたかったとも彼は言うが、しかしそこに人の姿は描かない。なぜなら風景がそのまま人の心を映しているからと語った。ここにも人はいない。しかし人の心がやはりそのまま表れていると感じられないだろうか。タイトルは単に「道」である。

図１　「道」1950

そのような意味で、この道は、まさに彼の絵本来の趣を描きだしているものと言えるだろう。彼は、そして人も、ここからこうした場から出発し、おそらくここにこうした場に帰るのではないだろうか。彼の好む深い青と緑に靄がかった、足元から広がる大きな画布は、普遍的な共感を呼ぶ、まさに広大な作品と見える。

現実の光景に導かれ、普遍の道を描いた、確たる意思に貫かれた絵と言えるだろう。柔らかな色合いの中に確固たる強さが感じ取れる。

ii「冬華」

ひときわ凛と立つ静謐な絵に、強く心が惹かれる。一面霞に包まれたように薄い光に照らされた画面に、白とグレーの濃淡が上下にまるく向き合う「冬華」は、昭和三九年（一九六四）、魁夷五六歳の時の作品である。彼自身も述べるように、朦朧と仄かな白の広がりが作る上からの半円に対して、樹氷をたたえて空に向かって枝を張る「木の花」全体を取り囲む半円がくっきりと応じている。淡白な画布である〔図2〕。

これは彼が北欧に旅して描いた作品である。画家は、寒さのなかの温かさ、暗さのなかの明るさ、生の厳しさのなかの輝き、そうした対極的なもの、本来共存しないような特質をここに描いたという。慎ましさと逞しさ、自然の静寂感、それを包む夢幻の雰囲気を描きたかった、と彼は明かす。映し合い呼びかけ合う、宇宙の天体と地上の木の一瞬の出会いは、魁夷の日頃のテーマでもあっただろう。

夜も沈まぬ北欧の太陽の神秘な光が、幻のように大きな暈を差し出している。緯度の高い北国の白夜は、自然の不可思議を思わせる。夢のようでありながら、リアルである。凍てつく北国の、夜とも昼とも分かたぬ、月とも太陽とも分かたぬ明るみのなかで、ひとり立つ木。このシンプルな氷華には、写実を越えたリアルさがある。同時にそれは端整で、また極めて図案的でもある。

具象を示しつつ、抽象に及ぶデザインのように思われる。いわば、情趣を秘めながら捨象するような理知を感じさせる。夢想が、現実に根差し、現実を越え、もうひとつの現実の姿を生み出しているのだろうか。夢か現か、凍てつきながらも温かい一幅である。(8)

図２　「冬華」1964

ⅲ「花明り」

日本、とりわけ古都京都を深く愛した畏友の川端康成から、失われてゆく古都の美しさを描き留めてほしいと頼まれ、魁夷は京の四季を描いたのであった。春の部にこの絵は属する。昭和四三年（一九六八）魁夷六〇歳の時の作品である〔図３〕。

京都では古来よく知られた桜の名所、京都東山の祇園、円山公園のしだれ桜であるが、その光景から、まさに春爛漫の古都の一瞬の風情を描いている。賑わった花見客がみな帰り、いつしかひっそりと静まりかえった中で、落花ひとつもない満開の桜と満月が出会う、と魁夷は語っている。ただ一度の風景との巡り合いがここにある、と言う。「生成し衰滅の輪を描く自然」と、同様の私たちとの一度の出会いだろう。

稀有な一瞬というべきか、そうあってほしい、あたかもそのような一瞬というべきか。理想・夢幻の姿として、古都の春の匂い立つ一瞬が象徴的に描かれていると言えるだろう。その象徴性は、たとえば、タイトルに「祇園のしだれ桜」などと記さないところからもうかがわれる。名所旧跡として描かれたのではない。普遍的な古都の春の雅として描かれたのだろう。華やかなあでやかな姿である。

ところで、彼はこの絵を、どこから見て描いたのだろうか。視点がよくわからない。多視覚・多視点というべきか、無視角・無視点というべきだろうか。西洋絵画の透視画法に則って、人間のひとつの視角・視点から遠近法によって描かれたのではない。まるで大自然に遍在する目から、そうした視点・視覚から描いたような、不思議なパースペクティブである。

濃紺、古代紫の空に浮び上る一本の、まさに桜色のしだれ桜、その背景に、東山と思しき平らな山、そして木々が並んでいる。確かに東山は、語り継がれるように〝うなぎの寝床〟さながら、そのように平らではあるが、それにしても、まるで図案のように並ぶ木々に、デザイン化されたような構図が見られるとも言えるだろう。季節と色合いの点で「冬華」と対照しうるような画布である。

極めてリアルな春の光景が、いかにもそれらしく、しかし図案化されて描かれ、古都の春をくっきりとつややかに描き出している。生の喜びと一瞬のはかなさ、月と地の一瞬の巡り合わせを浮き彫りにする絵である。(9)

図３　「花明り」1968

現実の光景から導かれ幻想に結ばれた風景、どこにでもありうるような普遍的な古い都の春である。

この「花明り」の英語タイトルは“Moonlit Cherry Blossoms”である。よく似た構図をもつ「冬華」と比して、これは、具体的な個々の花房から浮かぶ花の姿を描こうとしたのではないか。制作年はこの日本の風景「花明り」の方が後である。「冬華」の英語のタイトルは、“Flowery Transformation”であった。確かに花の（ような）変化・変貌として、より抽象化されたものであった。

図４　「白い朝」1980

iv「白い朝」

これまでと異なり、ひとつの生物のモチーフがある。一面の白い雪に覆われたなか、濃いグレーのきじばとが一羽、画面の中心から離れて、後ろを向いて、木に止まっている。ズームアップされたような木の、そこにだけ焦点が当てられ照らし出されている。きじばとは、本来群れをなさないやまばとである。はぐれたわけではない〔図４〕。

昭和五五年（一九八〇）、魁夷七二歳の時の作品である。折しも、第二期障壁画が完成し、唐招提寺に奉納される年である。一〇年もの長い年月をかけ、そのために学び、多くの地を踏んできた。仏教伝来のために、人の心を救うために、幾度もの難船の末、盲目になってようやく日本に着いた鑑真の思いに応え、鑑真に捧げ、そしてそれを、今の日本の人々に伝え、日本の歴史を描き継ぐべく、魁夷は探究してきた。大きな仕事、大きな使命を果たした年である。(10)

彼は、この作品に対して言葉を付している。窓を開けると一面の雪。きじばとが羽を膨らませてじっとしている。祈り、沈思しているように感じる、という。春を待つ、それだけではない祈りの姿、白の中の孤独な姿が心に通った、と語る。

白は、現実のすべてを覆い隠す。すべて白紙に、無に戻ったような感慨だろうか。一面の白の中のきじばとのアンバランスな位置は、不安定な様子、不安感を思わせる。位置のみならず、しかもその後ろ向きの姿に、ひとりもの思いにふける様、孤独な不安感が想われる。長年かけた大作の制作をようやく終えた今、必ずしも晴れ晴れと得意気に達成感に浸れるわけではないのだろう。大家でも、いや大家こそが、うまく人に、人の心に通じるものを描けただろうかと不安に思い、いつまでも多くの人に通じてほしい、とひとり静かに祈るものなのだろう。そうした思いが感じ取れる。世の評価を得てなお慎ましく、社会的役割・貢献・使命感を自らに投げかけ祈念する魁夷の姿が映るように思う。

寒さに耐えて春を待つのでもあろうが、それよりもこの祈りの思いを感じた時に、魁夷の心は通じたのだろう。心を映し合ったのだろう。心のふるえが伝わる、白い、何もない朝である。

v「行く秋」

平成二年（一九九〇）、八二歳の折の、旅先ドイツの作品である。これまで見てきたものと色合いが異なり、一面の黄、黄金である。赤から茶、または黄から茶と色の推移をたどる紅葉は、ドイツでは表しにくそうである。日本のように紅葉する木はドイツには見られないようだ。ドイツの木は忽ち真黄色になるようである。鮮やかな一面の黄である。では秋の時間の推移はどのように表現できるのだろうか(11)〔図5〕。

図5　「行く秋」1990

この絵もどこか不安定である。その点もこれまで見てきた、たいていの作品とは異なる。何かしら動態を表すためだろうか。重心が不自然に高く感じられる。それが不安定感を示すのだろうか。中心はどこにあるのだろう。樹ではなさそうである。少なくとも樹の全体ではないだろう。幹が一部、画面の上部にしか見えない。

中央一面を覆い尽くすのは葉たちである。上から下へ、樹から離れて地面へ降りてゆく葉のように見える。よく見れば、まるであたかも葉の、その色の、明暗・明度彩度・浮沈による遠近法のように、葉や色の動きに、近い遠いが透けて見える。つまり時間の経過が見えないだろうか。スローモーションのようにゆっくりと落ちてゆかないか。近くの早い速度と遠くの遅い速度に、時間の推移、あるいは時間の細部と全体が感じられないだろうか。ゆっくりした動態の中に、大自然の表層の日々のささやかな動きと、しかし必ずいつしか大きく変わる絶えざるゆるやかな動きのうねりの感覚を覚える。空間の遠近が、時間の推移を写し出していると言えないだろうか。色の表現の場で、あたかも空間の遠近法と時間の遠近法が結び合っているように見える。

魁夷は、落ちる葉に、つまり、秋に樹から落ち、冬に地の養分となり、春に樹の若芽を息吹かせる、そのような葉に、甦る生を見たという。自然の営みにある、ゆるやかながら刻々と着実な、確実確固とした、めくるめく生の循環、輪廻転生を想った、と語る。その巡り、ゆるやかでいて絶えず進行するその巡りを描こうとしたのではないだろうか。それを落ちる葉の動きとして、神々しいまでに金色に、映し描いたのではないか。英語タイトルは"Passing Autumn"である。過ぎる秋、秋の過ぎ去り、秋の時の動き、これがこの作品の主題と言えるだろう。

つまり、彼は樹木を描きたかったのではない。単に葉を描きたかったのでもない。葉の動き、季節の巡り、大自然の時間の推移、その緩慢と微細の動態を描きたかったのではないか。安定しない状態、すなわち不安定さは動態のうちにある。

vi「夕星」

絶筆「夕星」は、水面で上下に区切られて、映し合う山と木々の深い青緑、その彼方にひとつ光る夕べの星を描く。場所はどこともわからない、魁夷が夢の中で見た景色だという。平成一一年（一九九九）、九〇歳、死の年の作品である。一度展示された後、落款を消して、描き続けたそうだ。ひとたび消された落款を微かに見せて、今、信州の魁夷館に憩う。この絶筆に、明治から平成の日本を生きて、清澄な自然の風景、風景と映しあう心、人の命の姿を描き続けた、魁夷の静かな強い一筋の道を思う〔図6〕。

図6　「夕星」1999

一般に夢には、昼・現実の世界で抑圧された意識が、時間と空間のずれを伴って現れるだろう。いつも心の深層に根を張り巣くっている思い、切実な迷いや苦しみ、願いや祈りが見られる。そこには、根源的な人生のテーマがうかがわれるだろう。この画布には西洋のシュールレアリスムを超える深さがある。

魁夷にとって、全体に靄がかったような青みがかった世界にある自然・木と水、そして鏡のように映る姿が、心の深層の表れではないだろうか。深い青緑、その自然に息づく草木、そして鏡のように映るということ、映じあうもの、そういった事柄が彼の核心といえるだろうか。現実と夢が映しあうような画布に自然が映る。そしてここに人の心も映るのだろう。

この点からみれば、先に見た花と月も、冬木と月あるいは太陽も、木・自然と天体の映じあうさまであった。自然のひとつの姿の現れである木、月であれ太陽であれ星であれひとつの天体にあるもの、これらの生命感を彼は描き出していたのではないだろうか。整然と対照的な趣の中に照らしあわせていたと言えないだろうか。

ここでは、ひとつの星、それだけ下部には映っていないひとつの左上の星が、次元を超えて、すべてを遠く導くものであるのか、彼自身、あるいは彼の思いであるのか、燦然と輝いている[12]。

「夕星」は、ゆうつづまたはゆうずつ、と読み、金星であり、宵の明星として西に、明けの明星として東に見えるものであるが、これはただ、夕方、西の空に最初に見える夕べの星として描かれたように思われる。英語タイトルは "Evening Star" であり、とりわけ金星ヴィーナス、ローマ神話の愛と美の女神、ギリシア神話のアプロディテ等を意味したものではないだろう。やはり日常のありふれた生活の中にある夕べの星ではないだろうか。魁夷の夢の中の、何ものでもない、いわば普遍的な星だろう。

これが、彼が生涯描き求めた、天体・自然と人の心が映り合う風景であった。モチーフと構成と色合いが、彼の生そのものの象徴とも見える。

4　写生から象徴・デザインへ、現代社会への思い

天体の宇宙的時空と地球の自然の空気のなかでの、自然の形象と人の心の融合、それらの鏡のような照らし合い、そこに見られる抒情性と、単純で幾可学的で普遍的なデザインのような端正さが、魁夷の画布に感じられる。現実の風景から、目の前の光景から、また幻想の空気から、あるいはまた彼が夜見た夢から出発し、広やかな絵画空間が構成されている。

常に自然のモチーフの中に、生と死の思い、その巡りゆく様を彼は見て、人の心や生、人生を重ねあわせ思索する。まさに彼は、自然と共に、命への祈りのなかで絵を描きことばを綴り続けた画家と言えるだろう。個別の

モチーフや条件を簡略的に捨象するところに、個々の光景や心は、万人に通じる風景や心として現れる。本質が象徴として描かれていると言えるだろうか。現実との距離の模索のなかで、大胆な象徴性が端的に心情を浮かび上がらせている。

最後の夢の風景に霞む深い青緑は、魁夷の基調の色、魁夷の心の核の色と考えられるだろう。白も黄も、ピンクも濃紺も、それをやわらかに多方向から支えているように感じられる。「道」に始まり、「夕星」に至った深い青緑の世界に、魁夷と自然・宇宙との、生涯の交感が感じられる。

絵とことばの作家、ことばにも鋭敏であった画家、東山魁夷の世界の貴重な一面がここに見られると思う。西洋の美術を眺め、西洋の文化と歴史を思索しながら、写実を超え、写生から普遍へ、現代抽象絵画にまで通じてゆくような日本独自の絵とことば、思索を、自然と共に一筋に描き続けた画人と言えるだろう。

かつて日本は、明治開国のとき、二〇〇年余りにも至った鎖国の末、慌ただしく西欧文化を吸収しようとした。日本に近代化の波が襲い、美術も文学も、いわば欧米の合理実証主義に根差す写実的表現との相克のなかで曲折した流れをたどったと言えるだろう。西洋キリスト教文明は、ルネッサンス以降、科学的精神をもって自然と対峙し、自然を征服しようとしたが、そのような人間の科学が一挙に取り込まれようとした。

折しも来日した教育係の「お雇い外国人」たちの存在は、日本文化の動向にとって大きかった。たとえばフェノロサのような人物が、そして彼と共に、明治二〇年（一八八七）、東京美術学校を開設し日本画科を置いた岡倉天心のようなその協力者が、欧化主義の波に日本の芸術が呑み込まれることを防いだ。無反省に合理科学主義・写実表現を受け入れる美術の流れは、幸運にも彼らの慧眼と努力によって、理念や理想を映す日本の伝統的な象徴主義芸術の再認識へと促された。(13)

二度目の日本の文化の大きな苦しみは、そのおよそ八〇年後の終戦の時であっただろう。敗戦の焼け野原から、どのように日本の文化や芸術が守られてきたのか。いつも自然に向かい、自然と共に相和して生きる人々の姿と生活が、文化を支えてきたのではないだろうか。こうした流れ、西欧との対決のなかで、魁夷は、深く日本を思索した一人であったと言えるだろう(14)。

自然に向かって、人間の唯一の視点から描く写実的な西洋の遠近法に、魁夷は学びながら、必ずしも従わない。西洋がルネッサンス以来追求してきた合理的・科学的な透視画法に拠らない。自然に対抗してゆく人間中心主義的な西洋の世界観や宗教観に対して、それを、絵とことばの描写によって凌駕しようとする姿勢だろうか。本来、中国や日本が慣れ親しんできた東洋の自然感・自然観・宗教性を新たに蘇えらせようとする意思だろうか。古来の、象徴的なありさまを示す日本の絵を思わせながら、しかし、極めてモダンである。魁夷は日本画家として写生画家として、自然に対し、忠実に綿密に対象を追い、そしてそこから造形の美へと通じた。そこには再構成されたほんとうらしさがある。それこそが、本来の日本の絵、芸術のひとつのあり方であったと思われるが、これこそ、西洋芸術・伝統文化の流れのなかで、一九世紀近代国家、近代市民文化において、社会と宗教の新しいあり方と共に花開いた近代芸術、近代市民文化の一翼を担ったジャポニスムの特質のひとつであったのではないだろうか(15)。

魁夷の絵、その世界は、いわゆる浪漫主義を突き抜けた、研ぎ澄まされ凝縮した浪漫と言えないか。このいわば写実を超えた写生、リアルを超えたリアルさに、真実の生の姿、芸術のひとつの方向性が見られる。それは創作の確たる意識を経て、モダンに、現代に繋がるものだっただろう。

おわりに

まさに魁夷は、西洋の芸術世界を学び、その風景に親しみ、そして日本の絵と詩情を描き、日本美術の新しさと同時に西洋芸術の新しさにも通じた画家であったと言えるだろう。魁夷の絵とことばを通して、魁夷の世界、そして日本美術の、ひいては日本の芸術文化のひとつの姿、さらには世界の現代の芸術文化と照らし合う姿を確認することができると思われる。

それは、リアルに繊細写実的でありながら、大胆にデザイン化・装飾化されている。いわば芸術のひとつの本来的な姿とも言える。そこに人の心の象徴性が深く感じ取れるのであった。

こうした点に、魁夷の作品が日本で知らず知らずに身に親しいものとして愛好され、欧米でその斬新な特質が評価された所以が、見られるのではないだろうか。いわば普遍的に人の心を惹きつけるような、時と場を超えた生命を宿して、これからも世界の人々に語りかけてゆく芸術としての価値をもつと考えられるだろう。そうした現代的価値を、これまでたどってきた魁夷の作品のうちに、その本質的なひとつの特質として見出せるのではないだろうか。

（1）『ひとすじの道（東山魁夷展）』（兵庫県立美術館、二〇〇四）。他に、本書末尾の参考文献リストの魁夷関係の文献参照。

（2）同前書、巻末の年譜参照。

（3）同前書、「序文」参照。

（4）同前書、「花明り」を解くことばである。以下、作品名を記した注は同書を参照。
（5）「行く秋」に付されたことばである。
（6）「たにま」に対して語られたことばである。
（7）「道」および東山魁夷『風景との対話』（新潮社、一九六九）、同『山河遍歴　東山魁夷作品集』（日本経済新聞社、一九八九）参照。
（8）「冬華」および東山魁夷『白夜の旅』（新潮社、一九六九）、同『古き町にて　北欧紀行』（講談社、二〇一〇）参照。
（9）「花明り」および『川端康成と東山魁夷　響きあう美の世界』（「川端康成と東山魁夷　響きあう美の世界」製作委員会編、求龍堂、二〇〇六）、東山魁夷『京洛四季』（新潮社、一九七二）参照。
（10）「白い朝」および東山魁夷『唐招提寺への道』（新潮社、一九七五）参照。
（11）「行く秋」および東山魁夷『馬車よ、ゆっくり走れ　ドイツ・オーストリア紀行』（新潮社、一九七一）参照。
（12）「夕星」および東山魁夷『心の風景を巡る旅（東山魁夷 Art Album、東山すみ監修第三巻）』（講談社、二〇〇八）、前掲『風景との対話』参照。
（13）本書第四部第二章および宗像衣子『ことばとイマージュの交歓――フランスと日本の詩情――』（人文書院、二〇〇五）第四部参照。
（14）東山魁夷『美しい日本への旅（東山魁夷 Art Album、東山すみ監修第一巻）』（講談社、二〇〇八）、同『日本の美を求めて』（講談社、一九八三）、同『東山魁夷　わが遍歴の山河（「人間の記録」一〇一）』（日本図書センター、一九九九）参照。
（15）宗像衣子『マラルメの詩学――抒情と抽象をめぐる近現代の芸術家たち――』（勁草書房、一九九九）第四部参照。

〈追記〉　信州長野の東山魁夷館に、絶筆「夕星」も眠っている。極めて斬新モダンな魁夷館の建物に出会って覚えた小さな驚きは、実は、驚きであるとともに喜びであった。違和感ではなく、期待してはいなかったような共感であった。建物が、世界に活躍する谷口吉生氏の設計であり、その父吉郎氏が画伯の友であることは、後に知った。中庭の池が周囲の木々をそっくり映し、絵かと見紛う。通底する芸術の響きあいを感じずにはいられない。魁夷の芸術を再確認した喜びと共感であった。

魁夷の日本画に、かろやかに世界を越え、時代を超える豊かさを見る。魁夷館は、西洋を真摯に眺め思索した画家の、明晰で柔軟な感性を表徴しているように思われる。日本に対する明治人かつ現代人の迷いや哀惜の様々を如実に髣髴させるものである。

掲載作品一覧

1　「道」　絹本着色・額装　一九五〇　134.4 × 102.2cm　東京国立近代美術館
2　「冬華」　紙本着色・額装　一九六四　203.0 × 163.5cm　東京国立近代美術館
3　「花明り」　紙本着色・額装　一九六八　126.5 × 96.0cm　株式会社　大和証券グループ本社
4　「白い朝」　紙本着色・額装　一九八〇　146.0 × 204.0cm　東京国立近代美術館
5　「行く秋」　紙本着色・額装　一九九〇　114.0 × 162.0cm　長野県信濃美術館　東山魁夷館
6　「夕星」　麻布着色・額装　一九九九　66.0 × 100.0cm　長野県信濃美術館　東山魁夷館

なお、以上の画像の掲載に対して、著作権者東山すみ夫人から快くご承諾ご許可をいただきました。ここに記して御礼申し上げます。

Ⅳ　伝統文化の現代性

一　九鬼周造とフランス象徴主義

はじめに

現代文化へ向けて、象徴性の価値について近代における日本の理論から見通したい。フランス文芸とも関わり、これまで折々触れてきた九鬼周造を対象にして問題を検討しよう。九鬼は、自らの根本的課題である時間論や偶然性の問題との緊密な関係において、文学・諸芸術の問題、日本詩および日本芸術の問題、ひいてはフランス象徴主義の問題に関心を示している。そこで本章では、九鬼の関心に沿いながら、彼の文芸観とフランス象徴主義との関係について考察したい。とりわけ九鬼は、ボードレール、ヴァレリー、ヴェルレーヌに強い興味を抱いて論じているが、マラルメについては、重要な事柄であるにせよ、注においてしか述べていないようである。しかし九鬼の論には、本書で中枢を占めるマラルメを想起させる点が多々ある。また本書でこれまで検討してきた諸点をいみじくも喚起する。そうした点を顧慮しながら考察を広げたいと思う。

ただ九鬼は膨大な著作を残しており、かつその全容は多岐にわたり、全体を学び全体から検討することはとても筆者の力の及ぶところではない。ここでは、論点としては明確に展開されていないと思われるフランス象徴主義との関係、特にマラルメとの思想的触れあいについて指摘するに留めたい。

まず、九鬼の文芸論は、既述のように彼自身の中心的課題と思われる時間論や偶然性の問題に関わるが、さらに〝無〟の思索とも緊密に関わることに注目したい。それらにいわば全面的に繋がるとも言える押韻論、すなわちその例証も膨大で、豊富な立証と共に展開された論考「日本詩の押韻」の重要さは言うまでもないが、ここでは本論の主旨にしたがって、同じく文芸論としてまとめられ、押韻の問題にも当然触れられている彼の『文芸論』、その劈頭に据えられた「文学の形而上学」について、その要点を概観したい。

次に、九鬼が西洋帰国の直前、フランス郊外ポンティニーでの講演において論じた「日本芸術における「無限」の表現」について、これも本論の主旨に沿って考察したい。これは同じ折に講演した「東洋的時間」の話題に関わっているので、それについて瞥見した上で、九鬼が論じる日本芸術の無限について吟味したいと思う。(1)その上で最後に、フランス象徴主義の側からであるが、要所で挙げられるボードレール、ヴァレリー、ヴェルレーヌ、音楽家ドビュッシーへの関心について検討したのち、シュアレスの誤解に対する指摘と、マラルメへの言及から推論して、九鬼とマラルメの類縁関係を、総合芸術論と東西芸術論の領域から推察したい。既述の前者「文学の形而上学」において、芸術諸ジャンルの相関性にかかわる問題を、とりわけ理論的・抽象的なレベルで、詩人の思索との対照関係のうちに感得できるだろう。(2)後者「日本芸術における「無限」の表現」においては、時間空間を軸にした具体的なレベルで九鬼と詩人マラルメの照応が垣間見られるだろう。その他全面的に、膨大な具体例から、その思考を本論のひとつの視角からまとめつつ、二人の繋がりの可能性、そして九鬼とフランス象徴主義との関連について検討を試みたいと思う。

1　「文学の形而上学」、文学・音楽・美術を繋ぐ時間論

『文芸論』（一九四一）の最初に収められたこの厳密な論考における推論の要点を、本論における主旨にした

がって、九鬼自身の厳格な言葉遣いに拠りながらまとめてゆきたい(3)。

i　言語による時間芸術としての文学

ここでは、言語の形而上学ではなく、文学を言語によって表現された芸術と考えて、言語芸術としての文学の形而上学を対象としている。その本質は言語による時間芸術であり、そのためにまず芸術の時間性について考える。歴史が時間面へ自己を投げ自己を映したものが芸術であり、それは小宇宙として完結しているという。また芸術は直観を特性とする点で、現在という時間性をもっており、学問や道徳と比較すれば、学問の時間的性格は過去的、道徳の場合は未来的と言える。宗教のそれは永遠であり、形而上学的現在と考えられている。芸術は現象学的現在であり、一定の持続をもった現在である。直観において持続する現在が芸術を成立させる場面であるとする(4)。

ところで時間の現象には量的時間と質的時間の区別が一般に考えられる。前者は同質的かつ乖離的であり、計量できる。後者は異質性と相互浸透を特色とする、すなわち流動・持続である。それは、音楽の流れや色の連続を想起させるという(5)。色彩の流れは分割のない多様性をもつものとして自明とする。文学の時間性は質的時間に属するが、量的時間に近いものは詩のリズムである。しかしそれは区切りをもち、質的相違、つまり感じの質的相違があり、単に数量的なものではない。リズムの時間性格は、様々な持続の緊張を示す点で質的である。区切りの他に、音の長短やアクセントの強弱も、緊張の度合いによる性質上の関係である(6)。韻が顧慮されると、さらに質的時間が明らかになる。相互浸透に押韻の可能性がある。相互浸透が記憶の形で成立する。これが、時間芸術たる文学と音楽に共通の性格であると考える。詩において音楽性を排斥することはできない。では音楽と文学を区別する時間性格とはどのようなものか。

ⅱ　文学と音楽

音楽は音の知覚で成立している。文学は言語に基づく想像を領域とする。音楽は表現的芸術、文学は再現的芸術として、時間性格の相違があるという。音楽の質的時間の持続は音楽が音として知覚される時間、音楽が実際に満たす時間の持続であるが、文学は実際に文学が満たす時間以外の時間の持続をも含みうる。それは非現実的なものを直観させるから、重層性の特質をもつ。短時間の読みの間であっても大きな観念的時間の持続をもつ。音の知覚と言語に基づく想像により時間現象が重層性をもつ。言語の感覚性と観念性との二重性によって重層的時間が現象する。過去が同じ姿で蘇り、無限の深みをもった現在がある。時間が回帰性を帯びて繰り返される。〝永遠の今〟が存在する。意味の上層にある観念的時間と、音の下層にある知覚的時間の持続の大きさは、多様であると考える。時間の重層性は文学の生命である。上層部はさらにいくつかの時間層が重ねられる[7]。したがって音楽と文学を区別する哲学的特色は時間の重層性にあるという。

ところで音楽が表現性を離れて再現性に近づくにしたがって、音楽は文学化されたとみなしうる。つまり、音楽が音そのものによって時間の重層性を示す場合は、本来の単層性を否定することで自己を文学化する。一方文学、特に詩が音楽性を強調する場合、自己本来の重層的性格により、上層の観念的時間を否定することなく、下層の知覚的時間の音楽性を示す。文学の音楽化は自己の本質的内奥の発揮であり、音楽の文学化は自己以外の他者になることである。特に詩のように、音楽を含まない文学はない、とする。

iii　文学と絵画

次に重層性の点で、文学と絵画を比較する。文学と時間の関係は、絵画と空間の関係に似ているという。空間芸術は空間を満たすことで成立しているが、彫刻や建築など三次元の空間に成立するものは、実際に満たしている空間の広がりしかもたない。彫刻は再現的に物体の形をつくり、建築は表現的に内部空間を素材とするが、実際の空間以外の空間をもたない点では一致する。二次元の絵画は、二次元性が三次元性を含む以外にも、実際に満たす空間の中にさらに大きな空間の広がりを観念的に重層しうる(8)。重層性は二重以上の場合もある。彫刻が空間の重層性を示そうとすれば、自己の本領を離れて絵画化するほかない。建築の場合、重層性を構成しようとすれば絵画的な特殊な技巧を要し、絵画自体の助けを借りることになる。絵画は彫刻や建築に対して、空間の重層性を特色としていると考える。したがって、文学と絵画は、前者は時間的に、後者は空間的に、しかし共に重層性を示す点で類似しているとする。

つまり、音楽・彫刻・建築は現実的な現在に繋がれ、絵画と文学にある現在は、上層構造において非現実的なものの直観のなかにある。絵画は色彩により、文学は言語により、知覚ないし表象の錯覚のもとに、空間的・時間的に大きな展望を獲得する。絵画と文学が空間あるいは時間の重層性をもっているのは、色彩または言語による非現実的知覚と非現実的表象に基づくことによる。文学は観念的時間のほかに観念的空間をもちうるし、絵画は観念的空間のほかに観念的時間をもちうる、と考える。

空間が文学の形式的条件になっているのは対話を形式とする戯曲である。戯曲は、演劇として現実の場面・空間において演出される。小説でも、内容として空間が入ってない場合はほとんどない。文学に空間が入ってくるほど、文学は絵画に接近する。一方絵画も時間の流れを含み込むほど、文学に近づく。運動を表現している絵画は、運動の空間時間性に基づいて時間を含み込む。たとえば絵巻物の時間性は、実際に絵巻物を広げる現実的時間に基づく。[9]絵巻物は文学と絵画の総合芸術として、本質的に文学に接近している。発生的意味からもそれは証明される。したがって、絵画は観念的時間を含みうるが観念的空間をもつことを特色とし、文学は観念的空間を含むが観念的時間をもつことを特色とする、ということになる。

ⅳ　時間の重層性と文学の種類

以上のように、時間の重層性こそ時間芸術としての文学の哲学的本質であると九鬼は考える。[10]まず文学は芸術の一種である限り、第一に文学の時間性は現在的、第二にその時間性は質的であり、第三に時間が重層性をもつ。重層性をもった質的な現在が、文学の時間性の本質である。この一般的性格が文学の種類によって分化していく様子を検討すれば、時間的性格が具体的になるという。過去に重点が置かれるのは小説であり、未来に重点が置かれるのは戯曲、現在は詩である。時間現象において、過去・未来・現在に重点が置かれることの意味を見る。過去を起点に未来へ流れる持続としての記憶を必要とする時間がある。それは過去に重点を置く時間論である。未来に重点を置くと、未来を起点として把握される。未来の目的があって、目的への距離が時間として成立する。このとき時間とは意志または努力であり、時間の本質は記憶ではなく予料である。第三は、現在を重点とした場合であるが、過去・未来は存在していない。過去は沈んだ今、未来は浮かんで来ない今。過去の記憶や未来の予料が成立している場面は、現在である。今が現在。今は厳密に一点と見れば無いようなもの。現在は直観として現前すると考える。直観としての現在が時間の本質となる。

第四の時間論として、過去も未来において再び来るもの、未来も過去においてすでに来たもの、ということが考えられる。時間は円形を成し回帰的という論が示される。現在は無限の過去と無限の未来をもっている。すなわち現在は無限の深みをもった永遠の今であり、時間は無限の現在または永遠の今である。これらの見方は態度の相違に拠るのであり、第一は生物学的、第二は倫理学的ともいえる。第三は心理学的で、第四は形而上学的であるという。時間の流れを見つめようとすると、現在に重点が置かれる。時間は川の流れにたとえられる。[11]永遠に循環している水のように、新しいものが生まれては死に、死んでは生まれるのである。

そして彼は時間性の分化を詳細に見てゆく。小説は物語であり、主体が述べる。時間は過去から未来へ展開し、記憶をたどる。写実的か否かという問題ではなく、最も包括的である。現実的時間と想像的・観念的時間は接近している。この観念的時間は自由性をもつ。ともあれ知的要素が優位であり、学問に近い知的性格をもつ。過去的時間性と言える。戯曲は多元的構造をもち、対話形式で提出される。行動が本質的意味をもつ。せりふの独立が戯曲であり、演劇のほうが発生的には先である。戯曲は意志と行動を本質とする。未来を起点とし、筋が必要である。大詰めを起点として逆に構成される。喜劇と悲劇は、破局または解決という単一な未来的局面へ戯曲全体が押し込められ、劇的効果が上げられる。時間に一定の限度が必要となる。道徳に接近し、倫理的性格をもつという。

ところで小説と戯曲が客観的であるのに対して、詩は主観的である。[12]感動と直観があるとき詩が生まれる。現在の一点に集中されるので、詩はあまり長くてはいけない。現在の瞬間の直観と感動として詩は成立する。詩の現在は〝永遠の今〟である。詩のリズムの反復は現在が永遠に繰り返すこと、それは現在が永遠の深みをもっていることであるとする。押韻もリズムと同じである。韻、行、畳句、反歌、すべて繰り返す。詩は、永遠の現在の、無限な一瞬間に、集注させられる。文学の中でも詩は、特に現在性が浮き彫りにされる。芸術の一般的な現在性に、さらに詩の現在性が加わる。詩の時間性は現在的現在である。したがって詩は芸術的性格の顕著な文学と言えると推論される。

しかし実際の作品は簡単にこれら三つに分類されるようなものではない。小説にも詩的要素があり、詩にも戯曲的要素がある。文学における時間性の分化も複雑である。時間的本質は分化を含む基礎形態として、重層的な質的現在と言える。

さて歴史は時間の具体性を示すものである。過去に起点を置くのは記述的または学問的態度、未来に起点を置くのは行為的あるいは道徳的態度であり、両者はいずれも動的態度と言える。静的態度は、直感的または芸術的態度であるとする。歴史の動きの横断面を凝視し味わう。必然性は自由の形態をとり、自由が必然性の姿を帯び、「必然自由態」が美であると考える。芸術作品が芸術作品として成立するのは現在の直観においてである。芸術家は制作過程において、直観として持続をもち、また異質のものの相互浸透をもつ(13)。音楽と文学は純粋に質的現在において成立する。音楽が時間の単層性によって生命・精神の持続の形式を表現し、印象が最も直接的な官能的芸術であるのに対し、文学は、時間の重層性によって生命・精神の形式・内容の両面を全的に表現し、人間の命と魂を示す最も深い人間的な芸術と言えるという。以上のように、九鬼は歴史の時間的性格を背景とする文学の哲学的性格を明らかにしてゆく。

2　フランス講演「日本芸術における「無限」の表現」

これは九鬼がフランスからの帰国直前、一九二八年（昭和三）八月一七日におこなった講演の原稿によるものである。九鬼の日仏文化への思いが集約されていると言えよう。内容的にも本論の主旨にとって貴重である(14)。これには、その前、同月一一日の講演、おそらく当論の前段階としての「時間の観念と東洋における時間の反復」論が据えられている。本論と深く関わる論旨なので、まずそれについて、前項と同様の仕方で、概略内容を示しておきたい。

i「時間の観念と東洋における時間の反復」

東洋的時間については回帰的時間、繰り返す時間、周期的時間が重要だという。時間概念一般について考察しなければならない。ハイデッガーやベルグソンもこの点において同様であるが、時間は意志に属する。時間を意志によって構成されたものとする。東洋においても時間は意志的なものと解釈されている。ところで円は、始めなく終極なく閉じられ、回帰である。

では回帰的時間の概念とは何か。それは無際限の再生、意志の永遠の反復、時間の終わりなき回帰、輪廻である。輪廻は因果律に支配され、原因と結果は連鎖を為す。因果性は同一性を目指し、同一性に帰着するのが一般である。ここに永遠に繰り返される同一的時間の観念がある。体験された時間や可測的時間の他に、第三の時間観念があるが、それは通常の時間とどう関係するか。時間の現象学的存在学的構造を特徴づけるため、時間はエクスタシス、つまり脱自の三つの様態、水平的な未来・現在・過去をもっているとする。回帰的時間については垂直的なエクスタシスが存する。各現在は無限に深い厚みをもった今である。これは現象学的ではなく、神秘説的である。前者の現象学的脱自は連続性が、後者は非連続性がその核心である。前者は純粋異質性をもち不可逆的であり、後者は絶対的同質性をもち交換可能、すなわち可逆的である。水平面は現実面であり、垂直面は仮想面であるが、この二面の交わりが時間特有の構造であるという。発生的経験的考察によって形而上学的時間概念の核心に触れることはできないと結ぶ。

さてこの回帰的時間を解脱しなければならない。仏教的厭世観は意志を否定しなければならない。意志を否定する主体は知性であり、時間は意志に属するから、この仕方で時間を解脱しうる。日本では、仏教のほかに武士道という道徳的理想がある。すなわち意志の肯定、否定の否定、涅槃の廃棄。意志の永遠の繰り返しが、最高の善であるとされる。無限なる善意志は完全には実現しえない。絶えず自己の努力を更新しなければならない。無窮性に無限性を、無際限に無限を、終わりなき継続のうちに永遠性を見出さねばならない。評価すべきものは意志、自己自身を完成せんとする意志であると考える。

要約すれば、東洋的時間は回帰的時間であり、繰り返される。周期的かつ同一の時間である。ここからの解脱には二つの方法がある。主知主義的超越的解脱と主意主義的内在的解脱。前者はインドに起源をもつ宗教の涅槃、後者は日本の道徳的理想と武士道。前者は時間を知性によって否定し、後者は真に生きるために時間を気にしない。前者は不幸を避ける快楽主義の帰結であり、後者は絶えず戦い、不幸を幸福に変え、永遠に内なる神に仕える雄々しい決意の道徳的理想主義の表現であるとする。

ⅱ「日本芸術における「無限」の表現」

この基盤に立って、「日本芸術における「無限」の表現」が展開される。同様にその論点を書き留めたい。岡倉天心は、日本芸術の歴史はアジアの理想の歴史となっていると考えた、と九鬼は言う(15)。日本の芸術は東洋の思想を反映している。西洋においてギリシア哲学とユダヤ宗教が調和対立しつつ西洋の文明の発展を規定したように、東洋でアジア文明の歩みを条件づけてきたのは、インドの宗教と中国の哲学であるという。前者は仏教・禅の神秘主義に、後者は老子学派の汎神論に見出される。これらは同じ精神的経験の宗教と哲学における表現である。つまり時間と空間からの解脱であるとする。老子にとっては「道」が事物の本質である。道は極めて大きく極めて小さい。本質であると同時に空虚である(16)。

日本の芸術はインドの神秘主義と中国の汎神論の影響下に発展した。さらに武士道は芸術についての考えを深めた。武士道は絶対精神の信仰、物質的なものの軽視である。内的芸術はこの三つの源泉をもつ。この三つの人生観・世界観を知らなくては、有限における無限の理想主義的表現の意味を捉えられない、と九鬼は考える(17)。

ⅲ　絵画における無限の表現

まず絵画の場合を見る。日本絵画における無限の表現を学ぶ際、主題はあまり意味がない。美学的見地から重要な、絵画の技法自体に日本芸術の支配的傾向と本質的関心事があり、有限によって無限を表現することが顕著に示されているという。絵画は空間に表現される芸術だが、形而上学的・倫理的理想主義は、月並な空間概念を壊さねばならない。どのように破壊し、かつ建設的な理念が実現されたか。西洋芸術においては、遠近法が重要な役割をもっているが、東洋芸術では空間の幾何学的構造を破壊しようとする。万物の根底にある本質、有限の追求であるという。近いとは何か、遠いとは何か、と考える。数学と物理学の世界は相対的であり、心のみが絶対的である。芸術家に、幾何学的遠近法を再建する自由はある、しかし形而上学的遠近法がより一層芸術的であるという(18)。

可視的事物の有する形は行動に相対的であり、絶対的な形ではない。芸術が絶対を捉えるなら、美的絶対的な形を創出するには、名称で呼ばれる自然の形を破壊しなければならないと考える。そこで自由な構成が出てくるという[19]。樹木全体でなく樹幹のみ、背景に寺、枝が片隅から浮かび、橋は杭のみ、屋根しか見えない家など[20]、不完全なものは完全になるだろう。空虚なれば満たされるだろうと老子は言う、と九鬼は語る。絶対的な形と美的な形は、しばしば不完全で空虚な形、形なき形だという。鑑賞者は自発的に魂・想像力を働かせねばならない。無意識の活動に鑑賞者は幸せを見出す。美的価値は暗示の価値においてのみある、と彼は考える[21]。

形の次に、線について検討する。一般に事物は静態において表象する習慣がある。そこから日本美術が線に与えている重要性が生まれるという[22]。線は力動的であり、現在のうちに未来を捉え、空間のうちに別の空間を含み、自ら動く、という。線は絶対の力と無限の躍動を表すのに用いられるとする。無限と絶対の生彩は、線のリズムと表現によって可視化できる。力強い大胆な線を描く素質の有無で、画家の才能は判断される、と言う[23]。九鬼は最後に色彩に言及する。真の画家は無限のなかに生きる、すなわち、白と黒の単純な色のなかに生きる。白と黒は光と闇のように対立しつつ調和している。白紙に水で濃淡をつけ、また筆遣いで、ニュアンスと色調の世界を生む。色にあらざる色で色どりの手段を見い出す。単純性と流動性への嗜好は、無限への郷愁と空間の差異を消し去ろうとする努力から生じる、と考える[24]。

以上、日本画の四つの特徴は、汎神論的理想主義の表現であるとする。正確な遠近法の不在、自由な構成、線の重要性、水墨画。すべて空間からの解脱にふさわしいと考えられる[25]。

絵画の主題について、無限はいたるところにある、と彼は付け加える。無限は万物に、万物は美になる。すべては見方に関わる。肉体的ないし精神的に醜いもののなかにも美を見出す。夜のうちに光を示すのが芸術家であるとする。恥ずべき事柄も純粋で清澄な熱情で扱われる。芸術のための芸術の理論は何世紀も前から実践されていたのだという。また、日本の彫刻や建築にも、空間からの離脱という同様の特徴があるという。線の優位性、単純さ、虚空への嗜好は、木彫において顕著である。運慶の作品や能面には無限への憧憬が見られる。建築も思想を反映している。屋根の線や床の間、竹に、単純さ虚空の理念がある、と捉える。(26)

iv　詩歌の場合

では次に詩歌はどうか。その特徴の第一に、日本の洗練された詩型は短い。いたるところに無限があるから、極少も極大も無限を含む。短歌は三一文字、俳諧は一七文字。長い時間より一層多くを含む短い時間を実現するという。最古のものは、七世紀後半と八世紀前半の『万葉集』である。長歌・旋頭歌・短歌という三つの型があるが、短歌は反歌であり、長歌の末尾句のようなものだった。九世紀初頭には今様歌が出るが、俳諧の起源は新しく一六世紀である。俳諧は短歌の最初のテルセだったから発句と呼ばれた。長歌から短歌、短歌から俳諧が独立し発達したことは、短詩形創造への美的要求を示すと考える。(27)短歌と俳諧は日本の最も洗練された姿を代表している。それ以外に、長歌とその近代詩形が生成しているとする。

第二に対称的な形は固定的で有限の感を有する。無限の表現は非対称的かつ流動的な姿において実現されるという。これゆえ五音七音で形成される。長歌と今様歌はこの韻律によっているが、短歌や俳諧はその絆が緩められ、独立性と自由を得ている。俳諧は第三項で攪乱する。中間部七音は、最初の五音に続く働きを保持しながら、同時に終わりの五音に先行している。中間部は緩やかに進み、一転、続く五音へと飛ぶような調子をもつ。俳諧の律動的旋律の際立つ美は、この変化する流動性、魅惑的な粋にある、と九鬼は考える。非対称的で流動的な形によって、可測的な時間からの解脱の理念が実現されるとする。

次に第三に、詩では、さらに予料において、時間に先行する暗示的表現によって、無限の躍動と力動的本性が表現されねばならないという。すべてを表現してはならない、説明してはならない。本質的な線のみ、後は想像力の生動的な遊びにゆだねるのだとする。(28) 詩人とは沈黙を守る人。沈黙は雄弁以上に雄弁である。(29) 多くは名詞と形容詞のみで動詞がない。(30) 畳韻と漢字で贅沢な豪華さ、墨色の見事さをもつという。数刷毛による絵であり、それは計り知れない広がりをもつ、と考える。

さらに詩の主題について付記し、宗教的・道徳的な深遠と同時に「恋するプシュケ」について言及する。『古今和歌集』や『新古今和歌集』においての分類からもそれは見られるという。第四に汎神論的な思想、すなわち、全体の本質はひとつであるという理念の表現があるという。(31) 第五に、白と淡色の好み、そして単純さへの嗜好がある。無限は単純なものであり、多様性を含みかつ越えているとする。第六には、絵画同様、事物の否定的側面は、理想主義的・汎神論的な詩に肯定的位置を見出すという。(32) 生の不協和音を尊重し、それを旋律の調和の創造と為すという。(33)

最後の七番目に、循環する時間の理念の現れが見られるとする。(34) 現実ではないのに実在的、抽象ではないのに観念的として、現在と過去のうちに同時に蘇る時、平常は隠されている永遠の本質が解放され、真の自己が目覚める。時間の秩序から解放された一瞬、解放された自己が、われわれの内に創造される。(35) 無限が充実した現在の時がある。(36) ここから偶然の問題と循環する時の問題が省察される。(37)

Ｖ　音楽の場合

日本の音楽については、抽象的な仕方では語りにくいという理由で、日本音楽に近い西洋の旋律について見ている。好例としてクロード・ドビュッシーを挙げる。たとえば「子供の領分」などは、全く日本の旋律であり、三味線と踊りを想わせるという。「亜麻色の髪の乙女」も、旋律の自由進行と不完全の完全の点で日本的だという。ささやくように演奏されるという。加えてドビュッシーは日本美術の愛好家でもあることを指摘する。彼の仕事部屋には葛飾北斎の色刷版画があり、その大波の描写から、「海」の作曲の間、インスピレーションを受けたという(38)。モーリス・ラヴェルの水の戯れも、琴のようであるとする。その基本的性格とは型にはまった時間から解放する努力であると考える。「各瞬間において音楽がまったく完全で」、かつ「接近した部分のすべてが代るやってくる(39)」流動性があるという。他方、音の乱舞を消す単純性を挙げる(40)。「沈黙に包み込まれた簡潔さ(41)」、これは日本音楽の特徴であるが、さらに日本芸術全般の特徴であると彼は考える。

フランスの評者による「三味線音楽は茫漠とした無限定の移ろいやすいものを有している(42)」や「曙光があるだけ、昼光がない」といった言葉を興味深い指摘として挙げる。あるいは、彼の日本旅行の思い出として、日本の小曲に「ペレアスとメリザンド」のゴローのテーマを想うとか、三味線音楽は郷愁的で繊細で日本のすべてを想う、と語る人物の例も挙げる(43)。また別の日本旅行者は、歌いながら、日本の歌の優雅さと比べれば自国の歌と旋律が粗野に感じられたと語ったが(44)、日本音楽の美と巧致を見たこのベルンハルト・ケレルマンは、ドビュッシーの対極、ワーグナーと同国のドイツ人であったことを九鬼は強調する。

可測的時間からの解放と、多様性全体が消える単純性という二重の性格をもつ音楽を、汎神論的神秘主義の表現力豊かな芸術様式と見る。印象主義は軽率に扱われているのではないかと考える。それは印象を受動的に受け取る機械ではない、自発性は眠っていない。北斎の大波は、印象主義と同時に表現主義の例であるという。英知的世界の形式、同時に感性的世界の形式であるとする。瞬間の印象は、魂の奥底から来た永遠の神秘の声の表現である、と見るのである(45)。

以上、日本芸術一般の優れた特徴は、客観的観点から見て、〝無限〟の表現と言える、と九鬼は結論づける[46]。精神造形芸術における空間からの解脱、詩と音楽における時間からの解脱。では主観的機能はいかなるものか。精神生活の要素として無限といかなる関係があるか。精神生活の活動の場面は時間であり、この時間を解脱しようとする。永遠を、真善美を求める。芸術の機能は、儚い瞬間の不滅化ではなく、永遠の創造にある。永遠の無限、美を芸術家は把握すると考える。それによって人間存在の教師たりうる。時間からの解脱を教え、美にほかならない永遠において生きることを教える。しかし自己の理念を強引に教える無能な教師ではない。暗示の価値や想像力の強さを信じている[47]、能動的自発性を喚起するのだ、という。その教えは、鑑賞者に視点を示し、道を開くのみである。鑑賞者に眩惑を与えるだけ、仕事は残されたままであるとする。また、芸術による時間からの解脱は二度ある、とする。すなわち、無限を創造する芸術家において、そして、観照によって創造に参加する鑑賞者においてである[48]。

象徴主義の理論家アンドレ・シュアレスの思考に対して九鬼は疑問視する。シュアレスは、『西洋の俳諧』[49]序文において、俳諧の偉大な美的価値を述べながら、しかし、日本の芸術全体の内容に関して、それは儚い一瞬の事物に執着するもので、無限と永遠への憧憬を知らないとする。西洋では永遠に生きるために生きる、持続こそが問題であり、形而上学が生まれ、数学が生まれた。日本の芸術は自分たちの芸術とは正反対であり、すべてが空間的であって内的でない、という。しかしこれには根拠がなく、誤っている、と九鬼は考える[50]。無限と永遠は心の中、思考の中にある。内的芸術は、無限と永遠を客体化する。非物質性が浸透しており、外的なものを退ける。これがわからなければ日本の芸術を理解できないだろうと述べる。無限と永遠の、有限かつ束の間の象徴として、日本芸術の題材や事物は理解されねばならないと語る[51]。では、フランス象徴主義と触れあう思想はどこか。

3　フランス象徴主義の解釈、偶然性と〝無〟と〝全〟

右記の講演原稿の注において、フランス象徴詩と日本の内的芸術への関心を九鬼は記しているが、前述の彼の思索を眺めながら、確かに、フランス象徴詩を学ぶ側から見れば、実際その思考の近似性に驚かされるところがあった。厳密な比較検討となると、慎重を期すべき問題がすぐ想起されるが、ここでは、顕著な類似性を可能な範囲で検討したい(52)。本論の注などにおいて折々触れてきた点をも振り返りながら、対照できないだろうか。

九鬼が例証として挙げているのは、日本、およびフランスを中心にヨーロッパの多くの作家たちであるが、ここでは、九鬼自身が名を挙げるフランス人作家に限って考えてみたい。フランス人のなかでも、特に重要な点で挙げられていると考えられる人物、さらに、本論の関係で重要と判断した数人の人物に絞って、以下検討したい。

i　ボードレールの世界

九鬼の全体的思索において、シャルル・ボードレールは顕著な位置づけをもつ人物として挙げられるだろう(53)。九鬼は、西洋中世哲学における信仰・理性の問題を探究しながら、精神的・霊的な境域において官能の世界にも心を惹かれたという。九鬼は、江戸末期のデカダンスやダンディズム、いわば、ボードレールのモデルニテと響きあう気質をもつという。それを自ら如実に示すような九鬼の句を見よう(54)。

「悪の華」と「実践理性批判」とがせせら笑へり肩をならべて

たましひを見つめて額におのれから「時代錯誤」と焼印おす[55]

これは、『巴里心景』（一九四二年）に収められた二首である。[56]「悪の華」と「実践理性批判」の二作品は、「九鬼の精神と思索の振幅の両極端を象徴している」ように思われるという。[57]後者は、九鬼滞在中の第一次世界大戦下のヨーロッパで、ドイツ中心に新カント学派の勢力が残るなか、哲学に新しい息吹を吹き込もうとする新興勢力の兆しが見える時期の学びに関わるという。一九二二―二三年、九鬼は新カント学派を学び、その後現象学を学び、ハイデッガーらの指導を受けている。[58]つまり九鬼はドイツの新旧世代のカント読解を知っている。九鬼にとってカントは哲学的思索の模範だったという。カントの『純粋理性批判』は、厳格主義の道徳を示している。一方、『悪の華』は、前者の七〇年後の一八五七年、ボードレールによるモデルニテの書である。それは九鬼の感覚と思考に影響を与えたのだろう。ボードレールの〝巴里〟で、一九二四年以後、詩歌に心を動かす。ボードレールとその『パリの憂鬱』に表象される象徴主義の詩と詩論に触発され、自分自身も詩作し、『巴里心景』として、日本に書き送るが、それは後の『「いき」の構造』に繋がるという。[59]ここに日本の美意識を省察したでもあろう。[60]前者の句は、ボードレールとカントの両方に魅かれつつ、どちらにも徹し切れずに自ら笑うしかない、という九鬼の心境だろうか。[61]

後者の句についてはどうか。一八世紀後半、理性の頂点で思索したカントと、一九世紀半ばすぎ、ロマン主義の後、象徴主義とモデルニスムを拓いたボードレールを比べるのは、時代錯誤である。さらには高等官僚を父にしながら、哲学を思索する、あるいは高等遊民の歌の日々を送るということに対する時代錯誤の思いもあるだろう。[62]しかしここには、母の恋人であり父親役でもあった岡倉天心[63]の個人主義の強さも見うけられると言われる。[64]

既述のように、九鬼は帰国間近の一九二八年八月、パリ近郊ポンティニーで「東洋における時間の観念と時間の反復」「日本芸術における「無限」の表現」と題してフランス語で講演をした。ニーチェの永遠回帰とインドの時間観念を挙げ肯定的に論じている。(65) 一九二九年一月に帰国の後、死までの一〇年あまり、時間の問題、詩や押韻を中心とする文学文芸の問題、そして両者の交点といえるような偶然性の問題について思索した。一九三五年、『偶然性の問題』が刊行されるが、それは、時間の問題と並行したライフワークだったという。時間や偶然の哲学的問題をまさに導き出す文学が重要な要素をなしていたのだろう。(66) 時間や偶然の問題も文学から発想の源を得ていると言われることが納得できる。音韻上の一致、すなわち偶然性が、文学のうちに芸術的に生かされている、と九鬼は考えるが、これに関しては、九鬼の関心事、押韻の源の思考として、ポール・ヴァレリーが挙げられている。

ii　ヴァレリーの思考

ヴァレリーはひとつの語と他の語との間に「双子の微笑(67)」（sourires jumeaux）があると歌い、語と語との間にある、音韻上の類似性の偶然的な響きあいを双子相互間の関係に比している。

九鬼が「日本詩の押韻」の最初にエピグラフとして挙げるのは、その「双子」の詩句である。

Salut! encore endormies
A vos sourires jumeaux,
Similitudes amies

Qui brillez parmi les mots!

Paul Valéry

ヴァレリーは、マラルメの詩的思考に共感し、詩を感性と知性の総合的あり方として追究し、押韻のもつ美的効果について論じている(68)。これに導かれるようにして、九鬼は膨大な「日本詩の押韻」の論を実証的に展開してゆく。押韻については九鬼自身の関心から詩作を試み、パリからも『明星』に投稿していたが、掲載はされなかった。九鬼にとって押韻とは時間、反復、偶然の出会い、水平と垂直の交錯の関係のひとつのモデルとして、重要な問題であっただろう。

九鬼は、押韻を、詩に欠かせないものとする。大正・昭和期の日本の新体詩が、押韻無視の自由律へ赴くのは耐えがたかったようで、日本詩の押韻の必然性について繰り返し述べている。押韻問題、すなわち詩の問題を、文学の問題に必須のこととしている。死去直後に出版された『文芸論』でも、「日本詩の押韻」は、多くの具体例を揃え、精細な展開を示して、五分の三の量をも占めた。

文学の問題は、このように時間・偶然の問題と深くかかわり、九鬼の大きな関心事であった。一九三三年（昭和八）、京都大学文学部での「文学概論」の講義は、秀れた日本近代の文学論であり、綿密な絵図のような構成をとっていたという(69)。文学の小宇宙構造、時間的性格、リズム論、永遠の今、観念性、重層的に包括する文学の時間の特殊性、小説など、ジャンルを具体的に仔細に検討している。〝永遠の今〟、無限の深みの現在・顕現としての詩に、文学・芸術の成果をみている。壮大な構築の論である。

九鬼はこのような重要な問題意識、押韻に関して、理論的・思索的側面から、ヴァレリーの詩句を筆頭に置い

て注目し、導きの源としているのであった。(70)

ⅲ ヴェルレーヌの詩

では、九鬼は詩のより具体的な面からはどう考察しているのだろうか。ポール・ヴェルレーヌの詩に対しては、流動性・単純性を指摘している。そして、それに見合うような、詩であり詩論である、その詩篇「詩法」に留意している。これは、理論を好まないヴェルレーヌが、象徴主義の理論家シャルル・モリスに捧げた詩論の詩と言えるものであり、象徴主義の根本的主張を表明するような詩である。「詩法」(71)には、曖昧さ・非対称性・流動性・単純性が、その詩篇自体において現れていると思われる。一見押韻に反対するような詩句も、押韻の横暴に対しているものであり、繊細な内部韻まで見れば、詩の押韻の重要性・音楽性への傾倒は明らかであるという。(72)二節を挙げよう。

詩法（Art poétique）

何よりも音楽を
そのために奇数脚を
空気にあわく細かく溶け
何ものも重く留まらない

雄弁をとらえ、くびり殺せ。

またついでに
「脚韻」をたしなめよ。
さもなくばそれはつけあがる。

前者の第一詩節は、特に、非対称性・流動性・非固定性の重要性を示し、空気に溶け込むような曖昧さを望む彼の姿勢が見られるだろう。また後者の第六詩節では、脚韻のゆきすぎた横暴を戒める意思が明確だろう。それが脚韻を捨てよという意味でないことは、彼自身の詩作からも、また何よりこの詩自体からも明白である。その繊細で情緒的な詩篇が日本人にも感覚的に好まれ、よく翻訳された理由も推察できる。印象派風とも言われる彼の詩のタッチは、印象派モネにも比肩しうるものであり(73)、次に取り上げるドビュッシーにも通じる性質であった。ではそのドビュッシーの音楽、印象派・象徴派と呼ばれる音楽についてはどうだろうか。

iv　象徴主義者ドビュッシーと日本芸術

ドビュッシーの音楽を九鬼は、日本的なものとして第一に挙げ、その流動性・単純性、ほのかな音の動きを指摘した。九鬼は、前述したように何人かのフランス人評者を挙げてそれを確認しようとした。対極的なワーグナーの国の人、ドイツ人までが、その繊細優美さに聞き惚れる様を、日本の音楽と比較すれば西洋の音楽の粗野を感じさせられるという明言まで示して、その論証として伝えようとしたのであった。ドビュッシーが音楽に東洋を取り込んだという話も記されている(74)。ドビュッシー自身のことばからもそれらは明らかにできる。ドビュッシー自ら、同様の東洋世界の音について述べていた(75)。また今やウラジミール・ジャンケレヴィッチが、まさにそうした性質、〝無〟から〝無〟への空気の流動のような彼の音楽の性質について論じている。そしてそこに、ドビュッシー自身から、また、ジャンケレヴィッチからも、マラルメの「扇の詩」が浮上し、まさに詩人マラルメとの緊密な創造世界の関連が示されていることに注目しなければならない。九鬼自身、「ペレアスとメリザンド」のほか、マラルメの詩の前奏曲である「牧神の午後への前奏曲」に言及している。

ドビュッシーの作品にマラルメとの重要な関連が見出されるのは、九鬼がマラルメ自身を大きく取り上げていないところからすると、マラルメを深く崇拝し、その論にも影響を受けたヴァレリーを挙げながらマラルメ自身にことさら触れないこととも相俟って、よけいに興味深い。マラルメの考察に赴く前に、九鬼自身の論理の展開として、否定的に指摘されているアンドレ・シュアレスについて確認しておきたい。

v　シュアレスの日本芸術に対する誤解

九鬼は、シュアレスの日本の芸術に対する誤解を指摘した。シュアレスは前述の『西洋の俳諧』において、西洋の詩と似ているようで似ていない点を、思想的レベルで論じた。九鬼にとっても、日本詩に対する誤解は日本の芸術全般の誤解に繋がる重要なことだっただろう。シュアレスは、日本の芸術には表層の繊細さだけがあって、思考と科学の深みがないという(76)。やはり象徴主義の理論家と言うべきシュアレスのこのことばは示唆深い。性質に相通じるところはあるが、思想的理解や交流はないということなのだろうか。シュアレスが、ボードレール、そして彼を師とする象徴主義の詩人たちに共鳴していたことを思えば不思議ではある。おそらく異なる局面に対峙していたのだろう。

九鬼がマラルメを、同じく象徴主義の思想家理論家というべきマラルメを取り上げなかったこととやや似た関係はないだろうか。九鬼の側も、フランスの詩と思索に、異なるものを見たのではないだろうか。おそらく表現上の違和感を感じたのではないだろうか。九鬼がマラルメを注において挙げ、首肯しているのは、叙述が問題ではない、喚起することが重要だ、という基本的要件とはいえ、その思考においてだけである。では、マラルメとの思索上の類似性とは何かを明らかにしておきたい。

ⅵ　思想的詩人マラルメ

叙述ではなく、暗示と喚起が問題であること、これは確かにマラルメが繰り返し語った彼の中心的思考である。すべてを語らないこと、鑑賞者にゆだねることも同様である。マラルメはまさに厳格でありながら、感性の人である。マラルメは、また、線的である詩のあり方に宇宙全体の音楽性としての意味を見出していた。宇宙の感覚と音楽の感覚、そして〝無〟の感覚は顕著な彼の性質であった。語れないということを語ること、〝無〟を浮上させること、それが彼の課題であった。そして、偶然性についての問題は「骰子一擲」（主文〝骰子の一擲は決して偶然を廃棄しないだろう〟）に見られるように、マラルメの終生の問題でもあった。

この意味で、九鬼の著作に登場は少ないが、一番の性質の似通いを感じさせる。ではなぜ、登場が少ないのか。ことばの相異、互いの厳密さがそれを阻んだのではないだろうか。理論家であり詩人でもある九鬼と、詩人であり理論家でもあるマラルメには、同様の厳密さがありながら、その厳密さゆえに九鬼から語りえないものがあったのではないだろうか。また表現や表現方法の相違がある。言語の違いもあってもたらされる表現の違い、そして出自の違いによる表現方法の違いに、少しのずれも気になって語れなかったのではないだろうか。言語による思考と思考の表現、詩の意識と詩の表現の間にある、また言語自体の相違にある、人間の創造の問題に関わる、微妙なずれが問題となるように思われる[77]。それはこれまで折々見てきた意味ある〝文化間の齟齬〟ではないだろうか。

おわりに

以上、九鬼の文芸論、芸術諸ジャンルに対する時間論空間論からの比較研究、そして日本芸術における無限の表現、線のリズムのもつ表現性、俳諧における単純と生動と遊び、音楽の沈黙と簡潔等の探究は、まさに深く、本書のこれまでの考察と照らしあう。そして、例証こそ目立たないが、かなり本質的なところで九鬼とフランス象徴主義、とりわけその中心人物というべき詩人マラルメの思索は関連すると言えるだろう。例証の少ない理由として、マラルメのことばが、その思想の厳密さに見合った詩文として晦渋あるいは曖昧に過ぎて読み取りにくかったところがあるのかもしれない。詩論に触れられていないのも気になる。詩人の中心的大作、それも偶然性をテーマとする作品に触れられてないのも不思議である。しかし、もともと象徴主義の系譜としてのボードレール、ヴァレリー、ヴェルレーヌの三人に対しても部分的・概括的であり、さほど具体的ではなかった。具体的なのは日本の詩歌に対してである。つまり九鬼にあって、日本の詩歌に、より関心が深く、西洋の詩や詩論は、比較対照的に、あくまで自分自身の論理展開のために、その滋養として学びたかったのではないだろうか。

あるいはむしろ、美術の場合に多く当てはまる論理の明快さを思えば[78]、より、言語上の困難、言語の相違を思わせられる。そこには比較文化の困難の一端が垣間見える。そうしたことへの自覚も想起される。

最後の講演での、日本の芸術文化が語られる一方的な熱意においても、立場状況もあるだろうが、それがうかがえるといえないだろうか。九鬼は西洋の思想・文芸・芸術・文化から多くを学び取った。そして日本を振り返り、あくまで日本に生きたような気がする。その際、マラルメは確かに九鬼に与えるところがあり、その哲学と詩の、融合的あり方そのものこそは、最も九鬼に近いのではないだろうか。いわばフランス象徴主義者たち、ボードレールの情感にあるダンディズムとモデルニテ、ヴァレリーの理論にある厳格な意識、ヴェルレーヌの単純さや流動性の感覚、そのような性質、表現を含みすべてを併せもったようなマラルメの姿が、九鬼を通じて見える。ボードレールの弟子として、象徴主義の詩人たち、とりわけヴェルレーヌをシュアレスが賛美するなら、シュアレス自身を超えたところに、九鬼とフランス象徴主義の、日本の詩と思索の世界における文化的異母兄弟と言えるような繋がりがあったのではないだろうか。そこに認められる象徴性はどう展開していったのだろうか。

（1）このとき、先の『文芸論』中の「芸術と生活の融合」「日本詩の押韻」について、様々な点が確認できるだろう。同書に収められた敷衍的な「風流に関する一考察」「情緒の系図」については、本論の主旨に即して暗示される。これに関しては、『九鬼周造全集』第四巻（岩波書店、一九八一）および同巻解題参照。

（2）直接的対応の記述の困難があり、本文の展開上、捕捉事項は適宜本文や注で記す。

（3）以下、九鬼の極めて精確緻密な論理展開と語彙使用に鑑みて、いちいち引用の注は付さないが、九鬼自身の論旨展開の語彙・表現を借用せざるをえなかったことをおことわりせねばならない。

（4）自然科学の扱う抽象的時間は点としての現在である。

（5）この色彩の連続性はマラルメの詩学を、まさに表現自体として思わせる。

（6）アクセントを考慮していない点で、日本の詩とフランスの詩は共通している、という。日本の詩のこうした観点からの研究として、Georges Bonneau, *Poésie japonaise et Langues étrangères : Technique et traduction*, 1935. は有益である。

（7）入れ子のように重複作用が無限に続けられると考えている。
（8）風景画に顕著であるとする。
（9）空間芸術としての絵巻物から空間時間芸術としての映画への距離は近い。映画と文学は、緊密な内的関係に立つ、と加える。
（10）マルセル・プルーストを挙げて例証する。
（11）孔子の思考の例が挙げられる。
（12）この場合は抒情詩を指すという。
（13）自然科学の時間、数学との比較が述べられている。
（14）九鬼周造『九鬼周造全集』第一巻・四巻（岩波書店、一九八一）参照。これについては、全集付録の坂本賢三訳を参照させていただき、訳語等を使用させていただいた。田中久文「日本的性格」（田中久文編『九鬼周造エッセンス』、こぶし書房、二〇〇一）一五二―一七一頁参照。宗像衣子『ことばとイマージュの交歓――フランスと日本の詩情――』（人文書院、二〇〇五）第四部参照。
（15）岡倉天心『東洋の理想』（創元社、一九四二）二頁。
（16）荘子が蝶になった夢を見たのか、蝶が荘子になった夢を見たのかという逸話は有名である。千葉宗雄『荘子寓話選』（竹井出版、一九八八）五〇頁参照。
（17）彼は、単に日本の芸術は、女や風景を描いた版画、茶道具等ではない。真に偉大な芸術は知られていない、と語る。
（18）これは端的にマラルメの芸術的遠近法を思わせる。«The Impressionists and Edouard Manet, 1876», Carl Paul Barbier, *Documents Stéphane Mallarmé* I, Nizet, 1968, pp.76-77. 宗像衣子『マラルメの詩学――抒情と抽象をめぐる近現代の芸術家たち――』（勁草書房、一九九九）一〇〇―一〇一頁等参照。本書210頁参照。

(19) «Composition arbitraire» の語を使っているが、斬新な構成はジャポニスムのひとつの大きな影響力として知られている。
(20) 部分的配置、描写についても前注に同じ。
(21) 暗示の価値については、まさにマラルメの思考そのものである。
(22) 線の価値に関してもジャポニスムの影響力の重要な要素である。同時にマラルメの詩的関心事でもある。
(23) 馬が紙面から逃げ出すという話が記されている。
(24) 水墨画の例である。
(25) 藤田嗣治における日本的特色について指摘している。
(26) 線の思想、無限への希求、虚の思索もマラルメを如実に想起させる。前掲拙著『マラルメの詩学』、特に第一部参照。
(27) ヴェルレーヌの短詩を思わせる。
(28) これはまさしくマラルメの思考にほかならない。
(29) 沈黙の価値についてもマラルメの主張やマラルメへの評価を思わせる。前掲拙著『マラルメの詩学』第一部参照。
(30) 松尾芭蕉の例が挙げられている。
(31) 芭蕉の俳諧の根底にある宇宙的共感を思わせる例が挙げられるが、これもマラルメの思考そのものというべきだろう。
(32) マラルメの詩的思考、あるいは詩作の真逆・裏返しである。
(33) 詳細は別稿にせざるを得ないが、マラルメ、ボードレールに通じる思想である。
(34) 芭蕉が例に挙げられている。マラルメも同様である。
(35) プルーストの「失われたとき」と「見出されたとき」の思考が例証されている。
(36) 蟬丸が例に挙げられている。

(37) マラルメの問題でもある。
(38) これについては、筆者はマラルメとの関係から論じた。前掲拙著『マラルメの詩学』第四部第二章および以下を参照。Claude Debussy, *Monsieur Croche et autres écrits*, Gallimard, 1971. Vladimir Jankélévitch, *La vie et la mort dans la musique de Debussy*, Baconnière, 1968.
(39) 九鬼は、J・リヴィエールの言葉を引用して述べる。
(40) こうした点におけるドビュッシーの思索とマラルメの思索の共鳴、あるいは、前者が受けた後者の影響については、平島正郎が詳細に論究するところである。前掲拙著『マラルメの詩学』同所参照。
(41) ロマン・ロランの証言を挙げている。
(42) アルベール・メーマンの証言として引いている(『日本の演劇』)。
(43) シャルル・ヴィルドラックの言葉を引いている(『日本旅行から』)。
(44) ドビュッシー自身の、ガムランに対する証言が想起される。前掲拙著『マラルメの詩学』同所参照。
(45) ジャポニスムについて前掲拙著『マラルメの詩学』、特に第二部参照。
(46) マラルメの目指したところが思われる。
(47) マラルメの同様の思想について、前掲拙著『マラルメの詩学』第一部参照。
(48) 同前書。
(49) André Suarès, *Haï-Kaï d'Occident*, Chez Madame Lesage, 1908. の序論参照。前掲拙著『ことばとイマージュの交歓』第四部参照。
(50) 九鬼は紀貫之も例に挙げている。
(51) モネ、ドニ、永徳、応挙やベルグソン、ゴッホ、北斎、雪舟の線・色について、また形而上学的遠近法から装飾的遠近法について論じているが、極めて興味深い。対称性の不在の点では、詩におけるアレクスサンドラン、アンジャンブマンについても語っている。田中久文『九鬼周造　偶然と自然』（ぺりかん社、一九九二）一九九―二四三頁参照。

(52) プルーストの記憶の理論はしばしば挙げられている。

(53) 坂部恵編『九鬼周造　偶然性の問題・文芸論』（京都哲学撰書第五巻、燈影社、二〇〇〇）解説部三三一―三三八頁およびCharles Baudelaire, *Œuvres complètes* I, Gallimard, 1975. 参照。

(54) 同前書『九鬼周造　偶然性の問題・文芸論』に、永井荷風・萩原朔太郎・折口信夫に見られるものだったと説明されている。

(55) この後に続く句は、「時にまたズアラトゥストラの教へたるのどけき笑ひ内よりぞ湧く」である。

(56) 初出は『明星』（一九二五―二六年）。匿名で掲載されている。

(57) 坂部前掲『九鬼周造　偶然性の問題・文芸論』三三四頁参照。

(58) ハイデッガーの「存在と時間」は一九二七年、『カントと形而上学の問題』は一九二九年出版。

(59) 坂部恵『不在の歌　九鬼周造の世界』（ＴＢＳブリタニカ、一九九〇）四五―七〇頁参照。

(60) 大東俊一『九鬼周造と日本文化論』（梓出版社、一九九六）一四―三一頁参照。

(61) こうした境地に生きた日本人はいなかったと思われる、と坂部は言う。前掲『九鬼周造　偶然性の問題・文芸論』三三七頁参照。

(62) 連句最後のニーチェの登場に関して、考察されている。同書、三三八頁。

(63) 菅野昭正「岡倉覚三氏の思い出」（同編『九鬼周造随筆集』、岩波書店、二〇〇五）一七九―一八六頁、解説参照。

(64) ニーチェへの共感、肯定の笑いが想起される。

(65) 西田幾多郎は九鬼を時間の論文ひとつで京都大学の講師に推奨したという。

(66) 磯谷孝「偶然性と言語」(坂部恵・藤田正勝・鷲田清一編『九鬼周造の世界』、ミネルヴァ書房、二〇〇二)七八―一一四頁参照。
(67) 詩篇《Aurore》の第二詩節の最初の四行である。Paul Valéry, *Œuvres complètes* I, Gallimard, 1957, p.111.
(68) 主にマラルメ論として、同前書(pp.619–710)参照。
(69) 漱石の文学論と並ぶものであるという。坂部前掲『九鬼周造　偶然性の問題・文芸論』解説部参照。
(70) 第二次大戦後、マチネ・ポエティックのように、日本語による詩の押韻の重視と、日本語とその内面の律動の問題は終わっていない、と坂部は言う(前掲『九鬼周造　偶然性の問題・文芸論』)。
(71) Paul Verlaine, *Œuvres poétiques complètes*, Gallimard, 1962, pp.326–327.
(72) 前掲拙著『マラルメの詩学』第二部第二章参照。
(73) 同前書。
(74) 同前書、第三部第二章参照。
(75) 同前書。
(76) André Suarès, «Sur Haï-Kaï, L'Utah ou Tanka et le petit poème du Japon», 前掲 *Haï-Kaï d'Occident*, 序論およびアンドレ・シュアレス『ドビュッシーに就いて』(清水脩訳、地平社、一九四三)参照。ロチの理解も想起される。また前掲拙著『ことばとイマージュの交歓』第三部第二章参照。
(77) 本論では、マラルメの登場の少なさも考えて、探究をこの程度にとどめ、九鬼の本文に即して、マラルメ側から、多く注記で示すことにせざるをえなかった。なお、「骰子一擲」に対しては、田辺元による理論的研究がある(『マラルメ覚書』、筑摩書房、一九六一)。
(78) 前述のように、九鬼によるモネ、ドニ、ゴッホ、北斎等への的確な言及には、とりわけ驚かされるところが少なくなかった。なお本論では、詩学上、多局面から極めて示唆的な理論の展開を九鬼に見たが、現段階では、九鬼について、論点を九鬼自身の語彙表現によってのみ要約的に整理することしか力が及ばなかった。詳細な研究は今後の課題にしたい。

二　フェノロサの総合芸術観

はじめに

マラルメとの呼応性の追究として、前章の九鬼の文芸観を継いで、西洋ないし日本からフェノロサについて検討しよう(1)。まず本章ではその文芸観とマラルメとの繋がりについて概観したい。早くから詩作を試みた詩人あるいは文学者としてのフェノロサについての研究は、美術領域の研究に比してさほど著しくはなさそうである。限られた文学評論関係の遺稿から文学者としての思索について検討すること、しかも英米文学でなくフランスの文学ないし芸術・文化の領野から垣間見ることで、広範に連動する歴史的・文化史的価値を彼に対して付加できないだろうか。

本章では、文学論ないしそれに直接関わる芸術や文化についてのフェノロサの書き物を具体的に取り上げて、彼の総合芸術観を跡づけることを主眼としたい。さらにテキストの意味を再確認し、詩人マラルメの思索と突き合わせ、重なりあう時代の中で共通して見られる意識や異なる感覚についての検討を試みたい。

まず「汎神論」と「東洋の詩と美術」から文化の意識を探り、次に『東と西』序文他二点の断章から、芸術の総合性および音楽の重要性を見届けたい。最後に文学論「文学の理論に関する予備的講義」を本論の視点から吟味しよう(2)。以上によって確認できるフェノロサの思索を、マラルメの文学観・芸術観ないし文化の認識と照らし合わせたい。

1　東西文化の意識、自然への畏敬

ｉ「汎神論」

この小論（一八七四）において、フェノロサは、自然に対する深い哀惜と畏敬の念、その必然性を主張する。自然のうちの個々の姿に見出される存在の神秘に対して、彼は視線を投じる。小さな部分の崇拝が、それを通じて作用する全体の崇拝になる、という思考を、文学理論・芸術創造に関わる彼の根本思想として注目しておきたい。汎神論派の文学は心に共鳴するものであり、神・愛・自然ほど偉大な詩の主題はない、と彼は考える。結果として、ギリシア芸術こそが完全な汎神論的芸術であるとする。ごく短いものだが、彼の基底となる視角が把握できる論考と言えるだろう(3)。

ⅱ「東洋の詩と美術」

「東洋の詩と美術」（一八九二）では、こうした文化の意識が具体化されると共に、文学ないし美学との関係が示されている。日本の理想は中国の理想から考える必要があるという。ここでも彼は自然と人間の関係に対する哲学的姿勢から推論するが、特に〝漢字〟の意味を探究していることに留意したい。漢字は、中国人や日本人にとって、詩の真の言語であるとする。したがって漢詩は視覚的な想像性の豊かさだけでなく思想を含むと語り、ことばの総合的な力から絵画における筆の価値に言及している(4)。東洋の美学は西洋のそれより深淵であると評価し、その要素として詩の象徴主義を指摘する。新たな精神的運動に対する看過できない役割として東洋文化を挙げるが、その脈略で中国や日本における詩の重要性を主張するのである。ここで音楽の中枢的価値にも触れられる。この論考も短く断章的なものだが、他の作品や思考と重ね合わせると、意味深いものと考えられる。(5)

2　芸術ジャンルの総合性と音楽の優先的位置、〝内在的諸関係の調和〟

文化のあり方に結ばれた芸術・文学の思索はさらに推し進められ、芸術の総合性に対する意識へと導かれる。『東と西』(一八九三)序文、および他の二点の断章を見よう。

i 『東と西』序文（断片）

この序文に、一九世紀末という時代は包括的な精神的経験の変革を示す、との見解が認められる。それは東西の文化の顕著な合流点である、とフェノロサは語る。すなわち、東洋と西洋がそれぞれの歴史を内に保ちながら、豊かな有機的結合に向かう刮目すべき時であるとする。

そこでは、音楽が来るべき調和の典型をなし、それは「芸術の精妙性と科学の構成性」の結合であると論じられる。詩的形式が音楽のシンフォニーの楽章に準えられるが、それは音楽が「あらゆる芸術のより深い理解への鍵」だからであるとする。音楽と詩には、音楽と絵画同様に、美学的類似を越えるものがあると彼は考える。音楽の暗示を詩のインスピレーションに適用できるが、それはリズムや押韻といった形式的側面に限定されず、詩的内容や思想の領域にも及ぶという。ことばの形式と思想の内容が分離なく把捉されていることに注目したい。音楽と詩における時間芸術としての類似性が探究されるが、ここに「ことばの楽器」という観念が生成し、終始、詩が音楽の概念によって説明されてゆくことになる。(6)

ⅱ 他二点の断章

「詩、音楽、美術――連続的催しの企画」（近代諸芸術間の緊密な関連性、特に音楽の指導的地位）という簡単なメモ書きからもフェノロサの貴重な思考が透けて見える。絵画と詩の関係、詩と音楽の関係を求めるために、ないし視覚芸術の原理によって絵画と音楽の関係および詩と音楽の関係を探るために、具体的に東洋美術史・西洋美術史・音楽・詩が考察されねばならない、そうした構想をもつ企画である。(7) 芸術の総合的見方と音楽の重要な位置づけがここで再確認できるだろう。

「近代の芸術と文学」（断片）もまた示唆に富むものである。元来、思想や知性が文学の本質と考えられていた歴史に対して、ここでも器楽の意味を彼は思考し、文学が音楽に導かれることになる。象徴の領域で、音楽的観念に似た文学的観念が生み出されているという。現代詩は言語感情の音楽であると結ばれる。(8) 近現代における詩および文学に関する思想の流れを思わせて興味深い。

3　文学論「文学の理論に関する予備的講義」における〝流動〟

最後に、「文学の理論に関する予備的講義」（一八九八）を本論の角度から検討しよう。文学に対する思索が、統合的視野、すなわち、文芸・芸術諸ジャンルの相関性・総合性、文化の総体性・歴史性の視野において、詳細に論述されている。本論にとって貴重な見解を取り出したい。

まず、西洋では文学の理論が立ち遅れているとフェノロサは指摘する。その理由として、西洋人は実際的な人間であり、言語を「実用的機能」から捉え、社会的目的の手段と考えたからだとする。文学を言語のひとつの用法とし、それ自体で完結した性質のものとは把握されていなかったという。加えて、文学概念の進化に対する意識が西洋においては乏しいと述べられる。したがってそれは、概して古典的なものへの隷属状態にあると論じられる。そして世界の東半分の文化に対する無知を、西洋文化の欠陥と見做すに至る。さらに重大なこととして、文学理論が、他のジャンルと比較対照されなかったという点が挙げられる。言語の実用的手段としてのあり方が東洋との比較において語られ、他の芸術諸ジャンルとの対照の視点が東西文化の背景において明確に導入されている点を確認しておきたい。

さて、文学とは「ことばによる人間意識のある種の表現」であると定義され、文学の本質は「効用」ではなく、価値は「ことばそのもの」に内在する、と解される。もちろん文学が無用というのではなく、人間の精神的向上に寄与するのであり、道徳的成長や精神的成長が付随的にあるとする。また文学の快感は、その根源的な優秀性に由来すると考えられる。ここで、文学が、独自の力と明晰性によって「全体の構成」「明確な配置」をもっている、という点が重要視される。どの部分もすべての組み合わせによって完全なる統一、全体であると推論する。そのように文学の価値は存在自体に、その本質に内在すると結論づけられ、この点からも文学は純粋に個性的でなければならないと語る。文学における言語の自律性と自律的言語による作品の全体性の思索に注目したい。

したがって、文学は総合的表現、つまり「人間の意識の、ことばによる表現の調和的個性」としてあるという。こうした文学哲学は中国哲学と関係づけられる。調和の原理を、孔子の思想から社会の視野において見ようとするのである。孔子は調和を、そして芸術において音楽を特に讃美するが、東洋が西洋より深く芸術を理解する理由を、フェノロサはここに求める。西洋において調和とは「僥倖」であり、「皮相なエレガンス」にすぎないが、東洋では芸術は文明の定義そのものであると彼は考える。あらゆる人間行為が芸術であり、「美は人間の呼吸する自然の雰囲気」と見る。そのなかで、西洋は、日本の美術の影響で芸術の本質的人間性と普遍性に傾注するようになった、と語る。「誤った音がひとつ響き、誤った色や線がひとつ加えられても印象の純粋性は損なわれる」とする調和の意味、そして美術・音楽・文学といった芸術が精神的・道徳的および社会的発展における人間的調和と繋がる様が追究される点は、特筆に価する。

こうして、文学の特質が「内在的諸関係の個性的調和的全体性」として規定される。これは芸術が他のあらゆる領域と共有するものであるが、相互に区別するものは固有性である。したがって文学は固有の親和性をもっている。ことばが表現する人間の意識は複雑だが、一般には思考と感情に分けられる。思考は意識の諸部分の相互関係に関わるが、それはことばによって明晰なものとなる。この明確さに対して漠然とした心の反応があり、その曖昧な意識を感情と呼ぶ。こうした表現に対して多くのことばがあるとする。思考と感情は、高等教育を受けた男性にあっては分離されがちだが、その有様は知的機械であり、人生を空虚にする。全体的人間の調和を破壊して功利主義的・分析的になるという。人間の意識の全体性が、理知的側面・感性的側面として、文化や教育、さらに性別に関連づけられている点が興味深い。

意識の全体的表現として、文学はこのような感情や思考を表現しなければならない、という思索から、孤立した意識を伝達するという考えに及ぶ。各人は存在し、いかなる他の意識とも異なり、固有の思想と感情の世界をもっている。それらは混じりあうことはなく、ことばによって伝達できる。そのなかで、歴史的流れとして民族の意識が伝達されることになる。普遍的意識と個性的意識の間には無限の相互作用があるとする。こうして人間の意識の無限性という観念に至る。

意識のこの孤立性と無限性に連動して、「意識の流動性」が指摘される。意識は、いつのまにか次の意識段階へと移行、流動する。ことばで描写も分類もできないのが、有機的調和の具体的継続であり、自然においては、事物があるのではなく、「流動の過程」のみがあると彼は考える。すなわち永遠の螺旋にあり、思想は有機的生命として流動的である。無知が流動性を阻む。柔軟性を失わせ硬直させ、形式主義に陥らせる。怠惰が形式主義に結ばれるのは、創造より模倣が簡単で安易だからであると彼は考える。

流動性と硬直性の永遠の葛藤・交替という思惟から、明治維新の日本への提言がなされる。文明の内部からの創造よりも西洋の贈り物として扱う傾向がそこに強い点を指摘し、思想・感情の個性と流動性を守る必要があるという。

論考は、文学的天才の側面からの思索で結ばれてゆく。文学的天才は、親和性に敏感であり親和性を生む能力をもっている。個性は作者の魂の完全な個性から生まれるが、芸術は具体的個性、その表現である。分析的思考が自然から内的真実を感じて取り出して分離する。抽象的客観性が粗くて問題であっても、抽象的主観性に逃避はできない。客観性と主観性がひとつにならねばならない。肝要なのは、文学史は特に人間の意識における流動性の歴史であることである、と彼は考える。こうして文学の個性と普遍性が文化史の視野で捉えられるのである。(9)

以上のように、文学の芸術性、音楽の価値、そして芸術の調和の問題、調和の社会的意味、さらに理知と感性の調和、ひいては孤立性と無限性、社会と文化の流動性とその創造的あり様が、東洋と西洋の文化の相対的かつ総体的な視野から論じられている。ここでこれらを、同じく東洋ないし日本の芸術に関心を寄せたことばの理論家である、同じく芸術の総合性の問題に関してこれまで度々参照してきた詩人マラルメの思索と照らし合わせて吟味したい。

4　世紀末文化の共有、パリ〝部屋の詩人〟と大津〝三井寺の僧〟

詩人の思索として馴染みやすい点から挙げよう。まずマラルメのことばおよび詩に関する思考を提示した上で、詩と音楽の関係について確認したい。次に、詩以外の他の芸術に関わる意識と、それに繋がる文化の感覚を概括的に見よう。

i　詩のことば

マラルメもまた、詩・文学のことばとそれ以外のことばを、「本質的な状態」と「生の直接的な状態」に峻別した。後者は文学を除く他のあらゆる書き物が帯びている性質であり、初歩的な使用、意味を運ぶ道具としてのことばの使用に関わるとマラルメは語ったが[10]、では、文学の言語はどのようなものと捉えられたか、詩におけることばのあり方を再確認しよう。

「純粋な作品」は「詩人の語りながらの消失を含む」、すなわち詩人は「不等性の衝突によって動的状態にある語たちに主導権を譲る」のであった。その主導権を得た「語たち」は、「宝石の上の一条の虚像的な火の連なり」のように相互間の相違によって反映し合い点火されている、というのであった[11]。

詩において、詩人の消失のあと、詩の内部で、自律したことばのひとつひとつが響きあう全体的関係としての詩のことばの状態・あり方がここに示されている。ではこれらはいかに構成されるのであったか。

ii　詩と音楽性

マラルメの詩に関わる意識において常に現れるのが、構成の問題に繋がる音楽性の思考であった。ひとつの創作に属する「モチーフ群は、振動しつつ、互いに均衡を保ってゆく」が、それはロマン派的な作品構成に見られる一貫性のない崇高でもなく、また人工的な統一でもない。すべてが宙づりの状態で、交錯や対立を伴うひとつの断片的な配置であり、それらは「全体的律動」に協力している。そしてこの「全体的律動」とは、「沈黙の詩篇」「余白行間における詩篇」にほかならない、とマラルメは考えた(12)。ひとつの作品の詩のモチーフたちが成す全体的構成・音楽的構成に対する「調和」の意識、そしてその中心は〝無〟であるという思索が認められた。フェノロサにおいてよりも、ことばの問題に即した具体性がよく見える。

音楽への鋭い意識は、マラルメの思索のいたるところに見出された。評論『音楽と文芸』やワーグナー論においても、文学を常に音楽との関係で捉えようとする。「あらゆる魂は律動の結び目である(13)」と彼は語った。しかしここで重要なことは、ことばに対して、「意味の音楽」として考究しようとする姿勢であった。「音楽」が「万象に存する関係の総体」として「充実と明証性」をもって生じるのは、楽器の初歩的な生の音響からではなく、絶頂にある知的なことばからである、とマラルメは結論づけた(14)。詩は音楽性に支えられ、心のリズムを表現し、ことばは「意味の音楽」となるのであった。

すなわち、芸術の基軸を成す音楽という意識は確認できる、しかし音楽は、詩のことばによる「意味の音楽」という価値をもつものとして思考されているのである。ここに、フェノロサとはやや異なり、音楽に対する詩の優位性を見定めようとする詩人としての矜持が見て取れる。

そうしてマラルメにおいて、感性と知性、主観と客観の相互性、相克の問題はしばしば浮上し、そこに詩・芸術の本質としての〝中枢にある無〟の観念や意識が頻繁に現れるのであった。

ⅲ　視覚芸術ないし芸術の総合性

さらにマラルメが、詩的思考を造形芸術や美術と独自の感覚で重ね合わせようとする意識は、画家たちとの広範な友好関係だけでなく、彼らとの多様な思索的共鳴からも首肯できた。今、フェノロサとの関係において再確認しなければならない印象派・象徴派たちとの繋がり、それによる現代芸術への影響力は際立っていたと思われる。これまで見てきたように、画家たちとの共同制作は相互の深い共感を物語っていた(15)。

マラルメと近代絵画の父エドゥアール・マネとの関係は特記すべきであった。二人はまず、アメリカの異端詩人エドガー・アラン・ポーの詩の翻訳『大鴉』の詩画集を実らせたが、その挿図は当時流行の日本の美術、ジャポニスムの影響を色濃く受けたものだった。次に、マラルメ自ら日本の浮世絵を意識した作品として、自作『半獣神の午後』を、マネによる線描の挿絵で出版した。それは、同じくジャポニスムに惹かれるクロード・ドビュッシーに、その前奏曲を作らせるなど深甚な影響を及ぼすことになった。確かにここには〝個性〟たちの共鳴が見られるだろう。フェノロサと違って、思索の実践者としての、共同の創造行為が確認できる。

モネ、ドガやルノワールら印象派との交友も日常的であり、そこでもジャポニスムの文化史的環境が常に意識されていた。後期印象派・象徴派、ゴーギャンとの芸術上・思想上の繋がりも特筆すべきであった。南海の孤島タヒチへゴーギャンを向かわせた原動力のひとつはマラルメの詩であった。また異色の象徴派ルドンも挙げたい。互いの傾倒ぶりは書簡にも明らかであるが、これも二人を共同の詩画作品の創造へと導いた。孤立した個性同士の相関性が芸術の歴史を促す、その只中にマラルメはいたのであった。フェノロサとは異なり、ヨーロッパ美術史の渦中にマラルメは生きた。

また彼の詩人としての音楽への意識は、直接にも音楽家たちとの結びつきを促した。ドイツ人ワーグナーに対して、フランス人ひいてはフランス文化の側からの、また詩人独自の見識からの批判的論述を進め、次代のドビュッシーを鼓舞した。舞踏・演劇に対する論考の影響も看過できない。諸芸術に対して、実際的に創造活動に、マラルメは関わったのであった。これに関しては次章に見よう。

iv　文化の意識

このように諸芸術と繋がる要のひとつとして、文化の意識、東洋文化・ジャポニスムへの深い愛着があったのである。近代社会における文化の交流伝播に寄与した万国博覧会は、逸早い産業革命のために、フランスに先立ち、一八五一年イギリスのロンドンを皮切りとして開催されるが、それはマラルメにとっても大きな意味をもった。

マラルメは、一八七一年および七二年に、ロンドン国際博覧会探訪記事として、日本の工芸品である七宝・陶器・花瓶・金銀細工などについて熱心に紹介した。装飾芸術における新しさを異国に求め、日本の美術工芸品に感嘆の念をもって注目した。「金銀の細い線が嵌め込まれ、厳密に装飾的なモチーフや、いつも水、葦、水鳥である精妙な線描模様の施された日本のブロンズ」を讃嘆し、「江戸や横浜の装飾家の手になるパネルのゆったりとして軽やかな図柄」の「大きな花の茎や飛翔する鳥、遊泳する鳥によって結ばれた空や湖」の見事さを報告していた(16)。

こうした意識は日常的に葛飾北斎などの浮世絵、扇への関心に繋がり、自らの詩的思考に結ばれることになった。文化の土壌の中で、詩人の芸術意識は育まれ顕現するのであった。詩人としての具体的な関心を取り上げよう。「（我々の詩の）旋律はシナの墨で描いたような細い線だ。その外見上の不動は極度の振動からできているからこれほどの魅力をもっている」と彼は語る。[17] 墨の線に無限の振動と不動を見るのであろう。また、東洋の扇の振動に詩的想念を重ね合わせ、扇の詩を数多く生み出し、そこに無限の振動と一瞬の幻影としての固定、〝無〟の中枢を見るのであった。[18]

ここに、具体物に詩想と思想を緊密に重ね、イマージュと意味を唯一の音楽的構成・全体性に作り上げるという、詩人としての創造の実践が改めて本章の意味として確認できる。日常的な事物の凝視から、文化の広域へと詩的夢想を馳せ、他のジャンルの芸術家たちと直接に共同の創造へと向かう詩人の姿が浮かび上がる。詩の思索に東洋への思いがあり、そこでは常に、必ずしも推論されない〝無〟の直観が中枢を占めていた。[19]

以上のように、言語の自律性とその音楽的価値、さらに芸術の全体的視野に繋がる社会的視界、そこに組み込まれる文化の流れ、そして東洋の芸術と思索への意識が、ひとりのフランス象徴主義の詩人の個性のうちに認められるが、これはフェノロサとの興味深い照応を惹起する。

フェノロサは、精緻な論理とその展開によって、常にグローバルで明確な文化・歴史の認識のうちで、文学を捉え、音楽を位置づけ、芸術の総合性を整然と推論し唱えた。知性と感性の問題、主観と客観の問題、個性と普遍、孤立と無限と流動の思索を、社会の流れのなかで見届けようとした。そうした脈絡で人間の生を表現しようとする文芸観が、ほぼ同時代のひとりのフランス詩人マラルメのうちでは、同様の問題意識・関心を内包し、創作・文芸のありように直接に結ばれた直観としての〝無〟の把握を中枢にして、およそ逆方向からの思索と実践、常に自身の詩作の核との繋がりで具象的な詩想と思想域を往還する有様として見られたと言えないだろうか。

確かに、共通し相似る視点がもたらすもののうちに、現実に東洋に住み思索したコスモポリタンの文化人フェノロサ、大津〝三井寺の僧〟と、西洋フランスに生きて夢想し創作したパリ〝部屋の詩人〟マラルメの、具体的・感覚的相違はあるだろう。しかしそれ以上に、まさに個性とそれによる表現の相違に、両者の独自性の浮上が認められるのではないだろうか。しばしばフェノロサの理論はマラルメの詩想で裏付けられ、その意義の確証を得た。マラルメの詩想もフェノロサによってその意味の普遍性を付与された。比較的に論理の哲学と創造の芸術が照らしあうひとつの実態を、同時代のふたつの個性のうちに、貴重な問題に対する同様の提起と共に確認できないだろうか。いわば文学に対する論理と実践の特質の照らし合わせが、ふたつの個性によって、より豊かな地平から、より明晰に両者の価値を見る手立てになったのではないかと思う。そしてそれは、東洋文化・ジャポニスムをひとつの核として繋がったものと言えるのではないだろうか。

おわりに

フェノロサと相似た意識や感覚がほぼ同時代のマラルメにおいて、確かに見られた。主たるジャンルや生きる国を異にしながら類似の局面の符牒に驚かされる。相違は、文化への意識の広さ・深さ、芸術や生活の実地体験の有無から来る具体性の点、そしてさらにより本質的に、〝文化の思索者〟と〝部屋の詩人〟との表現の質の差異、個性に由来するものではないだろうか。マラルメには、詩・文芸の実践者としての創意・経験に基づく具象性が常に見られたのであった。

時代や国、文化、経験、資質の違いの中で、響きあう人物たちの凝縮した感性、練磨された知性が見られる。本論において、学びの対象の幅の広さはその浅さを思わせざるをえない。しかし異なるアプローチながら個々が突きあわされ照らしあわされることで両者の解釈がより豊かになる可能性をもたないだろうか。総合的方向は同様ながら、性質が異なり、表現が異なるもののうちに、共に見るべき稀有な個性を確認することはひとつの意味をもつと言えるだろう。国境を越えて文学論・芸術論を考察することで、詩人マラルメと共鳴するフェノロサ独自の価値を見出せたのではないかと思う。[20]それはとりもなおさずフェノロサ自身の実践力の大きさと同時にマラルメの想念の深さを示すものにほかならない。両者の価値をさらに見極める必要があるだろう。次章で考察しよう。

（1）　フェノロサ百年忌を記念して、日本フェノロサ学会村形明子会長（当時）のもとで総括的な行事が相次いで催された。とりわけ二〇〇八年秋の年次大会で、明治期に日本美術界に多大な貢献を成したフェノロサに対して、グローバルな視野において、哲学・社会学・政治学・経済学等の領域での現代に至る影響力が明らかにされたことは、まさに画期的であった。それは、全体として日本の文化の姿を如実に照らしだすものであったと思われる。同大会では一一月二二日東京大学理学部小柴ホールにおいて、小柴昌俊氏のご挨拶、村形明子先生の開会の辞を劈頭に、美術史から辻惟雄、哲学から加藤尚武、社会学から栗原彬、政治学から渡辺浩、経済学から榊原英資の諸先生による貴重な講演があった。シンポジウムは寺崎昌男・林曼麗各氏の基調講演によるもので、美術史家フェノロサの幅広い文化的見識が明治の日本を導いた様が明らかにされた示唆深いものであった。『ロータス』第二九号（日本フェノロサ学会、二〇〇九）参照。

（2）　これらの考察対象の選択および検討は、主に村形先生の長年の膨大なご翻刻・翻訳とご研究に対するわずかな勉強を基に試み得たものにほかならない。関係テキストの訳語・訳文について全面的に参照し使用させていただいた（以下、注は紙幅の関係等で出典の提示類に限る）。村形明子編訳『アーネスト・F・フェノロサ資料』三（ミュージアム出版、一九八七）参照。並びに、山口静一先生の『フェノロサ　日本文化の宣揚に捧げた一生』上下（三省堂、一九八二）、『フェノロサ社会論集』（思文閣出版、二〇〇〇）、『フェノロサ美術論集』（中央公論美術出版、二〇〇四）も、本論の全般にとって極めて重要なご研究として総合的に多くを学ばせていただいたことを記したい。

（3）前掲『アーネスト・F・フェノロサ資料』三所収、九二―九四頁。「ハーン『知られざる日本の面影』（一八九四）を読んで」（断片）参照（同書、一〇四―一〇六頁）。

（4）次章で詳察するフェノロサ＝パウンド『詩の媒体としての漢字考』（髙田美一訳著、東京美術、一九八二）は極めて興味深い。「西洋に対する中国の影響――歴史的に見た試論」（同書所収、一五二―二〇一頁）、村形明子 "Fenollosa's «Notes for a History of the Influence of China upon the Western World»."（『英文学評論』第四七号、一九八二、序文）、前掲『アーネスト・F・フェノロサ資料』三参照。これについては次章で具体的に考察している。

（5）同前書、九五―九六頁。

（6）同前書、九七―一〇三頁。言うまでもなくフェノロサは、音楽家を父とし、幼少から音楽的に恵まれた環境にあった。

（7）同前書、一〇七―一〇八頁。

（8）同前書、一〇九頁。

（9）同前書、一一〇―一五一頁。村形明子「フェノロサの『文学真説』」（『英文学評論』第四一号、一九七九、六六―七七頁）に、当論に対するフェノロサおよびフェノロサ研究の全体を視野に収めた貴重な研究がある。

（10）«Crise de vers», *OC.*, p.368.

（11）«Crise de vers», *Ibid.*, p.366.

（12）«Crise de vers», *Ibid.*, pp.366–367.

（13）*La Musique et les Lettres*, *Ibid.*, p.644.

（14）«Crise de vers», *Ibid.*, pp.367–368.

(15) 以下の具体的詳細について、宗像衣子『マラルメの詩学――抒情と抽象をめぐる近現代の芸術家たち――』（勁草書房、一九九九）第二部参照。
(16) «Exposition de Londres, Deuxième saison», *OC.*, pp.684-686.
(17) *Correspondance 1862–1871* (I), Gallimard, 1959, p.270.
(18) 前掲拙著『マラルメの詩学』第一部第四章参照。
(19) 宗像衣子『ことばとイマージュの交歓――フランスと日本の詩情――』（人文書院、二〇〇五）において、マラルメの意識の射程に関する検討を試みた。
(20) フェノロサ百年忌に多領域からの考察が重ねられたことは、本論の点からも極めて意味が大きく、触発されるところの大きいものだった。世界の文化が多様な領域から多層的に引き継がれてゆく、そのあり方を考えさせられるものであった。本稿の拠って立つ土台となる積年の遺稿類の整理・ご開示やご研究に関わる、山口先生や村形先生はじめ諸先生方のご尽力は計り知れない価値をもつものであったと思われる。そしてそれは神林恒道先生へと広く引き継がれてゆく。なお本論は、参考文献中のフェノロサ関係の書物を参照した。

三　フェノロサ『漢字考』と「能楽論」の文芸価値

はじめに

前章で概観したフェノロサについて具体的にその文学論・総合芸術論を吟味してマラルメと対照させ、両者の価値を把え、抱括的に響きあう繋がりについて考察したい。明治近代化の動乱期に、日本の伝統美術ひいては日本文化を救い出してその復興を提唱したフェノロサであるが、彼の文学的所産についてはさほど研究がなく大きな意味も付与されていないと思われる。しかし、そもそも文化全般に関心をもち、文学をも含めた芸術のあり方の理論化を試み、日本やアジアの美術を東西文化全体の視野において吟味しようとしたのであれば、また彼自身、元来文学に興味をもち、中国文学史を学び能に入門し、何より最後の訪日の主たる目的が漢字論と能楽論の仕上げであったのであれば、文学関係の探究がどのような関心として生まれ何に結びつくのかを見ることによって、彼の文学的価値を考察する必要があるのではないだろうか。それを美術領域の功績との関連において検討することによって、翻って彼の美術方面での実績ないし東西文化の認識に対して、より豊かな視界を開示することになるのではないだろうか。それは、本書が求める、東西近現代文化において諸芸術が響きあう姿を明らかに照らし出すことに至らないだろうか。

さて、五五歳で急逝したフェノロサの遺稿は、後に『東亜美術史綱』として刊行されたもの以外にどのようなものがあったのか。未亡人メアリがアメリカ詩人エズラ・パウンド（一八八五―一九七二）に託したのは漢詩と能に関する遺稿整理であり、前者は『フェノロサ＝パウンド芸術詩論　詩の媒体としての漢字考』(1)（本論では『漢字考』と略記）としてまとめられた。パウンドはこれを稀有の芸術論と捉えた。パウンド自身、文字とイマージュ、すなわち文学と美術の領域に関わり、英米文学史に足跡を残すイマジズムの詩人であることは知られている。後者の遺稿は、パウンドとイギリスで接触したアイルランド劇作家ウィリアム・B・イェイツ（一八六五―一九三九）を刺激して西欧圏への「能」の伝播の源となる。イェイツは能を自らの演劇理念の根拠として近代演劇を刷新したとされる(2)。謡曲のもつ音楽的文学性と舞台のもつ音楽的視覚性、つまり音楽性を介して文学と美術が共鳴する領野としての総合芸術への展開に、フェノロサが深く寄与したことを考えると、文学面からの考察は重要な意味を担いうるだろう。

こうした観点から、フェノロサの卓越した文学的洞察を美術や文化の領域における貢献との繋がりとして、照らし出せるのではないだろうか。遺稿だけに必ずしも重要視されなかった『漢字考』と能楽論を合わせて、芸術全般との関係を探り文学的所産の位置付けを検討して、文化全体における価値を明らかにしたいと思う。

1　遺作『漢字考』、自然に依拠する〝思想絵画〟、具体と普遍のハーモニー

フェノロサは、一八九七年から一九〇〇年にかけての二度目の日本滞在の後、一九〇一年五月から九月までの最後の訪日の際に、『浮世絵史概説』の出版を遂げ、森槐南から漢詩、梅若実から能楽の教えを引き続き受けた。帰国後の講演活動では「日本と中国の詩」をテーマのひとつにしている(3)。これに関わる中国詩ないし漢字関係の遺稿をモダニズム詩人パウンドが編集したものが『漢字考』である(4)。パウンド序文（一九一八）によれば、ここ

には「芸術の根本」が論じられ、西洋には未だ認められていない原理が新しい西洋の絵画や詩に実りをもたらす、という。「アメリカの文芸復興」をめざして、フェノロサは日本で民族独自の芸術を評価し東西芸術の比較に専心したが、それはその後の芸術運動が裏付けた理論を成しており、まさに彼は先駆者である、とパウンドは記す(5)。

本書冒頭に、背景となる基本姿勢が認められる。欧米では東洋文化はよく理解されず、中国人は衰退した物質主義的国民、日本人は模倣者として軽視されてきたが、彼らには古代地中海文化に匹敵する崇高さがある。この観点から東洋の精神を開く鍵として東洋絵画を吟味してきたので、今彼らの文学、その凝縮した詩の研究に着手する価値があるとされ、文学的考察が文化理解の一環として美術研究に次いで位置づけられている。中国語学者や語学者の立場ではなく、東洋人と親密に過ごしてきた東洋文化の美の探究者として、彼らの生活に具現する詩を体得したい、と実地での実感の視点が強調される。娯楽と軽侮された中国や日本の詩に対する斬新な感慨を示したい、数世紀前に創造性を失った中国の精神は日本に移植され生長しているので、日本の中国文化研究法に拠りたい、森槐南氏からの学びは貴重であった、と自らの立場を説き明かす。象形文字による詩が真の詩と考えられるのは「音楽のように時間芸術で、音声の連続的印象からユニティを織り上げる詩が、絵のように訴えることばの媒体を自らのものにできた」からだとする(6)。こうした思索を次の二点にまとめよう。

i　ことばの具体性——「動詞的概念と自然に依拠する絵画」

フェノロサは「月耀如晴雪」という詩句を挙げて詩の特質を示す。彼はその視覚性と動態性に注目する。詩は思想同様に造形的で柔軟な連続性をもち、自然と同じ時間の秩序に拠る。自然の働きが連続的だから思想も連続的である。中国語の表記は任意の記号ではなく、自然の営為の鮮明な略画（shorthand picture, modified picture）に基づき、そこに思想絵画（thought-picture）が認められる。それは生彩に満ち具体的であり、動画の性質をもつ。一枚の絵が真実でないのは、具体性をもつにせよ自然の連続的要素が脱落しているからだ。ラオコーンの像とロバート・ブラウニングの詩を比べて、詩の優れた特質は時間という根本的リアリティに戻ることだという。中国詩は時間と絵を兼ね備える利点をもつ。絵の生彩と音の動性をもつ。物がそれ自身の宿命を生きるのを凝視するようだという(7)。詩は意味を伝えるのでなく表現自体を伝える、と考えられるのである。

では、こうした思考はどこから抽出されたのか。フェノロサは漢字の構造を検討している。文字の初期形態は絵のようであり、以後の変容によっても本質は揺らいでいないが、漢字の語根には動作の想念がある。一枚の絵は物の絵だが、中国語の語根は名詞ではなく、多くは行為・プロセスの略画である。真の名詞、すなわち孤立したものは自然界には存在しない。物は行為の終着点むしろ合流点、行為の切断面、スナップ写真にほかならない。純然たる動詞、抽象的動きも自然界には存在しない。眼は名詞と動詞をひとつとして、つまり「動作における物、物における動作」として見る。思想とは概念を扱うのではなく、「物が動く」のを見ることである。動詞はこのように物に密接するという(8)。

文形は自然の時間秩序の反映であったが、行為者と対象は行為の両極である。英語や中国語の構文はこの自然の行為に対応する。これが言語を物に密接させ、言語は動詞に依存することになる。日本語等の屈折言語以外ではことばの機能は語順により区別され、順序は自然の秩序、因果の秩序に基づく。自動詞形式・受動形・否定形は他動詞形式から生じている。品詞の区別は自然なものではない。たとえば中国語「明」は、月の記号と共にある太陽の記号であるが、動詞・形容詞・名詞の役割を担う。漢字は本来的に層を含み、かつ抽象的でない。品詞を包括しているが、運動と変化が自然に認めうるすべてであるから、動詞が自然の原初の事実となる。形容詞・

前置詞・接続詞も動詞性をもつ。つまり中国語の概念はこの文法の範疇を不要とする。詩はことばの具体的な色彩をもって、知性がどうにか探りゆく領域に光を放ちながら、直接的印象によって情緒を魅了せねばならない[9]。こうして、漢字と中国語の句は自然における行為とプロセスの、生彩に満ちた略画を成し、ここに真の詩が具現し、行為が目に映じることになるという。

このようにいわゆる従来の言語学者の視線ではなく、品詞の問題が深く思想に関わるとする。言語が自然そのものの表現として捉えられる点に、フェノロサの思考の特質が認められるだろう。ここで留意しておきたいのは、漢字・詩の例として中国詩でなく和製漢詩から「耀」という漢字が取り上げられていることである。日本式発音に関しては、「中国詩史」講義についてのフェノロサ遺稿に基づくパウンドのノート等で示されている[10]。

ii　見えないものへ――「比喩・思想」

自然における行為の生彩に富む略画に「行為が目に映じる」、しかしさらに「見えないもの」が問題だとフェノロサは考える。詩は自然のイメージだけでなく、高邁な思想・隠れた関係を扱わねばならない。なぜそれが重要か、かつ必然的なのか。自然の真理の大部分は目に見え難いプロセス、大きな調和や親和のなかに隠れている。中国語はこれを大きな美として捉える。中国人は絵を書くことで偉大な知性の織物を築いた。思想は論理学の範疇と信じて直接的なイマジネーションに批判的である西洋人は、こうした事情を不可解に思う。

しかし中国語は古代民族同様に、「見えるもの」から「見えないもの」へ通じた。このプロセス、比喩（metaphor）が、物質的イメージによって非物質的な関係を暗示する。比喩は恣意的な主観にではなく、自然の内の客観的な「関係の線」に従う。自然が自らの糸口を示す比喩こそ詩の本質である。構造の同一性によって世界は同族関係を成して共鳴する。この同一性がなければ思想は枯渇する。可視の小さな真実から不可視の大きな真実へ至らねばならない。膨大な語彙のわずかの語根が物質のプロセスに直接関わる。それが動詞であった。自然を啓示する比喩によって、詩は具体的に普遍的真実を表現するので散文よりすぐれている。詩の意匠である比喩は、自然と言語に共通する本質であり、詩はプリミティヴな民族の無意識の行為を意識的に行う。オリジナルな比喩は光に満ちた背景のもとで色彩と活力を生み、ことばを自然のプロセスの具体性に近接させる。(11)

漢字が自然の詩的本質を基に第二の比喩の世界を構築すると共に、その絵画的視覚性によってどのような音声言語よりも遥かに鮮明な迫力をもって創造的な詩を保持できたかを伝えたかった、と彼は語る。漢字の比喩は自然に近く、先祖は比喩を積み重ねて言語と思想体系を築いてきた。しかるに、現代の言語の無力化が音声言語の脆弱な粘着力によって推進された。表音文字は比喩の表情を帯びない。他方、漢字の語源は目に見え、創造のプロセスを維持しうる。比喩の発達の経緯がまだ見ることのできる漢字はすぐれ、ことばは貧弱になることなく時代を経て豊かになっている。民族の哲学・歴史・伝記・詩のなかで、漢字は意味の光を放つ。詩のことばは幾重にも倍音をもち、自然の親和（natural affinities）をもって震えているが、中国語における比喩の可視性が、この特質を最強にする。詩的思考は暗示によって働き、充満し、内から光を放つ一句のなかに最大限の意味を凝縮する。漢字はこのエネルギーを重ね上げてきた。一語に絵画的要素をもたない英語も、こうしたことを再発見すべきだと語る。(12)

表意文字の絵の根拠は跡づけ難いが、絵画的手法は世界の思想言語を成す。言語を創造した古代の詩人たちは自然のハーモニーの体系を発見し、自然の多様なプロセスを讃美歌として歌った。あらゆる詩のことばは太陽のように光の輪と色彩の層をもち、響きあい光の帯となった。今、中国詩に充溢した光輝を鑑賞できる。詩は、倍音を交錯させハーモニーを生むことばによって、散文にまさる。すべての芸術は同じ法則をもつ。洗練されたハーモニーは倍音の均衡のうちにあり、音楽ではハーモニーの理論は倍音に基づいている。この意味で詩は音楽よりも困難な芸術であると考えられる(13)。

以上、『漢字考』はパウンドによって把握されたフェノロサの思索として受け取ることができる。自然のあり方から動詞に注目して言語表現の真髄を究め、直接的な物との密着や自然との連繫において視覚性と動態性が求められる。同時に、逆説的であるが「見える具体物」から「見えないもの」へと深遠な思想を表現しうる比喩・メタファーの本質に着眼し、そこでやはり自然との必須の呼応関係を確認することによって、詩の本来的性質に迫ったと言える。文学の素養と見識、そして芸術全般・思想・文化の視野に開かれたフェノロサならでは、オリジナルかつ説得的に、文字・言語・ことばから思想と文化を眺めて、美術と音楽の領野にまたがり思考するという偉業を成し得たと思われる。自然との連動でことばを見ること、つまり現実や世界の歴史の表現として思索することは、言語・詩・ことばを本源から探究する姿勢に基づく。比喩は、詩、その具体と抽象を繋ぐ象徴性の観念を導き出す。

2　遺稿「能楽論」、ことばと舞における〝無〟、虚構と抽象

能の探究も刮目すべきである。パウンドを経てイェイツへ継がれた能楽論は、どのような意味で西洋近代演劇に影響を及ぼしたのだろうか。一九一二年（大正元）にロンドンとニューヨークで上梓された『東亜美術史綱』の改訂版が出る頃、メアリはパウンドに『漢字考』の草稿整理と共に能の翻訳完成を託したとされるが、この折すでにイェイツは謡曲に関心を示していたという。能に関する覚書と謡曲の試訳に対してメアリは翻訳の順序等

を指示した[14]。最初の発表は一九一四年『ポエトリー』誌上の「錦木」の英訳であり、その後一九一六年七月、『日本の高貴なる謡曲集』[15]がイェイツの序文をもって刊行され、続いて同年『能、すなわち芸能――日本古典演劇研究』[16]が出版された。前者は謡曲四点であり[17]、後者は一五曲にパウンドの序文と注釈、フェノロサの能楽論が付されている。一九一六年四月、ロンドンのキュナード邸でイェイツにより能に依拠した演劇「鷹の井戸」が伊藤道郎演じる鷹の女によって初演され[18]、能（Noh）[19]は西洋社会に伝播してゆく。

現実にフェノロサは能とどう関わったのか。一八七八―九〇年、一八九七―一九〇〇年、一九〇一年に及ぶ日本居住のおよそ一六年のなかで、一八八三年、エドワード・S・モースを追って初代梅若実に入門し、同年二月から六月まで一二回の稽古を受けたのち中断するが、次の来日の九八年に再入門する。早い時期から長年にわたる能への関心と学びの成果が、平田禿木の助力を得て謡曲の英訳と研究ノートとして遺されたのである。一九〇一年五月―九月の最後の訪日は、浮世絵に関する書物刊行と共に能楽論・漢詩論のまとめが目的であったという。フェノロサからパウンド、イェイツへの能の継承において各々の思索にフェノロサの価値を検討できるだろう。祭祀の劇、仮面の使用、コーラスの存在の点から、ギリシア劇との類似性はフェノロサ自身のみならず一般的に指摘されるが[20]、相違性に関わる思考をもふまえた本論の方途によって具体的にその間の事情を考察し、より広範な問題を導き出せないだろうか。

i　フェノロサ、パウンド、イェイツの能楽論

フェノロサ、パウンド、イェイツに対して共通して注目すべきは、能をグローバルな視野において価値をもつ演劇・舞台芸術として、また謡曲をすぐれた詩歌・文学と見做していることと考えられる。しかしながら三者の

把握には特に力点の置き方にずれがあり、それはそれぞれの受容展開の意味を示すだろう。この点を彼らの能楽観から推察したい。

パウンドは一九一六年、前掲『能、すなわち芸能』の序文で、西欧演劇の伝統と比較しながら能に独自の要点を三つ挙げる。第一は、日本において純演劇と大衆演劇には区別があるが、現実模倣の劇は軽蔑されてきたこと。第二に、西欧演劇におけるプロットとは異なる仕方で、能は自然に対して鏡を向け、演能は完全な生の儀式を見せる。儀式はある状況や問題が設定され分析されるのではなく、生と再生の図式を提示する、つまり象徴する。それはギリシア劇に似た方法で扱われるということ。第三として、西欧の舞台から消えた演劇的意味をもつ要素、道徳寓意劇、秘跡劇、ミサの舞踏などが能の伝統には途絶えることなく見られる点を掲げる。(21)

フェノロサの思索についてはどうか。同書第三部に示された彼の能楽論は、自然を愛する日本人の東洋精神の現れの探究として、眼に見える美術から心に訴える文学の吟味が今や必要であると前置きされた後、本題に入る。能の美と力は集中にあり、衣装・身振り・詩・音楽のすべての要素が一体となって単一の明確な印象を生む。個々の劇は基本的な人間関係や感情を具現する。一つの曲のために選ばれた一つの感情は、写実主義や煽情性とは異なる扱いによって、簡略的な舞台において純化された普遍性にまで高められる。それはギリシア劇と同様の美しい荘重さをもつという。彼は、能を幻想的な全体演劇、洗練された「感情の統一」と見做す。そしてこうした能に、驚異的な霊的存在の完璧な把握が際立つとする。劇は英雄や亡霊たちを多く扱うが、彼らの心理は掌握されている。超自然がこれほどまでに偉大で親密な役割を演じる演劇は類を見ないという。(22) このように、超自然的要素が主体となる全体芸術との理解にフェノロサの識見がうかがえる。

イェイツは同年、前掲『日本の高貴なる謡曲集』の序文において、能にとりわけ暗示的で象徴的な演劇形式を認めている。現実世界から隔離されることで人は心の深層世界に住まう。韻文・儀礼・音楽・舞踊が、身振り・衣装・舞台装置等の協力を求めて、現実世界の侵入から舞台を守るという。[23] 演技をする人は仮面をつけ話すように歌う。コーラスはギリシア劇とは異なり、舞台の行動には参与しない、つまり歌うだけであり舞踊も演技もしない。同様にギリシア劇とは異なり、神自身が仮面をつけて舞うという。クライマックスには自然の情念の吐露の代わりに舞踊・ダンスがある。舞踊における、筋肉を緊張させた小休止等に、ギリシアの美の理想とは異なる、日本や中国の絵画に見られる美の理想に似た特質がうかがえるという。関心は人間の姿ではなくそれが従うリズムにあり、能の芸術はリズムの表現にある。身振りやポーズは明確な想念と関連しているようだという。詩と音楽と舞踊が一体化した総合芸術、当時の近代ヨーロッパ演劇とは異なる原理をイェイツは能に看取する。[24]

このように、観能・稽古・研究という理想的仕方で学び、東西の文化の歴史と認識のうちで超自然の存在と全体芸術の思索を遺したフェノロサに対して、演能を知らずマルジナリアを削除してモダニズムを拓くイマジストのパウンドと、同じく観能体験なくマルジナリアもなしに、近代西洋演劇の転換の道筋をつけるイェイツの、詩人としてまた演劇人としてのそれぞれの継承が見られるだろう。

ii　イェイツによる象徴性・虚構性の展開

詩人パウンドは、象徴的な「イメージの統一」という能の構成原理の発見から自らの詩を方向づけ、劇詩人イェイツは、フェノロサが能に実感した東洋精神の現れ、非写実的・簡略的で荘重な舞台、超自然的要素の顕現と全体芸術に着目して、そこに新しい美の世界を認めて演劇的イメージを模索した。[25] イェイツは、西洋の舞台とは逆に、能の舞台は虚構性を隠さず晒すことで現実性を得ると考えた。演劇の論理と物語の論理の相違は、動詞の時制の混用や主語の用法に現れるという。能は現在から過去へ、未来から過去へと独自の時間をもち、夢幻能において時間は逆流し重層化する。因果の連鎖は断ち切られて夢か現《うつつ》か生か死か、現世の生を死が空無化し、生の無常において精神性・象徴性が見届けられる。夢を見るのではなく夢を生きる。生の実相を捉えるために亡霊が登場するという。[26] フェノロサは全体演劇の論理へ、超自然へ、世阿弥の夢幻能に傾倒し、劇詩人イェイツは彼を継いで、能に詩・音楽・舞踊の全体芸術に仏教的世界観を再確認する。ここにフェノロサとイェイツの先鋭的な共通項が認められるだろう。

　今、さらに生の舞台の実現に重要な要素としてイェイツが注目した舞踊について吟味しなければならない。能を「舞踊家のための劇」(dance play) と考えた彼の舞踊観は意味深長である。彼は舞踊をリズムに結びつけ、その抽象的なあり様を捉えた。[27] さて、舞踊は当時どのような時代状況にあったのか。一八九〇年代、アメリカからヨーロッパに渡ったロイ・フラーとイサドラ・ダンカンが、伝統的なバレエと一線を画したモダン・ダンスを創始し、そこに人間と世界の一体性が具現されると考えた。イェイツにとって芸術の理想はS・K・ランガーの舞踊論の根本原理、イリュージョンの思考に関わり、舞踊を「虚の力の領域」と見る。[28] 舞踊は、象徴派詩人マラルメからイェイツへと通じる象徴主義の中核を成すと考えられる。プリミティヴな世界において舞踊は肉体とその動きによって人間と世界の一体化、存在の統一を実現した。顕著なロイ・フラー論等で舞踊を「身体のエクリチュール」(écriture corporelle) と捉えるマラルメの思索は、幻影・虚構・象徴世界創出の思考に直結している。[29]

　イェイツの詩篇「一九一九年」に、この世紀末の踊り手ロイ・フラーの、従来の舞踊とは異質の抽象的な線の動きに対する感動が描かれており、抽象性・虚構性の点においてマラルメとの共鳴が見受けられる。イェイツは一九〇〇年パリ万国博覧会において、装置のない舞台上の旋回運動に二〇世紀バレエの先取りを見た。[30] 舞踊はメタファーであり、純粋音楽の具現であり、アール・ヌーヴォーの簡略的線描世界の幻影を顕現させる。ロイ・フラーがイェイツに霊感を与えた浄化の過程は、夢幻能に隣接していないだろうか。俗の世界が聖の世界へと移行する生の浄化の過程を示す舞踊こそは、イェイツと能との接点ではなかったか。実際、「鷹の井戸」を舞う伊藤道郎は、イサドラ・ダンカンのモダン・ダンスに魅せられ学んだ舞踊家だが、当初は能に批判的であった彼が仮面をつけ衣装を纏い、日常世界から非日常の世界への移行を舞った時、イェイツは伊藤によって演劇理念の実現に辿りついたと言えるだろう。結びつきは能を介してアンチ・リアリズム、象徴の世界において現前したと考えられる。(31) 全体演劇・総合芸術性の視野において、虚構と象徴の思考から舞踊および音楽の問題が位置づけられるだろう。

ここで改めて仮面、マスクの意味も検討しうる。仮面は、「凡庸な俳優の顔、低俗な空想に合わせてメイキャップした顔」を「彫刻家のすばらしい創造」に置き換える。そして声の変化や抑揚を観客に聞き取らせ、劇に接近させる。深い感情は全身の動きによって表現される、とイェイツはいう。生身の人間の写実性が剝ぎ取られ、仮面は象徴的な身ぶりと共に能の象徴性の根幹に関わると見做される。(32) イェイツは能の舞台、その単純化の中にリアリズムに埋もれていたものを見る。既述のようにギリシア演劇との共通性と相違性を認識しながら、現行の近代演劇を非想像的芸術と見做し、アンチ・リアリズムを掲げた。(33) 劇場は俗なる世界から聖なる世界を作り上げるが、問題は物理的距離ではなく内面的距離であるとする。観客と舞台の身近さのうちにこそ、それは実現する。回復される人間の声と肉体の動きの生命力と表現性が架け橋をなす、とイェイツは序文に語った。

一九一六年のこの序文には、アイルランド文芸の復興、ヨーロッパ近代演劇のリアリズムに対抗する国民演劇の提唱という、まさしく写実主義的路線へと問題を解消して成功したアベー座からの脱退を賭け、フェノロサから導かれた舞と詩と音楽のトータルシアターを背負うイェイツの演劇理論が集約されている。能はイェイツにとって、ヨーロッパ近代演劇の方向性に対決して現代演劇を拓く拠所であった(34)。イェイツがフェノロサから感受した超自然の復権、すなわち人間界と霊界、俗と聖の相互浸透構造の復権の主張には、パウンドを超えたフェノロサからの継承がうかがえる。能は、超自然が顕現し集約的に舞台を支配する「暗示的で象徴的な演劇形式」であり、舞踊・音楽・仮面において響きあう聖なる虚構性・象徴性の証であった。時代の世紀末の風土に生き、それを越えてゆく思考と言えるだろう。

以上、能について、やはりフェノロサならではの文学テキスト・演能から思想と文化が見通された。日本語能力に劣りながら、しかしかえってそれ故に、B・H・チェンバレンやW・G・アストンとは異なる本質的アスペクトの把握として、思想の根本に関わる深遠な卓見がもたらされた。それはアメリカ詩人パウンドを経てモダニズムの詩世界を導き、他方枝別れして、むしろ根幹に繋がり、アイルランドの劇詩人イェイツを新しい演劇世界に導いた。総合芸術としての演劇はフランスの舞踊家を通じて、音楽・空無、虚構性・象徴性と明晰に同調してゆく。

3　パウンドとイェイツの継承、フェノロサの象徴主義

フェノロサの遺稿のさらなる文学的意味、その射程について検討したい。『漢字考』は、西欧文化との対比の意識から、表意文字が為し得る思想の略画の思索としてパウンドに感銘を与えた。動詞の作用と自然の照応が思想に関連づけられ、漢字の比喩性が自然観に繋げられ、漢字の具体性と深く思想に繋がる普遍性が評価された。パウンドはそれに拠って二〇世紀の詩の潮流イマジズムやヴォーティシズムの理念を生み出し、表音文字による

タイポグラフィーとして視覚的な詩を試み、また簡略性・簡潔性の面から短詩形の俳句への関心が促された。

これは端的にフランス象徴派の詩人マラルメの意識に呼応する。アルファベットないし言語に対する実体的解釈の試みは彼の『英語の単語』にも確認できる。(35) ことばの〝もの〟としての欠陥、音と意味の繋がりの記号としての恣意性を、虚構性で補完させる詩的思考、その不可能性に重ねられた虚無性が思索される。それは詩の抽象性・音楽性に関わる。ポール・ヴァレリーに、そして文学と絵画の領域に衝撃を与えた彼の斬新な図形詩「骰子一擲」は、音楽性・抽象性・思想性に基づき、虚構・空無の認識を源として、イマージュと音と意味の総合性における簡略的表現に拠る詩的思考を実践する作品であった。(36) マラルメの虚無の思想は非西洋文化・東洋文化の自然観やアンチ・リアリズムに結ばれていた。それは文学と美術にまたがる次世代のシュールレアリスムの詩人ポール・エリュアールの俳句への関心に連結する。その後現代、俳句はその一瞬の映像性・象徴性、空無のまわりに描かれた具体性と簡潔なリズムによる意味の凝縮として、ロラン・バルトの日本文化論『表徴の帝国』を生んだのであった。(37) 近代から現代への詩の思潮、そして深く日本の文化に関わる意識が紡がれた。

能に関しても、フェノロサ＝パウンドによる西欧への紹介はパウンドを経てアイルランドのイェイツに演劇的・文化史的影響を与え、抽象性・虚構性・総合芸術性において、西洋リアリズム演劇から近代演劇へと転換させる要因となった。超自然的要素により、日常と非日常、現実と非現実の重層をもたらす夢幻能に繋がった。そこにも、目に見える具体性と見えないものの顕現、つまり核心としての象徴性があった。イェイツは、身体の虚構的抽象表現を明かす象徴派詩人マラルメによる舞踊論と照らしあう総合芸術論を唱えた。音楽を芸術の中枢となす虚構性を軸に象徴性が追究された。仮面も同様の意味をもった。それはやがて日本文化を愛惜した駐日フランス大使ポール・クローデルを導く。劇詩人クローデルは俳句の象徴性に惹かれ実作し、明治近代化の波に呑まれてひとたび凋落した能と俳句を、その象徴性の点で日本において現代に引き継いだ。漢字にも能にも間接的に、しかし根源的に結びついた詩人マラルメは、一九世紀末ヨーロッパにおいて印象派から象徴派の画家や音楽家たちと親交し、時代の文学世界のみならず現代の芸術文化に影響を及ぼした思索者であった。それが実地で日本文化に接したバルトやクローデルへと繋がったのであった。

俯瞰すれば、フェノロサは西洋文学の近代から現代への脈絡に大きく関わり、また影響力を保有したと言えるだろう。ことばとイマージュの詩人パウンド、象徴性と東洋の意識を掲げるイェイツの思考は、マラルメの総合芸術性・虚構性の中軸に緊密に照応するものであった。ここにフェノロサの文学的遺稿の射程を確認できるだろう。近代西洋文化において近代文芸を生み、象徴性を通して現代文芸を導くもの、それは視覚芸術や音楽に関わる総合芸術であり、改めて深く日本の文化・宗教や自然観、その蘇生に結ばれるものであったと言える。

重ねて、フェノロサと親交したラフカディオ・ハーンの、平仮名をも含む文字への感慨[38]は、マラルメを原点とするオイゲン・ゴムリンガーのコンクリート・ポエトリーを介して、仮名をも含む北園克衛の図形詩[39]に節木され、新しい詩と絵、そして前衛書へと広がる。いわば日本の文化を一要素として、ことばと美術の橋渡しとなった。フェノロサがアメリカ文芸復興への思いのなかでギリシアと結びつき回避したかにも見えるヨーロッパに、より太い脈絡をもって繋がることになる。こうした情況はフェノロサの美術世界観においてどう位置づけられるのだろうか。

4　美術運動と支えあう文学認識、現代を見晴らした文化史家

フェノロサの文学的営為について、美術関係の功績と響きあう広範な並行性が考えられないだろうか。表意文

字にも能にも確認できた〝物〟に密着した思考、それによる世界との連繋の思考、自然の動態と表現媒体・マチエールとの共鳴の思考、具体と普遍を共に生きる象徴性を基盤とする思考は、西洋全般の近代文芸ないし時代の思想・文化の動向を刷新し推進するものであった。

美術界では、フェノロサは近代美術の展開者というより日本の伝統美術の再興者という意味が大きかっただろう。W・S・ビゲロウがヨーロッパで浮世絵やジャポニスムに触れたという来日の契機をもつにせよ、それを近代美術における新たな一要素として展開したというより、日本の美術ないし宗教への思いそのものが強くうかがわれる。近代の探究者という意識以上に、二人は日本の文化に愛着し同化したのではないだろうか。フェノロサがルイ・ゴンスの『日本美術』に対して、現地日本での厳密な考証をもって批判し、後に浮世絵をそれなりに評価し位置づけてゆくにせよ、まず浮世絵偏重の思考に異議を唱えたのも、日本の伝統芸術に対する公正な見方と共に、深くそれに心酔したためではなかっただろうか。それは確かに大きな価値があった。しかし、一人の人間の資質に対する過分の期待にほかならないが、日本の伝統芸術・文化へのフェノロサの心酔にはその一途さゆえに惜しまれる部分もなかっただろうか。時代の画家のなかでとりわけジェームズ・M・ホイッスラーに強く関与したのは同郷であったことに加え、アメリカ人としてのアメリカ文芸復興の思いの強さのせいもあったのではないか[40]。ホイッスラー自身は西洋の土壌に深く根付き、マラルメらヨーロッパの芸術家たちと日常的に親密に交流して象徴派の風土に生き、ジャポニスム、アール・ヌーヴォーをひとつの要素として自身の芸術に取り込んだ。

一九世紀後半の西洋において、西洋文化全体に対する見直しは、文学や美術など諸芸術の共鳴のなかで、東洋に触れながら、またプリミティブな文化を掘り起こしながら新しい芸術を生み出しただろう。ジャポニスムは確かに西洋文化において個々の必要に応じて吸収されたひとつの要素であった。時代の潮流のなかでフェノロサの意識と実践は先駆的に、しかしアメリカ人としていわば迂回しながら、価値をもったと言えないか。それは文学的価値の流れのなかで確認できるのではないだろうか。そこにはひとつの要となる思考が想定できる。漢字・表意文字においても能においても象徴主義的思考が根底にあった。具体と抽象、抒情と抽象を包接しうる象徴性がひとつの中枢だった。そこで日本の芸術・宗教・文化はひとつの位置を占めた。日本の地を踏まなかったマラルメも、日本に生きたクローデルやバルトも、共に日本文化の、庶民・貴族を問わず通底する宗教観と自然観に繋がる大胆な象徴性や、繊細な抒情性に魅惑されたのではなかったか。それが現代芸術を動かすひとつの要因となったと言えないだろうか。

フェノロサは来日して伝統美術の保護に乗り出し、それを世界に開き示した。その間仏教に帰依し、遺志により琵琶湖畔三井寺に葬られた。もはや思考ではなく感性の全身で、単に美術のみならずそれを端緒として東洋の精神文化に生きた人と言えるだろう。美術への注目は多様なその象徴性にあり、自然に融合する宗教感覚、文化の深みに由来したのではなかったか。漢字から能から同様の象徴的要素・虚構性が見据えられた。まさに彼自身語ったように、単に美術が問題だったのではなく文化が根源的問題であり、そこに息づく象徴性が問題であった。フェノロサの文学的価値とは、彼の壮大な美術的発掘をそのエッセンスとして保障するもの、そしてさらにより豊かな地平に導くものではなかっただろうか。それは、本書で見てきた多様なヨーロッパの文芸・文化と日本の文芸・文化との照らし合わせの中で、より大きな価値を発見させた。

おわりに

フェノロサにおける文学領域の遺産に光を当てて漢字と能を対象に考察した。アメリカ人パウンドに対して、彼自身の文学理念であるイマジズムへの契機となるに留まらず、第二部・第三部で吟味したマラルメの視覚詩・図形詩と呼応し、虚構性を通じて文学を越え総合芸術を方向づけた。簡略的・線描的な俳句への関心も第一部で考察した現代におけるバルトの日本文化論に繋がった。具体と抽象において象徴性の本質に関わった。能では、パウンドを通じてアイルランド人イェイツにヨーロッパ近代演劇の刷新および現代演劇の創始へと影響力を与えたが、それ以上に能の虚構性、世紀末マラルメの舞踊論における簡略的線描性・抽象性・虚構性・象徴性に照応し、さらに現代詩劇・日本文化論のクローデルによる能と俳句の営みを生みだした。このように彼の文学的営為は近代文芸から現代芸術にまたがり大きな影響を及ぼしたと考えられるだろう。

その意味でフェノロサは、文学界において多大な価値を担う。それは音楽性を核として視覚性と繋がり美術界と連動するものであったが、むしろより長い道程を示した。文化を背景に美術の世界で甚大な価値をもつフェノロサは、その深さにおいてより明確かつグローバルに近代から現代へ文化の転換を促す位置を占め、近代精神の実践、近代状況の批判者としての意味をもったのではないか。アメリカ文芸復興を目指したフェノロサは、文学上の遺産によってヨーロッパの文学芸術と直接・間接に繋がった。そこで日本の芸術文化は、確かにひとつの重要な意味を担ったのではないだろうか。そしてそれは、マラルメの光芒の内で確認できたと言えるだろう。

前章で触れた断章「東洋の詩と美術」（一八九二）において彼はすでに漢字の価値、比喩的意味、絵と思考の連結、象徴主義の価値、アンチ・リアリズムの意向、詩・音楽・美術の総合性を指摘して、東洋文化を高く評価していた。同様に詩集『東と西』の序文（一八九三）において、東洋・アジアの芸術と宗教を西洋との対比のもとに称揚し、詩と音楽における芸術の妙味や精神性を挙げていた。同じく『東と西』において、とりわけ日本の音楽と詩と美術と生活への憧憬、西洋の貧困の認識、アジアの理想への思いが謳われ、詩篇「輪廻の賦」（一八九七）においては、美と宗教の源インドと中国、そして日本の京都の地が愛惜され、ヨーロッパに対する鳥瞰的対決の意識が認められた。(41) 途絶えることのなかった意識や断片的表現が、一九〇八年、弱冠五五歳の急逝による遺稿にまで引き継がれたのではないか。能も漢字も、その価値が急激な欧化の嵐の中で取り残されようとしていた日本の伝統文化であっただろう。文学的遺産は遺稿ながら、東西の芸術文化において時代を見晴らす広範な意味をもったと言えるだろう。そして統合的な歴史感覚に満ちたその卓識の伝承こそが、フェノロサの遺志であったと考えられるだろう。こうしたことは、マラルメの詩学と共にあって、その芸術諸ジャンルの相関、日本芸術・文化との関わり、東西文化の相照の中で浮上させ得たのではないだろうか。互いの価値を証し、より豊かな地平で結び合わせ、東西文化の交流の可能性を導き出したと言えないだろうか。ここにマラルメとフェノロサの遥かに、だが確かに響きあう共鳴を確認しえると思う。そこに東西文化を結ぶ束の間の虹が照らし出されないだろうか。

（1）　高田美一訳著『アーネスト・フェノロサ＝エズラ・パウンド芸術詩論　詩の媒体としての漢字考』（和英二国語版、東京美術、一九八二）。本書は本文（原文共）と解題等から成る。高田美一『フェノロサ遺稿とエズラ・パウンド』（近代文芸社、一九九五）ほか以下を参照。*The Chinese Written Character as a Medium for Poetry* by Ernest Fenollosa with a Foreword and Notes by Ezra Pound, Stanley Nott & Arrow Editions, 1936. Ernest Fenollosa and Ezra Pound, *The Chinese Written Character as Medium for Poetry*, A Critical Edition, Edited by Haun Saussy, Jonathan Stalling and Lucas Klein, Fordham University Press, 2008.

（2）　長谷川利光『イェイツと能とモダニズム』（ユー・シー・プランニング、一九九五）、山口静一『フェノロサ　日本文化の宣揚に捧げた一生』下（三省堂、一九八二）一七〇―二五〇頁、村形明子『アーネスト・F・フェノロサ文書集成――翻刻・翻訳と研究』下（京都大学学術出版会、二〇〇一）第一四章・一五章参照。

（3）山口前掲『フェノロサ　日本文化の宣揚に捧げた一生』下、二五二―二八八・四三〇―四三一頁参照。

（4）『リトル・レビュー』誌（一九一九）、パウンド評論集（一九二〇）への収録後、決定版『漢字考』（一九三六）が出版され、以後西欧各国で刊行されている（髙田前掲訳著、五一―五四頁）。

（5）同前書、一―二頁（原文七頁）。以下訳語は当書を参照させていただき多く訳著者に負う。

（6）同前書、三―六頁（原文七―一〇頁）。

（7）同前書、七―一一頁（原文一〇―一三頁）。エリオットの理解について訳著者の注記がある（八頁）。

（8）同前書、一二―一三頁（原文一三―一四頁）。訳著者は西田幾多郎の「時間」に言及する（一三頁）。

（9）同前書、一七―三〇頁（原文一六―二五頁）。

（10）菅原道真の習作「月夜見梅花」から「耀」の字が挙げられている。北野天神縁起のこの詞書に関する『東亜美術史綱』での記述、道真の悲劇と自身の悲劇の重ね合わせについて髙田前掲訳著、八一―八五頁参照。後述する北園克衛宛パウンドの書簡で、フェノロサに倣って用いる日本式音声について、豊かな母音の響きの記述がある（同書、六六―六七頁）。近現代の言語思想記号論に関しても後述。

（11）髙田前掲訳著、三〇―三三頁（原文二五―二八頁）。アリストテレスへのパウンドの言及が見られる（三一頁、原文二六頁）。

（12）同前書、三四―三六・四一―四二頁（原文二八―二九・三二頁）。パウンドとヴォーティシズムの関連について訳著者注参照。

（13）同前書、四四―四九頁（原文三四―三七頁）。中国詩はギリシア詩に匹敵するとパウンドは「あとがき」に記す（四八頁、原文三七頁）。

（14）パウンドは一九一三―一六年、イェイツの秘書としてサセックスで親交した（長谷川前掲『イェイツと能とモダニズム』八―一三頁参照）。

（15）*Certain Noble Plays of Japan*, from the Manuscripts of Ernest Fenollosa; chosen and finished by Ezra Pound; with an Introduction by William Butler Yeats, Cuala Press, 1916.（Ezra Pound and Ernest Fenollosa, *The Classic Noh Theatre of Japan* [with Introduction by William Butler Yeats to *Certain Noble Plays of Japan* by Pound & Fenollosa (1916)], New Directions, 1959. W.B.Yeats, "Certain Noble Plays of Japan", *Essays and Introductions*, *Macmillan*, 1961, pp.221-237.）（初出は *Poetry*, 1914.）

（16）Ernest Fenollosa and Ezra Pound, *'Noh' or Accomplishment, A Study of The Classical Stage of Japan*, Macmillan & co., Limited, 1916. 以下本文ではサブタイトルを略す。なおフェノロサ自身の講演記録として "Notes on the Japanese Lyric Drama", *Journal of the American Oriental Society*, Vol.27, 1901, pp.129-137. がある。主にこれについて山口前掲書一七〇―一七四・二二五―二二八頁、および前掲書中フェノロサ能楽論等について古川久「欧米人の能楽研究」（『東京女子大学附属比較文化研究所紀要』第一号、一九五五）五―四〇頁、同（Ⅱ）（同第三号、一九五六）三五―六九頁、同（完）（同第五号、一九五八）一―四三頁（以上は『明治能楽史序説』、わんや書房、一九七四に収録）参照。

（17）「錦木」「羽衣」「熊坂」「景清」である。長谷川前掲『イェイツと能とモダニズム』三五―三六頁参照。後者掲載の作品についても同所参照。

（18）エリオットも感銘を受けた。T.S.Eliot, "The Noh and the Image", *Egoist*, 4, No.7, August 1917, p.103. 以後の作品は能の影響を受ける。

（19）フランス語表記がメアリの意向によることに関して、長谷川前掲『イェイツと能とモダニズム』一一頁参照。

(20) 特集「福家俊明大僧正追忌・フェノロサと能」(『ロータス』第三〇号、日本フェノロサ学会、二〇一〇)参照。

(21) Pound, "Introduction," *'Noh' or Accomplishment*, pp.17–18.

(22) Fenollosa, "On the Noh", *'Noh' or Accomplishment*, pp.101–104, p.108, p.114, pp.120–121. 当論に能の発達段階の記述がある。当論は、一九〇六年頃かとしてパウンドが伝えるものである(pp.99–130)。フェノロサ自身の講演記録としての前出論考(以下"Notes"と略記)(一九〇一)は、チェンバレンやアストンに対する紹介不十分との指摘に始まり、思想史的歴史状況・作者・上演等に関して具体的に提示している。本論の主旨に沿った事柄以外に全体的で詳細な研究は、山口前掲『フェノロサ　日本文化の宣揚に捧げた一生』下、二二五―二二二頁参照。

(23) William Butler Yeats, "Introduction", *Certain Noble Plays of Japan*, p.II, p.V. 長谷川前掲『イェイツと能とモダニズム』一五六・二四〇―二四一頁参照。

(24) *Ibid.*, pp.XII–XIII. 歌舞伎等との混乱について長谷川前掲『イェイツと能とモダニズム』一四四―一四九頁。民族信仰に根差すアルカイックな基層、伝統的題材の文芸化・幽玄化、アイルランド民俗信仰に因る心酔、近代西洋が喪失した日常的次元への超自然の伏在の構造、劇詩人クローデルの思索について同二四―二五頁等参照。イェイツは入れ子構造の演劇的実現を課題とし、「鷹の井戸」を創作したという。

(25) 「錦木」の「単一のイメージ」の分析、パウンドの「超自然」への異和感の検証について長谷川前掲『イェイツと能とモダニズム』三五―一一三頁参照。脚本すなわち劇との誤った前提は西洋演劇を逆照射する、とエリオットは見抜く(同所参照)。イェイツに関し同書に多く学んだ。

(26) 世阿弥『花伝書』との関連、フェノロサ＝パウンドの日本への影響に関して、長谷川前掲『イェイツと能とモダニズム』一四―一五・五八―八四・一〇〇―一〇二頁参照。仏教的世界観に関わるパウンドの誤訳についても指摘と研究がなされている。

(27) Yeats, "Introduction", p.V, pp.XII–XIII. 長谷川前掲『イェイツと能とモダニズム』二〇二頁参照。

(28) S.K.Langer, *Feeling and Form : a Theory of Art Developed from Philosophy in a New Key*, Routledge & Kegan Paul Limited, 1953, pp.191–192.『感情と形式：続「シンボルの哲学」』(大久保直幹ほか訳、太陽社、一九七〇)および長谷川前掲『イェイツと能とモダニズム』二〇四—二〇七頁参照。

(29) 宗像衣子『マラルメの詩学——抒情と抽象をめぐる近現代の芸術家たち——』(勁草書房、一九九九)第一部第二章・第四部第二章参照。なお、第二部第三章で見た「花子」はロイ・フラーが価値を認め名付けてロダンに紹介した日本人女優である。

(30) Yeats, "1919", *The Collected Poems*, Macmillan & co., LTD, 1958, pp.234–237. 長谷川前掲『イェイツと能とモダニズム』二〇四—二〇七・二一一—二二〇頁参照。能の舞台の道具立ての無さについて、フェノロサ前出"Notes"で指摘されている(p.130)。

(31) Yeats : "Introduction", pp.IV–V, p.XII., *Four Plays for Dancers*, Macmillan & co., LTD, 1921. 長谷川前掲『イェイツと能とモダニズム』二四〇—二四一頁参照。

(32) Yeats, *Ibid.*, pp.VII–VIII. 長谷川前掲『イェイツと能とモダニズム』一四八—一五〇・二三二頁参照。フェノロサ前掲"Notes"では「木の仮面は個性を示す」とある(p.129)。

(33) *Ibid.*, pp.II–VII, p.155. 長谷川前掲『イェイツと能とモダニズム』一五六・二三八—二四〇参照。

(34) 長谷川前掲『イェイツと能とモダニズム』二五〇・一二三頁、出淵博『イェイツとの対話』(みすず書房、二〇〇〇、二一二—二一三頁でマラルメに触れる)参照。

(35) 前掲拙著『マラルメの詩学』第一部第一章第二節参照。

(36) 同前書、第一部第五章参照。

(37) 宗像衣子『ことばとイマージュの交歓――フランスと日本の詩情――』(人文書院、二〇〇五)第二部第一章・第四部第三章参照。バルトは能にも注目する。アンリ・ミショーにおける字と絵については同書第一部三章参照。バルトについては、本書第一部第一章・四章参照。

(38) ギリシア人の母とアイルランド人の父をもつハーンは、一八六六年にフランスに留学して象徴主義詩人を知る。彼は、渡米後、九〇年に来日し、東京大学等で英文学および世界の文学を講じた。「東洋の第一日目」『知られざる日本の面影』(一八九四)において仮名や漢字の神秘性・装飾的芸術性に感動し、幾世代も芸術家が進化させた生命溢れる絵である文字の運筆に優美な均斉、不可視の曲線を見る。日本文化の抒情性や自然観を伴って漢字と仮名が絵と繋がっている。なお九六年に帰化して小泉八雲と改名した(『外国人文学集』、講談社、一九六九、三五〇・三五一・三五八・三六一頁)。

(39) 内堀弘編『北園克衛　レスプリヌーボーの実験』(本の友社、二〇〇〇年)および本書第三部第三章参照。

(40) 山口前掲『フェノロサ　日本文化の宣揚に捧げた一生』下、一五六―一六七頁および同氏による以下を参照。『フェノロサ美術論集』(中央公論美術出版、二〇〇四)二一三―二八四頁、「ホイッスラー氏の美術の歴史上の位置について(訳)」(『ロータス』第一〇号、日本フェノロサ学会、一九九〇)三七―四一頁、「ルイ・ゴンス『日本の美術』絵画篇批評」(同第一八号、一九九八)二〇―五二頁、「フェノロサの北斎再評価――『北斎肉筆画展覧会目録』緒言――」(同第二〇号、二〇〇〇)一一―二四頁、「フェノロサの北斎再評価(続)――『北斎肉筆画展覧会目録』本文(その一)――」(同第二一号、二〇〇一)一六―一二二頁参照。ホイッスラーに関して本書第一部第三章・第三部第二章参照。

(41) 詩文等訳について、村形明子編訳『アーネスト・F・フェノロサ資料』三(ミュージアム出版、一九八七)五七―八〇・九五―一五一頁参照。他に、アーネスト・フェノロサ『浮世絵の巨匠たち』(山口静一訳、二〇一五)参照。

あとがき

本書を纏めながら振り返ってみて、多くの先生方や周囲の皆さまから様々なご恩を受けてきたことを感慨深く思う。京都大学学部生の時、フランス文学専攻において本城格先生からルネサンス文学のご研究を通して社会と人間心理のありさまについて、中川久定先生からは一八世紀啓蒙思想のご研究から社会と文学に関わる実証研究の重要性について学んだ。その後、卒業論文（マラルメの扇の詩をめぐる虚無の考察）の試問を機縁に英文科の御輿員三先生の英詩のご研究に接することになったが、フランス文学専攻であったにもかかわらず大学院生の時に受けた先生のご指導、その貴重さは今にいたるまで忘れられない。御輿先生から「詩」の何たるかを学んだ気がする。三好郁朗先生のマラルメのご講義も大切であった。神戸大学で長く非常勤講師をさせていただいた時には、拙い論文に対して、木内孝先生がいつも親身に勇気づけてくださった。先生は、マラルメ研究の第一人者、立教大学の松室三郎先生のご友人であったが、その関係もあって松室先生にも遠くから常にあたたかいお言葉をいただいた。こうした先生方のご支援がなければ、私自身の関心は先生方とは異なるものに方向づけられたとはいえ、マラルメにこだわり自分なりに接し続けるということはおそらくなかったと思う。

このような学びのなかで、元をただせば、昔から引き継がれたすぐれた翻訳研究はほんとうに重要であった。鈴木信太郎先生のフランス詩研究をはじめとして、前記松室先生、そして菅野昭正先生、清水徹先生、阿部良雄先生、渡邊守章先生ほか諸先生方による『マラルメ全集』全五巻は、常に限りなく大きな支えだった。ワープロもパソコンもインターネットもない時代からの、先生方の地道で丹念な、膨大なお仕事・ご研究から学ばせていただいたことを思うと感謝の念もひとしおである。昨今のマラルメ研究者では、ずいぶん以前、駆け出しの頃に、若き竹内信夫先生から受けたご指導も折々思い出す。マラルメ・記号論の西川直子先生、マラルメ・言語思想研究の佐々木茂子さんも、いつも闊達に支えてくださった。一方で自身はといえば、若い方々に何もできないまま、ただ応援したいと思うばかりであった。

フェノロサに関しては、その機縁を作ってくださった山口静一先生や村形明子先生、その遠大なご翻訳やご研究の成果から受けたものは計り知れない。一筋の長年の研鑽というものの価値を実感させていただいた。また学びの道筋の中で、このたび特に英文学・アイルランド劇詩イェイツ研究の長谷川年光先生の貴重なお仕事から多大な恩恵を賜わったことは、まさに本書をまとめるにあたって幸甚であった。フェノロサ学会で、神林恒道先生から、美学芸術学のご専門領域のみならず文化全般に関わる広く深甚なご教授とお導きを身近に賜わったことは幸運に恵まれたというほかない。

また高階秀爾先生の東西芸術研究のお仕事、芳賀徹先生の東西文芸のご研究や川本皓嗣先生の比較文学のご著書、磯谷孝先生の記号論のご研鑽も、以前から折に触れては学ばせていただいた土台であった。音楽・文芸思想に関しては、三光長治先生の厖大なワーグナーのご研究は深く導きの元であった。長く非常勤講師を務めさせていただいた京都市立芸術大学大学院で、多くの音楽家の方々から、一味ちがったことばで音楽の本質に接することができたのも恵まれていた。さらにこのたび本書のために、マチスの『マラルメ詩集』の挿画のことでご厚意を賜わった姫路市立美術館の山田真規子さん、並びに、書家森田子龍による、マチスと書に関わる「東西の虹」について貴重な情報を賜わった豊岡市文化振興課の徳味卓示さんに深く感謝申し上げたい。また日本に居ながらにして、パリ郊外のマラルメ美術館のペギー・ジュネスティさんたちから賜わった懇篤なご支援・情報提供等について心より深謝したい。フランスでは、文学・芸術・文化について学んだものの、帰国後は渡欧もままならなかったが、多様な学会から実に多くを学ばせていただいた。

パリで、留学後もいつも遠くから支えてくださった碩学ミッシェル・デコーダン先生、先生を指導者とさせていただけなければ失われたことがたくさんあった。心底が把え難かっただろう大胆で頑なな東洋の女の子にもどかしさも見せず、浩然として鷹揚であった。「マラルメ」を博士論文のサブタイトルにしか上げずにタイトルを「抒情と抽象」としたことに、今、ペール・ラシェーズの墓地から微笑んでいただけるだろうか。マラルメは手掛かりにすぎなかった。しかし大きな手掛かりではあった。マラルメ研究の場にあっては微力故に一種の空しさを、諸々の他領域にあっては同じくある種の歯がゆさを感じた。どこにも落ち着けず、自らの足場は常に外にあり不安定であった。伝え難く口を閉ざすほかなかった。デコーダン先生の文学と芸術と文化のお導きは、その後の私の問題意識を堅固に形作ってくださった。後を継がれたクロード・ドゥボン先生のやさしさとおおらかさも日々の支えだった。そんな先生方を繋いで、いつもパリとの仲介をしてくれた友人、九鬼周造の研究者斎藤多香子さんには感謝のことばもない。彼女の助力がなければすべては展開しなかった。日本でも、その後多くの友人の恩を受けながらそれを十分に育てさせていただく余裕がなかったことが悔やまれる。ただただ時間に追われて日々を過ごす年月のなかで、亡き人となられた多くの先生方が、フランスにも日本にもいらっしゃった。自分ひとり日常の時間に急かされているうちに、時はどんどん他の人々のそれぞれの時間として過ぎてゆく。後悔が尽きない。振り返り、今ならわかるということばかりである。

今、先立つ拙著を振り返らざるをえない。このたびの、おおよそ一年におよぶ、日々現実の波を搔い潜って細々と拾い集めた時間と体力による書物作りの作業を思い起こし、編集者の方の大きな力を思わずにはいられない。最初の拙著『マラルメの詩学』の時には右も左もわからない筆者に、おそらく呆れながらも気持よく根気よく、確かなご経験によって導いてくださった元勁草書房の伊藤真由美さんにはやはり感謝のことばしか浮かばない。次の拙著『ことばとイマージュの交歓』では、やはり大ベテランの人文書院元編集長、谷誠二さんがいくつものわがままを聞いてくださりながら、しかしさりげなく的確な道筋を作ってくださった。その辛抱強さ、ご厚情にやはり深く感謝したい。お二人共に、ご定年前の豊かなご見識を注いでくださった。ただその折々には、お二人の編集のお力、その価値を十分に感じることができていなかった、と今になって思う。この場で改めて感謝の意を記させていただきたい。

それを今さらながら思わせてくださったのは、このたびの思文閣出版の大地亜希子さんである。お若い力でいつも真剣に率直に、強く支えてくださった。家庭の事情や自身の病気や不調にしばしば見舞われるなかで、変わることなく信頼させていただけたお人柄はほんとうにありがたかった。後日、偶然、大地さんが間接的に父をご存知だったとわかり、ご縁を感じた。美学美術史学の父からもっと教えてもらっておけばよかったと今さらながらこれも後悔する。なぜかしらアンフェアな気がして、わざと教えを受けなかった。父も自分からそのような話をしない、慾のない雲の上の仙人のような人だった。ただそれなのに、今、似た感性や思索の片鱗を感じてしまう。人は、どこからどう何を受け継いでゆくのだろうか、不思議だ。

私事繋がりで恐縮だが、最初の書物出版の時、幼かった子供たちは大きくなり、別の家庭を作り、またその子がこの春生まれた。子供たちと走り回った子犬が今、入退院の度に弱る母の傍にくっつき私の不器用な介護を目で追う。次々悩まされる大学勤務の中で、愚直に向き合っては自ら厖大な時間を空費し、そのために寸暇を惜しまざるをえなかった生活と仕事によって、家庭や子供たちにはずいぶん皺寄せを及ぼした。その代わりにもならないが、今、夫の理解を得て、母の世話ができることをありがたいと思う。引き継がれる人生のめぐりを実感する。今ならわかる、ということがほんとうに多いこのごろである。

幼い日、茫洋と深淵なふところのように感じた散歩道、京都左京区の東山山麓、鹿ケ谷の「哲学の道」が今、細く短く小さく、いくぶん明確に見える。夕日に黒谷の塔のシルエットを眺め、法然院の蟬しぐれに耳をつんざかれ、現実の形と音から身を離して遊んだ小さな姿が思い浮かぶ。曖昧模糊とした古い京都に生まれ暮らしたのち、パリでは、異質の明澄な現実感覚を覚えた。幽遠さと明晰さ、それらに不思議な優美の繋がりを感じた。あまり心情は変わらない。同じ核を中心に膨らんだだけと思えるが、そんなものかもしれない。ただ、いくつもの後悔が、文字通り走馬灯のようにめぐる。今、大津比叡山の中腹にいて、昔とは異なるこの地の花が咲き、鳥が鳴き、小さな庭に四季がめぐる。ままならぬことのみ多いと思ったが、幸運だった気もする。

大きすぎた「マラルメ」から引っぱり出した細い糸を紡いださささやかなアッサンブラージュとしての本書、つぎはぎの組み合わせを織ったその「宇宙に張り巡らされた律動的な関係の糸」は、〝抒情と抽象〟、芸術や文化における逆説性、つまりはただ、雨上がりの光に一瞬見えた「東西に架かる幻の虹」だったのだろうが、何かしら小さな支えになるかもしれない。これから書きたい別種のものがある。やっとそれにとりかかれる気がする。

比叡平にて　二〇一五年七月

宗像衣子

初出一覧

（以下の初出論文は本書の一本化のために適宜加筆修正が施されている）

第Ⅰ部　文芸に見る自然観

一　「芸術の響き合い・文化の響き合い――マラルメの無と日本美術における自然観――」
（神戸松蔭女子学院大学『研究紀要』第四七号、二〇〇六年）

二　「ことばと文化――俳句の翻訳とハイカイ――」
（京都市立芸術大学『ハルモニア』第三五号、二〇〇五年）

三　「詩と絵と文化の東西――マラルメの主体・日本の自然観――」
（京都大学仏語学仏文学研究室『仏文研究』吉田城先生追悼特別号、二〇〇六年）

四　「ロラン・バルト再考――日本文化をめぐって――」
（神戸松蔭女子学院大学『研究紀要』第五〇号、二〇〇九年）

第Ⅱ部　創造における逆説性

一　「芸術の総合性、音楽の中枢性、文化の相互性――マラルメから現代へ――」
（京都市立芸術大学『ハルモニア』第三八号、二〇〇八年）

二　「世紀末芸術――逆説性と価値――」
（神戸松蔭女子学院大学『研究紀要』第五一号、二〇一〇年）

三　「ロダンの近代性――社会と芸術に関わる総合性と逆説性――」
（神戸松蔭女子学院大学『研究紀要ＪＯＬ文学部篇』第三号、二〇一四年）

第Ⅲ部　芸術表現の東西交流

一　「マラルメにおける総合芸術性――『骰子一擲』の価値――」

（神戸松蔭女子学院大学『研究紀要』第五二号、二〇一一年）

二　「マラルメとマチスをめぐって――余白の詩・余白の絵――」

（京都市立芸術大学『ハルモニア』第三七号、二〇〇七年）

三　「芸術創造における空無の意識――詩と絵と書の東西――」

（神戸松蔭女子学院大学『研究紀要JOL文学部篇』第二号、二〇一三年）

四　「東山魁夷の芸術――色と形の表現性――」

（神戸松蔭女子学院大学『研究紀要JOL文学部篇』第一号、二〇一二年）

第Ⅳ部　伝統文化の現代性

一　「九鬼周造の文芸思想とフランス象徴主義」

（神戸松蔭女子学院大学『研究紀要』第四八号、二〇〇七年）

二　「フェノロサの文学観――マラルメから管見――」

（日本フェノロサ学会『ロータス』第三一号、二〇一一年）

三　「フェノロサの文学的価値――『漢字考』と能楽論の芸術的文化史的位置づけ――」

（日本フェノロサ学会『ロータス』第三四号、二〇一四年）

人名索引

〔人名の後に、欧文表記および生没年を確認できる限りで付した〕

あ

青木繁 1882-1911 154
浅井忠 1856-1907 154
アストン，ウィリアム ジョージ
William George Aston 1841-1911 335
アポリネール，ギヨーム Guillaume Apollinaire
1880-1918 66, 232, 236〜240, 242, 243
荒木田守武 1473-1549 34
有島生馬 1882-1974 162
アルベニス，イサーク
Isaac Albéniz 1860-1909 151
アングル，ジャン オーギュスト ドミニック
Jean Auguste Dominique Ingres 1780-1867
219
アンソール，ジェームズ
James Ensor 1860-1949 144

い

イェイツ，ウィリアム バトラー William Butler
Yeats 1865-1939 148, 324, 329〜337, 340
石川九楊 1945- 232〜235, 239, 241
井島勉 1908-78 233, 234
伊藤道郎 1893-1961 330, 334
井上有一 1916-85 235

う

ヴァレリー，ポール Paul Valéry 1871-1945
95, 127, 191, 225, 275, 276, 293, 294, 299, 300,
336
ヴァン デ ヴェルデ，アンリ
Henri van de Velde 1863-1957 144
上田桑鳩 1899-1968 234
ヴェラーレン，エミール
Emile Verhaeren 1855-1916 144
ヴェルガ，ジョヴァンニ
Giovanni Verga 1840-1922 153
ヴェルディ，ジョゼッペ
Giuseppe Verdi 1813-1901 153
ヴェルレーヌ，ポール Paul Verlaine 1844-96
143, 275, 276, 295, 299, 300
歌川広重 1797-1858 78
梅若実(父子) 1828-1909（初代），1878
-1959（二代目） 324

え

エジソン，トーマス
Thomas Edison 1847-1931 150
エックマン，オットー
Otto Eckmann 1865-1902 146
エリュアール，ポール
Paul Eluard 1895-1952 124, 336

お

大岡信 1931- 235, 241
岡倉天心 1862-1913
114, 128, 154, 231, 233, 234
尾形光琳 1658-1716 13, 70
荻原守衛 1879-1910 162
オルタ，ヴィクトール
Victor Horta 1861-1947 144
オルリク，エミール
Emil Orlik 1870-1932 146

か

カイヨワ，ロジェ
Roger Caillois 1913-78 206, 219〜223
ガウディ，アントニオ
Antonio Gaudi 1852-1926 151, 152
葛飾北斎 1760-1849 23, 46, 77, 79, 114,
128〜130, 170, 205, 219, 220, 289
カフカ，フランツ
Franz Kafka 1883-1924 121
カラフェルト，ルイ
Louis Callaferte 1928-94 28, 40, 42, 46
カリエ＝ベルーズ，アルベール＝エルネスト

Carrier-Belleuse Albert-Ernest 1824–87 172
カルドゥッチ，ジョズエ
Giosuè Carducci 1835–1907 153
ガルドス，ペレス
Pérez Galdós 1843–1920 152
ガレ，エミール Emile Gallé 1846–1904 142
川端康成 1899–1972 252, 258
鑑真 687–763 252, 261
カンディンスキー，ワシリー
Wassily Kandinsky 1866–1944 25
カント，イマニュエル
Immanuel Kant 1724–1804 292

き

北園克衛 1902–78 243, 337
キャロル，ルイス Lewis Carrol 1832–98 149

く

九鬼周造 1888–1941 114, 125, 127〜129, 219, 224, 225, 227, 275〜277, 282, 284, 286, 289〜300, 307
九鬼隆一 1852？-1931 128
クシュー，ポール＝ルイ Paul-Louis Couchoud 1879–1959 28, 29, 40, 45, 49, 58, 59, 68
グゼル，ポール Paul Gsell 1870–1947 162, 167, 169
クノップフ，フェルナン
Fernand Khnopff 1858–1921 144, 145
クラデル，ジュディット
Cladel Judith 1873–1958 160, 166
グラナドス，エンリケ
Enric Granados 1867–1916 151
グリム兄弟，(ヤーコブ，ヴィルヘルム)
Jacob Grimm 1785–1863, Wilhelm Grimm 1786–1859 145
クリムト，グスタフ
Gustav Klimt 1862–1918 79, 146, 147
クレー，パウル Paul Klee 1879–1940 114, 122〜125
クローデル，カミーユ
Camille Claudel 1864–1943 159, 160
クローデル，ポール Paul Claudel 1868–1955 95, 99, 336, 337, 339, 340
黒田清輝 1866–1924 154
桑原武夫 1904–88 102, 104

け

ゲオルゲ，シュテファン
Stefan George 1868–1933 145
ケレルマン，ベルンハント
Bernhard Kellerman 1879–？ 289

こ

孔子 552–479B.C. 311
ゴーギャン，ポール Paul Gauguin 1848–1903 79, 142, 144, 170, 172, 197, 316
コキオ，ギュスタヴ
Gustave Coquiot 1865–1926 162
ココシュカ，オスカー
Oskar Kokoschka 1886–1980 147
ゴッホ，フィンセント ファン Vincent Van Gogh 1853–90 77〜79, 142, 144, 170, 173, 218
小林一茶 1763–1827 39
ゴムリンガー，オイゲン
Eugen Gomringer 1925– 232, 242, 243, 337
小山正太郎 1857–1916 231, 233, 234
コラン，ラファエル
Raphael Collin 1850–1916 154
ゴンクール，ジュール ド
Jules de Goncourt 1830–70 82
ゴンス，ルイ Louis Gonse 1841–1926 128, 338

さ

酒井抱一 1761–1828 13, 70
鮫島看山 1893？–？ 234
サリヴァン，ルイス
Louis Sullivan 1856–1924 149, 150
サルトル，ジャン＝ポール
Jean-Paul Sartre 1905–80 92
サン＝サーンス，シャルル カミーユ
Charles Camille Saint-Saëns 1835–1921 143

し

シーレ，エゴン Egon Schiele 1890–1918 147
ジェイムズ，ヘンリー
Henry James 1843–1916 150
シェノー，エルネスト
Ernest Chesneau 1833–90 79, 210
シスレー，アルフレッド

Alfred Sisley 1839-99 142
下村観山 1873-1930 154
シモンズ，アーサー
Arthur Symons 1865-1945 148
シャール，ルネ René Char 1907-88 216
ジャコテ，フィリップ
Philippe Jaccottet 1925- 28, 40, 43, 46
シャルコー，ジャン＝マルタン
Jean-Martin Charcot 1825-93 147
ジャンケレヴィッチ，ウラジミール Vladimir Jankélévitch 1903-85 23, 113, 117, 119, 120, 196, 211, 226, 296, 297
シュアレス，アンドレ
André Suarès 1868-1948 276, 290, 297, 300
シューベルト，フランツ ペーター
Franz Peter Schubert 1797-1828 147
シュトゥック，フランツ フォン
Franz von Stuck 1863-1928 146
シュトラートマン，カール
Carl Strathmann 1866-1939？ 146
シュトルム，テオドール
Theodor Storm 1817-88 145
シュニッツラー，アーサー
Arthur Schnitzler 1862-1931 147
ジョイス，ジェイムズ
James Joyce 1882-1941 121, 213

す

スーラ，ジョルジュ ピエール
Georges Pierre Seurat 1859-91 142, 144

せ

世阿弥 1363？-1443？ 333
セガンティーニ，ジョヴァンニ
Geovanni Segantini 1858-99 152
セザンヌ，ポール Paul Cézanne 1839-1906
82, 118, 121, 123, 142, 160, 170, 172, 212, 218

そ

ソシュール，フェルディナン ド
Ferdinand de Saussure 1857-1913 98, 193
ゾラ，エミール Emile Zola 1840-1902 143

た

ダーウィン，チャールズ
Charles Darwin 1809-82 138
高村光太郎 1883-1956 162
滝廉太郎 1879-1903 155
ダンカン，イザドラ
Isadora Duncan 1878-1927 333, 334
ダンテ，アリギエリ
Alighieri Dante 1265-1321 165

ち～て

チェンバレン，バジル ホール
Basil Hall Chamberlain 1850-1935 335
坪内逍遥 1859-1935 154
デュジャルダン＝ボーメッツ，エティエンヌ
Etienne Dujardin-Beaumetz 1852-1913 162
デリダ，ジャック
Jacques Derrida 1930-2004 243

と

トウェイン，マーク
Mark Twain 1835-1910 150
ドガ，エドガー Edgar Degas 1834-1917
79, 142, 197, 210, 217, 316
ドビュッシー，クロード Claude Debussy 1862-1918 21～23, 113, 117～121, 125, 129, 143, 151, 196, 211, 213, 226, 276, 288, 289, 296, 316

な

中村不折 1866-1943 155
夏目漱石 1867-1916 155

に

新国誠一 1925-77 243
ニーチェ，フリードリッヒ ヴィルヘルム
Friedrich Wilhelm Nietzsche 1844-1900
145, 293
西田幾多郎 1870-1945 235, 241

ね

ネルヴァル，ジェラール ド
Gérard de Nerval 1808-55 220

は

ハーン，ラフカディオ
Lafcadio Hearn 1850-1904 337

ハイデッガー，マルチン
Martin Heidegger 1889–1976 283, 292
ハイドン，フランツ ヨゼフ
Franz Joseph Haydon 1732–1809 147
ハウエルズ，ウィリアム ディーン
William Dean Howells 1837–1920 150
パウンド，エズラ Ezra Pound 1870–1964
243, 324, 325, 327, 329～332, 335, 336, 339
橋口五葉 1880–1921 155
橋本雅邦 1835–1908 154
バゼーヌ，ジャン
Jean Bazaine 1904–2001 239, 241
服部嵐雪 1654–1707 33
花子（太田ひさ） 1868–1945 160, 171
バルザック，オノレ ド
Honoré de Balzac 1799–1850 143, 173
バルト，ロラン Roland Barthes 1915–80
23, 24, 46, 91～102, 104, 105, 107, 336, 337, 339, 340

ひ

ビアズリー，オーブリー ヴィンセント
Aubry Vincent Beardsley 1872–98
79, 144, 148
東山魁夷 1908–99
250～255, 257, 259, 262, 264～269
ピカソ，パブロ Pablo Picasso 1881–1973
82, 151, 232, 240
ビゲロウ，ウィリアム スタージス
William Sturgis Bigelow 1850–1926 338
ピサロ，カミーユ
Camille Pissarro 1830–1903 142, 144
菱田春草 1874–1911 154
比田井天来 1872–1939 234, 235
平田禿木 1873–1943 330
ビング，サミュエル
Samuel（Siegfried）Bing 1838–1905 144

ふ

ブールデル，エミール＝アントワーヌ
Emile-Antoine Bourdelle 1861–1929 176
フェノロサ，アーネスト Ernest Fenollosa
1853–1908 114, 126, 128～130, 154, 231, 233, 243, 307～311, 315, 316, 318～320, 323～327, 329～341
フォション，アンリ
Henri Focillon 1881–1943 205, 219, 220, 224
フォンタネージ，アントニオ
Antonio Fontanesi 1818–82 154
ブガッティ，カルロ
Carlo Bugatti 1856–1940 152
藤島武二 1867–1943 154, 155
二葉亭四迷 1864–1909 155
プッチーニ，ジャコモ
Giacomo Puccini 1858–1924 153
フラー，ロイ Loie Fuller 1862–1928 333, 334
ブラウニング，ロバート
Robert Browning 1812–89 326
ブラック，ジョルジュ Georges Braque
1882–1963 21, 22, 114, 122, 123, 240, 241
ブリューゲル，ピーテル
Pieter Bruegel 1528頃–69 144
ブレ，ローズ Rose Beuret 1844–1917 162
ブレイク，ウィリアム
William Blake 1757–1827 148, 220
ブレーズ，ピエール Pierre Boulez 1925–
196, 113, 114, 117, 118, 121, 124, 125, 129
フロベール，ギュスターヴ
Gustave Flaubert 1821–80 143

へ

ペイター，ウォルター
Walter Peter 1839–94 148
ベートーベン，ルードヴィッヒ ヴァン
Ludwig van Beethoven 1770–1827 147
ベッケル，グスタボ アドルフォ
Gustavo Adolfo Bécquer 1836–70 152
ベルグソン，アンリ＝ルイ
Henri-Louis Bergson 1859–1941 283

ほ

ホイッスラー，ジェイムズ マックニール
James McNeill Whistler 1834–1903
79, 149, 150, 338
ポー，エドガー アラン
Edgar Allan Poe 1809–49 77, 117, 210, 316
ボードレール，シャルル Charles Baudelaire
1821–67 93, 143, 160, 165, 173, 275, 276, 291, 292, 297, 299, 300
ポーラン，ジャン Jean Paulhan 1884–1968

114, 122, 124
ポター，ビアトリクス
Beatrix Potter 1866-1943 149
ポッジ，ジュゼッペ
Giuseppe Poggi 1811-1901 152
ボッシュ，ヒエロニムス Hieronymus Bosch
1450頃-1516 144
ホフマンスタール，フーゴー フォン
Hugo von Hofmannsthal 1874-1929 145, 147
ホメロス Homēros 150

ま

マイヨール，アリスティッド
Aristide Maillol 1861-1944 176
正岡子規 1867-1902 102
マチス，アンリ Henri Matisse 1869-1954
82, 205, 209, 211〜213, 216〜219, 224
松尾芭蕉 1644-94
29, 32, 33, 36, 37, 41, 59, 102
マネ，エドゥアール
Edouard Manet 1832-83
78, 83, 85, 117, 197, 205, 209〜211, 244, 316
マラルメ，ステファヌ Stéphane Mallarmé
1842-98 3, 5, 7, 8, 10〜12, 19, 22〜24, 49〜55, 57, 58, 66, 76〜79, 83〜88, 91, 92, 94〜98, 100, 101, 107, 113, 115〜119, 121, 125, 143, 160, 169, 173, 187〜189, 191〜194, 196〜201, 203, 205, 206, 209, 211〜213, 216, 226, 227, 231, 232, 235〜239, 241〜244, 275, 276, 294, 297〜300, 307, 308, 313〜320, 323, 333, 336〜338, 340, 341
マン，トーマス Thomas Mann 1875-1955 145

み

ミケラッツィ，ジョヴァンニ
Giovanni Michelazzi 1879-1920 152
ミケランジェロ，ブオナローティ Buonarroti
Michelangelo 1475-1564 159, 164, 177
ミショー，アンリ
Henri Michaux 1899-1984 100, 125, 244
ミュシャ，アンフォンス
Alfons Mucha 1860-1939 142
ミルボー，オクターヴ
Octave Mirbeau 1848-1917 160
ミレー，ジョン エヴァレット
John Everett Millais 1829-96 148

む

向井周太郎 1932- 243

め

メアリ，フェノロサ
Mary Fenollosa 1865-1954 324, 329
メーテルリンク，モーリス
Maurice Maeterlinck 1862-1949 144

も

モークレール，カミーユ
Camille Mauclair 1872-1945 167
モース，エドワード S
Edward S. Morse 1838-1925 330
モーツァルト，ヴォルフガング アマデウス
Wolfgang Amadeus Mozart 1756-91
147
モネ，クロード Claude Monet 1840-1926
77, 140, 142, 160, 172, 173, 197
森鷗外 1862-1922 155, 162
森槐南 1863-1911 324
モリス，ウィリアム
William Morris 1834-96 144, 148
モリス，シャルル
Charles Morice 1861-1919 295
森田子龍 1912-88 206, 219〜224, 234
モンテルラン，アンリ ド
Henri de Montherland 1896-1970 212, 213

や・ゆ

ヤコブソン，ローマン
Roman Yakobson 1896-1982 193
ユゴー，ヴィクトル
Victor Hugo 1802-85 220

よ

横山大観 1868-1958 154
与謝蕪村 1716-83
29〜31, 35, 36, 38, 59〜65, 67, 102
与謝野晶子 1878-1942 155
与謝野鉄幹 1873-1935 155
吉川幸次郎 1904-80 234

ら

ラヴェル，モーリス
Maurice Ravel 1875-1937 289
ランガー，スザンヌ K
Susanne K. Langer 1895-1985 333
ランボー，アルチュール
Arthur Rimbaud 1854-91 93, 121, 143

り

リュード，フランソワ
François Rude 1784-1855 164
リルケ，ライナー マリア Rainer Maria Rilke 1875-1926 145, 162, 165, 168

る

ルドン，オディロン Odilon Redon 1840-1916 117, 142, 144, 197, 316
ルノワール，オーギュスト Auguste Renoir 1841-1919 142, 144, 173, 197, 316

ろ

ローデンバック，ジョルジュ
Georges Rodenbach 1855-98 144
ロートン フレデリック Frederick Lawton ?-? 167
ロセッティ，ダンテ ガブリエル
Dante Gabriel Rossetti 1828-82 148
ロダン，オーギュスト
Auguste Rodin 1840-1917 158〜169, 171〜177
ロップス，フェリシアン
Félicien Rops 1833-98 144
ロンサール，ピエール ド
Pierre de Ronsard 1524-85 216

わ

ワーグナー，オットー
Otto Wagner 1841-1918 147
ワーグナー，リヒャルト Richard Wagner 1813-83 22, 101, 119, 143, 145, 196, 289, 317
ワイルド，オスカー
Oscar Wilde 1854-1900 79, 148

図版一覧

Ⅰ(一)図1　ステファヌ・マラルメ「骰子一擲」(第9面)(1897)　Stéphane Mallarmé, *Œuvres complètes* I, éd. Bertrand Marchal, Gallimard, 1998. より転載…………………10
Ⅰ(一)図2　酒井抱一「夏秋草図屏風」1821–22　164.5×181.8cm　東京国立博物館蔵　Image：TNM Image Archives……………………………………………………14
Ⅰ(一)図3　尾形光琳「燕子花図」(右隻)　江戸時代18世紀　150.9×338.8cm　根津美術館蔵……………………………………………………………………………14
Ⅰ(一)図4　「洛中洛外図屏風」舟木本(部分)　江戸時代17世紀　162.7×342.2cm　東京国立博物館蔵　Image：TNM Image Archives…………………………………16
Ⅰ(一)図5　「四条河原遊楽図屏風」(部分)　江戸時代17世紀　109.6×175.6cm　静嘉堂文庫美術館蔵　静嘉堂文庫美術館イメージアーカイブ／DNPartcom…………………16
Ⅰ(一)図6　「鳥獣人物戯画」甲巻(部分)　平安時代12世紀　30.4×1148.4cm　高山寺蔵……………………………………………………………………………………16
Ⅰ(三)図1　ステファヌ・マラルメ「マラルメ嬢の扇」1884頃　半径29.5cm　マラルメ美術館蔵　Stéphane Mallarmé, Autre éventail de Geneviève Mallarmé, sd. N°: 985-67-1. Ⓒ Yvan Bourhis/Conseil Départemental 77. Avec l'aimable autorisation du musée départemental Stéphane Mallarmé pour le Conseil Départemental de Seine-et-Marne. ……………………………………………………………………56
Ⅰ(三)図2　ステファヌ・マラルメ「マラルメ夫人の扇」1891　半径33cm　*Mallarmé 1842–1898 Un destin d'écriture*, sous la direction d'Yves Peyré, Editions Gallimard/Réunion des musées nationaux, 1998. より転載……………………………56
Ⅰ(三)図3　ステファヌ・マラルメ「グラヴォレ夫人への扇」1895　(『折ふしの詩句』)　*Le Point*, Lanzac, par Souillac, XXIX-XXX, février-avril 1944. より転載………56
Ⅰ(三)図4　ステファヌ・マラルメ「郵便つれづれ」(表紙草案)1893　*Mallarmé 1842–1898 Un destin d'écriture*, sous la direction d'Yves Peyré, Editions Gallimard/Réunion des musées nationaux, 1998. より転載……………………………………56
Ⅰ(三)図5　旧マラルメコレクション　扇型の青い灰皿　6.5×14cm　個人蔵　Cendrier bleu en forme d'éventail, sd. Ⓒ Yvan Bourhis/Conseil Départemental 77.……57
Ⅰ(三)図6　旧マラルメコレクション　団扇　29.8×8.7cm　個人蔵　Eventail à décor floral avec oiseaux. Inv. 985.68.4. Ⓒ Yvan Bourhis/Conseil Départemental 77.………………………………………………………………………………………57
Ⅰ(三)図7　与謝蕪村「夜色楼台図」　28.0×129.5cm　個人蔵…………………………67
Ⅰ(三)図8　与謝蕪村「我門や」自画賛　1783〔与謝蕪村関係資料〈／寺村家伝来〉の内 紙本淡彩門松図 天明三年一月一日の年記がある扇面 1幅〕　17.0×49.2cm　国(文化庁)所管……………………………………………………………………67
Ⅰ(三)図9　与謝蕪村「鳶鴉図」(左幅「鴉図」)　133.5×54.4cm　北村美術館蔵……67

Ⅰ(三)図10　フィンセント・ファン・ゴッホ「日本趣味・梅の花」 1887〔歌川広重『名所江戸百景』「亀戸梅屋舗」の模写〕 55×46cm　ファン・ゴッホ美術館蔵 “Photo AMF/DNPartcom/(c)bpk/Amsterdam, Van Gogh Museum/Hermann Buresch/”……80
Ⅰ(三)図11　歌川広重「亀戸梅屋舗」(『名所江戸百景』のうち) 1857　34×22.5cm 東京国立博物館蔵　Image: TNM Image Archives……80
Ⅰ(三)図12　エドガー・ドガ「ファランドール」1879頃　30.7×61cm　Siegfried Wichmann, *Japonismus*, Schuler Verlagsgesellschaft Herrsching, 1980. より転載……80
Ⅰ(三)図13　オーブリー・ビアズリー　オスカー・ワイルド『サロメ』挿絵　1894 22.5×16cm……80
Ⅰ(三)図14　エドゥアール・マネ　ステファヌ・マラルメ『大鴉』の口絵の試作 1875　Siegfried Wichmann, *Japonismus*, Schuler Verlagsgesellschaft Herrsching, 1980. より転載……81
Ⅰ(三)図15　エドゥアール・マネ　ステファヌ・マラルメ『大鴉』(ポスター)　1875 25×32cm　*Mallarmé 1842–1898 Un destin d'écriture*, sous la direction d'Yves Peyré, Editions Gallimard/Réunion des musées nationaux, 1998. より転載……81
Ⅰ(三)図16　エドゥアール・マネ　ステファヌ・マラルメ『半獣神の午後』の挿絵 1876 同上……81
Ⅰ(三)図17　エドゥアール・マネ　ステファヌ・マラルメ『半獣神の午後』(ポスター)　1876　同上……81
Ⅰ(三)図18　葛飾北斎『北斎漫画』1814……81
Ⅱ(三)図1　オーギュスト・ロダン「地獄の門」1880–90頃 540×390×100cm　国立西洋美術館蔵　松方コレクション Photo: NMWA/DNPartcom　撮影：Ⓒ上野則宏……161
Ⅱ(三)図2　オーギュスト・ロダン「バルザック(習作)」1897 106×45×38cm　国立西洋美術館蔵　松方コレクション Photo: NMWA/DNPartcom　撮影：Ⓒ上野則宏 161
Ⅱ(三)図3　ロダン「空想する女・花子」1907頃　12.0×11.0×18.0cm　新潟市美術館蔵……161
Ⅱ(三)図4　ロダン「死の顔・花子」1907–08頃　20.5×17.5×20.2cm　新潟市美術館蔵……161
Ⅱ(三)図5　高村光太郎『ロダンの言葉』(表紙)　1916……162
Ⅲ(一)　ステファヌ・マラルメ「骰子一擲」(第6面、9面、10面、11面)　(1897) Stéphane Mallarmé, *Œuvres complètes* I, éd. Bertrand Marchal, Gallimard, 1998. より転載……189–190
Ⅲ(二)図1　アンリ・マチス『マラルメ詩集』(表紙)　1932　33.0×25.1cm　姫路市立美術館提供……214
Ⅲ(二)図2　アンリ・マチス『マラルメ詩集』(白鳥の図)　同上……214

Ⅲ(二)図3　アンリ・マチス『マラルメ詩集』「花々」詩(部分)と絵　同上…………214
Ⅲ(二)図4　アンリ・マチス『マラルメ詩集』「もうひとつの扇(マラルメ嬢の扇)」詩と絵　同上……………………………………………………………………215
Ⅲ(二)図5　アンリ・マチス『マラルメ詩集』「純らかな爪が高々と縞瑪瑙をかかげ……」詩と絵　同上……………………………………………………………215
Ⅲ(二)図6　ロジェ・カイヨワ「風景」 8. 3×27. 8cm　Roger Caillois, *L'écriture des pierres*, Editions d'Art Albert Skira, 1970. より転載……………………222
Ⅲ(二)図7　森田子龍「虹」 1975　47×69cm　墨人会所管　ロジェ・カイヨワ文、森田子龍書『印 *chiffres*』(座右宝刊行会、1980)より転載……………………223
Ⅲ(三)図1　ステファヌ・マラルメ「骰子一擲」(第11面)(1897)　Stéphane Mallarmé, *Œuvres complètes* I, éd. Bertrand Marchal, Gallimard, 1998. より転載………236
Ⅲ(三)図2　ギヨーム・アポリネール『カリグラム』(「ネクタイと時計」「雨」)(1918)　Guillaume Apollinaire, *Œuvres poétiques*, Gallimard, 1965. より転載………236
Ⅲ(四)図1　東山魁夷「道」1950 134. 4×102. 2cm　東京国立近代美術館蔵　Photo : MOMAT/DNPartcom　撮影：Ⓒ大谷一郎……………………………………256
Ⅲ(四)図2　東山魁夷「冬華」1964 203. 0×163. 5cm　東京国立近代美術館蔵　Photo : MOMAT/DNPartcom　撮影：Ⓒ大谷一郎……………………………258
Ⅲ(四)図3　東山魁夷「花明り」1968 126. 5×96. 0cm　株式会社 大和証券グループ本社蔵……………………………………………………………………………260
Ⅲ(四)図4　東山魁夷「白い朝」1980 146. 0×204. 0cm　東京国立近代美術館蔵　Photo : MOMAT/DNPartcom　撮影：Ⓒ大谷一郎……………………………261
Ⅲ(四)図5　東山魁夷「行く秋」1990 114. 0×162. 0cm　長野県信濃美術館 東山魁夷館蔵……………………………………………………………………………263
Ⅲ(四)図6　東山魁夷「夕星」1999 66. 0×100. 0cm　長野県信濃美術館 東山魁夷館蔵……………………………………………………………………………265

主な参考文献

〔文献は著者名昇順、全集・図録等は書名の昇順に掲載した〕

秋山ひさ編『フェノロサの社会学講義』神戸女学院大学研究所　1982

穴沢一夫「オーギュスト・ロダン」『現代世界美術全集12　ロダン・ブールデル・マイヨール』座右宝刊行会編　河出書房新社　1966

阿部良雄『イメージの魅惑』小沢書店　1990

荒木亨『ロラン・バルト／日本』木魂社　1989

荒木亨『鎖国の日本語』木魂社　1989

有島武郎「ロダン先生のこと」『有島武郎集』筑摩書房　1970（現代日本文学大系）

安東次男『与謝蕪村』筑摩書房　1970

安藤元雄「折ふしの詩句」（『無限』第39号　特集マラルメ　1976）

池上忠治「ロダン二編（ロダンとクローデル姉弟・花子の手紙）」『フランス美術断章』美術公論社　1970

池上忠治「素描家ロダン」『随想フランス美術』大阪書籍　1984

石川九楊『近代書の歩み』同朋舎出版　1988（日本書学大系）

石川九楊『書と文字は面白い』新潮社　1993

石川九楊『書とはどういう芸術か：筆蝕の美学』中央公論社　1994

石川九楊『近代書史』名古屋大学出版会　2009

石川九楊『書く：言葉・文字・書』中央公論新社　2009

出淵博『イェイツとの対話』みすず書房　2000（出淵博著作集）

磯谷孝「偶然性と言語」『九鬼周造の世界』ミネルヴァ書房　2002

板倉史明「メアリー・フェノロサの小説 *The Dragon Painter* の映画化」『ロータス』第27号　日本フェノロサ学会　2007

伊藤豊「歴史叙述におけるフェノロサの方法：エポックスと『漢字考』をつなぐもの」『比較文化研究』第93号　日本比較文化学会　2010

稲賀繁美『絵画の東方：オリエンタリズムからジャポニスムへ』名古屋大学出版会　1999

海野弘『日本のアール・ヌーヴォー』青土社　1978

海野弘『世紀末のスタイル：アール・ヌーヴォーの時代と都市』美術公論社　1993

海野弘・小倉正史『現代美術：アール・ヌーヴォーからポストモダンまで』新曜社　1988

エルセン，アルバート「ロダンの近代性」『ロダン館』静岡県立美術館編・刊　1994

大岡信「ハイクと俳句」　日本文体論学会編『俳句とハイク：シンポジウム短詩型表現をめぐって：俳句を中心に』花神社　1994

大岡信「書は命の舞踏だろう」『美をひらく扉』講談社　1992

岡倉天心『東洋の理想』創元社　1941

大久保喬樹『見出された「日本」：ロチからレヴィ＝ストロースまで』平凡社　2001

大島清次『ジャポニスム：印象派と浮世絵の周辺』美術公論社　1980
大屋美那「松方幸次郎が収集したロダン彫刻」『ロダン事典』フランス国立ロダン美術館監修　淡交社　2005
小倉孝誠「ロダンとその時代」『ロダン事典』フランス国立ロダン美術館監修　淡交社　2005
オリガス，ジャン＝ジャック　原子朗「フランスの場合：フランス現代詩に見られる俳句の影響を中心に」 日本文体論学会編『俳句とハイク：シンポジウム短詩型表現をめぐって：俳句を中心に』花神社　1994
金澤一志編『カバンのなかの月夜：北園克衛の造型詩』国書刊行会　2002
カイヨワ，ロジェ『石が書く』岡谷公二訳　新潮社　1975
カイヨワ，ロジェ文　森田子龍書『印　*Chiffres*』座右宝刊行会　1980
上村弘雄「今日の実験詩：オイゲン・ゴムリンガーとコンクレート・ポエジー」『独逸文学』第16号　1971
上村弘雄「ベンゼ、ゴムリンガーからデンカーへ」『現代詩手帖』特集ヴィジュアル・ポエトリー：詩を視る　第43巻4号　思潮社　2000
河北倫明「東洋とブラック」『アトリエ』第311号　1952
川本皓嗣『日本詩歌の伝統　七と五の詩学』岩波書店　1991
菅野昭正編『九鬼周造随筆集』岩波書店　1991
神林恒道『美学事始　芸術学の日本近代』勁草書房　2002
神林恒道『近代日本「美学」の誕生』講談社　2006
神林恒道編『現代芸術のトポロジー』勁草書房　1987
神林恒道編『ドイツ表現主義の世界　美術と音楽をめぐって』法律文化社　1995
神林恒道・太田喬夫編『芸術における近代』ミネルヴァ書房　1999
神林恒道編『日本の芸術論：伝統と近代』ミネルヴァ書房　2000
菊屋吉生監修『東山魁夷：日本人が最も愛した画家』平凡社　2008（別冊『太陽』日本のこころ）
北園克衛『レスプリヌーボーの実験』内堀弘編　本の友社　2000
北園克衛とVOU刊行会編『北園克衛とVOU』国書刊行会　1988
クシュー，ポール＝ルイ『明治日本の詩と戦争：アジアの賢人と詩人』金子美都子・柴田依子訳　みすず書房　1999
グゼル，ポール『ロダンの言葉』古川達雄訳　二見書房　1942
クラーク，ケネス『芸術と文明』河野徹訳　法政大学出版局　1975
クラーク，ケネス「ロダン」『ロマン主義の反逆』高階秀爾訳　小学館　1988
倉田公裕監修『ガラス幻想：アール・ヌーヴォーから現代まで』京都書院　1990
栗原信一『フェノロサと明治文化』六藝社　1968
桑原武夫『第二芸術』講談社　1976　初出『世界』1946年11月号
ケージ，ジョン『小鳥たちのために』青山マミ訳　青土社　1982
小林太市郎「蕪村の世界」『研究』神戸大学文学会　第9号　1956

小林太市郎「マラルメの詩論」『著作集２』淡交社　1974
小林康夫「色の音楽・手の幸福　ロラン・バルトのデッサン展に寄せて」『色の音楽・手の幸福　ロラン・バルトのデッサン展』東京日仏学院・関西日仏学館　2003
酒井哲郎「日本におけるロダン：その受容の特色について」『生誕150年　ロダン展』匠秀夫監修　フランス国立ロダン美術館編　読売新聞社　1990
坂部恵『不在の歌：九鬼周造の世界』TBSブリタニカ　1990
坂部恵編『九鬼周造　偶然性の問題・文芸論』燈影舎　2000（京都哲学撰書）
坂部恵・藤田正勝・鷲田清一編『九鬼周造の世界』ミネルヴァ書房　2002
佐藤和夫『海を越えた俳句』丸善　1991
澤田助太郎『ロダンと花子』中日出版社　1996
篠田浩一郎『ロラン・バルト：世界の解読』岩波書店　1989
篠原資明「文字横断性と絵文字」『現代詩手帖』第43巻４号　思潮社　2000
清水徹『書物の夢　夢の書物』筑摩書房　1984
清水徹『書物について：その形而下学と形而上学』岩波書店　2001
清水徹『ヴァレリー：知性と感性の相克』岩波書店　2010
下山肇「《地獄の門》考：アッサンブラージュとトルソによる制作手法」『ロダン館』静岡県立美術館編・刊　1994
ジャコテ，フィリップ『冬の光に：フィリップ・ジャコテ詩集』後藤信幸訳　国文社　2004
ジャンケレヴィッチ，ウラジミール『ドビュッシー：生と死の音楽』船山隆・松橋麻利訳　青土社　1999　初版　1987
シャンピニュル，ベルナール『ロダンの生涯』幸田礼雅訳　美術公論社　1982
シュアレス，アンドレ『ドビュッシイに就いて』清水脩訳　地平社　1943
ジュドラン，クローディ「デッサン：ダンテから裸婦へ」『ロダン事典』フランス国立ロダン美術館監修　淡交社　2005
定塚武敏『海を渡る浮世絵：林忠正の生涯』美術公論社　1981
資延勲『ロダンと花子：ヨーロッパを翔けた日本人女優の知られざる生涯』文芸社　2005
鈴村和成『バルト：テクストの快楽』講談社　1996
瀬木慎一『蕪村　画俳二道』美術公論社　1990
宗左近『美のなかの美』スカイドア　1992
大東俊一『九鬼周造と日本文化論』梓出版社　1996
高階秀爾『世紀末芸術』紀伊國屋書店　1963
高階秀爾「マラルメと造形美術」『無限』第39号　特集マラルメ　1976
高階秀爾『日本近代の美意識』青土社　1978
高階秀爾『日本近代絵画史』中央公論社　1978
高階秀爾『西欧芸術の精神』青土社　1979
高階秀爾『想像力と幻想：西欧十九世紀の文学・芸術』青土社　1986

高階秀爾『日本美術を見る眼』岩波書店　1991
高階秀爾『西洋の眼　日本の眼』青土社　2001
高階秀爾監修『オルセー美術館５　世紀末・生命の輝き アール・ヌーヴォーとロダン』日本放送出版協会　1990
髙田美一『フェノロサ遺稿とエズラ・パウンド』近代文芸社　1995
高橋幸次「《考える人》はどれが本物か？」「工房の芸術─師と弟子の《独創性》」「19世紀フランスの彫刻と、ロダン登場」『オルセー美術館５　世紀末・生命の輝き　アール・ヌーヴォーとロダン』高階秀爾監修　日本放送出版協会　1990
高村光太郎『ロダンの言葉抄』岩波書店　1965
高村光太郎「ロダン」『高村光太郎・宮沢賢治集』筑摩書房　1969（現代日本文学大系）
滝口修造「ブラックと東洋思想」『美術手帖』 第33号　1950
滝口修造『画家の沈黙の部分』みすず書房　1969
匠秀夫「日本とロダン」『生誕150年　ロダン展』匠秀夫監修　フランス国立ロダン美術館編　読売新聞社　1990
竹岡健一「沈黙から発話へ：ゴムリンガーの「沈黙」における空白を読む」『人文学科論集　鹿児島大学法文学部紀要』第39号　1994
竹岡健一 “Vom Schweigen zum Sprechen: Lektüre der Leerstelle im “schweigen” Gomringers”『九州ドイツ文学』第７号　1993
田中久文『九鬼周造：偶然と自然』ぺりかん社　1992
田中久文編『九鬼周造エッセンス』こぶし書房　2001
田辺元『マラルメ覚書』筑摩書房　1961　のち『田辺元全集』第13巻　筑摩書房　1964
千葉宗雄編『荘子寓話選』竹井出版　1989
鶴見香織『もっと知りたい東山魁夷：生涯と作品』東京美術　2008（アート・ビギナーズ・コレクション）
テイラー，ジョン・ラッセル『英国アール・ヌーヴォー・ブック：その書物デザインとイラストレーション』高橋誠訳　国文社　1993
デリダ，ジャック『根源の彼方に：グラマトロジーについて』上　足立和浩訳　現代思潮社　1972
デルクロー，マリー＝ピエール「モニュメント：挫折と栄光」『ロダン事典』フランス国立ロダン美術館監修　淡交社　2005
ドビュッシー，クロード『音楽のために：ドビュッシー評論集』杉本秀太郎訳　白水社　1977
富永惣一「考える人　ロダン」『世界の人間像』第18巻　角川書店　1965
永草次郎「ロダン《カレーの市民》考」『ロダン館』静岡県立美術館編・刊　1994
中村二柄『現代の書芸術：墨象の世界』淡交社　1997
新国誠一『新国誠一の「具体詩」：詩と美術のあいだに』武蔵野美術大学美術資料図書館　2009
新倉俊一「パウンドと視覚の詩学」『現代詩手帖』第43巻４号　思潮社　2000

西成彦『ラフカディオ・ハーンの耳』岩波書店　1963
芳賀徹『絵画の領分』朝日新聞社　1984
芳賀徹『与謝蕪村の小さな世界』中央公論社　1986
芳賀徹『詩の国　詩人の国』筑摩書房　1997
芳賀徹『ひびきあう詩心：俳句とフランスの詩人たち』TBS ブリタニカ　2002
芳賀徹・早川聞多『水墨画の巨匠　蕪村』講談社　1994
蓮實重彦『表象の奈落：フィクションと思考の動体視力』青土社　2006
バゼーヌ，ジャン『白い画布：創造の深淵』宗左近・柴田道子訳　美術公論社　1979
長谷川年光『イェイツと能とモダニズム』ユー・シー・プランニング　1995
羽田美也子『ジャポニズム小説の世界：アメリカ編』彩流社　2005
花輪光『ロラン・バルト：その言語圏とイメージ圏』みすず書房　1985
バルト，ロラン『零度のエクリチュール』渡辺淳・沢村昂一訳　みすず書房　1971
バルト，ロラン『表徴の帝国』宗左近訳　新潮社　1974
バルト，ロラン『第三の意味：映像と演劇と音楽と』沢崎浩平訳　みすず書房　1984
バルト，ロラン『明るい部屋：写真についての覚書』花輪光訳　みすず書房　1985
東山魁夷『わが遍歴の山河』新潮社　1969
東山魁夷『白夜の旅』新潮社　1969
東山魁夷『風景との対話』新潮社　1969
東山魁夷『馬車よ、ゆっくり走れ　ドイツ・オーストリア紀行』新潮社　1971
東山魁夷『京洛四季』新潮社　1972
東山魁夷『唐招提寺への道』新潮社　1975
東山魁夷『日本の美を求めて』講談社　1976
東山魁夷『古き町にて：北欧紀行』講談社　1983
東山魁夷　尾崎正明責任編集『東山魁夷』学習研究社　1990（現代の日本画）
東山魁夷『東山魁夷：わが遍歴の山河』日本図書センター　1999（人間の記録）
東山すみ監修『美しい日本への旅』講談社　2008（東山魁夷 Art Album）
東山すみ監修『森と湖の国への旅』講談社　2008（東山魁夷 Art Album）
東山すみ監修『心の風景を巡る旅』講談社　2008（東山魁夷 Art Album）
ピネ，エレーヌ「提示することは死活の問題である」『ロダン館』静岡県立美術館編・刊　1994
平川祐弘『西洋の詩　東洋の詩』河出書房新社　1986
平川祐弘「森鷗外の『花子』」『和魂洋才の系譜：内と外からの明治日本』下巻　平凡社　2006　初版：河出書房刊　1971
平島正郎「マラルメとドビュッシィ：夢想から羽搏きあらわれる心象、歌」『ユリイカ』11月号　1979
ブールデル，アントワーヌ『ロダン』清水多嘉示・関義訳　筑摩書房　1968
ブーレーズ，ピエール『ブーレーズ音楽論：徒弟の覚書』船山隆・笠羽映子訳　晶文社　1982

ブーレーズ，ピエール『参照点』笠羽映子・野平一郎訳　書肆風の薔薇　1989
ブーレーズ，ピエール『クレーの絵と音楽』笠羽映子訳　筑摩書房　1994
フェノロサ，アーネスト・F『東亜美術史綱』上下　有賀長雄訳注　創元社　1947（原版1921　再版著者代表者 林愛作）
フェノロサ，アーネスト・F『東洋美術史綱』上下　森東吾訳　東京美術　1978-81
フェノロサ，アーネスト・F　パウンド，エズラ『詩の媒体としての漢字考：アーネスト・フェノロサ＝エズラ・パウンド芸術詩論』髙田美一訳著　東京美術　1982
フォション，アンリ『形の生命』杉本秀太郎訳　岩波書店　1969
藤田真一『蕪村』岩波書店　2000
藤富保男・向井周太郎・高橋昭八郎（対談）「文字・かたち・イメージ：ヴィジュアル・ポエトリーの全体像と現在性」『現代詩手帖』第43巻４号　思潮社　2000
ブラック，ジョルジュ『昼と夜：ジョルジュ・ブラックの手帖』藤田博史訳　青土社　1993
古川久「欧米人の能楽研究」『東京女子大学附属比較文化研究所紀要』第１号　1955
古川久「欧米人の能楽研究Ⅱ」『東京女子大学附属比較文化研究所紀要』第３号　1956
ヘイル，ウィリアム・ハーラン「高まる制作意欲」「平和の攪乱者」「未来への贈り物」『巨匠の世界　ロダン』タイムライフブックス編　日本語版監修 穴沢一夫　1977
ポーラン，ジャン『ブラック：様式と独創』宗左近・柴田道子訳　美術公論社　1980
ポーラン，ジャン『詩の鍵』高橋隆訳　国文社　1986
保坂清『フェノロサ：「日本美術の恩人」の影の部分』河出書房新社　1989
星野恒彦『俳句とハイクの世界』早稲田大学出版部　2002
松浦寿輝『クロニクル』東京大学出版会　2007
松島征「ロラン・バルトの思い出（断章風に）」『色の音楽・手の幸福　ロラン・バルトのデッサン展』東京日仏学院・関西日仏学館　2003
マティス，アンリ『画家のノート』二見史郎訳　みすず書房　1978
マドセン，S・T『アール・ヌーヴォー』高階秀爾・千足伸行訳　美術公論社　1983
馬渕明子『ジャポニスム：幻想の日本』ブリュッケ　1997
マラルメ，ステファヌ『骰子一擲』秋山澄夫訳　思潮社　1984
マロ，エレーヌ「肖像と寓意」『ロダン事典』フランス国立ロダン美術館監修　淡交社　2005
向井周太郎『生とデザイン』中央公論新社　2008
宗像衣子『マラルメの詩学：抒情と抽象をめぐる近現代の芸術家たち』勁草書房　1989
宗像衣子「宙空のアナグラム・宙空のアラベスク：マラルメ『骰子一擲』序論」日本記号学会編『トランスフォーメーションの記号論』東海大学出版会　1990
宗像衣子『ことばとイマージュの交歓：フランスと日本の詩情』人文書院　2005
宗像衣子「書評　山口靜一『三井寺に眠るフェノロサとビゲロウの物語』」『ロータス』第33号　日本フェノロサ学会　2013
村形明子 “Fenollosa's Poems from Japan”『光華学会会報』第２号　1978

村形明子「フェノロサの『文学真説』」『英文学評論』第41号　1979
村形明子 “Fenollosa’s «Notes for a History of the Influence of China upon the Western World»”『英文学評論』第47号　1982
村形明子編『アーネスト・F・フェノロサ資料：ハーヴァード大学ホートン・ライブラリー蔵』全３巻　ミュージアム出版　1982-87
村形明子編『アーネスト・F・フェノロサ文書集成：翻刻・翻訳と研究』上下　京都大学学術出版会　2000-01
村形明子編『フェノロサ夫人の日本日記』ミネルヴァ書房　2008
モークレール，カミーユ『ロダン伝』徳久昭訳　梁塵社　1943
山内正平「実験詩におけるヴァリエーション・テクスト産出の意味：ゴムリンガーに対するヴァーゲンクネヒトのテクストを参考に」『千葉大学教養部研究報告A』第20号　1987
山口靜一『フェノロサ：日本文化の宣揚に捧げた一生』上下　三省堂　1982
山口靜一『三井寺に眠るフェノロサとビゲロウの物語』宮帯出版　2012
山口靜一編『フェノロサ美術論集』中央公論美術出版　1988
山口靜一編『フェノロサ社会論集』思文閣出版　2000
山口靜一訳「ホイッスラー氏の美術の歴史上の位置について」『ロータス』第10号　日本フェノロサ学会　1990
山口靜一訳「ルイ・ゴンス『日本の美術』絵画篇批評」『ロータス』第18号　日本フェノロサ学会　1998
山口靜一訳「フェノロサの北斎再評価：『北斎肉筆画展覧会目録』緒言」『ロータス』第20号　日本フェノロサ学会　2000
山口靜一訳「フェノロサの北斎再評価（続）：『北斎肉筆画展覧会目録』」『ロータス』第21号　日本フェノロサ学会　2001
山口靜一訳『フェノロサ浮世絵の巨匠たち：風俗画派による日本の肉筆画および色彩版画―歴史的概説』　2015
山田孝雄『ハイカイ文法概論』宝文館出版　1956
矢代幸雄『日本美術の再検討』ぺりかん社　1987（初版　新潮社刊　1978）
山本健吉『俳句とは何か』角川書店　1958
ヤロチニスキ，ステファン『ドビュッシィ：印象主義と象徴主義』平島正郎訳　音楽之友社　1986
吉崎元章「ロダンの素描：晩年の女性表現　平面上での彫刻」『生誕150年　ロダン展』匠秀夫監修　フランス国立ロダン美術館編　読売新聞社　1990
由水常雄『花の様式：ジャポニスムからアール・ヌーヴォーへ』美術公論社　1984
ランガー，S・K『感情と形式：続「シンボルの哲学」』大久保直幹ほか訳　太陽社　1970
リルケ，ライナー・マリア『ロダン』高安国世訳　岩波書店　1960
ル・ノルマン＝ロマン，アントワネット「形態のメタモルフォーゼ」『ロダン事典』フ

ランス国立ロダン美術館監修　淡交社　2005
渡辺諒『バルト：距離への情熱』白水社　2007
『アール・ヌーヴォーの世界』全５巻　学習研究社　1987
『色の音楽・手の幸福　ロラン・バルトのデッサン展』東京日仏学院・関西日仏学館　2003
『外国人文学集』講談社　1969（日本現代文学全集）
『葛飾北斎』北斎館　1996
『川端康成と東山魁夷：響きあう美の世界』同製作委員会編　求龍堂　2006
『九鬼周造全集』全11巻・別巻　岩波書店　1980–82
『ジャポニスム入門』ジャポニスム学会編　思文閣出版　2000
『書の美』森田子龍編　研精會
『世界美術館紀行』１　ロダン美術館 マルモッタン美術館 ギュスターヴ・モロー美術館　NHK 世界美術館紀行編　日本放送出版協会　2005
『第三回国際北斎会議報告書』小布施町　1998
『新国誠一 works 1952–1977』国立国際美術館編　思潮社　2008
『東山魁夷第二期唐招提寺障壁画展：水墨による中国山水』日本経済新聞社　1980
『東山魁夷代表画集』集英社　1971
『東山魁夷画文集』全10巻・別巻　新潮社　1978–1980
『東山魁夷全集』全10巻　講談社　1979–1980
『東山魁夷館所蔵作品選』長野県信濃美術館編・刊　2001
『東山魁夷への旅』日本経済新聞社編・刊　2004
『東山魁夷展　ひとすじの道』兵庫県立美術館　2004
『東山魁夷の世界』美術年鑑社　2005
『東山魁夷のすべて：生誕100年東山魁夷展記念公式 DVD』日本経済新聞社企画　日経映像　2008
『北斎特別展図録　北斎館開館30周年記念』北斎館　2006
『墨美』第121号　1962／第132号　1963／第297号　1980　墨美社
『マラルメ全集』全５巻　筑摩書房　1989–2010
『ロダン事典』フランス国立ロダン美術館監修　淡交社　2005
『ロラン・バルト著作集１　文学のユートピア：1942–1954』みすず書房　2004

Apollinaire, Guillaume, *Œuvres poétiques*, Bibliothèque de la Pléiade, Gallimard, 1965.
Barthes, Roland, *Le Degré zéro de l'écriture*, Seuil, 1953.
Barthes, Roland, *L'Empire des Signes*, Albert Skira, 1970.
Barthes, Roland, *La Chambre claire : note sur la photographie*, Gallimard, 1980.
Barthes, Roland, *L'Obvie et l'obtus*, Seuil, 1982.
Barthes, Roland, *Œuvres complètes* 3, Seuil, 1995.
Bazaine, Jean, *Exercice de la peinture*, Seuil, 1973.

Baudelaire, Charles, *Œuvres complètes* I, Gallimard, 1975.

Bernard, Suzanne, *Mallarmé et la musique*, Nizet, 1959.

Bonneau, Georges, *Poésie japonaise et Langues étrangères : Technique et traduction*, 1935.

Bonnefoy, Yves, *Poésie, Peinture, musique* : actes du colloque de Strasbourg réunis par M. Finck, Presses Universitaires de Strasbourg, 1995.

Bonnefoy, Yves, *Entretiens sur la poésie* (*1972–1990*), Mercure de France, 1990.

Bourdelle, Antoine, *La Sculpture et Rodin*, Emile-Paul frères, 1937.

Braque, Georges, *Le jour et la nuit : Cahier de Georges Braque 1917–1952*, Galimard, 1952.

Boulez, Pierre, *Le pays fertile : Paul Klee*, Gallimard, 1989.

Boulez, Pierre, *Relevés d'apprenti*, Seuil, 1966.

Boulez, Pierre, *Points de repère*, Seuil, 1981.

Brion, Marcel, *L'art abstrait*, Albin Michel, 1956.

Cage, John, *Pour les oiseaux : entretiens avec Daniel Charles*, Pierre Belfond, 1976.

Calaferte, Louis, *Haïkaï du Jardin*, Gallimard, 1991.

Caillois, Roger, *L'écriture des pierres*, Editions d'Art Albert Skira, 1970.

Cellier, Léon, «Mallarmé, Redon, et "Un Coup de dés ..."», *Cahiers de l'Association Internationale des Etudes Françaises*, n.27, mai 1975.

Champigneulle, Bernard, *Rodin*, Aimery Somogy, 1980 (1967).

Chesneau, E., «Le Japon à Paris», *Gazette des Beaux-Arts*, 1878.

Cladel, Judith, *Augusute Rodin : pris sur la vie*, Editions de la Plume, 1903.

Cladel, Judith, *Auguste Rodin : l'œuvre et l'homme*, Librairie nationale d'art et d'histoire : G. Van Oest, 1908.

Clark, Kenneth, *Civilisation : A Personal View*, British Broad casting Corporation and John Murray, 1969.

Clark, Kenneth, *The Romantic Rebellion : Romantic versus Classic Art*, John Murray, 1973.

Cohn, Robert Greer, *L' Œuvre de Mallarmé : un Coup de dés*, traduit par R. Arnaud, Les Lettres, 1951.

Coquiot, Gustave, *Le vrai Rodin*, Jules Tallandier, 1913.

Couchoud, Paul-Louis, *Sages et poètes d'Asie*, Calmann-Lévy, 1916.

Couchoud, Paul-Louis, *Au fil de l'eau*, Editions Mille et une nuits, 2011.

Davies, Gardner, *Vers une explication rationnelle du "Coup de dés" : essai d'exégèse mallarméenne*, Librairie José Corti, 1953.

Debussy, Claude, *Monsieur Croche et autres écrits*, Gallimard, 1971.

Décaudin, Michel, *La crise des valeurs symbolistes*, vinght ans de poésie française 1895–1914, Honoré Champion, 1960.

Décaudin, Michel, «Poésie impressionniste et poésie symboliste», *Cahier de L'Association Internationale des Etudes Françaises*, 1960.

Décaudin, Michel, «Salomé dans la littérature et dans l'art à l'époque symboliste», *Bulletin de l'Université de Toulouse*, mars 1965.

Décaudin, Michel, «Un mythe "fin de siècle": Salomé», *Comparative Literature Studies*, vol. 4, 1967.

Décaudin, Michel, *Guillaume Apollinaire*, Séquier/Vagabondages, 1986.

Derrida, Jacques, *De la grammatologie*, Minuit, 1979.

Eliot, T. S., "The Noh and the Image", *Egoist* 4, No.7, 1917.

Elsen, Albert E, *Rodin*, The Museum of Modern Art, New York, 1963.

Fenollosa, Ernest,"Notes on the Japanese Lyric Drama", *Journal of the American Oriental Society*, Vol.27, 1901.

Fenollosa, Ernest and Pound, Ezra, *'Noh' or Accomplishment, A Study of The Classical Stage of Japan*, Macmillan & co., Limited, 1916.

Fenollosa, Ernest, with a Foreword and Notes by Pound, Ezra, *The Chinese Written Character as a Medium for Poetry*, Stanley Nott & Arrow Editions, 1936.

Fenollosa, Ernest, and Pound, Ezra, *The Chinese Written Character as Medium for Poetry*, A Critical Edition, Edited by Haun Saussy, Jonathan Stalling, and Lucas Klein, Fordham University Press, 2008.

Focillon, Henri, *Vie des Formes*, suivi de l'éloge de la main, P.U.F., 1955.

Gomringer, Eugen, *Konkrete Poesie*, Philipp Reclam, 1972.

Gonse, Louis, *L'art japonais*, vol.1, 2, Ganesha Pub / Edition Synapse, 2003.

Gsell, Paul, *L'art / Auguste Rodin ; entretiens réunis par Paul Gsell*, Bernard Grasset, 1924 (1911).

Jaccottet, Philippe, *Airs : poèmes 1961–1964*, Gallimard, 1967.

Jaccottet, Philippe, *A la lumière d'hiver suivi de Pensées sous les nuages*, Gallimard, 1977.

Jaccottet, Philippe, *Une Transaction secrète : lectures de poésie*, Gallimard, 1987.

Jaccottet, Philippe, *Haïku*, présentés et transcrits par Philippe Jaccottet ; dessins d'Anne-Marie Jaccottet, Fata Morgana, 1996.

Jaccottet, Philippe, *Carnets 1995–1998* (La Semaison Ⅲ), Gallimard, 2001.

Jankélévitch, Vladimir, *La vie et la mort dans la musique de Debussy*, La Baconnière, 1968.

Jarociński, Stefan, *Debussy : Impressionnisme et Symbolisme*. Seuil, 1970.

Judrin, Claudie, *Auguste Rodin : dessins et aquarelles*, Hervas, 1982.

Kandinsky, Wassily, *Du spirituel dans l'art et dans la peinture en particulier*, Denoël, 1989.

Kristeva, Julia, «Quelques problèmes de sémiotique littéraire à propos d'un texte de

Mallarmé : *Un Coup de dés*», in *Essais de sémiotique poétique*, présentés par A.J.Greimas, Larousse, 1972.

La Charité, Virginia, A., *The Dynamics of Space : Mallarmé's Un Coup de dés jamais n'abolira le Hasard*, French Forum, 1987.

Langer, Susanne K., *Feeling and Form : a Theory of Art Developed from Philosophy in a New Key*, Routledge & Kegan Paul Limited, 1953.

Mallarmé, Stéphane, *Les Dieux Antiques : Nouvelle mythologie d'après George W.Cox*, Gallimard, 1925.

Mallarmé, Stéphane, *Œuvres complètes*, texte établie et annotée par Henri Mondor et G.Jean-Aubry, Bibliothèque de la Pléiade, Gallimard, 1945.

Mallarmé, Stéphane, *Correspondance* I -XI, recueillie, classée et annotée par Henri Mondor, Jean-Pierre Richard et Lloyd James Austin, Gallimard, 1959–85.

Mallarmé, Stéphane, *Correspondance Mallarmé-Whistler*, recueillie, classée et annotée par Carl Paul Barbier, Nizet, 1964.

Mallarmé, Stéphane, *Documents Stéphane Mallarmé* I -VII, éd. Carl Paul Barbier, Nizet, 1968–80.

Mallarmé, Stéphane, *Igitur, Divagations, Un Coup de dés*, préface d'Yves Bonnefoy, Gallimard, 1976.

Mallarmé, Stéphane, *Un Coup de dés jamais n'abolira le Hasard*, éd. par Mitsou Ronat, Change errant/d'atelier, 1980.

Mallarmé, Stéphane, *Un Coup de dés jamais n'abolira le Hasard*, Imprimerie nationale, 1987.

Mallarmé, Stéphane, *Vers de circonstance*, éd. Bertrand Marchal, Gallimard, 1996.

Mallarmé, Stéphane, *Correspondance : Compléments et suppléments*, recueillie, classée et annotée par Lloyd James Austin, Bertrand Marchal et Nicola Luckhurst, European Humanities Research Centre, 1998.

Mallarmé, Stéphane, *Œuvres complètes*, édition présentée, établie et annotée par Bertrand Marchal, Bibliothèque de la Pléiade, Gallimard, I (1998), II (2003).

Mallarmé, Stéphane, *Documents Stéphane Mallarmé* I -IV, Nouvelle Série, éd. Charles Gordon Millan, Nizet, 1998–2005.

Marchal, Bertrand, *Lecture de Mallarmé : Poésies, Igitur, Le coup de dés*, Librairie José Corti, 1985.

Matisse, Henri, *Ecrits et propos sur l'art*, Hermann, 1972.

Mauclair, Camille, *Auguste Rodin : l'homme et l' œuvre*, Renaissance du livre, 1918.

Mauron, Charles, « Le Coup de dés », *Les Lettres*, 9–10–11, 1948.

Millan, Gordon, *A Throw of the dice : The life of Stéphane Mallarmé*, New York : Farrar Straus Giroux, 1944.

Munier, Roger, *Haïku*, avant-propos et texte français de Roger Munier, préface de

Yves Bonnefoy, Fayard, 1978.
Paulhan, Jean, *Braque le patron*, Gallimard, 1952.（1946）
Paulhan, Jean, *Clef de la poésie*, Gallimard, 1962.（1944）
Pound, Ezra and Fenollosa, Ernest, *The Classic Noh Theatre of Japan* [with Introduction by William Butler Yeats to Certain Noble Plays of Japan by Pound & Fenollosa (1916)], New Directions, 1959.
Ragon, Michel, *La peinture actuelle*, Fayard, 1959.
Rilke, Rainer Maria, *Auguste Rodin*, Insel, 1913.
Suarès, André, *Haï-Kaï d'Occident*, Chez Madame Lesage, 1908.
Valéry, Paul, *Œuvres complètes* I, Gallimard, 1957.
Valéry, Paul, *Œuvres poétiques complètes*, Gallimard, 1962.
Vocance, Julien, *Le livre des Haï-kaï*, Société française d'éditions littéraires et téchniques, 1937.
Yeats, William Butler, *Certain Noble Plays of Japan*, from the Manuscripts of Ernest Fenollosa; chosen and finished by Ezra Pound; with an Introduction by William Butler Yeats, Cuala Press, 1916.
Yeats, William Butler, *Four Plays for Dancers*, Macmillan and co., 1921.
Yeats, William Butler, "1919", *The Collected Poems*, Macmillan & co LTD, 1958.
Yeats, William Butler, "Certain Noble Plays of Japan", *Essays and Introductions, Macmillan*, 1961.
Le Japon artistique, mai 1888–avril 1891, éd. Samuel Bing, Maron et E. Flammarion.
Nouvelle Revue Française, sept., 1920.
Rien qu'un battement aux cieux: l'éventail dans le monde de Stéphane Mallarmé, Musée départemental Stéphane Mallarmé, Lienart, 2009.
Rodin et l'Extrême-Orient, Musée Rodin, 1979.

その他、マラルメ関係については「関西マラルメ研究会アルシーヴ」、また前掲二拙著『マラルメの詩学』『ことばとイマージュの交歓』の巻末文献を参照されたい。

◎著者略歴◎

宗像　衣子（むなかた・きぬこ）

京都市生まれ
1973年　京都大学文学部フランス文学専攻卒業　同大学院文学研究科同専攻修士課程修了　同博士課程単位取得退学
新ソルボンヌ・パリ第三大学文学博士
現在 神戸松蔭女子学院大学文学部総合文芸学科教授

著作
Lyrisme et abstraction : Mallarmé, ouverture vers l'art contemporain, Septentrion, France, 1997.,『マラルメの詩学—抒情と抽象をめぐる近現代の芸術家たち—』（勁草書房 1999），『ことばとイマージュの交歓—フランスと日本の詩情—』（人文書院　2005）　他

響《ひび》きあう東西文化《とうざいぶんか》
マラルメの光芒《こうぼう》、フェノロサの反影《はんえい》

2015（平成27）年10月10日発行
定価：本体5,400円（税別）

著　者　宗像衣子
発行者　田中　大
発行所　株式会社　思文閣出版
〒605-0089　京都市東山区元町355
電話 075-751-1781（代表）

印　刷
製　本　亜細亜印刷株式会社

ISBN978-4-7842-1814-1　C3070